晚清民国文学研究的
新视野

管新福 著

复旦大学出版社

目 录

绪　论　晚清民国报刊与文学文化转型　　001
　　第一节　晚清民国报刊兴起与社会文化转型　　001
　　第二节　晚清民国报刊西学翻译与中国文学的现代转型　　005

第一章　晚清民国辞赋的现代书写及其转型　　024
　　第一节　晚清民国报刊辞赋的概貌及类属　　024
　　第二节　晚清民国报刊辞赋的特质及新变　　039
　　第三节　晚清民国报刊鸦片赋谫论　　045
　　第四节　晚清民国报刊"洋题材"赋考论　　060

第二章　晚清民国竹枝词体诗的新变及拓展　　078
　　第一节　晚清民国《图画日报》鸦片烟毒竹枝词辑述　　078
　　第二节　《中华竹枝词全编·海外卷》辑遗再补——以报刊为中心　　101
　　第三节　《贵州竹枝词集》补遗——以报刊为中心　　119
　　第四节　晚清民国竹枝词的海外书写　　130
　　第五节　晚清陈寿彭《巴黎竹枝词》辑论　　182

第三章　晚清民国西学翻译的文化视野　　197
　　第一节　文化心态对晚清西学翻译的抉择及影响　　197
　　第二节　晚清民国报刊对外国翻译概貌及翻译理论的引介　　211
　　第三节　晚清民国汉译西方小说的儒家伦理文化渗透　　234
　　第四节　论与梁实秋有关的几次翻译笔战　　252

第四章　晚清民国时期我国"外国文学史"的学科构建　269
　　第一节　谢六逸与我国"外国文学史"学科的构建　269
　　第二节　于连形象在汉语"外国文学史"中的百年沉浮　287
　　第三节　雨果在我国"外国文学史"中评价的百年流变　311

参考文献　324

后记　343

绪 论
晚清民国报刊与文学文化转型

第一节 晚清民国报刊兴起与社会文化转型

中国文学的现代性生成,尤其是文学观念的创变和转型,与近代以来西学翻译进入的影响有着深刻关联,这已是学术界的共识。虽然中国文学传统自身不乏创新的内在动力,但现代转型如果没有外来文学文化的诱发,是很难发生质变的。中国"现代化的第一推动力由外部世界提供,不是本土文化内部现代性因素的自然积累结果,而是出于现代化国家的外在刺激引发的反应"[①]。近代以来的中国文学文化,在外来文学文化的诱发之下,"其生态背景、文化皈依、人文蕴含、形态构成、审美风格上在近代也都发生了显著的变化。近代文学不仅置换了原有单一的文学背景和知识谱系,接受了西方文学的影响和启发,而且对文学是什么、文学写什么、文学怎么写等文学原点问题也进行了重新的定义和确认,近代文学与济世救民的政治目标的结合,使其在文化上的重要性得到了空前的加强。……近代文学无论在思想主题还是在文体形式上都走出传统,发生了重大的变革"[②]。郭延礼也指出:"中国文学由古典向现代转型基于两个动因:一是中国文学创造

[①] 吕进:《文化转型与中国新诗》,重庆:重庆出版社,2000 年,第 23 页。
[②] 耿传明:《决绝与眷恋:清末民初社会心态与文学转型》,上海:复旦大学出版社,2010 年,第 10—11 页。

性的转化;二是西方文化的影响。这两点共同促进了中国文学的转型。""创造主体由'士'向知识分子的转化,西学东渐进入文学层面,文学语言的通俗化和现代化走向,是中国文学由古典向现代转型的三个主要标志。"①而在中国文学文化的现代转型这一进程中,报刊所起的推动作用十分明显。"现代报刊在中国的发展,是中国传统文化向现代文化转型的标志之一"②,因为报刊在近代中国的大量兴起,才使西学翻译找到最便捷、最快的传播平台。报刊在近代中外文学文化交流中扮演着非常重要的角色,是中国引进域外新观念,新思想,新文化的重要途径,西学翻译也依托报刊得以大量面世。而翻译对中国思想文化、文学艺术的影响没有哪一个时期像清末民初这么明显。"在一个刚刚开眼看世界的国度里,域外小说与广大读者的接触,必须通过翻译家和评论家作为中介。故译本的质量和评论的水平,很容易左右读者的阅读趋向。"③报刊利用自身的宣传优势和广告效应,拥有大批受众,使翻译文本的流传速度进一步加快,从而影响到时代氛围、民众思想意识的变化等;在报刊所刊载的西学知识的影响下,中国的文学和文化开始向世界接轨。当然,这一时期文学文化的转型是古今、新旧、内外、传统与现代等多种因素形成合力的结果,但报刊加速了文化的普及,形成固定的读者群,呼应时代转向,"识字的都市工人们,随劳动条件改善、生活水准提高而逐渐成为巨大的资讯需求层,成为 19 世纪作为大众传播媒介登台的大众报纸的几万乃至几十万读者"④,读者层的扩大和阅读需求反过来促进西学翻译量的增加,构成良性循环,并逐步推动文化的现代性进程。

---

① 郭延礼:《中国前现代文学的转型》,济南:山东大学出版社,2005 年,第 3—7 页。
② 刘增杰:《中国现代文学史料学》,上海:中西书局,2012 年,第 4 页。
③ 陈平原:《中国现代小说的起点——清末民初小说研究》,北京:北京大学出版社,2005 年,第 55 页。
④ 竹内郁郎:《大众传播社会学》,张国良译,上海:复旦大学出版社,1989 年,第 25 页。

乐黛云认为:"文化转型是指在某一特定的历史条件下,文化的发展表现出明显的断裂或危机,同时进行急遽的重组和更新。这一时期即称为文化转型期。"①近现代中国的文化转型,指文化由传统到现代的新变和迁转。而传统文学文化之所以能发生转变,一是其内部产生了某些新的因素,造成原有的文化结构失衡;二是传统文化遇到外来文化的渗透或挑战,必须做出回应和适应。近代以来的中国文学文化的转型,就是对西方文学文化挑战的一种自我调适及回应。在清末民初,文化转型和翻译是相互影响、相互促进、共同发展的辩证关系。这一时期,西学翻译多元化特征更加突出,选材更为广泛、自由,但功利主义色彩浓厚和大众文化发展迅速是其显著特点,翻译的价值超过专业本身,被赋予复杂的内涵和外延。"时间进入近代以后,翻译的目的不再仅仅为了文化交流,救亡图存成为时代的主题,同样也左右着翻译。近代翻译的内容从外国地理历史到实用科学知识,再到社会科学知识、文学知识的发展轨迹,正是近代中国人向西方学习、寻求救国真理的奋斗历程。"②

一般认为,中国语言文学的现代化转型特征主要集中于四个维度:一是在精神价值取向上的转型。在外来翻译文学文化的影响下,中国语言文学开始突破传统,文学中的个性表达、自由思想增多,作家纷纷高扬人性解放的大旗,批判封建愚昧思想,进行民众的启蒙。二是在艺术范式方面的现代转向,翻译使得我们有机会充分借鉴西方语言文学和文化中的优秀成分,在坚持中华优秀传统文化的基础上进行艺术形态的改革创新,使中国语言文学在现代化过程中展现出不同于传统、也不同于西方的独特性,新的文学类型发展了起来,成为时代新变的重要思想力量。三是在书写语言形式方面的转变。这一时期文

---

① 乐黛云:《文化转型与文化冲突》,《民族艺术》1988年第2期。
② 李伟:《中国近代翻译史》,济南:齐鲁书社,2005年,第7页。

学创作的书写媒介由近代文言文向现代白话文转变,白话文和西方翻译语言被系统整合,一方面使中国语言文学既具有西方现代化特征,另一方面又具有中国本土语言的色彩。四是在文学审美观念上的新变化。文学创作作中不再坚持"大团圆"的主题论调,加入了西方的"悲剧"意识,改变了人们欣赏文艺作品时的心理期待,丰富并完善了中国人的审美观念。而中国文学实现这几大转型,都或直接、或间接与近代报刊的兴起有千丝万缕的联系。

报刊为中国文学文化的现代转型搭建了主客体的交流平台。随着读者对认识外界需求的增加,报刊需要大量版面支持以满足不同层次读者的需求,尤其是文学刊物,原创新作毕竟需要较长的时间周期,这时,现成的外国文学翻译就成为救急和应急的重要文稿,随着翻译量的增大,翻译外国文学使中国语言文学与外国语言文学的碰撞成为可能,并帮助中国传统语言文学获得了新的发展空间,为中国语言文学的现代化转型提供了外生动力。正是通过报刊中的翻译文学的阅读和吸收,五四时期的作家才有机会在创作中大量借鉴了外国作品的形式、题材和思想,对中国传统语言文学形式形成改造,逐渐和传统拉开距离,使中国语言文学开始与世界文学接轨,中外文学交流有了"共同语言",而语言表达的趋同性正是加速中国语言文学现代化转型的重要力量之一。

可以说,文化转型与翻译是一种互动关系,翻译能够激发、推动和加快文化的转型,文化转型一般有外力和内力两种力量,但外力诱发文化的转型的可能性更大,随着翻译理论界对文化研究的深入,人们已经意识到一个不可忽视的事实:几乎每一次大规模的文化转型都打上了翻译的烙印。在现代中国语言文学发展过程中,翻译作用的发挥使文学的碰撞逐渐呈现出全新的发展状态,翻译一跃成为推动中国语言文学现代转型的重要力量。从中国语言文学发展过程中审美主体表现出普遍化发展倾向能够看出,正是在翻译的支持下,中国文人学者们在创作过程中受到西方文学作品和文学思想的影响,并创作出适应现代社会和审美的艺术范式。"中国近代文学是由古代文学演变而来的;但是中国古代文学向近代文学的转化,其内在动力不足,它需要西方文化的介入和碰撞。""中国文学近代化的过程,从某种意义上说,也就是中国文学学习西方,以及在西方文化的撞击下求新求变的过程。"①通过翻译,近代以来文人在继承传统的基础上积极吸收外来文化,使中国当代语言文学和世界语言文学实现了有效对接,进而在新文化背景下推动中国文学真正突破传统旧文学思想的限制和制约,现代文学规范也随之确立,在一定程度上使中国现代文学表现出崭新的发展形态,构筑了全新的文学和文化发展体系。

第二节　晚清民国报刊西学翻译与中国文学的现代转型

在人类文明发展过程中,翻译有着举足轻重的作用。"地球上由于时空的差异形成了不同语言、不同习俗、不同文化维系的人类族群。他们之间为了表达相互的意愿,需要一种联系,通过这种联系来传递彼此信息,交流双方感情,互通你我有无,于是翻译活动也就因此缘由应然诞生了。"②随着人类文明的不断发展,尤其在重要的文化转型和复兴阶段,总会有外来文化翻译的推动。如欧洲文艺复兴时段对古希腊、古罗马古典文化的翻译,中国汉唐时期的印度佛典翻译,鸦片战争至五四时代的西学翻译等,外来文化的翻译总会向本土文化注入发展

---

① 郭延礼:《中国近代文学的历史地位——兼论中国文学的近代化》,《文史哲》2011年第3期。
② 孟昭毅:《中国东方文学翻译史》(上),北京:昆仑出版社,2014年,第2页。

的活力和养分。正如季羡林先生指出:"倘若拿河流来作比,中华文化这一条长河,有水满的时候,也有水少的时候;但却从未枯竭。原因就是有新水注入。注入的次数大大小小是颇多的。最大的有两次,一次是从印度来的水,一次是从西方来的水。而这两次的大注入依靠的都是翻译。中华文化之所以能长获青春,万应灵药就是翻译。翻译之为用大矣哉。"①从中外翻译实践来看,翻译是促成文化新变和转型的重要媒介,这是毋庸置疑的。

从历史的角度看,在某一民族大规模翻译活动的初始阶段,是由于译者对其民族文化地位的深刻认识才使得他感到了解另一文化的必要性,进而导致了跨文化翻译活动的产生。文化发展的方向规约着翻译的历史,翻译是文化转型的中介和桥梁。正如哲学家贺麟对翻译现代价值判断:

> 翻译的意义与价值,在于华化西学,使西洋学问中国化,灌输文化上的新血液,使西学成为国家之一部分。……这乃真是扩充自我、发展个性的努力,而绝不是埋没个性的奴役。……翻译为创造之始,创造为翻译之成。翻译中有创造,创造中有翻译。②

当代学者廖七一认为:

> 翻译是人类社会历史最悠久的活动之一,几乎与语言同时诞生。从原始部落的亲善交往,文艺复兴时代古代典籍的发现和传播,直至今天世界各国之间文学、艺术、哲学、科学技术、政治、经济的频繁交流与往来,维护世界的稳定和持久和平,翻译都发挥了不可估量的作用。③

---

① 季羡林:《中国翻译词典·序》,《中国翻译》1995年第6期。
② 贺麟:《论翻译》,《今日评论》1940年第9期。
③ 廖七一:《当代英国翻译理论》,武汉:湖北教育出版社,2001年,第1页。

五四之后新文化运动的兴起,就是在充分学习西方的基础上实现的,中国现代文学摆脱传统束缚,实现新变和转型,甚至出现创新,就是在充分翻译吸收西学的基础上达成的,创新也不是突然之间冒出来的,更不能故步自封,必须善于学习吸纳世界优秀的文化遗产。如果说19世纪之前外来翻译对中国文学和文化的影响还不是根本性的,那么"19世纪中叶以后,中国在致力于西书中译的过程中,不仅仅只是'介绍新知',在民族救亡和'强国强种'的'危局'中,'翻译'也是一种民族生存的需要,甚至是一种文化体制的改造"。① 这一时段的翻译,不仅仅是语言层面的转换问题,已经被上升到文化利用的高度,和中国社会的现代转型紧密联系在一起。正如勒菲弗尔所言:"翻译过程的任何一个层面均清楚地显示:如果语言上的考虑与意识形态和诗学观点相冲突的话,后者往往会胜出。"②尤其在近代以来,翻译被赋予实现国家富强、社会进步的历史责任,翻译更被赋予了意识形态性,也就是翻译必须承担的社会责任和文化功能。"平心而论,翻译的功效是永远不会磨灭的,世界文化的进步,全赖各种民族的共同努力;各种民族的共同努力,却靠已有智慧的彼此交换。所谓翻译,就是彼此交换智慧的利器。现在世界上翻译工作最发达的国家,约有两个:一个是西方的英国,一个是东方的日本。靠了翻译,英国变成文学的源泉;靠了翻译,日本变成科学的后进。"③可见,翻译是引进外民族优秀文化的必然之路。"翻译作为两种民族语言的创造性、变异性、调适性兼而有之的复制,乃是文化传播至有效力、影响至为深远的形式。"④

　　从文学翻译和文学创作之间的关系来看,晚清民国时期二者形成

---

① 邹振环:《20世纪中国翻译史学史》,上海:中西书局,2017年,第1页。
② Lefevere. *Translation, Rewriting and the Ma-niputlation of Literary Fame*. 上海:上海外语教育出版社,2004年,第58页。
③ 邢鹏举:《翻译的理论与实际》,《旋风》1939年第1卷第1期。
④ 杨义、陈圣生:《中国比较文学批评史纲》,福州:福建教育出版社,2002年,第353页。

了良好的互动：翻译促进了创作的发展和繁荣，创作的繁荣又反过来促进了翻译的多元化和井喷。当然，这一时段的外国文学的翻译并不都是纯粹从文学自身出发，而是具有显著的时代、政治等现实抉择。"作家与翻译家兼于一身的情形十分普遍，作家翻译家们在翻译与创作的双重实践中意识到，中国文学的现代化，必依赖于外国文学的翻译；要创作出不同于以往的'新文学'，必须向外国文学学习；翻译与作家自身的创作相辅相成，翻译是和创作同等重要的文学实践活动。"①很多翻译家首先从救亡启蒙的大背景出发去选择翻译对象，而不是文学作品美学及艺术价值的高低，当然这也和当时很多翻译家并不具备对外来文学进行审美和艺术鉴别的通盘学识有关。"我国绝大多数从事翻译工作的学者们，都是有所为而为之的，很少纯粹是为翻译而翻译的。这同我们民族近百年的历史命运有关。翻译家们都怀着一颗忧国忧民救国救民的心来从事这项工作。他们要为这个古老的封闭国家，输入一些新鲜的空气。所谓新鲜空气就是新思想、新观念、新情况，使沉睡几千年的古老民族打开眼界，看看山外有山，天外有天，免致被自己的故步自封窒息而亡，免致被列强的压迫剥削而翻不过身。"②如林纾、吴梼、伍光健、曾朴、包天笑、周桂笙、徐念慈、程小青等人翻译的西方各国、各种类型的小说；周氏兄弟、郭沫若、郁达夫等留日学生翻译的日本文学作品，很多并非各国最为经典之作。当时的翻译大都是为了引入域外文坛新宗，利用外来文学的新观念和参照价值唤醒沉睡的国人。换句话说，在晚清民国时期，外来文化和文学的翻译被当成救亡启蒙的手段之一，具有现实功利性。而与中国前几次外来文学文化翻译高潮相比，这一时段译介的国家更多，范围更大，

---

① 王向远：《翻译文学研究》，银川：宁夏人民出版社，2007年，第73页。
② 陈原、许钧：《语言与翻译》，载许钧编：《文学翻译的理论与实践——翻译对话录》，南京：译林出版社，2001年，第208页。

翻译也被赋予了前所未有的使命,译者亦有着更为复杂的翻译考量,翻译的作家多,题材广,类型更加多元多样。"……中国现代的思想传统就肇始于翻译、改写、挪用以及其他与西方相关的跨语际实践。"①在社会转型文化背景下,规模宏大的翻译逐步占据文学系统的中心地位,打破了长期以来自我封闭的文学系统,输入了西方的政治、民主、自由等思想,也引进了现代西方的文学观念及其创作方法,推动了中国社会、经济、政治理念的更新,及文学的现代化转向,并对近现代作家的文学创作产生了巨大影响。

翻译和创作的互动依托报刊进行,其中使用白话文创作和翻译的文献大部分选择报刊刊发。1897年,作为近代中国以开启民智为宗旨的白话报刊滥觞之《演义白话报》创刊,即把目标定位在"把各种有用的书籍报册,演为白话,总期看了有益"②。在语言使用上,不管是南方的模拟官话写作,还是北方的口语化书写,清末报刊白话最为明显的语言特征就是通俗化和口语化。之后,1898年创刊的《无锡白话报》、1901年创刊的《杭州白话报》、1903年底创办的《中国白话报》《京话日报》《正宗爱国报》《爱国白话报》等以白话书写为主的报刊,为新文学的传播搭建了平台,不管是新闻时评还是翻译文学,都大量采用白话文,这为后来新文化运动积累了白话文的书写经验,也为中国文学的现代转型打下了坚实的语言基础。近代报刊语言的通俗化、白话化趋向,使它为五四白话文运动积蓄了力量,为之作了队伍和舆论上的充分准备。瞿秋白在与鲁迅论翻译的信中说:"翻译——除能够介绍原本的内容给中国读者外——还有一个很重要的作用:就是帮助我们

---

① 刘禾:《跨语际实践——文学、民族文化与译介的现代性》,宋伟杰等译,北京:生活·读书·新知三联书店,2002年,第35页。
② 《白话报小引》,《演义白话报》1897年第1期。

创造出新的中国的现代语言。"① 而中国现代文学的转型就是首先在语言层面开始的。语言的现代化才带来文学文化的现代性转型。而白话文最大的一个来源,就是在翻译中利用欧化句法,"我们以为若要使中国有新文学,若要使中国文学能达今日的意思,能表今人的情感,能代表这个时代的文明程度和社会状态,非用白话不可"。② 五四新文化运动之后的作家们,都是在阅读西学翻译的书籍中成长起来的。中国现代语言之所以比古代语言更严密,更富于表现力,就是由于我们保存了古代语言的精华,又吸收了外国语言中的某些语汇成分和语法成分,并随着中国社会的发展而发展。

梁启超是较早认识到翻译和创作之间密切关系的学者,他指出:"翻译文体之问题,则直译、意译之得失,实为焦点。其在启蒙时代,语义两未娴洽,依文转写而已。若此者,吾名之为未熟的直译。稍进,则顺俗晓畅,以期弘通,而于原文是否吻合,不甚厝意。若此者,吾名之为未熟的意译。然初期译本尚希,饥不择食,凡有出品,咸受欢迎,文体得失,未成为学界问题也。及兹业浸盛,新本日出,玉石混淆,于是求真之念骤炽,而尊尚直译之论起。然而矫枉太过,诘鞠为病,复生反动,则意译论转昌。卒乃两者调和,而中外醇化之新文体出焉。此殆凡治译事者所例经之阶级,而佛典文学之发达,亦其显证也。"③ 翻译还促进了中国文学书写语言的现代转型,实现文学创作和世界的接轨。为了使翻译文本与大众审美和阅读需求相结合,"翻译的文体大都是用白话文,为了保存原著的精神,白话文就渐渐欧化了"④。在欧化白话文的过程中,传统文言的书写传统就慢慢退出书面语的系统,即便

---

① J·K(瞿秋白):《再论翻译答鲁迅》,《文学月报》1932 年第 1 卷第 2 期。
② 胡适:《附答黄觉僧君〈折衷的文学革新论〉》,《新青年》第 5 卷 3 号,1918 年 9 月。
③ 梁任公:《翻译文学与佛典》,《改造》1921 年第 3 卷第 11 期。
④ 陈子展:《中国近代文学之变迁》,北京:中华书局,1929 年,第 163 页。

早期如严复、林纾等翻译家使用文言翻译西方的社会科学和文学著作取得了一定的成就,但随着新文化运动的推进,翻译使用白话文更易于对接,因此,晚清民国对外翻译语言就慢慢使用欧化白话文了,因此在某种程度上,晚清的西学翻译改变了中国传统的书写形态。瞿秋白指出:

> 中国的言语(文字)是那么贫乏,甚至于日常用品都是无名氏的。中国的言语简直没有完全脱离所谓的"姿势语"的程度——普通的日常谈话几乎还离不开"手势语"。自然,一切表现细腻的分别和复杂的关系的形容词,动词,前置词,几乎没有……翻译,的确可以帮助我们造出许多新的字眼,新的句法,丰富的字汇和细腻的精密的正确的表现。因此,我们既然进行着创造中国现代的新的言语的斗争,我们对于翻译就不能够不要求:绝对的正确和绝对的中国白话文。这是要把新的文化的言语介绍给大众。[①]

近代以来大量外国文学作品翻译成现代中文,帮助汉语获得了表达新思想、书写新观念的样板,也在很大程度上决定了汉语新变的可能。前面述及,中国语言文学书写形式和观念的现代转型,主要体现在以下四个层面上:在精神层面,以批判封建思想观念,高扬人性解放的大旗,启蒙民智;在文学类型及审美追求上,以追求多元性、兼收并蓄为主要特征;在艺术形态层面,力争建立现代文学的诸种形态;在语言表现形式上,以现代语言,尤其白话为发展方向,并对欧化书面语和大众口头语进行整合,从而建构起现代汉语的语法、书写等规范。而这些现象的发生,都是由不断输入和翻译西方学科知识所引发的。"概言之,近代翻译家们不仅输入了新的文学

---

① 鲁迅:《鲁迅与瞿秋白关于翻译的通信·鲁迅的回信》,载罗新璋编:《翻译论集》,北京:商务印书馆,1984 年,第 276 页。

语言、文学形式、文学理论,还输入了现代文明和现代思想,对中国文学文化现代转型产生了积极的影响。这些影响,有的在译者预料之中,有的却是译者始料未及的。无论哪种方式,这些译作一经产生,就脱离了原作的文化语境,进入目的语文化语境,开始了自己的独立于原著的生命历程。它们或为目的语文化所接受,或遭到拒绝,都在很大程度上取决于其内容或形式是否为目的语文化所需,是否契合目的语文化的某种要素。"①

西方现代思想和现代文学文化的引入,是中国文学由古典形态向现代形态转变的重要推动力量,这是被学界所公认的。新文化运动的发起者大部分是受到西方文学文化熏陶的具有现代知识视野的知识分子。如胡适、陈独秀提倡的"德先生"和"赛先生"就是西方现代文明的基石,正是在科学、民主等现代价值观的基础上推动了中国文化的现代生成,也使得中国文学发生了现代性转变,而使用白话文进行创作,引进西方现代诗歌范式,吸收西方话剧的精华,使用现代文体进行文学写作等,使中国文学具备了与世界先进文学对话的可能性,也具备了现代新文学基本风范。正如於可训所指出的:"所谓文学转型,在我看来,其一应当是指一种文学形态的变化。例如在中国近代发生的文学从古典向现代的转变,在西方文艺复兴时期发生的文学从中世纪向近代的转变,等等。其二应当是指一种文学性质的变化,例如中国新文学在1949年以后发生的从新民主主义性质的文学向社会主义性质的文学的转变,有的学者提出的西方现代文学在二十世纪中期以后发生的从工业社会的文学向后工业社会的文学的转变,等等。"②

需要指出的是,由于清廷闭关锁国政策和传统士大夫的文化自

---

① 杨丽华:《中国近代翻译家研究》,天津:天津大学出版社,2011年,第198页。
② 於可训:《於可训文集——文学评论》,武汉:长江文艺出版社,2018年,第533页。

信,直到19世纪中叶,中国人几乎没有真正接触到西方的文学形式。明末清初虽然来华传教士曾经翻译了《伊索寓言》里部分西方文学作品,但主要目的在于为基督教的教义进行注释,很难说是纯粹的文学翻译;鸦片战争后,中国人开始见识到西方坚船利炮和声光化电的厉害之处,心灵受到震撼;甲午战争后,世人又认识到中国不但在科技、物质层面远远落后于西方世界,而且在政治制度、法律形式等社会规范层面也被西方远远甩在身后。但中国士人仍普遍坚持文学是中国占优势,即使在王韬、郭嵩焘、薛福成、康有为等具有新思想的士大夫的头脑里,这种民族文化的优越感也是根深蒂固的。比如王韬就认为:"英国以天文、地理、电学、火学、气学、光学、化学、重学为实学,弗尚诗赋词章。"[①]可以说,文学是清末文化人心中维持"中体"的最后一个城堡[②],是天朝大国文化尊严的最后防线,但翻译文学最终突破了这一道防线,使国人认识到西方文学也有卓越的名著,从而放下文化身段,全面开启了西学引进的历史大潮。

但随着晚清学习西方进入更深入的文化层面以后,觉醒的中国知识分子开始发现文化上的落后更为致命,于是掀起了向西方学习的热潮。以1898年发生的两起文化事件为例,便可审视这种时代风气的变化。这一年政治上的大事件是戊戌变法的失败,但也孕育着更为激烈的政治运动;文化上的大事件是严复所翻译的《天演论》出版,以及梁启超所撰写的《译印政治小说序》的发表,它们极大地影响了中国文化的变革,并且掀开了中国翻译文学事业新的篇章。第二年林纾翻译的《巴黎茶花女遗事》正式印行,随后更多的仁人志士投身于翻译文学事业的洪流之中,外国文学作品大量翻译成中文进入国人的阅读视野。《巴黎茶花女遗事》征服了中国千千万万读者,"断尽支那荡子

---

① 王韬:《漫游随录》,北京:社会科学文献出版社,2007年,第116页。
② 邹振环:《20世纪上海翻译出版与文化变迁》,南宁:广西教育出版社,2000年,第35页。

肠",也改变了中国文人对外国文学主观判断,使人认识到外国不仅有声光化电的科学知识,也有像《红楼梦》《史记》一样的伟大作品。同时,《巴黎茶花女遗事》还输入了现代西方小说的创作手法和叙述技巧,如第一人称、书信体模式、倒叙、插叙手法的使用,等等,特别是爱情主题的悲剧结尾,都是中国文学中所缺失的,这些文学观念对中国文学的叙事产生了积极影响;此外,《巴黎茶花女遗事》对虚伪道德观念的抗议、对纯真爱情的追求、对社会底层的同情等书写,都是中国文学主题鲜有涉及的,尤其作品塑造了热情真诚、富有自我牺牲精神的女主人公玛格丽特形象,对清末民初受困于传统道德观念的中国青年触动较深,使数千年来国人的思维定式和审美习惯开始发生松动,自此之后,中国文学创作开始摆脱古典传统并与世界最新的文学形式接上了轨。

晚清翻译小说的现代性观念和创作手法,启发了中国作家文学书写向着现代路径挺进。翻译小说为中国文人搭建了观察世界、审视中国和反观自我的媒介,这是翻译和创作良性互动的典型例证。近代以来,很多从事外国小说翻译的人都是在中国文坛具有一定影响力的作家,他们有实实在在的创作经验作为支撑,通过翻译西方小说,他们在创作中吸收西方小说的成功经验,从而使自己的创作实现新变和转型。中国传统小说的章回体模式逐渐被作家抛弃,晚清作家开始按照章节来推进故事情节的发展,塑造典型人物形象;题材选择更为多元,描写典型环境;表现手法也吸收了西方叙事文学的模式,比如,第一人称叙事、心理描写、风景书写等被大量借鉴,这些正是文学书写的现代形态。

现代著名出版家王云五指出,中国文学接受外来影响,"分期来说,最先由印度,即因佛教之传入,其后为蒙古及北方诸民族之歌谣与语体小说的介绍,最后则受欧美文化的影响,唯过去十八世纪,印度俯角的影响,已根深蒂固,而西方文化,则自传入迄今,不过几十年的短时间,但亦一样的普遍","自政治改革之呼声起,一般学者,于杂志报章上,发表其著作乃大盛。"①而在中国文学吸收外来文学文化的过程中,翻译具有举足轻重的作用,它使外来文学文化与本土文学文化有机融合;特别近代以来,还是中国文学文化现代化的重要推进力量。近代以后的西学翻译,不仅输入了新的文学语言、文学形式、文学理论,还输入了现代文明和现代思想,对中国文学文化现代转型产生了积极的影响。

中国文学和文化之所以具有绵延不断的生命力,能不断推陈出新,就是因为有对外翻译的源头活水进入。"历史上的中国与域外之间的交流,主要是通过口头翻译和书面翻译来实现的。对域外文化的认识,是基于我们对本土文化的理解中生发出来的,而对'他者'的浑然认识又有助于我们更深刻地理解'自我'。"②近代起来,使中国文学文化发生现代转型的驱动力量是双重的:一方面源于晚清以来西方列强入侵带来的一系列军事、政治、经济、文化、外交等现实危机,另一方面也源自西方现代知识谱系的和学科门类的输入,使得中国文学、文化观念发生现代性新变。而在文学发展的时间节点上,就出现了近代这一特殊时段,它是中国古代文学的发展和终结,又是现代文学的胚胎和先声,在中国文学发展史上是一个重大的转折点。因此,中国文学由古典向现代的转型就成为近代文学研究的中心问题。而中国文学文化现代转型的催化剂就是在语言表达、艺术范式、思想内涵、理论视野等各方面起到参照和示范作用的近代翻译文学。"无论哪个民族的文化,在变革时,每每有外来的潮流参见进来,外国的文化成为触媒,成为刺激,对于本国文学引

---

① 王云五、方陶孙:《西方文化在近代中国文学上的影响》,《同光》1930年第2期。
② 邹振环编:《疏通知译史》,上海:上海人民出版社,2012年,第3页。

起质变。"①可以说,近代翻译文学是研究20世纪中国文学发生发展的重要参照系统。正是清末民初翻译文学推动了中国文学的革故鼎新,也正是在清末民初翻译文学热潮中,中国文学世界化的趋势开始启动。在20世纪中国文学史上占有一席之地的作家,都是在翻译文学耳濡目染下成长起来的。在五四前后,外国著名作家如拜伦、雨果、席勒、歌德、高尔基、普希金、莱蒙托夫、托尔斯泰、马克·吐温、狄更斯、司各特、契诃夫等的作品几乎都有中译本,20世纪初有影响的文化人都参与了当时翻译西书的大潮,他们在成就自己从一代儒生成长为一代职业作家的同时,也为五四新文学的诞生培养了一代有阅读经验的读者群体。文体的变革特别是小说的位移正是在翻译文学影响下由古典向现代形态转化,西方的创作技巧也直接催发了中国文学的叙事转型,为五四一代实现文体自觉做了有力铺垫;文学的启蒙现代性和审美形态的现代转换、中国比较文学等也导源于西方文学理论和文本译介。因此,研究这一时期的文学史和中国文学的现代转型问题,不重视、甚至避而不谈翻译文学是不够客观的,这一点已为学界越来越多的研究者所认同,特别是对于生活在中国艺术新旧交替的关口、精通数种外文、以翻译走上文坛、集创作与翻译于一身的文艺家,比如苏曼殊、辜鸿铭、周氏兄弟、林语堂等,更需要审视翻译文学对其创作现代化的作用和影响。

当然,近代以来,由于受时代走向的影响,文学翻译被梁启超等人视为一种济世安民、启发民智或政治改良的手段。他们并不重视文学的艺术价值,而是看重文学另外一方面的价值——即社会宣传价值。在这个大背景下,对外国文学的翻译不会首先考虑艺术性,更多的是

---

① 郭沫若:《再谈中苏文化交流》,载郭沫若著作编辑出版委员会编:《郭沫若全集·文学编》第19卷,北京:人民文学出版社,1992年,第196页。

基于文学的社会功能。一方面,为了宣扬维新变法,大量日本的政治小说被翻译引进;另一方面,为启蒙救亡,呼应西方的科学知识等引进,大量翻译外国的科学小说、侦探小说、冒险小说、军事小说等,而这些文学类型正是西方社会进入现代的产物,具有现代意识、现代观念,翻译引进后,无形之中启发了有识之士的现代意识,也就慢慢使中国文学和文化具有不同于古典传统的现代性表征。

五四新文学运动以后,中国文坛发生了显著变化,不但在实践上更重视翻译文学,而且在观念上也确认了翻译文学的价值,对翻译与创作之间关系的看法也发生了显著变化。从那时起,作家与翻译家兼于一身的情形十分普遍,作家翻译家们在翻译与创作的双重实践中意识到,中国文学的现代化,必依赖于外国文学的翻译;要创作出不同于以往的"新文学",必须向外国文学学习;翻译活动与作家的创作活动是相辅相成的,翻译是和创作是同等重要的文学实践活动。最明确表达这一观念的是鲁迅,他在《关于翻译》一文中指出:"我们的文化落后,无可讳言,创作力当然也不及洋鬼子,作品比较的薄弱,是势所必至的,而且又不能不时时取法于外国。所以翻译和创作,应该一同提倡,决不可压抑了一面,使创作成为一时的骄子,反因容纵而脆弱起来。"[①]鲁迅倡导翻译与创作双进,并以身作则,翻译了不少外国作品,并积极吸收有益部分,和创作有机结合,推动了中国文学的现代化;而郁达夫在《再来谈一次创作经验》一文中则从另一个角度说明了翻译与创作同样重要,对于文学家而言,翻译与创作是互相调剂的:"创作不出来的时候的翻译,实在是一种调换口味的绝妙秘诀……因为在翻译的时候,第一可以练技巧,第二可以养脑筋,第三还可以保持住创作的全部机能,使它们不会同腐水似地停注下来。"[②]这些都是作家兼翻

---

① 鲁迅:《关于翻译》,《现代》1933年第3卷第5期。
② 王向远:《翻译文学导论》,北京:北京师范大学出版社,2004年,第62页。

译家通过自己的经验总结出来的可供借鉴的方法。

翻译文学不仅影响到作家创作时植入现代意识和观念,也明显带来创作语言的现代新变,即文言文逐渐被白话文取代,白话文成为文学书写正宗,而方言、通俗性话语进入严肃文学领域,正昭示着中国文学逐渐进入新的时代轨道。对于翻译对作家创作语言及其作品现代化所产生的影响,施蛰存指出:

> 外国文学的白话文译本,愈出愈多,译手也日渐在扩大,据以译述的原本有各种不同的语文,在潜移默化之间,产生了一种新的白话文。它没有译者方言乡音影响,语法结构和辞气有一些外国语迹象。译手虽然各有自己的话文风格,但从总体来看,它已不是传统小说所使用的白话文。它有时代性,有统一性。当时的文艺创作家,即我们新文学史上所轻蔑的"鸳鸯蝴蝶派",他们所使用的,就是这一种白话文。这一种白话文体的转变,是悄悄进行的,我们在最近,看了不少译本和创作小说及杂文,才开始有所感觉。是不是可以说:早期的外国文学译本,对当时创作界的文学语言也起过显著的影响呢?①

瞿秋白也精准论述过翻译文学对作家创作使用白话文的推动作用:

> 翻译,的确可以帮助我们造出许多新的字眼,新的句法,丰富的字汇和细腻的精密的正确的表现。因此,我们既然进行着创造中国现代的新的言语的斗争,我们对于翻译就不能够不要求:绝对的正确和绝对的中国白话文。这是要把新的文化的言语介绍给大众。②

---

① 施蛰存:《中国近代文学大系·翻译文学集·导言》,上海:上海书店出版社,1990年。
② 鲁迅:《鲁迅与瞿秋白关于翻译的通信·鲁迅的回信》,载罗新璋:《翻译论集》,第266页。

翻译外国文学时,白话文与外国语文的风格更为接近,虽然在规范性上赶不上文言文。"周作人说过:'倘用骈散错杂的文言译出,成绩可比较有把握:译文既顺眼,原文意义亦不距离过远'……文言有它的规律,有它的形制机制,任何人都不能胡来。"傅雷接着指出:"白话文却是刚刚从民间搬来的,一无规则,二无体制,各人摸索各人的,结果就要乱搅。同时我们不能拿任何一种方言作为白话文的骨干。我们现在所用的,即是一种非南非北,亦南亦北的杂种语言。凡是南北语言中的特点统统要拿掉,所剩的仅仅是些轮廓,只能达意,不能传情。故生动、灵秀、隽永等等,一概谈不上。"①但这些都是一开始用白话翻译时难以避免的问题,随着时间点的推移,白话不但取代文言成为翻译语言,而且成为文学书写的正宗,这其中主要是白话代表着思想表达的现代趋势,也是中国文学文化现代转型的必然选择和内在要求。

外国文学的翻译、作家创作开始使用白话,报刊的作用不可忽视。近代报刊由受知识分子不屑到吸引大量文人投身其中,只用了几十年的时间,从来华传教士兴办报刊到国人主动经营;从报刊主办方商业推广受阻到商人愿意花钱在报刊上打广告;从人们视报刊内容为"秽物"、文章为"野狐",再到"报章文体,人奉为宗"的急速转变。近代白话文的表达正宗就这样最先在报刊中施行,并最终大面积铺开。这既是近代中国社会发展的历史必然,也取决于报刊本身的特点。"在西方大众化报业观念普及的背景下,被外国人引入中国的近代报业,也自然体现了西方人的办报原则——即以民为本、以受众为中心的读者观。"②"近代报刊的出现说明一种新的传播工具已经进入社会生活。

---

① 傅雷:《致宋奇》,《傅雷文集 书信卷》,上海:上海远东出版社,2018年,第187页。
② 艾红红:《论中国近代报刊语言的言文合一趋向》,《山东师大学报(社会科学版)》1999年第6期。

用语言或文字传播新闻当然是古已有之,但要等到 18 世纪之初,才有定期出版、专人编辑、面向一般读者的刊物。这些刊物不仅传播时事和社会新闻,而且发表议论。这后者是一个新因素,由于有这个因素,刊物就不只是宫廷公报或街头传单的重演,而变成现代的舆论工具,能够对社会施加强大影响。"①鲁迅在《〈域外小说集〉序》中说:"异域文术新宗,自此始入华土。使有士卓特,不为常俗所囿,必将犁然有当于心,按邦国时期,籀读其心声,以相度神思之所在。则此虽大涛之微沤与,而性解思惟,实寓于此。"②

近代西学东渐大潮的涌起,文人被迫进行表达话语的现代转换,因为现代思想需要现代的语言给予表述。清末民初,文言书写已经逐渐失去市场,因为报刊作传递信息的载体开始成为时代主流,大批知识分子积极投身报刊,或成为报刊的经营者,或成为报刊的主编或主笔,他们通过自己的言行影响社会和公众,也通过报刊发表言论参与社会论道和启蒙民众,以实现自我的价值。"不必匕首,不必流血,笔枪可矣,流墨可矣。咄,此何物?咄,此何事?曰,报纸也。"③翻译家也将自己的译文通过报刊发表,并实现了表达话语的现代转换。随着时代的推进,"人们越来越认识到,由于翻译促进了文化交际活动的增长以及全球一体化的进程,它不无矛盾地成了认识、保存、规划但又消除差异的一种渠道。翻译是一种文化反映另一种文化最重要的途径之一"④。在清末民初,西学翻译文化转型存在着互动关系。首先,翻译能够激发、推动和加快文化转型。随着翻译史和翻译理论研究的深

---

① 王佐良:《英国散文的流变》,北京:商务印书馆,2011 年,第 53 页。
② 鲁迅:《〈域外小说集〉序》,载《鲁迅全集》第 10 卷,北京:人民文学出版社,2005 年,第 155 页。
③ 郑贯公:《拒约必须急设机关日报议》,转引自徐培汀、裘正义:《中国新闻传播学说史》,重庆:重庆出版社,1994 年,第 179 页。
④ Tymoczko, Maria. *Translation in a Postcolonial Context: Early Irish Literature in English Translation*. Manchester: St. Jerome Publishing, 1999, p.17.

入,研究者发现,中国历史上每一次大规模的文化转型都与外来翻译密切相关。其次,文化转型还必须延续文化,以实现自身文化的更新和重构。文化交流使主体文化不再独占中心位置,甚至发生断裂,并形成文化真空。这就需要吸收异质文化来填补,并重构新的文化主体,这一过程就是文化转型的过程。

报刊刊载的西学翻译对近代以来中国文学文化的转型具有先导作用。当时引入国内外国作品和文艺理论,还使中国文学的语言、文类概念以及理论术语发生变革。通过文学翻译引进的新名词、新语法、新概念、新思想都被有机融入中国现代文学发展的历程之中。如果说,清末民初的翻译强调的是文学的社会政治功用的话,那么,到了五四新文化运动时期,翻译文学在理论上逐渐向文学本体靠近,即主张翻译文学为文学革命、为新文学的建设服务,以翻译文学来颠覆原有文学系统,以建立一种适应社会需求的新的文学类属。"在一个开明知识分子无不渴望得到西方书本里奥秘知识的年代,译者所扮演的角色几乎像是神谕传授人。通过译者神奇的解释,陌生奇怪的字词章句都得以一一解码,外国的知识似乎由此豁然开朗。"[①]晚清民初识中国传统社会迈向现代的关键时期。在这一时期,众多翻译家或是有组织,或是自发性地进行翻译活动,以胸怀天下的气魄,大胆引进西方先进思想,促进了中国现代理念的萌生。国人从对西方科学技术的翻译,到社会科学的译介,再到西方文学的引进,可以说,我国对西方知识学问的翻译轨迹,反映出国人走向现代的艰难探索。

中国人走向世界、认识世界的过程艰难而曲折,历经数代人的挫折和奋斗,终于完成了对传统的扬弃和对西方优秀文化的消化吸收。中西方文学文化的博弈更是复杂曲折,郑振铎在《鸦片战争后的中国

---

① 王德威:《想象中国的方法——历史·小说·叙事》,天津:百花文艺出版社,2016年,第105页。

文学》一文中的一段论述，至今仍然可视为对中国文学文化走向现代的曲折路径的高度总结：

> 在政治革新运动初起之时，便有了一班深识关键的学者们主张灌输西方的学术思想到中国来。虽然守旧者们已退步到政治不妨刷新而学术文化道德的高尚，深邃，则我们中华所独擅，万非外人所能及的云云的一道最后的防御线上。但因了几位有识者的努力的介绍与鼓吹，一班人便也逐渐的明白，中华古国最后参与之物，所谓中华的足以自夸的学术文化与道德也有些靠不住的了。在这些重要的学者中间，梁启超氏以其纵横捭阖无所不宜的新兴文体从事于西洋学术思想的介绍，其势力最为伟大。严复氏则以其谨严秀雅的文字，切切实实的从事于《天演论》《名学》《原富》等等重要名著的介绍，其入人最为深。最后则有林纾氏以宗仰桐城义法来译述了不下百五六十种的西洋小说与杂著。他再三的告诉读者说，像中国司马子长那样的长于史法的作家，西方也不是没有。像史格德他们便是。梁、严、林他们的影响都极大，所可惜的，当时趋新的人士虽然不少，努力的有志于译述介绍的人士毕竟太少。①

近代以来，很多翻译家逐渐有了域外经历、学贯中西的人士参与到翻译中来，虽然他们自幼受到比较严格的传统文化熏陶，但在时代巨变的洪流中走向世界，眼界渐开，不断翻译引进域外新知，启迪了民智，推动了传统文学文化以及生活方式的现代转型。

总之，中国思想的现代化之路、中国文学文化的现代转型之路，就是在严复、林纾、梁启超、鲁迅、茅盾文化先驱学习、引进和翻译西方知识实现的；中国现代翻译模式的新变也是在这些翻译家的手里完成

---

① 郑振铎：《鸦片战争后的中国文学》，《世界文库月报》1937年第4—5期。

的,同时中国现代翻译理论和世界翻译理论的互动,这些杰出文化先驱也贡献良多。这一时期,还依托报刊媒介的平台,逐渐构建起中国翻译理论的学科体系。当历史走过百年,我们回望那一段波澜壮阔的历史,审视报刊、翻译研究、翻译史、翻译家等关键词时,还有着时代车轮滚滚向前的余温。

第一章
晚清民国辞赋的现代书写及其转型

第一节 晚清民国报刊辞赋的概貌及类属

在清末民初文学研究领域，报刊文献史料占有重要地位。其作为近代以来文学传播的新载体和研究资料库，已成学界共识。近年来，学界从近现代报刊与中国文学现代转型、近现代报刊刊载词话、创作小说、翻译文学、广告等诸领域展开梳读和研究，并取得一些颇有新见的成果。但近现代报刊毕竟数量庞巨，包罗万象，不少论域还亟待开掘。譬如其刊载的辞赋就未引起学界重视，缺乏系统性、整体性的辑录、研究，与其固有的文学文化价值仍存较大差距。这一方面与当时报刊资料浩如烟海、散佚普遍、整理工作费时费力、辑佚难度大有关；另一方面亦因赋这一文体在近代已难挽衰落之势，除少数知名赋者，大多数皆湮没无闻，遂为学界所轻所致。但作为文学文化转型期的独特文学现象，我们对近现代报刊辞赋进行梳理、辑佚、阐释和研究，既有反观当时世界局势、家国大事、民间事象、文化冲突、世俗生活的标识功能，也有史学、文学、文献学、传播学等多维度的学术价值和比照意义。

辞赋是中国独有的文类，形式介于诗文之间，可谓文学之国粹。作为传统文学中最为知名且延时久远的文体之一，经两千余年的累积，历代辞赋虽不及诗词那么体量庞大，却也卓荦可观。据龚克昌估算,我国辞赋总量应在20万篇以上①,数量委实惊人。故对历代辞赋给予搜罗汇总亦为诸多赋贤所重,代表如张惠言《七十家赋钞》、陈元龙《历代赋汇》、鸿宝斋主人《赋海大观》、赵维烈《历代赋钞》、王修玉《历朝赋概》等,并成为研究鸦片战争之前中国辞赋的重要资料库,文献价值甚大。但上述赋汇均成书于近代之前,故清末民初的辞赋文本还未有专汇录收。在大量网络数据库未投用之前,《中国近代文学大系》《中国新文学大系》《民国丛书》等丛书是研究晚清民国文学的重要参述文献,如《中国近代文学大系》(共30卷)辟有《散文集》《诗词集》《戏剧集》《翻译文集学》等,可谓详备,但由钱仲联先生主编的《诗词集》并未录收近代赋作。后两套丛书也未涉及辞赋及相关研究著述,实为憾事。另据马积高《历代辞赋总汇·清代卷》收目情况统算,共辑入清代辞赋家4810人、赋作19499篇,纂者主要从清人专集和别集中遴选,重在对《历代赋汇》《赋海大观》等汇集的延续、补缺;赵逵夫《历代赋评注》(明清卷)选目则以大家名篇为要,重评注而非全面的文献辑录,仅收清赋30篇,实乃冰山一角。而由上可知,目前学界相关"赋汇"专书收目时间下限是鸦片战争之前,忽略了一个重大文献源,即近代报刊资料。我们据上海图书馆编《中国近代期刊编目汇录》《上海图书馆馆藏中文报纸目录》《上海图书馆馆藏近现代中文期刊总目》等索引篇目钩沉,另据《全国报刊索引篇名数据库》(1833年至今)的库录量,报刊由西洋引进后,自1838年《东西洋考每月统记传》登载《东都赋》等赋作开始,至1919年,在报刊上署名撰发辞赋者逾百人,还有众多作者笔名待考,更有一些赋作无署名。我们以"赋"为关键词检录数据库,相关资料大概有3 000条左右,除去研究赋法的文章,以及一些题名为赋实与文学之赋无关的词条外,大概有2 000篇左右的

---

① 龚克昌:《古代赋的兴起、繁荣、发展及现代辞赋的创作》,《辽东学院学报(社会科学版)》2009年第4期。

赋作刊登在当时的报刊上，而这些赋作几乎未收入当前出版的任何一部辞赋资料汇编和集成资料里。如果算上一些以"文""歌""辞"等命名的赋作文献、未录篇目及一些交叉类型，近现代报刊所载辞赋文献应在3 000条以上，而目前几乎没有得到应有的梳理和研究；我们如果将时间节点延长至1949年，则报刊中的赋作应该更多，数目更为惊人。即便白话文运动后古文创作的受众已锐减，但我们可通过报刊辞赋的发文概貌，换一个角度来审视整个文学史的变迁，尤其可认识传统文学类型的现代面向，这也是文学研究多元化的要义所在。

因近现代报刊辞赋资料辑佚后延，也就拖累理论研究的及时跟进。加之研究清代辞赋的学者不多，故近代辞赋的研究著述就更是少见。原因存于两端：一是近代以来，伴随西学东渐大潮，传统诗词歌赋的创作已经走向衰落，并逐步让位于小说、戏剧等通俗文体，尤其翻译文学也大举侵夺传统文学的空间，民众对传统诗词歌赋的关注日渐减弱；二是近代辞赋名家较少，资料的汇集和整理比较滞后，难以引起学术界的广泛重视，研究者轻看近代辞赋的水准，普遍认为近代辞赋和先唐相比实在不值一提，甚至和晚明初清都无法相提并论，故一直以来，赋学界研究近代辞赋的成果并不多，零星而不成体系。就目前研究所及，仅有马积高《历代辞赋研究史料概述》、许结《清赋概论》《论清代的赋学批评》、俞士玲《论清代辞赋的变革》、龚喜平《明清辞赋述论》、邹晓霞《衰落中的时代强音——近代赋小论》、詹杭伦《清代赋学的几个问题》、孙福轩《清代赋学研究》《清代赋学繁兴原因论》、常威《民国游戏赋研究》等著述对近现代辞赋有所论及，但这些成果关涉的辞赋主要集中于几个近代名家，如易顺豫、王闿运、章太炎、黄侃、刘师培等人上，且支撑文本大多从专集、总集等现书中引述，很少从报刊中进行发掘，遂限制了研究空间的拓展。

总之，从目前的赋作汇总和理论阐述来看，还有十分庞大的珍贵资料未进入辞赋研究者视野,因此,对近代报刊中的辞赋进行阐释爬梳、钩沉和描述,可使我们对文学史的丰富性与多种可能性产生更为直观的印象,其学术史价值和文学史意义也是值得期待的,某种程度上甚至可以改写,至少是丰富中国赋学史,并能极大拓展近代赋学研究的路径。

一般认为,由于古文在近世的逐渐没落,赋这一中国古代最为宏伟的文类陷入"时序、体式、风格、资养、文词'五穷'困境"①,既无汉魏六朝时的博丽铺采,也无宋元明清时的体式才学,创作整体走向衰落,和古典诗词曲一样"体变已穷",峰期早过,知名作品难觅,难免出现了末代气象。对于近现代辞赋的整体概貌,马积高的判断是:"这一时期的赋,总的说来是趋向衰落了。这主要是因为政治形势发展得很快,而人们对赋体的看法长期存在着偏见:总是把汉魏六朝赋作为准则和典范,认为它不便于迅速反映现实,更不宜于通俗化。"②此说颇为在理。当时虽有章太炎《木犀赋》、黄侃《南归赋》、刘师培《出峡赋》等少数佳作刊出,且以骚体形式拟就,规矩典雅,文字佶屈,典故不常,一时传诵,但章黄师徒、刘师培等晚清学人皆以学术研究立身,辞赋终非所长。当然,因他们深谙国学精髓,熟读古代经典,与同期报刊中的其他辞赋相比,尤见功力,艺术造诣也高,即便置于历代辞赋中类比观照,亦属不可多得的佳构,可惜创制太少,难成主流,仅为古典辞赋之近代余响而已。

虽然晚近辞赋和传统辞赋相比已不可同日而语,但就近代报刊所载辞赋形式而论,赋之铺陈特质并没有被丢弃,文体特征还是较为明显的:体式或骈或散、或诗或骚,句式或四或六,或用典或拟古,继续秉持传统辞赋的撰写范型;为文讲求辞藻华丽,对仗工整,大气铺排,夸

---

① 许结:《中国辞赋流变全程考察》,《学术月刊》1994年第6期。
② 马积高:《赋史》,上海:上海古籍出版社,1987年,第628页。

饰尚虚，锻字炼字等；而内容上，由于时代巨变导致文学文化的更新和转型，近代报刊辞赋还是表现出诸多新质，有其可圈点之处。我们通过现有文献的爬梳剔抉，可归纳近现代报刊辞赋的类属和特质大体可归诸下述几端：

（一）伤哀赋

这一类赋，赋者继承哀伤赋之体例和构建技巧，进行拟作。当然，近代赋家在模拟经典赋篇时，加进了自身的时代背景和个性化书写习惯，主要代表为1874年《瀛寰琐纪》登载的几篇长赋和黄侃、章炳麟、康有为等人的赋篇。如康有为《哀仲姊文》、章太炎《哀韩赋》《哀山东赋》、黄侃《伤乱赋》等。伤哀赋最具表达力量之作是沅浦词人（金应麟）《哀江南赋并序》，本篇系模仿庾信《哀江南赋》而作，只是将时代从南北朝置换到了晚清，哀叙遭受太平天国战火、英军铁蹄蹂躏下的江南，民众流离失所，饿殍遍野，已非昔日富庶宁静的水乡，通篇充满爱国情怀和对外来侵略的谴责，并对清廷上层的顽固保守给予严厉批判。它"不仅在清代的赋中是一篇杰作，在汉以后的赋史上也是一篇较出色的作品"①。此外，金栗道人《哀江南辞》、绮庐《哀江苏》《哀南京文（并序）》、周浩泉《哀山东文》、周方镜《哀东京赋》、江禾《哀南宁赋》等皆属拟庾信《哀江南赋》所作，风格类似，丰富了哀赋的质地；另一伤哀赋代表是陈倬《哀吴都赋》，该文题虽拟左思《吴都赋》，但风格恰反之。作者自序云："昔庾信作哀江南赋，身居北朝，不忘故土，仆吴人也，粤匪肆乱，久踞金陵，庚申春夏，始窜杭郡，继陷苏垣，蹂躏东南，不堪言状。"②故以赋哀之。描写南京这一昔日名都，在太平天国运动的动荡年月，已是千疮百孔，生灵涂炭，流民失所，已无左思笔下的富丽繁华镜像，足以引起世人哀思惋叹。

---

① 马积高：《赋史》，第633页。
② 陈倬：《哀吴都赋》，《瀛寰琐纪》1874年第27期。

除上述数篇伤叹本土之赋,还有一些哀外邦之赋也值得倡扬。如《哀朝鲜赋》《哀波兰文(并序)》《哀阿国赋》(阿国为埃及)等赋篇。譬如《哀朝鲜赋》以朝鲜被日寇吞并为题,以警醒执政者防范日本的虎狼之心:"五年一变,十年一割,虎视狼贪,鲸吞鹰嚓,防美慑欧,勾心斗角,扰扰焉,攘攘焉,四面楚歌,直有似乎千丈一落,三韩八道,旗不见龙,舆图一角,色已变红,前日拱北,今忽徂东,中外未合,日韩乃融。"①说明积贫积弱的中国,不但保护不了附属的朝鲜,自身已是难保,通篇具有明显的忧患意识,体现出赋者的世界胸怀。可以说,这些模拟古代名篇而作的赋,虽缺少文学形式上的创变,更不可能超越前人之制,但其意义在于题材的新变和扩展:赋不仅仅用作描画景致的铺陈夸饰,亦可援用来表述时局之变,针砭人性得失,书写国民之殇。这些赋作,虽然审美价值稍欠,艺术水准不高,但在晚近中国四面受敌的时代语境中,其反侵略、促觉醒的社会功能无疑值得首肯。

(二) 反战赋

反对战争和反思治乱,历来是人类文学表现的恒常主题之一。在近代报刊中,著者依凭辞赋强大的表达功能,描述近代世界的发展变迁,力求超脱单一的民族视域,使民众了解目下时局的新变,以扩展国人的视野,故爱国题材和反战主题成为赋家反复呈现的内容。如《直奉交争感赋》云:"干戈扰攘几时清,南事未休北又争。兄弟阋墙人窃笑,应思国是念民生",②体现出对内战的担忧和对军阀混战的批判;再如《革命赋》《胶州湾赋》《强俄窥边赋》《伤乱赋》《松江光复喜赋》《南方乱事赋(仿阿房宫赋)》《复辟赋》《中华国赋(仿阿房宫)》《国耻赋》《歼倭赋》《闻日本投降喜赋》等赋篇都关涉到战争题材。而这些以战争及其相关事件为书写对象的赋篇,旨在引导国人从闭关封锁的狭隘

① 清天一鹤生:《哀朝鲜赋》,《奋兴》1910 年第 3 卷第 24 期。
② 苏露华:《直奉交争感赋》,《学生文艺丛刊》1926 年第 3 卷第 7 期。

眼光中走出来,使民众认清时代巨变和严峻局势。上述爱国反战赋中,《强俄窥边赋》可谓是一篇振聋发聩之雄文,逻辑性强,驳论有力,例证得当,体现出赋家纵横捭阖的历史思辨性和强烈的忧患意识。开篇云:"廿年纵敌,一国无师,瓯看渐缺,鼎患终移,伤哉!俄患之深,开门自揖。"接着援用历史典故给予驳论:"石敬瑭呼契丹作父,康王构以秦桧为贤;图录而燕云可割,旌旗而马嵬不前;金已渡江,死宗泽于河上;玉随委地,失李牧于代边。"①振聋发聩提醒决策者,以史为镜,方知得失,所有入侵者都不讲信用,与沙俄相处,务必高度防范,当心开门揖盗,引狼入室,不失为一篇佳构。而《复辟赋》的作者虽云"聊为怪话以讽当时"②,却是一篇严肃而有深度的作品,赋者以袁世凯和张勋复辟闹剧为讽喻对象,言民主共和已深入人心,任何妄图复辟帝制之举皆是倒行逆施,失败应属必然。而《吊沪战场文》则以夸饰手法铺陈淞沪抗战的惨烈:"荡荡乎焦土无垠,鸡犬不闻。断堙萦带,颓垣纠纷。长江水赤,血染沪滨。"③冀望民众奋力抵抗外来侵略,不忘国耻。应该说,这些表现战争题材的辞赋,不但主题严肃,而且也写出了深度。晚近以来,"战争给了无生气的文学带来了新的表现题材,也带来了新的兴奋点。这种兴奋暂时为老态龙钟的古典文学涂抹了一层酡颜"④,扩大了辞赋的表述空间。当然,就文学的审美价值而论,"这些在赋史上首开现代意义的爱国抗敌之题材的创作,时代赋予了特有的价值,但其表现悲情的方法、结构等,又不出前人范畴,所以就赋体艺术而言,并无创建"⑤。但也要看到,辞赋艺术的新开拓,汉魏六朝后已难突破,

---

① 文隐子:《强俄窥边赋》,《消闲录》1903 年第 52 期。
② 丹翁:《复辟赋》,《小铎》1917 年第 160 期。
③ 子扬:《吊沪战场文》,《松报》1932 年 6 月 23 日。
④ 关爱和:《从古典走向现代——论历史转型期的中国近代文学》,郑州:河南人民出版社,1992 年,第 29 页。
⑤ 许结:《清赋概论》,《学术研究》1993 年第 1 期。

因此我们也不能以艺术性欠缺而对其加以否定。

(三) 鸦片赋

对外来事项,特别是对给中国传统文化带来负面冲击的元素进行批判,是晚近报刊辞赋的重点内容,尤以鸦片为题的赋篇最多。两次鸦片战争的溃败,在知识精英看来,"既是愧对列祖列宗的奇耻大辱,也是暴露积贫积弱的奇祸巨变"[①]。朝野上下都认识到鸦片是社会的痛点和毒瘤,于是大量鸦片题材赋不断见刊,不下百篇之量。代表有《吊吸鸦片文》《戒烟会告白赋(以恋久不戒命终伤人为韵)》《戒洋烟赋(以国法森严互相劝戒为韵)》《吊烟鬼文》《洋烟赋(仿阿房宫)》《戒鸦片烟赋(以若不回头后悔迟为韵)》《烟精出游赋》《鸦片烟赋(仿阿房宫赋)》《洋烟赋》《瘾客妙思赋》《鸦片烟精歌》《鸦片烟赋(以毒人至死有家必破为韵)》等。鸦片销入中国后,一时烟馆林立,民众旦夕吸食,羸弱国民遍布,对国家、民族的毒害有目共睹。虽然政府推行禁烟举措以限制鸦片横行,但民间吸食、种植鸦片仍蔚然成风,即便官方加大打击力度,也不可能禁绝,这种现象引起有识之士的深刻忧虑。于是他们以鸦片为赋,意在告诫国人高度警惕毒品巨害。鸦片赋皆以强国富民为出发点,在整个晚清报刊辞赋中具有较大代表性,甚至到了民国中后期还有大量鸦片赋见刊,足见鸦片对中华民族所带来的创伤性记忆是持久而深刻的。赋家极力描摹鸦片"可以瘠人之肤,可以采人之色,可以消人之闲,可以蠹人之国"[②]的毒害力量,活现吸食者"一枕闲情,半生懒态,直竹横吹,矮灯斜对,笑今朝面目可憎,问昔日英雄何在,入室则烟霞护体,岂是乘云,出门则枪炮随身,俨如发对"[③]的羸弱丑态,民众一旦染上毒瘾,从此手持烟枪,成为烟精,沦为

[①] 熊月之:《西学东渐与晚清社会》,上海:上海人民出版社,1994年,第20页。
[②] 唤醒子:《戒洋烟赋》,《万国公报》1878年第502期。
[③] 寒山铁僧:《洋烟赋》,《益闻录》1882年第141期。

废人。"夫烟精之为物也,不慎初时,至成今日,骨瘦如柴,面黑似漆,不过一息生存,……黑米不需五斗,此辈便肯折腰;红丸赠送一樽,劝君毋重屈膝。"①一旦吸毒恶习上身,什么民族大义、孝悌伦理、个人尊严,统统抛诸脑后,这对国家和民族而言,是极大的灾难。可以说,辞赋发挥自身铺陈和夸饰的文体优势,将鸦片对国家、民族、个人的毒害展现得淋漓尽致,大大丰富了近现代鸦片主题文学的表达维度。

晚近很多报刊不但载发鸦片题材的文学创作,还刊登大量的禁烟宣传,如早期报刊《益闻录》发布禁烟、禁赌告示,《万国公报》登载的劝戒鸦片烟启事等,都是利用报刊及时性的特点进行禁烟宣传,及时呼吁民众自觉抵制鸦片,以富国强民,修身健体。体现了当时知识精英"抵抗烟毒泛滥,救民族于水火之中所作出的不懈努力"②。当然,从文学性上说,这些同题赋作十分相似,且多以戏拟之法写成,阅一篇即可窥全部,所谓"愤心而为骂世之文,随便而作劝人之赋"③,刊登热点和关注点是其首选,这也是报刊文学的常态之一,文学价值和审美价值倒是其次。但人们在捧腹之余,也消解了世变之际离乱无常、生不逢时的时代压抑感。

(四)新物赋

近代以来,国门开启,域外新物不断涌入,诸多迥异于中国的新物件,引起国人的极大好奇,于是赋者纷纷描述外来新知识或新事物,以拓宽国人眼界,普及科学知识。这一类赋以《轻气球赋》《自鸣钟赋》《电气灯赋》《溪西渔隐瓦灯赋》《铁道赋》《飞行机赋》《南裔异物赋》等为代表。如《轻气球赋》模仿司马相如《子虚赋》而作,洋洋洒洒一

---

① 大招:《烟精出游赋》,《振华五日大事记》1907年第44期。
② 王向远等:《中国百年国难文学史(1840—1937)》,上海:上海人民出版社,2010年,第17页。
③ 伯仁:《鸦片烟赋(续)》,《卫生报》1929年第58期。

千六百余字,将轻气球这种国人稀见之物事描述得活灵活现,既能普及外来新知,又能满足文学审美。开篇云:"有以轻气球为问者,海客为之迷,所闻曰是即天船之别名也,并为之赋,以纪其事。"正文展开奇特想象加以铺排:"今将乘云气以遨游,御清风而往还,纵横乎八表之内,上下于重霄之间,岂非人生之快事,而世宇之奇观也哉。……云可乘也,风可御也,八表可纵横也,重霄可上下也,斯时也,吾愿鼓枻前往,浮槎远游,以高挹群仙而俯视五洲。"①赋作表达了对轻气球这种西方近代传入的飞起器的好奇,并进行天马行空的想象,既有庄周梦蝶逍遥之风,又有汉赋铺张扬厉之范,体现出赋这一文体诡谲奇异的书写优势。除飞行器外,国人眼里的近代外来物件,最为神奇的非电灯莫属。赋歌咏电气灯云:"物有天工,人夺法巧,色妍鲜明,有耀熠烁无烟,闪电气于蜃楼之外,现灯光与马路之前,看来彻夜光明,奚殊白日,谈彼运机神妙,中选青钱,原夫灯之始也。"②当电灯点亮的一瞬间,"若雨乍至,新月倏升,光争皎洁,焰剔玲珑,质荧似玉,辉灿比星"③,光亮耀眼,实在让人叹为观止,心动神移。这些动人的描摹,既能将这些新物的基本特征呈现给国人,又能在文字上达到赏心悦目的效果,读者读完之后,也就无形中熟知这些东西的基本性能了。正所谓"当观于制造局之机器而知功用之巧拙,观于招商局之轮船而知商货之盈亏。此外石印书局、电报局、电气灯、自来火、自来水,各公司皆当一一身历目睹,以穷其理而致其知,复退而与格致书院诸君讲求而考论之,以求其益精而匡其不逮"④,体现赋者与时俱进的时代敏感性。在国门打开以后,西方列强带来的不仅仅是坚船利炮,还引进了近代西方工

---

① 《轻气球赋》,《益闻录》1895 年第 14 期。
② 张翔龙:《电气灯赋》,《益闻录》1882 年第 19 期。
③ 董承祖:《溪西渔隐瓦灯赋》,《自由杂志》1913 年第 1 期。
④ 《沪游纪略》,《申报》1888 年 8 月 3 日。

业文明,以及诸多为国人所不谙的新鲜科技,异样而奇特,赋家及时跟进描述,既满足好奇,又普及新知。当然,这类赋正是"随着近代中西文化交流和社会生活的繁富,创造主体的审美范围必然相应地扩大,由祖国的山川扩展到异域风光,由传统的历史文化转换为西方自然科学的新成就,这也是社会进步在文学上的一种反映。"①意在鼓励国人勇于学习西方的科技成果、器物发明,不断探求新知,实现技术跟进,以重构国家的秩序伦常。

(五) 洋事赋

这一类辞赋以对外来文化和宗教元素的描述为主,赋篇以一种他者的眼光凝望、审视和想象着这些充满异域风情的洋事洋物,对读者吸引力极大。代表如《东瀛览胜赋》《洋场赋》《上海洋场赋》《洋药赋》《租界马路赋》《海上青楼赋(仿〈阿房宫赋〉)》《学堂赋(仿〈阿房宫赋〉)》《商业场赋(仿〈阿房宫赋〉体)》《洋骚赋》《吊上海洋场文(仿〈吊战场文〉)》《模特儿赋》等。其中,《上海洋场赋》是这类辞赋的代表,整篇用字一千五百余言,对上海近代开埠以来洋场的勃兴、商业的繁盛进行描写,更有对洋场中夜夜笙歌、纸醉金迷等现象的批驳:"若乃陈大餐于曲室,列番菜于长筵,罗醴荐以实俎,进弯刀以着筵,馈羊胛于异国,来拘医于穷边。……若夫烟市流娼,茶坊荡妪,狐媚倚门,蛊惑行路。"②西方新事物进入国内,在开拓国人眼界的同时,也伴随诸多负面影响,警醒国人应冷静抉择。《东瀛览胜赋》则铺排邻国日本的风物人情,赋者尤其感叹已成为东方现代文明先行者的日本发达盛况:"而乃博览文明之盛,学校如林;纵观商业之奇,工场高迈。电气乾坤,电光世界,电线之标柱,多于藕田之农夫;电车之导线,多于机上之丝缕。街道行人,唯闻木屐之声,绝无喧嚣之语;商贾之贸易,半是静

---

① 郭延礼:《中国前现代文学的转型》,济南:山东大学出版社,2005年,第15页。
② 詹稚癯:《上海洋场赋》,《经济报》1900年第1册。

淑之少女。"①虽极尽夸饰之能事,但也可使人们了解历史上一直学习中国文化的日本,是如何抓住近代变革的时机,一举成为脱亚入欧的强国典范,触动甚巨。《学堂赋》则歌咏新式学堂的优点,"三场毕,四海一,科举黜,学堂出,林立二十一省,日兴一日……,校旗高悬,望似游龙,生徒进退,翩若飞鸿,课堂铃响,各就西东,欧风亚雨,其乐融融……嗟来乎,学堂之兴,共和之基础也。"②让世人明了新式学堂代表着教育的先进方向,是未来立国的基础。此外,基督教题材的辞赋也是表现异质文化代表的之一,计有《耶稣降世赋(以预言救世主笃生为韵)》《耶稣诞赋(以今日救主为尔生为韵)》《救主钉十字架赋(以钉之十字架为韵)》《辩诬赋》等。如《辩诬赋》认为基督教"劝人弃邪归正也,其心甚切,其理甚真,而人往往毁之、谤之、迫害之"③,它称基督教作为欧美文化的重要内核,自有其合理之处,一贯加以诽谤有失偏颇。需要指出的是,近代宗教题材的赋主要登载在教会主办的报刊上,目的是为传教之便,著者以赋的形式介绍西方基督,足以见出教会报编者的意图,一是普及国人对耶稣基督的认识,二是宣传教义并发展教众,实是一取两得之举。

（六）除陋赋

陋习是指悖离社会公德、严重贻害社会的负面行为。大凡良知作者,都会批判、揭露陋习之害。近现代报刊除陋赋充分发挥文学的劝讽功能,以反对旧观念、革除旧习性、倡导新生活。其矛头指向酒色财气、吃喝嫖赌等人类恶习,冀望引导世人回归常态生活,具有进步性,指向实用性。代表赋篇有《酒色财气赋》《戒酒赋(以醉乡急宜回首为韵)》《远色赋(以勿淫人之女妻为韵)》《戒赌赋(以玩时废业辱品荡家

---

① 炼石:《东瀛览胜赋》,《中国新女界杂志》1907年第3期。
② 卧云:《学堂赋》,《江东杂志》1914年第1期。
③ 《辩诬赋》,《中国教会新报》1869年第61期。

为韵）》《赌场赋（仿〈阿房宫赋〉体）》《赌鬼赋（以东南西北为韵）》《麻雀牌赋（仿〈荡妇思秋赋〉）》《妓馆（仿〈阿房宫赋〉）》《窝房宫赋（仿〈阿房宫赋〉原韵）》《拉皮条赋》《吊嫖客落魄文》《戒之在色赋（以题为韵）》《戒口过赋》《戒缠足文（仿〈阿房宫赋〉体）》《风水取祸赋（以题为韵）》等，都是对旧中国民间陋习的揭露和批驳。如《酒色财气赋》告诫人们应该远离酒色财色四害，以保持身心健康和人格高贵；《戒赌赋》则警示世人一定要远离赌博恶习，赌瘾不戒，人性就会迷离，"伤哉赌博之误人也，可为长叹，一如其中，志即迷乱，星耿耿兮忘昏，夜漫漫兮达旦"①，应该将生命投入到有意义的事情上来；而《窝房宫赋（仿〈阿房宫赋〉原韵）》以戏谑和调侃之笔出之，以"窝房宫"比喻青楼，该"宫"昼夜莺歌燕舞，红袖添香，使荡子流连忘返，尤其"使桑中之爱，笃于结发之夫妻；假子之欢，胜于绕膝之儿女"②几句，讽劝时人不应醉卧温柔，玩物丧志，应当洁身自好，以家国为重，保持善良和纯真。《吊缠足文》《戒缠足文》则对裹小脚这一千年来摧残中国女性的荒唐行径进行批判，借以引起世人思考男女平等的社会问题，呼吁关注女性身心的健康。中国古代健康女孩为何要遭受肢体人为扭曲的惨痛折磨？赋的铺叙可谓触目惊心："两足纤纤，禁锢帷房，三日一缠，五日一缚，花样翻新，弓鞋巧作。……使声色之厉，甚于酷吏之刑求；束缚之严，甚于囹圄之桎梏；屈折之痛，甚于幽王之炮烙；脔肉之伤，甚于屠伯之惨戮；哭声震天，甚于羊豕之见杀。"③不过，作者仅仅将矛头指向母亲，却未去深入思考链接，母亲也是缠足陋习的受害人，造成妇女缠足恶俗的，其深层次的终极原因是封建时代的男权制，妇女小脚成为他们变态的审美。和报刊登载的"方缠之际，筋骨受损，有寸步难移之

---

① 锄药山樵：《戒赌赋（以玩时废业辱品荡家为韵）》，《益闻录》1881年第90期。
② 铁骨：《窝房宫赋（仿〈阿房宫赋〉原韵）》，《自由杂志》1913年第2期。
③ 严霁青：《戒缠足文（仿〈阿房宫赋〉体）》，《通问报》1906年第184期。

势;既缠之后,筋骨受伤,更有移步不变之时。又或动辄赖人扶掖,否则如病疯瘫"①的缠足恶习批判相呼应。《戒口过赋》则告诫世人注意说话方式,防止祸从口出。总之,近代报刊赋篇对陋习的批判和书写,传导世风渐变之象,是传统辞赋从未关涉之内容,即便在文学体式上并无创新、艺术上未能添彩,却对传统赋作题材有着重大突破,值得探讨。

除上述六大类之外,还有一些受西方现代思潮影响而作的辞赋也极具表现力。如《女子要求参政权赋》《自由赋》《自由结婚赋》《议院赋》《控月老文》《共和赋》《元旦赋》等。它们描摹全新题材,介绍异域文化,抒写现代观念,充满时代气息。我们认为,这些赋篇表述题旨的新变,原因在于近代以来,西学东渐,诸多西方先进文化要素涌入国门,引发人们的比较和思考,很多深印世人骨髓的传统习性、长期自视为天经地义的观念、风俗等,逐渐发生动摇,甚至开始反转。如《控月老文》"婚牍错检,以致红颜多薄命之憾,青衫有非偶之悲。温柔女郎,恒嫁卤莽男子;俊逸少年,常娶丑陋老婆"②和《自由结婚赋》"一见倾心,两人要好。佳偶自成,同情共表。订条约于双方,无猜疑于两小"③等婚恋书写,就是倡扬自由结合,反对父母之命媒妁之言的包办婚姻习俗。可以说,这样的题旨,在经典辞赋中是从未有过的,只有将近代辞赋放到整个时局变迁的背景中去加以阐述和评价,其现代意义和价值才可在与传统的比对中彰显出来。

通过对近现代报刊辞赋的梳读,不难发现,近代以来国内外很多重要时节、关键事件都被赋家关注和书写,有宏观世界局势的巨变、有家国兴衰的感怀、有习俗文化的铺叙、有个体生活的张扬等,极具丰富

---

① 《缠足说》,《申报》1872年5月24日。
② 陶松:《控月老文》,《金钢钻》1937年5月14日。
③ 莫愁:《自由结婚赋》,《立言画刊》1939年第63期。

性和包容性。马积高认为赋对中国文学有五大发端之功,可谓是辞赋这一文体包容性和开放性的例证:

> 第一,中国古代文学中的很多传统题材,主题是在赋中首先出现或加以开拓的,如山水、行旅、田园隐居、游记、宫怨、宫殿室宇、亭台楼阁等,无不是率先在辞赋中发展起来然后再蔓延到其他文学种类去的;第二,最初对一个时代、一个地区的文物制度、生活习俗作综合性的艺术概括,最初对当代重大的政治事变作出较全面的综合性描述的也是赋;第三,具有悠久历史的我国古代讽喻文学和通俗文学也是最初出现于辞赋之中;第四,文学艺术的描写(包括对客观事物和作者主观感情的描写),由简单到复杂,由概括到细腻,赋在其中发挥了重要作用;第五,辞赋对中国文学的语言也作出了重大贡献。①

既然辞赋对古代文学包孕功能不可忽视,那么到近现代辞赋就不应该缺席。值得强调的是,文人利用报刊这一载体沿袭辞赋的书写传统,并实现新变和转型,一方面很好继承了辞赋的传统特质,保持辞赋的体例和元素、整体风格和特征,书写上散韵交替,诗文相间,用字齐整,音律和谐;内容上则铺陈夸饰,"体物浏亮",唯美尚丽,因袭"铺采摛文,体物写志";另一方面,则实现了对传统辞赋书写范围的拓展突破,题材大幅扩充。反映民族国家兴衰、紧跟时代走向、关切现代文明,这些从未涉及的新思想,成为近现代辞赋书写的重要内容;且古今中外、高雅低俗都可纳入赋的书写范围,在保持审美含量的同时,又能紧跟时局背景的变迁,体现时代对文学社会功能的需要,并将审美和针砭、讽喻、传播新知等功能进行结合,使赋这一古老文体在新的时代语境中获得了新生。诚然,从艺术成就上看,近现代辞赋已经难以和

---

① 马积高:《历代辞赋总汇·前言》,长沙:湖南文艺出版社,2014年,第1页。

道咸之前的成就媲美,"晚清辞赋创作所以成就不高,究其原因,一是赋家多为守旧复古之士,所作体制风格虽能追继古人,然内容精神已与风云变幻的时代和日新月异的生活格格不入;一是赋作表现新生活、新事物、新境界大都牵强附会,生硬干枯,缺少形象和美感"①。但考虑传统诗词歌赋在晚清已难挽颓势,文学在近代不仅仅是审美追求,而承担着更为现实的保国启蒙之责,近现代赋作能有这般成就,已属不易。

第二节　晚清民国报刊辞赋的特质及新变

报刊是近代西方的舶来之物,最初为传教士所引入。我国"近代化的报刊,是外国人首先创办起来的"②。后受启示,一些文人"仿西人传单之法,排日译印,寄送各官署,兼听民间购买"③,中国近代报刊由此萌生。今天报刊合称,实为两类,即报纸与期刊,而在报刊草创阶段,二者往往相混,诸多实为杂志者亦以"报"称之。一开始,新的受众群体还没有形成,主要以传统士人为对象,"为扩大销路、扩大影响,它们必须投读者所好,采用那时人们所熟悉的形式"④,因此很多报刊不但登载时事、时评,亦载有不少文艺题材的作品,甚至旧体诗词歌赋,目的是为迎合时人的阅读习惯和审美预期,以吸引读者购买。早期影响较大的报刊如《瀛寰琐记》《四冥琐记》《益闻录》等都有大量诗词歌

---

① 龚喜平:《明清赋概述》,载赵逵夫主编:《历代赋评述(7)》,成都:巴蜀书社,2010年,第16页。
② 方汉奇:《中国新闻事业通史》第一卷,北京:中国人民大学出版社,1992年,第243页。
③ 顾燮光:《增版东西学书录·叙例》,载熊月之:《晚清新学书目提要》,上海:上海书店出版社,2007年,第4页。
④ 李良荣:《中国报纸文体发展概要》,福州:福建人民出版社,2002年,第1页。

赋刊出。但由于晚近中国在政治、思想、文化等方面不断吸收融合西方元素,文学的书写范围也随之扩充,赋者选择的描述和铺陈对象在继承传统风格的基础上亦揉进时代转变的思考的批判,拓宽了赋的题材空间,体现出赋者切入时代的努力和关注现实的追求。

近代以来报刊中的传统诗词歌赋,虽然形式上是旧体文学,奇文玮字、虚拟对话、夸饰丽辞及引经据典仍为特色,但已具有现代性的面向,在报刊创建之初占有不少版面。这些旧体文学,和报刊主打的政论、时评、演说等类属相比是旧的,但即便再"旧",已和传统有着极大区别。于是,被视为阳春白雪高雅文学的辞赋,就这样"委身"下里巴人的通俗报刊,开始了新变和转型,其原因除"一是中国文学创造性的转化;二是西方文化的影响"①之外,我们认为,还有几点深层次的驱动。

一是时局巨变使然。晚清面临数千年未有之变局,西学东渐,中国被动进入整个世界的现代性进程,文化传统受到前所未有的外来冲击。随着"西方文物制度的输入,以及外力侵逼,产生了对于时代环境的觉醒,从而展开其思想的转变,这个转变的历程,酝酿着中西观念的激荡,新旧杂糅和更新的创造"②。传统的应对之策已然实效,文人的地位和生存面临前所未有的挑战,传统的书写方式亦开始动摇,"自报章兴,吾国之文体,为之一变"③,辞赋创作亦紧随时代的巨变而调整,由夸饰山川景物之美、铺陈大国都邑之皇、咏叹个人离愁之恨、书写田园牧歌之美等逐渐向新的描述向度敞开,赋家开始书写世界局势之新变、民族国家赢弱之现实、外来新物之奇异、思想理念之异质,变化可谓大矣。尤其对外来稀见物事之铺陈,成为晚清民国赋作最为起眼的

---

① 郭延礼:《中国前现代文学的转型》,第3页。
② 王尔敏:《晚清政治思想史论》,桂林:广西师范大学出版社,2005年,第19页。
③ 梁启超:《中国各报存佚表》,《清议报》(第100期)1901年12月。

特色和亮点,赋这一古老文体被植入现代意识和世界性视野。具体而言,西方的电器物品、交通工具、商业模式、生活习性、民主自由、妇女地位等成为赋家描摹的新内容,尤其对鸦片及其引起的社会连锁问题的批驳,成为书写最多的主题,并形成颇具规模的"鸦片题材赋",旨在引起国人警醒,以自觉抵制鸦片,实现国家昌明和个人的身心健硕,具有一定的警示性和批判性。"文变染乎世情,兴废系乎时序",由于晚清时局的巨变,异质文化的冲击,赋的铺叙题材出现了空前的拓展,体现出赋家入世的积极努力,他们力图通过赋作来启蒙民众,普及新知,接轨世界,也说明赋这一古老文体,在面对西学东渐,民族饱受欺凌的现实境况时的社会担当。而文人失去科举的进身之阶后投身现代报刊场域,觅得了生存的缝隙,旧学亦有发挥之处,撰作的辞赋也具有"酌新理而不泥于古,商旧学而有得于今"[①]的功能和价值。而报刊对各类稿件均有包容性,近代报刊与文学就这样非常好地糅合在一起,共同促进,协调发展。

二是稿酬制和商业盈利的驱使。报刊要扩大销量,吸引购买,必须有能抓住读者阅读期待的文章稿件。为此,晚清一些报刊开始尝试发文免费模式,1872年《申报》首开其端:"骚人韵士,有愿以短什长篇惠教者,如天下各名区竹枝词及长歌纪事之类,概不取值。"[②]这个启事颇具为有效,激发了文人投稿的积极性。"凡是近代的进步文人,大抵都与报刊发生关系。"[③]如一署名爱月仙子的作者拟《钱庄赋》寄给报馆,希望能给予刊出:"每欲附骥,恐难续貂。钖箫粥鼓,妄冀师旷之听。村妇田妪,敢邀毛嫱之盼。俚言庸笔,自觉

[①] 苦海余生:《文学杂志·发刊词》,载《中国近代文学大系(1840—1919)·史料索引集一》,上海:上海书店出版社,2012年,第1151页。
[②] 申报社:《本馆条例》,《申报》1872年创刊号。
[③] 袁进:《近代文学的突围》,上海:上海人民出版社,2001年,第50页。

忝颜;渔唱樵歌,或能解颐。尚蒙不弃谫陋,还求斧正登报是幸。"①但随着报刊日增,竞争加剧,作者由买方市场向卖方市场转变,报刊为留住优质稿件,开始实行稿酬制,以经济效益吸引知名作者,从而保证报刊的销量。而传统文人发现在报刊上发表作品不但有名可扬,还有钱可赚,于是纷纷踊跃撰稿,稿酬制由此建立并形成业内惯例。"旧时文人,即使过去不搞这一行,但科举废止了,特别是稿费制度的建立,刺激了他们的写作欲望。"②就辞赋撰作者而言,要从报刊获取稿费,其书写内容也要符合报刊的要求,于是求新求变成为赋家重点关注的内容;加之晚清文人对时代的了解较先前的赋作者已经有质的飞跃,眼界自是不同,甚至有了世界意识,他们笔下的赋也就自然而然地突破了前人的视野,将新的、世界性的东西写进赋篇中,并因此凸显了近现代辞赋时代价值。"原先因仕途拥塞、谋生艰难,大量流入上海和江南一带的秀才童生乃至举人进士、候补官员,现在发现能够通过业余时间写作文字,赚取稿费,对自己的生活稍有补贴,往往为此喜出望外,为报刊和书局写稿的积极性特别高。"③于是,稿酬吸引了作者,商业盈利则激励报刊主办者,使二者均有利可图。而报刊主笔或主编知道,要扩大销量,获取经济效益,仅靠时评等不足以吸引读者,类型必须多元化,诗词歌赋一应俱全,如《申报》"把刊登文艺作品作为报纸的一项固定内容"④,这样,报刊中的文类奇妙混杂,很多风格极端不一的文体被合版排印在一起,雅俗合流,宣传性与娱乐性兼顾。为应对这一趋势,辞赋作者只有不断书写新知识,描述新现象,铺陈新物事才能顺应报刊之需求,并

---

① 爱月仙子:《钱庄赋(仿〈阿房宫赋〉)》,《申报》1872年12月16日。
② 范烟桥:《民国旧派小说史略·概说》,载魏绍昌:《鸳鸯蝴蝶派研究资料》上册,上海:上海文艺出版社,1984年,第269页。
③ 张敏:《从稿费制度的实行看晚清上海文化市场的发育》,《史林》2001年第2期。
④ 李良荣:《中国报纸文体发展概要》,第130页。

获取经济报酬,因此不管在书写题材还是在内容表达上,均发生了新变,与传统辞赋已有重大区别。

三是文学传播方式新变所致。文学的传播方式经历了口传、抄传、印传等几个阶段。近代以来,西方报刊被引入中国,现代工业印刷技术也配套进来,遂使中国文学的创作和传播模式发生质变,由传统师友亲族之间小范围的抄传、刻印,开始变为专业印刷机构发行出版,遂使文学开始向大众传播转型,国人的阅读范围和习惯因此发生巨大改变。故曹聚仁说:"而一部近代中国文学史,从侧面看去,又正是部新闻事业发展史。"[1]而传播加速陡然间扩大了文学的空间和受众群,周转频率加快,使报刊文学能在短期内影响到不同的群体。作者、报刊、受众各自独立,通过报刊在市场中的信息反馈,可使报刊主办者调整刊发内容,作者调整自己的写作方向和主旨,以符合报刊的受众需求。正是著者、报刊、受众新三角关系的特征,决定了文学生产和传播的新变。"中国的期刊文学享有独一无二的地位。由于各种原因期刊出版比书籍出版更加繁荣。许多重要的作品在出单行本以前,是在杂志上问世的,而且,一些作品只有在杂志上才能找到。"[2]就赋这一文体而言,亦由传统的士人创作、精英创作向大众化的向度敞开,由局限于留名乡邦、宗族书写、师友唱酬等传统传播模式,逐渐向依托报刊进行传播的转变。而报刊利用传播周转时间短、普及面广的特点,形成文学的反馈机制,并使文学创作主体下沉,由士人转向具有现代视野的知识分子,也意味着辞赋创作与传播已脱离传统而步入现代模式。于是,赋作主体的转型、传播方式的嬗变、受众群体的更新,使近现代辞赋创作体现出新的时代特质,风格向"平易畅达,条理清晰,感情充沛,

---

[1] 曹聚仁:《文坛五十年》,上海:东方出版中心,1997年,第83页。
[2] Lee-hsia Hsu Ting, *Government Control of the Press in Modern China*, Harvard University Press, Cambridge, Mass, 1971.4.

以适于报章宣传的需要"①转变,不管在题材、手法,还是在书写形式上,都和传统辞赋有了很大区别。"近代报刊为晚清文学提供了崭新的载体、媒介和文本,三者三位一体,在加速文学生产和扩大文学传播的同时,也在推动中国文学发生系列的变革。"②之所以出现这些类型和新变,正如许结所言,它"既非赋体的更化,亦非赋艺的宏扬,而是清代政治、文化的反映"③,面对晚清数千年未有之变局,赋体文学利用其铺采之长,讽诵之功,随时代的变化做出积极的调整,以发挥文学讽劝、教化、警醒、审美等多重功能。可以说,近代报刊辞赋的新变,正是一系列社会变化带来的结果,这也是中国文学由古典形态向现代形态转变的具体例证之一,也诠释了古典文学现代转化的可能。

综上所论,晚清民国报刊中的辞赋,属于近代社会变迁的产物,但由于近代报刊芜杂多样,散佚普遍,因此很多文献还没有得到足够的重视、辑佚、整理与研究。彼时报刊的辞赋,在形式结构、语言体式及选声用韵上,依然是传统赋体的形构体制,但因受时代局势、报刊发行体制、文学传播模式变化等的影响,因此不管在题材、形式还是风格上都出现了新变和转型。一是主旨题材上,辞赋的铺叙内容发生巨大改变,如对电气、飞机、铁道、鸦片、自由等现代元素的书写,实现辞赋题材的重大突破,显然已经有的现代性的一面;二是处理方式上,因报刊对读者的准入门槛降低,故通俗性、大众性、戏作性成为主流,以迎合时代语境和受众群;三是语言表达上,借用俚语、方言入赋,消解了传统辞赋的典雅性,使辞赋的普及度大幅提升。当然,由于古典诗词曲赋在近代衰落已成定势,故报刊辞赋在艺术上、审美上确实乏善可陈;

---

① 管林、钟贤培主编:《中国近代文学发展史》(上),北京:中国文联出版公司,1991年,第25页。
② 张天星:《报刊与晚清文学现代化的发生》,南京:凤凰出版社,2011年,第2页。
③ 许结:《清赋概论》,《学术研究》1993年第1期。

但作为文学文化转型时期的独特文学现象,对其进行辑佚、阐发和研究,对于丰富中国近代文学、中国赋学的研究有着不可忽视的意义,其文学史、文献学价值是应该受到重视的。

第三节　晚清民国报刊鸦片赋谫论

清末民初,报刊媒介由西洋传入,文学的传播途径及国人的阅读习性也因之而改。一时间,"仿西人传单之法,排日译印,寄送各官署,兼听民间购买,以资阅历"①显为风尚,报刊更如雨后春笋般涌现。由于时代所需,晚近报刊的内容包罗众象,不但登载时评要闻,外来翻译和传统诗词歌赋也首选其刊发。作为中国文类中体式最为华丽的辞赋,亦时有见刊,尤以描摹鸦片题材最多,这一方面与晚近中国洋烟泛滥、国民吸食成风有关,另一方面则与以鸦片为诱因的系列战争导致中国社会的连锁反应和民族危机有关,并由此传导到文学领域,引起文人的现实关注和忧虑书写,构成晚近报刊刊载文学的独特镜像。

一、近现代报刊鸦片赋的概貌及研究

鸦片战争之后,中国古典文学开始出现新变和缓慢转型。文学中千百年来常被表述的爱国主题、批判精神,在近代中西异质文化碰撞中变换出新的书写范畴。特别对外来负面物象的警示和批驳,是近代爱国文学最常见的表现范畴,其中尤以鸦片元素最为多见,且在近代小说、诗词歌赋里多有展现。鸦片是罂粟果浸出液的凝固体,自唐开始有罂粟记载以来,经历了花景、食材、药料并最终演进为毒品的过程。鸦片不但是近代以来中华民族苦难历史的起点,也是引爆一系列

---

① 顾燮光:《增版东西学书录·叙例》,载熊月之:《晚清新学书目提要》,第4页。

社会危机的关键诱因,故史料、文学对它的描述就十分普遍。如林则徐《高阳台·和蟫筠前辈韵》、魏源《江南吟·阿芙蓉》等诗词作品,魏秀仁《花月痕》、俞达《青楼梦》、韩邦庆《海上花列传》、吴趼人《黑籍冤魂》、观我斋主人《罂粟花》等为代表的小说文本,都紧密结合时代巨变,极力展现烟毒泛滥的社会现状,描摹民众吸食的丑态,批判鸦片给中华民族带来的严重戕害,形成了近现代颇具规模的鸦片题材文学,丰富了爱国文学书写的维度。

而晚近中国文学的鸦片叙事,不管是朝廷要员的批判陈述,还是一般文人的声讨表达,都一致指向烟毒的危害性。"自鸦片烟流毒以来,人心风俗,日益败坏,不复可问。"①与中华大地洋烟泛滥、吸食成风的严峻现状相呼应,近现代报刊载发了大量鸦片烟毒的古体诗文,辞赋类属也有不少。除直接以"赋"为题者,部分撰作则以文、辞、歌等命名,但都围绕鸦片对民族国家的严重危害、人身毒害等展开。我们通过史料爬梳估算,从1869年《中国教会新报》刊载半觉子《劝戒鸦片烟辞》开始,到1949年的八十余年间,大概有近两百篇鸦片题材的赋作经由报刊面世。代表有:罗玉峰《洋烟歌》、西江下士《吊食洋烟文》、守法子《戒洋烟赋》、楚狂《鸦片烟赋》、寒山铁僧《洋烟赋》、方舟《数鸦片十恶文》、仰霄《烟鬼赋》、宇平《鸦片烟精歌》、秀才《鸦片公卖赋》、瞻庐《烟鬼绝命赋》、风流道人《鸦片烟赋》等。这些赋篇皆以强国富民为出发点,或警示,或批判,整体指向鸦片对国家、民族、家庭和个人的毒害,反映了鸦片给整个中华民族带来的创伤性记忆是十分深刻的,对文学创作的影响是非常持久的。

但遗憾的是,目前学界对近现代鸦片题材文学的研究主要集中于小说、诗歌等文体,几乎未有研究者关注到报刊中的鸦片赋,不管资料

---

① 郭嵩焘:《郭嵩焘日记》第4卷,长沙:湖南人民出版社,1983年,第23页。

辑录还是文本阐释都几为空白。其中,资料整理的滞后性主要与近现代报刊散佚普遍、繁复杂乱、辑佚难度大有关,恰如阿英所述:"中国近代反对帝国主义的文学作品,大都散见当时报纸书刊以及各家专集,甚至仅有传抄本,搜集不易。"①尤其当时报刊印数少、纸张质量差、保管不善等原因,造成了近现代报刊中大量有价值的文学文献未得到较好的钩沉剔抉,也使得诸多有意义的选题得不到资料支撑而不能展开全面深入的阐发。最早对鸦片战争文学进行辑录的《射鹰楼诗话》(林昌彝编)和《咏梅轩杂记补遗》(谢兰生编)等著述,收集了不少反映鸦片战争的诗文、奏疏等,但未收赋;20世纪30年代阿英编《鸦片战争文学集》也只收诗歌、戏剧、小说等类,赋亦未收入其中;而《中国近代文学大系》《中国新文学大系》《民国丛书》等研究近现代文学的大型丛书也未辑录鸦片赋。对于文本阐释而言,学界对鸦片题材的小说、诗歌阐释相对深入,尤其20世纪70年代以来,如洪克夷、黄澄河、王飚、魏中林、龚喜平、武卫华等学者发表了不少研究鸦片诗歌的论文,有不错的拓展和挖掘,但鸦片赋还是没有进入学者们的阐述视野。换言之,学界对鸦片战争文学的研究虽然取得了一些成就,但大多数集中于诗歌领域,且研究时段集中在战时文学,对战前和战后相关的作品缺乏必要的前溯和后延。可以说,对于鸦片题材这一诞生于特殊时期的特殊文学现象来说,研究的范围和力度还远远不够,亟待加强。当然,与传统经典赋篇相比,这些作品在艺术上确实缺少创新和突破,既没有汉大赋的铺张扬厉,也未有六朝赋的声韵溢彩,亦无明末清初的学问词章;加之近代古文逐渐衰落,赋这一中国古代辞藻最为华丽的文体已风光难再,逐渐让位于通俗小说和翻译文学,知名赋家凤毛麟角,赋创作群体更是不成规模,遂为学界所轻。但从近代报刊的辞赋

① 阿英:《鸦片战争文学集》(上),北京:古籍出版社,1957年,例言第1页。

创作来说，赋铺陈的形式并没有被丢弃，其文体特征还是比较明显的：体式或骈或散或骚，句式或四或六，或用典或拟古，大多还是秉持传统辞赋的撰写范型，讲究辞藻华丽、对仗工整、大气铺排、夸饰尚虚、锻字炼字等。在继承传统的基础上聚焦时代热点，鸦片赋不失为近现代鸦片题材文学的有益拓展。

二、近现代报刊鸦片赋的语境及功能

前文提及，近现代报刊鸦片题材赋超过百篇之多，这在古典辞赋总体走向衰落的晚近是非常可观的了。那么，近现代报刊鸦片赋何以大量出现呢？这是时代语境使然。一是晚近报刊大量勃兴，使文学的传播方式发生改变，传统文学宗亲师友之间抄传的模式，变成机器大量印行，赋作有了更快的刊发平台，扩大了作者群和读者群。当时很多或知名、或普通的报刊都登载了鸦片题材赋，譬如近代影响较大的报刊如《万国公报》《申报》《益闻录》《图画新报》《字林沪报》等，不但有赋作刊载，也有很多时评论述鸦片之危害，相辅呼应。二是作者的大众化使赋作大幅增多，赋者偶有知名文人，但主要以给报刊写稿谋生的下层文人为主，赋作风格因此具有大众化、通俗化的特点。三是鸦片战争以后，烟毒之害已深入人心，有识之士积极奔走呼吁禁烟，于是形成了以鸦片为描摹中心的类型文学。有对鸦片本身起源的介绍，有对鸦片危害性的描述，有对鸦片吸食者羸弱形象的塑造，有对政府和官吏禁烟不力的批判，有对鸦片侵蚀国家根基的忧虑，等等，基本囊括了当时人们对鸦片的所有认知。四是与晚近文人对文学的游戏态度有关。清末时代巨变，传统文人失去人生追求，充斥着虚无感、幻灭感，于是利用文字来消遣人生，经典赋篇被大量拟仿，赋作量剧增。如拟仿杜牧《阿房宫赋》、梁元帝《荡妇思秋赋》、李华《吊古战场文》等经典范本，著者拟仿之初衷，首先在于读者对经典赋作耳熟能详，可解决报刊读者群体的阅读障碍,能吸引读者并保证报刊的销量;其次是在诙谐的行文风格中将鸦片的毒害进行详尽摹画,更容易引起民众警醒,并自觉远离鸦片流毒。

近现代鸦片赋的大量出现,还与政府的禁烟动员有密切关联。晚近报刊兴起后,遂自觉担负起救亡启蒙的功能,不管是官报还是民刊,都大量登发禁烟广告,目的是利用报刊及时性、宣传效果好的特点告之民众鸦片之害。早期《中西闻见录》《上海新报》《中国教会新报》《万国公报》《益闻录》等知名报刊,都有禁烟告示和鸦片危害的新闻、时事刊发。如1875年《中西闻见录》登载英国医生德贞的长文《禁烟说略》,文章强调:"禁止洋烟者,固国之道也,此实为中国腹心之疾。诚有忧国之臣与虑患之士,咸以此为切肤之忧,据现在之大局,并将来之兴替,唯此物与国计攸关。方今之计,诚有可禁之机,若不乘此禁绝,必致莫可救药。"[1] 1878年《益闻录》刊有"严禁烟赌""严禁烟馆"等禁令,倡禁"嫖""赌""毒"三害;1883年《万国公报》登载"劝戒鸦片烟启事",以启事的形式周知吸食者戒毒之重要,警示国民,远离毒品。它们均属利用报刊的及时性进行禁烟宣传,"以舆论的力量,来改变人民的心理,辅助政府法令的不足,养成人民走向光明的积极的生活习惯"[2],目的在于呼吁民众自觉抵制鸦片,强身健体,复兴家国。由于鸦片烟毒在中国流播甚广,因此报刊对鸦片的关注一直延续到民国时段,并不断扩大范围。如民国时还特设了禁烟的专门报刊,如《禁烟专刊》《禁烟公报》等,各省还设立禁烟官报,如《广东禁烟季刊》《浙江禁烟官报》《四川禁烟官报》等,足以见出报刊在禁烟过程中的重要媒介作用。虽然清廷在鸦片战争后积极禁烟,民国后禁烟力度继续加码,如1912年孙中山就任临时大总统后,就颁布禁烟令,在全国禁止吸

---

[1] 德贞:《禁烟说略》,《中西闻见录》1875年第30期。
[2] 陆京生:《禁烟与民族复兴》,《禁烟专刊》1936年第2期。

食、种植鸦片,但民间吸食、种植鸦片之风仍盛,尤其在交通欠发达的边远省份极为猖獗。"云南、贵州、广西各省,所有肥田,因为当局勒令种烟,人民赖以生活之谷物,顿形减少。米珠薪贵,饥馑迭告,折骨烹儿,司空见惯。"①时谚有云:三亩之地,必有烟田;十室之邑,必有烟馆;三人同行,必有瘾民。说明政府的禁令在边远地区收效甚微。到1929年国民政府发表蒋介石的禁烟训词时仍强调:"如果大家要救中国,必自禁烟始,欲实行禁烟,必自中央人员始,凡调查中央政府人员,确有吸烟贩烟或有鸦片嫌疑者,呈请政府,政府自当负责一一处理。"②仍在阐明官方禁烟的严正立场。但即便民国中央政府禁烟的态度是正向的、积极的,但各地军阀拥兵自重,禁令未能得到较好落实,贩吸鸦片之风还是无法根本扭转。我们根据1937年发布的26省市禁烟数据,各地登记的烟民数量至为庞大。其中最多的是四川,有1 295 569人,其次是陕西的358 979人,其他各省市大都在数十万、数万人不等③,而且这个统计应有不少遗漏。由此看来,民国烟民数量非常惊人,而且吸食鸦片的群体已不分男女老少,特别是女性烟民与日俱增,境况令人担忧:

> 对于鸦片这种祸国殃民的毒物……现在政府体察既成瘾者的实际状况,与全国各省设置康生院,专收容瘾者,期其戒除而成为一个完全的国民。其更可怕的是妇女染成瘾者,因为妇女在家庭里的责任重而且大,要强化自民族,必然得在做母亲的身上注意起来,这已是不容否认的事实,因一个人的基本教育和强健身体的基本育成,必要依赖做母亲的如何。④

---

① 周宪文:《中国之烟祸及其救济策》,《东方杂志》1926年第20期。
② 蒋中正:《国民政府蒋主席训词》,《禁烟公报》1929年第4期。
③ 《各省市禁烟禁毒概况》,《禁烟汇刊》1937年第1期。
④ 于雷:《妇女吃烟之害》,《健康满洲》1940年第7期。

可见，鸦片屡禁不绝，危及的不仅是吸食者本身，更可怕的是次生危害和后遗症，尤其女性烟民，吸食者将会影响下一代的优生优育及健康成长。而在近现代百余年历史中，鸦片的幽灵一直在中华大地萦绕难消，禁烟不仅仅是通过闭关锁国的形式将鸦片拒之门外就能了事，更为主要的因素则是民间种植鸦片已然成风，亦在于商业牟利的搅局，即便没有外来输入，国内民间自产的鸦片数量，也足以让当局屡禁不止。因此，鸦片赋在报刊中载发，并延续近百年不断，正是鸦片长期毒害中国社会和民众的真切反映。吸食鸦片已成中国社会最为普遍的现象，不但一般老百姓染上毒瘾，诸多官员也有吸食，这就使高层的禁烟律令难以从基层推进。正如林寿春《罂粟花》所写："君不见侯门朱户翠桄帘，煎膏日夜烟熏天，明知官吏不敢捉，何畏法令森且严。又不见囚徒笞杖无虚日，大吏但知官奉职，外堂听讼内堂眠，谁信职官亦私食！"①可以说，报刊鸦片题材赋的大量涌现，正是近现代鸦片成为文学书写重点的体现，亦是对政府禁烟宣传的呼应，目的在于警醒国人远离烟毒，体现了文学切入时代热点、实现批判不良社会现象的讽喻功能。

三、近现代报刊鸦片赋的要旨及叙事

由于文学发展的时代原因，近现代报刊鸦片赋难有创变，但也表现出了一些新质，它们以时局热点为题，书写家国之悲，呼应民族关切，赋家在民族危亡之际利用赋体文学的讽喻功能启蒙国民，冀此扭转世风，使民族国家走出积贫积弱之境。

（一）戏仿风格与拟古叙事

文学史上的拟赋较多。据王瑶所证，张俨《后出师表》、魏晋时《李

---

① 张应昌：《清诗铎》，北京：中华书局，1960年，第1011页。

陵与苏武书》《长门赋》、谢惠连托名司马相如拟作的《雪赋》、谢庄托名曹植拟作的《月赋》等皆属拟赋的代表。① 由于晚近游戏文学的流行，近现代报刊鸦片赋多属拟作或戏仿，尤以模仿杜牧《阿房宫赋》、梁元帝《荡妇思秋赋》、李华《吊古战场文》等名篇韵调最为常见。如署名楚狂的《鸦片烟赋》之"立约毕，口岸辟，金钱溢，鸦片出，流毒九万余里，惨无天日"②、署名天籁的《洋烟赋》之"三餐毕，四体逸，利权竭，洋烟出，来往数万余里，远隔天日"③、葛阆抄的《劝戒鸦片烟》之"英夷逼，洋烟集，货财易，鸦片出，浮海七万余里，远隔天日"④等，起始句式都是仿《阿房宫赋》，极尽铺张之词，描述鸦片流毒所及，国无宁日，民不聊生的惨状。仿作《荡妇秋思赋》的如《烟鬼烟思赋》之"春日之长似年，烟鬼之居自怜。登床一望，单单缺少公烟；瘾关难过，不知眼泪数千"⑤、《瘾客妙思赋》之"洋药之禁有年，瘾客之居可怜。出钱五串，不得一两净烟；滇黔虽贱，又隔道路数千"⑥等，活现了国人吸食鸦片的场景。而署名西江下士的《吊食洋烟文》，则仿《吊古战场文》而作，并用原韵："浩浩乎，流毒无垠，颠倒世人，黑水腾沸，碧雾纠纷，黯兮惨悴，气昏日熏，门户萧条，凛若霜晨，神灵不拯，鬼态成群"⑦，一个个羸弱的鸦片吸食者形象跃然纸上。这些书写表明，鸦片上瘾，必然给吸食者带来一系列连锁后果：花费财物购置烟具和烟膏，浪费正常的劳作时间，甚至失业；使本来强壮的身躯开始变得多病，整天哈欠连连，泪眼汪汪，烟毒后遗症开始显现，并难以逆转。值得注意的是，这些仿作对鸦片传入中国的前因后果、吸食过程、对吸食者危害等都有活灵

---

① 王瑶：《拟古与托伪》，《中古文学史论》，北京：北京大学出版社，1998年，第211—228页。
② 楚狂：《鸦片烟赋》，《庄谐杂志·附刊》1909年第9期。
③ 天籁：《洋烟赋》，《时报》1914年7月19日。
④ 葛阆抄：《劝戒鸦片烟》，《警察月刊》1936年第11期。
⑤ 《烟鬼烟思赋》，《游戏杂志》1915年第19期。
⑥ 《瘾客妙思赋》，《四川公报增刊》1914年第9期。
⑦ 西江下士：《吊食洋烟文》，《寰宇琐纪》1876年第8期。

活现的描摹,虽然文学价值不高,但历史文献价值却不可低估。那么,报刊赋的作者为何用游戏人生的态度来撰写呢?其主要基于以下两点:一是读者大都熟悉《阿房宫赋》等名篇,也非常利于速成,即便一般报刊的读者也可以通过《阿房宫赋》的用韵、铺展手法来阅读、理解新题赋作,实现文学的劝善功能,使民众自觉抵制鸦片;二是报刊具有及时性的特点,对刊发稿件的第一要求是快,因此留给著者打磨的时间并不多,而一篇有深度、具有原创性的赋需要花费大量的时间和精力,而戏作赋不用在体例上进行创新,只要题材具有警示性、现实性和新颖性即可吸引读者。虽然"前人的诗文是标准的范本,要用心地从里面揣摩、模仿、以求得到神似。所以一篇有名的文字,以后倒常有好些人的类似的作品出现,这都是模仿的结果"①,但晚近报刊赋的拟作只求形似,不求神似,赋家的目的在于模仿利用,而不是对赋体的开拓和创新,故多为拟作戏仿。诚然,从文学性上来说,这些同题赋作大都雷同,甚至阅一篇即可窥全部,这也是报刊文学的常态之一,文学价值和审美价值并非刊登首选,热点和关注点才是第一考量。

(二)讽劝功能与病体隐喻

鸦片战争发生在近代中西两种文明和文化冲突的交汇点上,既是中国社会近代转型的开始,又是西方工业文明对中国农耕文明的挑战。它是英国为顺利在中国倾销鸦片而发动的非正义之战,但最终却以中国的失败而告终,各种不平等条约纷纷签订,国土被西方列强瓜分,使民族国家长期处于积贫积弱之中。它不仅影响到中国社会的走向,也给近代文人的人生观、价值观带来深刻影响。文人们饱尝战争颠沛流离之苦,目睹外来侵略者的强暴行径、政府的无能和人民的疾苦,由此激发了他们的责任意识和创作欲望。

---

① 王瑶:《中古文学史论》,北京:北京大学出版社,1986年,第100页。

鸦片进入中国，特别是民众吸食鸦片带来了一系列的社会问题，不仅使国库亏空，大量银两外流，国贫民困，还导致国人身体羸弱，疾病缠身，于是"病夫"成为当时国人的民族符号。故林则徐忧心忡忡地说，"若犹泄泄视之，是使数十年后，中原几无可以御敌之兵，且无可充饷之银"①，马寅初也判断，"欲强中国，必先强中国民族，欲强民族，一定要取消鸦片。吸鸦片之人，除晚上可以看家守户外，别无一长，人瘦面黄，怠惰成性，身体羸弱，渐成废物，不仅吸烟者个人受害，因其不治生产，则家族生计，亦受影响"②。鸦片本可作药治病，但不能过量摄入，国人却将之当饭菜食用，一日三餐吸食，使得鸦片烟毒流播中华大地，"吸食遍于官民，种植盈乎田野，制造诡密，贩卖狡黠，无所不用其极"③，而吸食鸦片使民众病羸瘦弱，导致国民身体素质急剧下降，百姓无劳作之力，士兵无战斗之志，官员无吏治之心。一旦沾染上毒瘾，民族大义、孝悌伦理等优良统统抛诸脑后，手持烟枪归为烟鬼，从此沦为废人。为此，赋家铺叙道："夫烟精之为物也，不慎初时，至成今日，骨瘦如柴，面黑似漆，不过一息生存，……黑米不需五斗，此辈便肯折腰；红丸赠送一樽，劝君毋重屈膝。"④毒瘾上身后，眼流泪，鼻出涕，耸肩缩腮，面黄肌瘦，神情萎靡，这是鸦片吸食者最为明显的印记，用"烟精""烟鬼"等表述这一外在特征，可谓形象已极，也是对未吸者最直接的警示。"中国抱此烟癖，因之家破人亡者，不胜枚举。"⑤可以说，在这些赋作中，撰者着力展现烟民受鸦片毒害的荒废人生，一旦毒瘾攻心，什么家国大义，伦理道德，文化传统，全部抛之脑后，赋作者以写实的刻绘，警示国人，当警惕步烟鬼后尘，教育民众务必远离毒烟之害。鸦片

---

① 中山大学近代史组编：《林则徐集》（中册），北京：中华书局，1962年，第601页。
② 马寅初：《关于禁烟问题几个之要点》，《禁烟公报》1928年第1期。
③ 商震：《禁烟与国防》，《禁烟半刊》1936年创刊号。
④ 大招：《烟精出游赋》，《振华五日大事记》1907年第44期。
⑤ 《严禁鸦片烟》，《万国公报》1879年第56期。

烟毒不仅使老无所依,也使幼雏失怙,"青灯黑土,喜烟友瘾对同人;白骨黄沙,问烟鬼生前何姓。空见孤儿孀妇,恨毒物之心伤;亦有老父慈娘,哭丧明之泪迸"①,鸦片对国民精神状态的毒害,比之坚船利炮更甚,能使青春少年病弱不堪:"更有青春少女,态度轻盈,半老徐娘,荣光灿烂,一染此风,千载难断。烟笼芍药,如同西子之颦;墨点樱桃,似染张公之干。"②吸食者成为病体的代表,鸦片也成为疾病的隐喻。可以说,赋作这样的场景铺叙可使人对鸦片产生恐惧和厌恶,有一定的震撼效果。当然,鸦片赋的警示作用毕竟有限,但是通过这样的描绘,至少会引起部分国人的警觉,以抵制鸦片之害。赋家"愤心而为骂世之文,随便而作劝人之赋"③,虽时有诙谐调侃,其目的是希望国人远离烟毒,强国富民,也表明了近现代时段的"精英分子为抵抗烟毒泛滥,救民族于水火之中所作出的不懈努力"。④

(三) 批判启蒙与爱国书写

在鸦片叙事中,批判烟毒在于揭露了官场的腐败、人性堕落及社会病态,也是近代中国饱受欺凌、民生凋敝、国人羸弱的诱发器。政府腐败无能、外国侵略者耀武扬威、民众生存维艰是近代中国社会的真实面向,而这一时段的文学创作也就和这些现实境况结合在一起。鸦片烟毒牵涉到社会各阶层,遍布乡村和城市,吸食鸦片已成社会顽疾,国民"受其害者,既难屈数,然其间亦有创深痛巨,悔之甚而仍不戒者,则以烟有瘾而未易脱也"⑤。泛滥的鸦片使众多家庭破败,生命受到威胁,因此,近现代报刊中的鸦片赋就具有明显的启蒙作用和批判功能。

---

① 英绍古:《戒烟会告白赋》,《益智新录》1878 年第 8 期。
② 钱俊民:《鸦片赋》,《东南医刊》1929 年第 2 期。
③ 伯仁:《鸦片烟赋(续)》,《卫生报》1929 年第 58 期。
④ 王向远等:《中国百年国难文学史(1840—1937)》,上海:上海人民出版社,2010 年,第 17 页。
⑤ 毛祥麟:《墨余录》,毕万忱点校,上海:上海古籍出版社,1985 年,第 33 页。

赋家描述洋烟之威力云:"可以瘠人之肤,可以采人之色,可以消人之间,可以蠹人之国。"①鸦片不仅使社会民众和精英沦陷,其流毒所及,社会各领域也底线不再,鸦片以奸商走私、政府输入、非法种植等途径在整个中国流布,榨尽民脂民膏,白银外流,产业萧索,民生凋敝。整个国家"上自官府搢绅,下至工商优隶,以及妇女僧尼道士,随在吸食"②,对民众"盛况空前"吸食场面的书写,追问家国崩塌的逻辑成因,和历代文学的忧患书写是可谓一脉相承。

鸦片是外来物,因此鸦片赋首先批判向中国销售鸦片的洋人,他们为攫取商业利润无所不用其极:"此烟之产,昉自外洋,或大而圆,或小而方,厥货甚劣,其价颇昂,情同局骗,赚利中邦。……所以贵自王公卿相,下至隶仆优倡,富若盐商木客,贫如乞丐歌郎,固已举毕生之聪明财力,身家性命,遥遥焉而默置之鬼乡。"③其次是曝光国人吸食成瘾,不能自拔,严重危害国家根基:"朝臣嗜之而软疲,壮者甘之而颓惰,佳人药之而枯槁,才子吸之而坎坷。同石曼卿为芙蓉城主,喜餐天上烟霞;异张留侯之从赤松子游,不食人间烟火。"④再是批判烟民坐吃山空,竟浑然不觉。"但知香味甚佳,不识烟性最恶,铜山铁矿,坐视以亡,酒池肉林,立待其涸。"⑤诸多吸食者纸醉金迷,穷奢极欲,"金银盒堆满盘中,器夸贵重,琉璃罩遮来火上,影映团圆"⑥。这些赋作,虽极尽夸饰,却体现出赋家的忧心,极力批判鸦片的毒害,世人的麻木。鸦片的麻醉效果,不仅仅麻醉国人的肉体,更可怕的是麻醉了国人的灵魂,千百年来温柔敦厚、孝亲睦邻、耕读传家的优秀传统都被抛弃了,

---

① 唤醒子:《戒洋烟赋》,《万国公报》1878 第 50 期。
② 蒋湘南:《与黄爵滋鸿胪论鸦片书》,载《中国近代史资料丛刊·鸦片战争(一)》,上海:新知识出版社,1955 年,第 483 页。
③ 耸叟:《烟鬼赋》,《神州》1913 年第 1 期。
④ 半仙:《烟鬼赋》,《时报》1913 年 3 月 4 日。
⑤ 李四维:《戒鸦片赋》,《图画新报》1907 年第 5 期。
⑥ 伯仁:《鸦片烟赋(续)》,《卫生报》1929 年第 58 期。

代之"一枕闲情,半生懒态,直竹横吹,矮灯斜对。笑今朝面目可憎,问昔日英雄何在。入室则烟霞护体,岂是乘云;出门则枪炮随身,俨如发对"①的颓废生存状态。吸食鸦片已成社会最大公害,即便官方明文禁止,但民间吸食成风,并屡禁不绝,这种现象引起赋作者的深刻忧虑,要增强民族羸弱的体质,必须禁绝鸦片,"肃清烟毒,可以恢复我民族的勇气与毅力,亦为救亡工作之开始"②。赋家劝戒烟毒,可谓其言谆谆:"劝君戒瘾,为君心寒。不信烟中大害,试从烟底闲观。几多富贵人家,都被烟风败坏;不少精灵子弟,尽遭烟毒勾栏。"③批判政府私开烟禁更是一针见血:"烟禁既开,法度尽坏。连阡盈陌,不种谷而种烟;蓬首垢头,亦似人而似怪。四万万都作鸦片之鬼,捐税方多;一天天饿杀去瘾之医,县牌谁挂。倘外兵犯境,何须上阵冲锋;如敌寇来侵,可以不战而败。"④告诫政府私开烟禁无异于饮鸩止渴。由以上论述可知,这些赋作具有极大启蒙作用和批判性,对整个鸦片烟毒流所及进行了全方位的批判和展示,让国民认识到吸食鸦片的毒害:就民族国家层面而言,几无抵御外辱之人财物力;就个体层面来说,会导致典当家业,妻儿成奴,骨肉分离的悲惨结局,其震撼性和教育性最为真切,容易引起重视,达到远离烟毒复兴家国的目的。

四、近现代报刊鸦片赋的价值

我们通过对近现代报刊鸦片赋的梳读发现,这些赋篇既书写世界局势的巨变,感怀家国兴衰,又有个体实感的铺叙,现实场景的渲染,虽无艺术上的新变,却也有其亮点:一方面拓展了赋体文学的表达范

---

① 寒山铁僧:《洋烟赋》,《益闻录》1882年第141期。
② 汪伯奇:《禁烟与救亡》,《禁烟专刊》1936年第2期。
③ 师亮:《劝戒鸦片烟赋》,《师亮随刊》1930年初集。
④ 秀才:《鸦片公卖赋》,《拒毒月刊》1932年第58期。

围,另一方面又是史料记载的有益补充。

(一)拓展传统辞赋的题材范围

随着晚近时局的恶化,辞赋创作亦紧随时代的巨变而调整,由夸饰山川景物之美,铺陈大国都邑之皇,咏叹个人离愁之恨,书写田园牧歌之美等逐渐向新的描述向度敞开。赋家开始书写世界局势之新变、民族国家羸弱之现实、外来新物之奇异、思想理念之异质等,尤其对外来稀见物事之铺陈,成为近现代赋作最为起眼的特色和亮点,赋这一古老文体也因此被植入现代意识和世界性视野。具体而言,西方的电器物品、交通工具、商业模式、生活习性、民主自由、妇女地位等成为赋家描摹的新内容。而对鸦片及其引起的社会连锁问题的批驳,则成为书写最多的主题,并形成颇具规模的"鸦片题材赋",旨在引起国人警醒,以自觉抵制鸦片,实现国家昌明和个人的身心健硕,具有一定的警示性和批判性。由于晚清时局的巨变,异质文化的冲击,赋的铺叙题材出现了空前的拓展,体现出赋家入世的积极努力,他们力图通过赋作来启蒙民众,普及新知,接轨世界,也说明赋这一古老文体在面对西学东渐、民族饱受欺凌的现实境况时的社会担当。而文人失去科举的进身之阶后投身现代报刊场域,觅得了生存的缝隙,旧学亦有发挥之处,所撰辞赋也有新的时代价值。而报刊对各类稿件均有包容性,近代报刊与文学就这样非常好地糅合在一起,共同促进,协调发展,充分发挥了报刊文学的叙事功能,回应民族关切和社会热点。文人利用报刊这一载体沿袭辞赋的书写惯例,并实现新变和转型,一方面很好继承了辞赋的传统特质,保持辞赋的体例和元素、整体风格和特征,书写上散韵交替、诗文相间、用字齐整、音律和谐;内容上则铺陈夸饰、"体物浏亮"、唯美尚丽,因袭"铺采摛文,体物写志";另一方面,则实现了对传统辞赋书写范围的拓展突破,以鸦片入赋来反映民族国家兴衰、紧跟时代走向、关切现代文明、引介新质思想等成为近现代辞赋书写的重要内容;在保持审美含量的同时,又能紧跟时局背景的变迁,体现时代对文学社会功能的需要,并将审美和针砭、讽喻、传播新知等功能进行结合,使赋这一古老文体在新的时代语境中获得了新生。

(二) 强化历史记述的补史功能

刘勰的"文变染乎世情,兴废系乎时序"、法国理论家丹纳提出影响文学的"种族、环境、时代"三要素、鲁迅的"政治先行,文艺后变"等观点都旨在说明文学和历史现实、时代境遇的互文性关系。和历史上任何时段的文学相比,清末民初的文学和时代、政治之间的关系最为紧密。可以说,从鸦片战争到新文化运动的数十年里,反映中华民族爱国富强、抵御外辱的文学创作是十分富繁的,是一笔宝贵的文化遗产。从这些文学创作中我们可以复原当时的历史真相,民族国家所遭受的苦难,以及中华儿女拳拳爱国之心,亦伴随哀其不幸、怒其不争的国民性批判,鸦片赋正是在此背景上生成并实现其社会功能的。

除了批判社会,警醒世人,鸦片赋在某种程度上还艺术性地还原、丰富了历史。譬如禁烟功臣林则徐被撤、后继者琦善消极防御、闽浙重镇的失守、将帅为国捐躯沙场、广州战役、三元里民众英勇抗英、《南京条约》的签订等鸦片战争的重要历史节点事件在赋篇中都有陈述,并由此揭露官员无吏治之责,官兵无一战之力,乡绅无宗法之思,学子无功名之志的社会现况。烟毒泛滥使得民族国家的几大支撑轰然倒塌,国库空虚,强敌环视,民众羸弱,文明坠地,可以说,鸦片赋对这些严重社会问题的批判十分深刻。人是社会的动物,吸食鸦片不但对个人和社会带来不利影响,而且会使家庭发生极大变故,上瘾后浑身无力,难以劳作养家糊口,最后落得个坐吃山空,典当家产,甚至卖掉妻儿,使祖宗蒙羞,贻害家族的悲惨下场。这些现象在晚清最后数十年间,并不是危言耸听,而是社会现实的真实写照。很多数代殷实的人家,一旦当家人吸烟成瘾,并久戒不脱,必然家道中落,最终赤贫,沦为底层,而社会底层一旦坍塌,上层建筑也就摇摇欲坠。正是报刊辞赋的这些真实描写,使后人能全面认知当时惨痛的现实场景,从而强化历史记忆,避免悲剧重演,思考民族国家更好的未来。

综上所述,在近现代报刊的赋篇中,鸦片题材最多,风格多元,说明鸦片这一毒害民众身心健康的元素,是当时国人聚焦的中心,因此成为文学批判的首要对象。在时代巨变、国家危难的紧要关头,在面对民族羸弱、民智未开的严峻现实时,赋家不再夸饰山川风物的富庶、都邑的冠冕堂皇、个体的离愁别绪,而将笔触投向更为广阔、也更为严肃的现实题材,并以赋体文学特有的铺陈优势和夸饰特征,将鸦片这一祸害国人的外来物品进行全方位的展示和批判,以引起国人警醒,自觉抵制鸦片,冀盼国家昌明和民众身心健硕,体现了赋这一文学类型的现代生命力,亦是赋这一古老体式在文化和文学转型时的自我调适。毒品对人的戕害可谓罄竹难书,因此,我们通过近现代报刊鸦片赋梳读,以史为鉴,可反观当时的家国兴衰、社会习性、乡风民俗,不但有认知晚近烟毒泛滥时代特征的重要史料价值,且对毒品仍暗自猖獗的当下社会亦有警示意义。

第四节 晚清民国报刊"洋题材"赋考论

近代以来,面对外辱接踵、外困交织之局,朝野上下不断反思,并积极探求富民强国之略。洋务派提出"师夷长技以制夷"之策,力倡西方格致之学,清廷也因此西派使臣探求取经、擢选学生留洋研习。经过数十年的摸索,西方自然科学、社会科学、人文科学的知识得以进入中国,国人的世界观、知识观、生活观、审美观等开始发生新变和转型。在文学文化领域,随着中西文化交流的深入,服务于大众传播的现代报刊被引入国内,并先期在上海、广州等沿海城市兴起。为保障市场销量及迎合读者的阅读期待，报刊不但刊发时事评论、新闻热点，亦载有大量古典诗词歌赋，而后者的撰者多为旧派文人，他们一方面有良好的传统文化素养，对旧事物有怀旧性；另一方面对外部世界也累积了一定的知识，对新事物具有敏感性，体现了时代巨变的书写特质。在辞赋撰作上，赋者开始关注世界时局的变化，描写新物事，传达新理念，不管是题旨形式，还是书写风格都出现了新变和转型。因古文书写在近代的衰落，辞赋重现昔日辉煌已不可能，但从近现代报刊所载辞赋来看，其铺陈特质并没有改变，赋者仍秉承经典辞赋的书写惯例，体制上或骈或散，句式或四或六，内容或用典或拟古，辞藻工整、铺排对仗、夸饰炼字等传统写作要素仍很明显。其中对"洋题材"的书写最具典型性，举凡域外政治军事、经济文化、商业娱乐、生活信仰、民俗器用等皆有描摹铺陈，既有惯常的言志抒情、寄情山水、徜徉秦楼楚馆，又有关于西方商业模式、都市风情、市民生活等的细腻描摹，从中不仅可获得文学审美享受，亦可获得考察近代以来中国社会发生变革的知识视野。

一、洋物赋：域外新物事的铺陈与国人知识视野的拓展

鸦片战争失败后，志士仁人开始意识到学习西方的重要性，尤其是以工业制造为典型代表的格致之学，成为"师夷长技"的吸纳对象，火器、电器、钟表、飞行器、照明设施等开始引入国内。而这些物件正是西方科学技术转化的成果，多数国人从未接触，其原理用度与中国数千年农耕文化的器物是完全异质的。晚清报刊兴起后，为普及新知，启蒙民众，将西方的格致之学、商业文化等作为重要板块推出，目的也是想通过刊载新奇内容吸引读者眼球，以扩大报刊的销量和影响。故西方科技生产、都市文明、生活方式、民风民俗等成为报刊的主打版面。如《申报》"凡国家之政治，风俗之变迁，中外交涉之要务，商贾贸易之利弊,与夫一切可惊可愕可喜之事,足以新人听闻者,靡不毕载"①和《北洋画报》"多采登西洋事物照片,以实践沟通中西知识之本旨"②等主张即为显例。著者向报刊投稿的赋作也循此进路,旧瓶装新酒,以旧文体描绘新世界,介绍新理念,虽然未成主流,却足以引起重视,这一时段的赋作者"多是一些思想守旧或倾向保守的文人,……然亦有表现某种新内容和进步的思想倾向者,龚自珍、金应麟、章太炎的赋即其代表"③。而随着近代国门的被动打开,西方新事物、新概念不断涌入,一新国人耳目,如礼拜堂、自鸣钟、抛球场、蒸汽车、留声机、马戏团、脚踏车、机械表、交谊舞……,包罗万象,令人目不暇接。这些洋物初来华夏,带给了国人无尽的惊奇和新鲜感,也为文学提供了上好的书写题材。很多作者以赋的形式描述这些新事物,不但拓宽国人眼界,普及新知,也逐渐培养了国人的现代意识,该类赋以《轻气球赋》《电气灯赋》《溪西渔隐瓦灯赋》《自鸣钟赋》《铁道赋》《铁路赋》《远镜赋》《电影赋》《飞行机赋》《南裔异物赋》等为代表。

  洋物进入中国,引起国人极大热情和震颤,而辞赋尤长于使用夸饰语词书写新奇内容,一时间,在面对西方世界输入的千奇百怪的题材,赋作者极尽夸张之能事,或惊叹西方科技的神乎其技,或诧异西方观念的前卫超前,形成了颇具规模的"洋物赋",尤以铺陈飞行器、铁道、电灯等题旨的赋篇最为引人注目。如《轻气球赋》以主客问答的经典赋作模式开篇,将轻气球这一西方近代发明的飞行器描摹得活灵活现:"有以轻气球为问者,海客为之迷,所闻曰是即天船之别名也,并为之赋,以纪其事。"④接着正文展开了天马行空的想象和铺陈:"今将乘

---

① 申报馆:《本馆告白》,《申报》1872年4月20日。
② 《编辑者言》,《北洋画报》1927年7月13日。
③ 马积高:《历代辞赋研究史料概述》,北京:中华书局,2001年,第152—153页。
④ 《轻气球赋》,《益闻录》1895年第14期。

云气以遨游,御清风而往还,纵横乎八表之内,上下于重霄之间,岂非人生之快事,而世宇之奇观也哉。……云可乘也,风可御也,八表可纵横也,重霄可上下也。斯时也,吾愿鼓枻前往,浮槎远游,以高挹群仙而俯视五洲。"①在中国古典文学中并不乏飞天的想象书写,但现实中毕竟很少会有人信以为真,而轻气球将飞天梦想现实化,赋家以夸饰的笔触描写了这一神奇现象,不但普及了域外新知,还呼应了文学传统。再如《飞行机赋》渲染了战斗机的威猛无比,它"可以攻城市,可以毁仓储,可以破三军之营垒,可以伤万世之田庐,化阿房为焦土,变梓泽为丘墟"②,颠覆了国人传统的战争观念,引起世人对近代以来外战屡败原因的深刻反思。飞行器之外,铁路作为世界近代交通的大手笔,也是赋者极力渲染的崭新内容。一是感叹西方铁路技术带来陆地交通的便捷,使千里之遥实现朝发夕至,人与人之间物理距离急速缩短,"轰轰哼哼,大车是作;于是生风扫霓,兴云震雷,声若吹息,势若奋飞,达万里于转瞬,藐大陆于纤埃。"③二是感叹铁路的修建为不同文化的交流提供了便捷通道,实现了洲际通合。"五洲通,合为一,商埠开,铁路筑。军行数千百里,追风逐日。穿山北走而西折,直达西洋。大川溶溶,架以桥梁。一纵一横,十字相接。月台砥平,票房高啄。各随地势,转弯抹角。"④铁路和飞机是西方现代最为重要的科技成果,给中国人带来的心理冲击和心灵震撼最为强大,也是引发学习外国、抛弃成见的最好例证。

除飞行器和铁道火车,在近代输入中国的洋物中,引起国人震惊的还有形形色色的电驱物件,清末民初的中国人尤其是居住于边远山

---

① 《轻气球赋》,《益闻录》1895 年第 14 期。
② 野蓬:《飞行机赋》,《精军周刊》1934 年第 119 期。
③ 蔡可权:《铁道赋》,《铁路协会会报》1920 年第 88 期。
④ 清航:《铁路赋》,《申报》1915 年 2 月 3 日。

乡者,常年青灯冷雨,暗夜通宵,从未见过、也无法想象光如白昼的现代照明设施及千里传音的电话线路。人们对电灯、电车等靠电力驱动之器物有着不可理喻的好奇心理,并由衷感佩。"西人穷其技巧,造器致用,测天之高,度地之远。辨山岗,区水土。舟车之行,蹑电追风;水火之力,绳幽凿险;信音之速,瞬息千里;化学之精,顷刻万变。几于神工鬼斧,不可思议。"①在面对电灯的神奇光亮时,一般人于其后的物理并不知悉,文人们也概莫能外,赋者只能用"物有天工,人夺法巧,色妍鲜明,有耀熠烁无烟。闪电气于蜃楼之外,现灯光与马路之前。看来彻夜光明,奚殊白日;谈彼运机神妙,中选青钱。"②来抒发惊诧之情,当电流联通的瞬间,"若雨乍至,新月倏升,光争皎洁,焰剔玲珑,质荧似玉,辉灿比星"③;"华筵四启,灿如繁星,重门洞开,裂为银屏"④;"千盏万盏,亮胜精球。青锁光辉,漫拟藜燃太乙;玉盘皎洁,几疑月照中秋。"⑤电灯皎洁胜月,使暗夜忽明,四周毫发毕现。光线明亮的电灯使赋者为之词穷,只能以日月星辰为喻进行描述,但如何夸饰都难以描述尽国人面对电灯时难以置信的神态。此外,光学望远镜之神奇更让人惊讶万分,它使遥远景物收于眼底,近在咫尺,"洵操纵以自如,觉晶莹以无比。偕日月兮合明,观山河兮尺咫。豁双眸而四顾,齐一瞬于千里"⑥,传统中国文学中千里眼的想象变为现实。

在中国文学史上,辞赋以夸饰和铺排见长,最适合描叙让人惊叹的物象,赋者对这些洋物的书写,使国人从难以置信到慢慢接受新知转变,逐渐培养起读者的现代意识和观察新世界的经验。正所谓"当

---

① 王韬:《淞隐漫录·自序》,北京:人民文学出版社,1983年,第1页。
② 张翔龙:《电气灯赋》,《益闻录》1882年第190期。
③ 董承祖:《溪西渔隐瓦灯赋》,《自由杂志》1913年第1期。
④ 天虚我生:《灯赋》,《社会之花》1924年第4期。
⑤ 《电灯赋》,《湘珂画报》1932年第45期。
⑥ 谢炳奎:《远镜赋》,《虞社》1931年第178期。

观于制造局之机器而知功用之巧拙,观于招商局之轮船而知商货之盈亏"①,某种程度上,这些描述洋物的辞赋作品,是对官方介绍外部世界资料的有益补充。而在中国接受西方各类知识的过程中,传统知识分子首先从器物层面感受到中国和西方的巨大差距,进而看到自己在文化上的落后,意识到应积极吸纳西方文化,并以之改良中国固有的文化范式。但旧文人大多并不具备用新的文学形式描述现代世界的能力和经验,只能采用传统的文体及语词表达新世界,这时,辞赋擅长描叙铺陈的特长就被派上了用场,成为描绘西方新知识谱系的重要文学式样。虽然这些书写并非完全真实,甚至充满着毫无边际的臆想,但客观上却为国人打开了认识外部世界的窗口,既让人们感受到外界科技发展之神速,又能带来文学阅读之审美,传统思想观念在洋物的冲击下逐渐发生动摇,国人的现代意识也就在不知不觉中萌生了。当然,近现代报刊辞赋的夸饰成分肯定多于晚清外派到西方的使臣和留学人员所记述的内容,但近代文人与封建王权的相对疏离使他们能较为客观地辨识中西方关系,一定程度上突破传统与既成眼光阐释的西方形象,以及国人对西方文化表现出的既欣赏又抵触的矛盾心理。因此,赋者笔下的西方新物件,更能使民众去接受异质的西方世界,也便于国人在面对近代文化危机时,能进行深层的文化确认与反省,或有选择性地去吸收外来文化的合理因素以推动自我文化的现代转型。

总之,近代国门打开之后,西方列强用坚船利炮轰开古老中国的大门,冲击了中国传统的思维形式与生活方式,也带来了先进的工业产品和生产技术,外加国人从未见过的新奇物件,这为辞赋创作提供了新的题材。虽然当时的赋者在运用旧体字词与典故去命名、联结与

---

① 《沪游纪略》,《申报》1888年8月3日。

理解新世界与新事物时,其中难免会有冲突不适、词难达意之处,但正是在新旧融合之际,实现了辞赋书写的现代价值。国人也在不断的阅读体验中,逐步构建起对西方世界的知识谱系,并进行自我文化反思,逐渐产生了现代意识,形成民族国家现代转型的人文基础。

二、洋事赋:域外新观念的接受及对"他者"文化的想象

清末民初,虽然西方格致之学被大量引入,但并未改变当时中国积贫积弱的现实处境,开明之士认识到文化观念的更新比技术的引入更为急切,于是西方人文社科知识开始受到重视。体现在辞赋创作上,赋者在铺陈西方科技的新发明之时,也开始将描写笔触伸向其社会观念和文化事项。但由于他们对西方的诸多观念和现象还处于认知的起步阶段,往往持一种"他者"的眼光凝望、审视和想象着这些迥异于中华文化的外来观念,或说明其特性,或比较其异同,或评判背后的文化差异,对西洋物事进铺陈和想象,关涉范围广博。如《东瀛览胜赋》《洋药赋》《共和赋》《国会赋》《海上青楼赋》《大剧场观剧赋》《模特儿赋》《摩登赋》《舞场赋》《吊今舞场文》《学堂赋》等,书写的都是国人生活世界和思想观念里从未有过的概念。虽然这些洋事切实发生于中国大地上,但赋者的铺叙往往具有社会集体想象物的性质,反映了中西文化之间一开始接触时的特点,也体现了国人观念不断更新的历程,更是一个知识精英发现西方和反思传统的双向思想过程。

近现代报刊中表述"洋事"的赋作,主要以近代以来域外社会文化现象及进步观念为主。一是对域外先进社会体制、教育形式等进行差异描写。如《东瀛览胜赋》借铺排日本近代以来国势之巨变,说明日本革新的现代意义:"而乃博览文明之盛,学校如林;纵观商业之奇,工场高迈。电气乾坤,电光世界。电线之标柱,多于藉田之农夫;电车之导

线,多于机上之丝缕;街道行人,唯闻木屐之声,绝无喧嚣之语;商贾之贸易,半是静淑之少女。"①作为世代学习中国文化体制的日本,为何在明治维新之后短短三十年间获得长足发展,成功脱亚入欧跃升为现代文明国家?赋者认为源于其现代"学校""商业""工业"的强盛,这是值得引起国人深思的重大现象。而《学堂赋》则指出,教育体制想要更新和进步,西方的新式学堂及其学制是必须引入的模式:"三场毕,四海一,科举黜,学堂出。林立二十一省,日兴一日,……校旗高悬,望似游龙。生徒进退,翩若飞鸿。课堂铃响,各就西东。欧风亚雨,其乐融融……嗟来乎,学堂之兴,共和之基础也。"②虽然中华文化以数千年延续不断著称,科举取士也曾一度创造了封建世代教育的辉煌,沿袭千年,但近代以来已不能适应社会发展进步的多维需求。西方学制强调大众教育、通识教育、科学教育,代表着世界先进合理的教育理念,是中国实现文化转型的必然之路,值得我们引进效仿。

二是对西方现代文化思潮进行比较铺排。这方面的赋篇主要以近代以来西方的民主、自由等观念为描写对象,《女子要求参政赋》《自由谈赋》《自由神归去来辞》《控月老文》等赋篇可为代表,描摹的题材与中国观念完全异质,开始强调女权、自由权利等现代观念,体现了现代法治的意识。如《自由神归去来辞》铺陈出版自由和言论自由、宗教信仰的合理、集会结社的自由等:"同胞无恙,民气长伸。集会结社,众意毕宣。发言论而无忌,分党派以奚嫌。各信仰其宗教,书出版以流传"③,这样的理念对于晚清民众思想的启蒙无疑是具有积极意义的;而《自由谈赋》力倡自由民主是共和的基础,"庄谐杂录,居然大观人

---

① 炼石:《东瀛览胜赋》,《中国新女界杂志》1907年第3期。
② 卧云:《学堂赋》,《江东杂志》1914年第1期。
③ 落落:《自由神归去来辞》,《申报》1914年2月21日。

文;言论自由,适合共和民主"①,契合清末民初的社会改良和民主共和革命的时代需求;《控月老文》则赞成西式的自由婚配,反对中国"父母之命媒妁之言"的包办婚姻,尤其对造成青年男女悲剧的传统婚姻观进行批判:"婚牍错检,以致红颜多薄命之憾,青衫有非偶之悲。温柔女郎,恒嫁卤莽男子;俊逸少年,常娶丑陋老婆。女学生不配佳子弟,大英雄不遇女丈夫。世事不平,孰过于此,所以怨声载地,冤气冲天。"②赋篇以调侃的口吻出之,让人在忍俊不禁之余,拍手认同赋者的观点,并对千百年来中国男女之间的婚配形式进行严肃反思。赋作在对外来文化进行描述和想象的同时,也使得一些根深蒂固的传统观念开始动摇,达到更新识见、启蒙民众的目的。

三是赋家在介绍西方新事物之时,也对一些不良现象进行批判。如《模特儿赋》通过描写西方人体模特这一新物象,批判无良文人以之牟利的下流行径:"倡新说,重美术;模特儿,应运出。婀娜娇姿,窈窕丽质。罗襦乍解,不须难乎为情;玉体横陈,脱个精光大吉。既神圣且庄严,是光面非秘密。……则有无赖文士,滑头画翁,心机敏捷,财运亨通。借重斯宝,大赚厥铜。印刷非常精美,式样特别玲珑。发行万份,销售一空。赢得几位老板,囊充橐裕;顿教一班阅者,涎滴眼红。"③人体模特在西方是习以为常的现象,但对保守的国人而言还是过于前卫,因此往往被贴上有伤风化的标签。《摩登赋》则警醒世人务必分辨"摩登"现象对传统风俗的败坏:"借欧化为护符,视家庭如敝屣。筑阳台于旅舍,惟凭两性之冲;赋阴雨于谷风,不顾千夫之指。……摩登为致病之媒介,摩登实败德之歧途。何为摩义登仁,

---

① 守拙子:《自由谈赋》,《申报》1917年4月24日。
② 陶松:《控控月老文》,《金钢钻》1937年5月14日。
③ 高天栖:《模特儿赋》,《爱丝》1926年7月22日。

颓风挽救;曷若升堂入室,科学含咀。庶几力防暴弃,得以克保声誉。"①"摩登"兼有现代、时尚、时髦之意,在赋作者看来,这些前卫、时尚的西方文化现象,是破坏国人纯美人性的罪魁祸首,应该给予坚决抵制。再如西方的交谊舞会,也几乎成为赋者抵制和全盘否定文化事项:"浩浩乎,舞场林立。大者小者,沪东沪西。满布孤岛,霓虹灯光,沙发座椅,光滑舞池。美丽舞女,陈设富丽。"②在他们看来,这些西方"他者"的文化事项除了教人堕落、破坏公序良俗之外,实无可取之处。可见,当西方形形色色的文化观念和生活方式通过各种渠道进入中国后,难免与中国传统观念和人们世代传承的生活方式发生抵牾,国人一时难以接受和认同,这背后其实是中西方两种文化交汇时发生冲突的具体体现。正如葛兆光指出:"自元到明,有不少出使者和航海者的亲身记载,使这种关于异域的知识更为丰富……关于异域与异族的想象,却仍然常常来自对古典的揣摩和理解。"③而清末民初,虽然国人对外部世界的认识已大为进步,但在面对迥异于自身的外来事项时,还是缺少客观全面的思考审视,体现在辞赋作品里,赋者大多通过或真实或想象的文学铺陈,完成了国人对西方世界的想象性建构和现实批判,不管这些充满主观判别的建构有多少真实性,但都开拓了国人的眼界,逐渐萌生了现代观念。此外,西方基督教及相关理念也是赋者常常涉及的内容。这一类赋主要以《耶稣降世赋》《耶稣诞赋》《救主钉十字架赋》《辩诬赋》等为代表。在历史上,虽然在明清之际基督教就已经传入中国,可深受儒家伦理观念影响的中国人很难接受基督教的教义,故基督教的传播和影响十分有限。当然,有赋者指出基督教

---

① 曾永:《摩登赋(下)》,《晶报》1939年7月11日。
② 林毁:《吊今舞场文》,《舞风》1938年第3期。
③ 葛兆光:《宅兹中国——重建有关"中国"的历史论述》,北京:中华书局,2011年,第69—70页。

"劝人弃邪归正也,其心甚切,其理甚真"①,有一定的合理之处。需要指出的是,近现代描摹宗教题材的赋篇大都登载在教会所经营的报刊之上,主编或主笔之所以录载宗教题材的赋作,主要目的还是以此普及国人对耶稣教的认识,借以发展教众。

以上这些"洋事"赋,与传统辞赋题旨相较差异较大,其原因主要有两点:一是近代以来,西学东渐,西方各种文化事项进入国内,在中西方两种异质文化的接触与碰撞中,催生了近代知识分子言说西方形象的集体思潮,引发了人们的比较和思考,许多国人脑海中的传统元素、长期被视为天经地义的理念、习性等,逐渐发生了动摇,甚至反转,于是赋者纷纷去描摹全新题材,抒写现代理念,介绍世界潮流和生活方式;加之文人可以通过商业报刊获取稿费,已经不再依附官方生存,开始掌握了一定话语权,可将笔触伸向时代热点,在内忧外患之际,辞赋的书写题材体式从古典模式向经世致用转型,开始对西方世界各种经验进行表述,这其实也是中国近代知识分子心理嬗变的重要体现。二是当时文学受众开始下沉,读者向文学中心位移,文学趋向大众和通俗,形成反馈机制,这就要求辞赋的书写必须转向现代模式,虽然特殊的文化优胜心态使很多未有世界视野的赋者排斥西方世界的物事,但他们已被裹挟进世界转型大潮中,已经开始意识到如何正确定位西方世界,是关系到中华民族如何认识自己过去的传统和规划未来道路的重要环节。而且很多文人有着经世致用的传统情怀,承担着引入新知、启蒙民众的使命,他们对待西方知识体系的态度必须转变才能与时俱进,这也是中国社会史和民众心态史变迁的重要体现。因此,我们只有将这些"洋事赋"置于时代变迁的背景中去加以阐述和评价,其意义和价值才可在与传统的比对中彰显出来。

---

① 《辩诬赋》,《中国教会新报》1869 年第 61 期。

三、洋场赋：外来生活方式的引入及传统观念的动摇

晚清开埠以后，大量洋人定居东南沿海，并根据西方模型建设现代化的街市，上海是典型代表，其知名度颇高的十里洋场，成为现代西方生活方式集中呈现之所。而"洋场"之所以在清末民初的中国为世人熟知并声名远播，主要在于其体现了和中国传统生活方式和思想观念的巨大差异，"洋场"成为现代性的符号，是国人走向世界的参照。它更是西方商业模式和生活方式的集中展示之区，各种现代科技物件充斥其间，有令人目不暇接的外来器具，电产品、轻气球、自鸣钟、远望镜、照相术等等不一而足，而这些稀奇的事物最能体现中西方文化的差异性，文人"以之佐谈屑、拾诗料"①，洋场中琳琅满目的现代工业产品、灯红酒绿的西式生活成为赋者集中描写的题材。因为当时很多文人几乎没有海外经历，他们自小苦读四书五经等儒家经典，深受传统伦理道德文化的熏陶，在接触洋场时新奇万分，对他们的视觉和内心的冲击都是十分强烈的，于是便以赋的形式进行铺陈叙写。而辞赋，尤其是大赋长于铺叙，精于书写宏大场景、重大题材，这样，新题材和旧文体的有机结合，夸饰地展现了灯火通明的洋场景致、琳琅满目的奇异商品、珠光宝气的多彩服饰，涉及传统辞赋从未描摹过的题旨，一方面拓展了辞赋文学的书写空间，另一方面也无形中动摇了人们的传统价值观念。这类赋的代表有《商业场赋》《洋场赋》《上海洋场赋》《吊上海洋场文》《洋泾感遇序》《游洋场序》《上海洋场序》等。在具体文本中，赋者大都持"他者"的眼光来审视、观望着充满异国风习的租界和洋场，不管是肤色如炭的黑人、金发碧眼的洋人妇女，还是西餐酒吧、交谊舞会、礼拜弥撒等都是赋者笔下的重点，这些与乡土中国完全

---

① 王韬：《瀛壖杂志 瓮牖余谈》，陈戍国点校，长沙：岳麓书社，1988年，第183页。

异质的摩登都市,是在中华大地上实实在在发生的异国情调,尤其是琳琅满目的西洋物件和繁华胜景最能吸引文人的好奇心,从而激发起他们的书写热情。近现代赋者对洋场的书写,主要有以下几端:

一是对十里洋场中的外来元素进行呈现,在中外比对中接受西方的物质文明,并反观自我。如《春日游大世界赋》云:"坐飞船兮来往,水惊不波;乘流马兮驰驱,春风得意。春生妙舌,倾听南北弹词;着手成春,遍看东西魔术。"①描写业余时间前往游乐场放松身心的惬意,这在传统国人的生活世界中是不可想象的,因为中国古代一贯秉持诗书传家,人们较少娱乐,尤其女子更是足不出户,在领略了西方传入的现代商业和娱乐业高度发达之现况后,其震惊和向往之情充斥字里行间。洋场还是西方世界的在华缩影,西式建筑在洋场中矗立,和中国传统建筑式样完全不同,更加具有现代气息,也更能承载现代生活方式,这以模仿王勃《滕王阁序》的几篇骈赋最为明显。如佚名《洋泾浜序》书写洋堂建筑之特色云:"过徐氏之旧湾,得教堂之洋馆。层楼耸翠,上出重霄。十字凝霞,下临无地。羊肠鹤颈,倏马路之萦回;花圃鸟笼,壮洋行之体式。"②体式虽旧,却也写出西式建筑的宏伟,以及与中国完全异质的生活方式;梅鹤《上海洋场序》与佚名《洋场序》二赋,则尽列洋场之中各种机构的复杂和现代:"电杆雾列,邮政星驰。新署设华洋之员,捕房分英法之号。洋务总局,洋务总局之交涉;观察逢临,领事衙门之通商。星使常驻,七天礼拜,游移如云,十里繁华,痴人满路。"③"驾轻车于半路,访美景于沿途。临头坝之长桥,见大英之公馆。树栽千棵,势欲参天。滩涨两旁,驳之无地。轮船甲板,穷岛屿之

---

① 病鸿:《春日游大世界赋》,《大世界》1918年4月22日。
② 佚名:《洋泾浜序》,《申报》1873年1月10日。
③ 梅鹤:《上海洋场序》,《滑稽时报》1915年第3期。

往来;丝客茶商,列生涯之巨擘。"①可谓游人如织,繁华尽显,能使国人眼界大开,反观自我。这些篇赋虽是拟作,在体制和艺术上未有创新,但对洋场中各类元素的铺陈还是比较到位的,正是在这样的耳濡目染中,国人开始认识到西方文化的强势之处,也开始思考自身的文化习俗,缓慢接受西方的一些现代生活方式,并逐渐转变对待外来事物的观念和价值立场。尤其是赋篇对迥异于中国的西方生活和习俗进行描摹,全面展现了洋场中的现代景观,无论是形状各异的西方建筑、声光化电的休闲娱乐,还是洋场所体现出的物质和欲望,某种程度成为国人现代意识醒觉的诱因。

二是渲染十里洋场现代商业的繁盛,使国人在惊叹中逐渐开始思考自我。上海是近代以来勃兴的远东大城,高楼林立,通宵灯火,可谓"不夜之城",是现代市民都市生活的集中体现。漂洋过海而来的各国商船在海港停放,街道上车水马龙,繁华无限。世居或流落上海的文人,往往震惊于洋场里的各类商业胜景,不时书写着对洋场的观察和体认。如护花铃馆主在《洋泾感遇序》中写道:"夫南朝金粉,每淹名士之踪;北里烟花,半入骚人之梦。是以义山则情系锦瑟,相如则兴寄瑶琴。醉纸迷金,酒赏秦淮之月;采兰赠芍,诗裁郑国之风。"②因作者未有涉外经历,偶见洋场时一时为之词穷,只能以中国江南的繁华之地进行比附,写得比较虚;而如天台山农在渲染洋场繁华商业时风格相对写实:"说到竞争买卖,正大光明;算他出入往来,公平交易。尔乃丝毫无差,进出有序。风扇招凉,电灯放炬。为商界之创观,洵市场之众举。"③中国市井商业与之相比,简直不可同日而语;小梵《上海洋场序》则呈现了在洋场生活的国人对西方生活方式的接受:"时惟令月,

---

① 佚名:《洋场序》,《申报》1874年3月17日。
② 护花铃馆主:《洋泾感遇序》,《滑稽杂志》1913年第2期。
③ 天台山农:《夜市交易所赋》,《大世界》1921年7月10日。

序属芳辰。潮水退而洋泾干,大风起而沙尘舞。撑洋伞于路上,挂时表于身旁。临白渡之长桥,访宋园之路址。"①洋伞、钟表等已进入了国人的日常生活,是国人观念发生变化的表现。与前面几篇单纯渲染洋场商业的繁盛有所不同,丘民《商业场赋》和涛松《洋货场赋》在铺叙洋场商业繁华之时,已经在为国货的前景表达忧虑,意识到洋货充斥市场,必将对国内的商业和货币运行带来不利影响。"使舶来什物,多于鹿蒿之成品;缝纫机器,多于松竹之工女。……仇国货者,国人也,非商也。病商者,商也,非政府也。嗟乎!使国人维持国货,则足以救国。"②"欧美之制造,东亚之经营,澳非之产品,几世几年,转贩洋商,载运如山。不但我国币,弃掷外间。矿之所开,金块珠砾,流入各国。"③由这段铺陈可以看出,赋者已有一定的商业见识,在面对洋货充斥的洋场时,他们已经看到洋场背后的运行模式和可能导致的商业危机,并引发了对民族国家商业未来的思考,较之一般调侃风格的拟作,已有一定思想深度。

三是对洋场中的一些不良生活方式进行批判,让国人保持必要的距离和警醒,以保持自我。人们总会对外来的生活方式表现出好奇心,西方的生活方式进入洋场后,还和中国市井文化中的一些落后因素纠缠一起,成为不良生活方式的集中体现。在赋者笔下,除了去描述洋场里的新奇物件和繁荣的商业贸易之外,还集中笔墨对遍布洋场的赌馆、酒肆、妓院等进行扫描,主要在于展现洋场里人心不古、世风日下的现状,批判洋场对中国传统美德和生活情趣的破坏,对乡村纯美人性的冲击。因此,一些赋篇批判了洋场中歌舞升平、纸醉金迷的不良生活方式:"西方美人,北里荡子。操语如莺,慕膻似蚁。方并肩以

---

① 小梵:《上海洋场序》,《余兴》1914年第4期。
② 丘民:《商业场赋》,《娱闲录》1914年第38期。
③ 涛松:《洋货场赋》,《国华》1910年12月2日。

步行,羌握手而目眙。揎来玉臂,扶檀郎紧傍纤腰;启彼朱唇,唤宗鹊乍呈皓齿。至若夕阳将下,火树初红,莺莺燕燕,蝶蝶蜂蜂。靓服裁成妖冶,晚妆梳就蓬松。"①这里,洋场被描述成人类不良行为发生和转换的空间,是人们思想观念和行为方式变坏的根源;一些赋篇则告诫世人不应被洋场的表面繁华所迷惑,而是应看到洋场繁华背后的恶俗。"西人毕至,华番咸集。此地有高楼大厦,煤灯电线,又有洋泾急湍,环绕左右;……此地或迷于烟色,留连妓室之内;或耽于赌博,放荡王法之外。虽嗜欲有殊,财用不同,当其欣于所好,暂乐于此,快然自得,曾不知财之将竭。及其所用既尽,啼饥号寒,悔之已晚矣。"②在赋者笔下,洋场繁华与丑恶并存,光明和黑暗相共,尤其在夜晚,华灯初上,一片灯红酒绿之象,歌舞场所次第营业,赌馆妓院遍布,现代城市的绚丽和糜烂并存其中,使官人沉醉、游子迷惑,这是应该受到批判和抵制的。当然,洋场是西方社会生活方式的集中展示之所,也是对中国传统观念冲击最为猛烈的地方,它在带来各式各样堕落的生活方式之时,也体现了社会发展的现代路径,有其积极的一面,尤其是培育了国人的现代意识,"动摇了既有的社会政治秩序与文化结构,为新型的政治秩序与社会文化释放出了空间与活力"③,使人们开始接受洋场中的新事物和新观念,思想意识也开始发生变化,中国社会也缓慢向现代转型。

可以说,以洋场为题旨的赋作,写尽洋场这一殊异空间的繁华胜景,西人洋货充斥其间,带来近代生活方式的新变,使处于前现代社会的国人惊奇不已,甚至难以置信。"所谓电灯如月,可以不夜;清水自

---

① 黄富民:《上海洋场赋》,《小说月报》1916年第7期。
② 朱书卿:《游洋场序》,《中国教会新报》1872年第169期。
③ 封磊:《清末出版文化产业的运营机制及其社会文化史检视——基于〈游戏报〉的考察》,《贵州师范大学学报(社会科学版)》2020年第5期。

来,可以不涸。德律风传语,可以代面,虽远隔而如见;电线递信,速于置邮,虽万里如一瞬。"①但不知不觉中,中华文化数千年形成的"日出而作,日落而息"的农耕生活被洋场的现代便捷所解构。近代以来,西方人带来了很多新物件、新观念和新的生活方式,虽然诸多国人一时难以接受,但毕竟这些西方生活方式代表着一种现代潮流,有值得吸收借鉴的地方。在与洋场的不断接触过程中,国人千年不易的生活观念开始发生转变,不管这些书写洋场的赋作以哪一种方式来呈现题旨,是向往和疏离,抑或是赞扬与批判,业已表现出中国和西方世界的巨大差距。而"承认中国停滞与落后,认同西方的进步与进化,这是中国现代化历程的精神起点"②。从这个意义上说,虽然这些洋场赋对文学本身的推动作用有限,但至少可以当作中国现代化进程的精神史来读,其所折射出的社会历史进程和国人的精神生态变迁史是值得提炼和总结的。

综上所论,近现代报刊所录载的这些"洋题材"赋,较好呈现了西方世界的各类元素,一方面继承了传统辞赋的功能模式,散韵交替,内容夸饰,仍有"体物浏亮""铺采摛文"的特色,较好迎合国人审美;另一方面则紧随时代语境的变迁,以旧文体书写新理念,反映世界潮流及走向,内容宽泛,雅俗共赏,拓展了传统辞赋的题旨和范围。当然,这些赋作艺术水准整体上并不高,名家大作更是鲜见,加之近现代报刊赋篇大都是为迎合市场化需求而作,一些作者为获取高额稿酬而增加创作量,以书写西方新事物、新观念来赢得读者好奇心和购买力,也就难免产生粗制滥造、内容低俗的作品;此外,报刊辞赋拟旧之风盛行,导致同质化现象十分普遍,赋者不重视赋篇的文学性和艺术性,写作比较随意,数量多而质量低,甚至有文理不通、逻辑不顺、有违伦常

---

① 初开眼界人:《洋场述见篇》,《申报》1888年3月31日。
② 王寅生:《西方的中国形象》,北京:团结出版社,2015年,第10页。

等现象。但由于传统诗词歌赋在近代难挽颓势已成定局,近现代报刊赋作能有这些亮点,已属不易。虽然这些"洋题材"赋在体式和艺术上缺少创新,但在西学东渐的时代大潮中,至少能让世人在比较中认识外界新事物,拓展了知识视野,也逐渐培养起国人的现代意识,其社会价值和文献价值还是应该得到肯定的。

第二章
晚清民国竹枝词体诗的新变及拓展

第一节 晚清民国《图画日报》鸦片烟毒竹枝词辑述

《图画日报》(下文简称《图画》)是晚清比较重要的画图报刊之一,1909年由近代知名报人、小说家孙玉声所创办,图文并茂,针砭时弊,虽只延续不到两年,但发行量甚巨,共出版画报404期,每期12页,画作近5 000幅,时人争相阅之,即便识字不多之人,亦可通过画图了解文字之意,影响遍及全国。《图画》以精巧的构图、现实的关怀,以题画诗的形式描述当时的政事时局,针砭时弊,充分发挥图像叙事的功能,回应民族关切和社会热点,讽喻和警示共行,审美与教育并重,成为晚清画图报刊的代表名刊,并引起学界的广泛关注。而在中国近代史上,鸦片流毒是中国社会的痛点和毒瘤,已成为一种社会顽疾,影响着国家命运,阻碍了社会的发展。《图画》创刊后,对鸦片这一民族公害亦大有涉及,尤以1910年刊出的孙兰荪(漱)的题画诗《鸦片烟毒之现象》①(下文简称《鸦片》,后引不再注明出处,画报由晚清报刊全文数据库影印出版)系列为代表,一共五十篇画作,题以两百首竹枝词体诗,以世俗化、大众化、平民化的风格塑造了一烟鬼典型,题诗以点带面,从特殊到一般,将晚清鸦片流毒所及进行了全方位的呈现,具有较

---

① 孙兰荪:《鸦片烟毒之现象》,《图画日报》1910年。

高的文献价值和社会价值,值得今天认真把读。

一、《图画日报》与竹枝词的相遇

竹枝词为七言四句的绝句体形式,属风土诗之一种,源于巴渝民歌,初为日常唱答所用,后演化成传唱书写民间习俗的诗式,其通俗易懂,不重视四声押韵,不求对仗,亦极少用典,内容限制少,表达范围宽,尤其在诗歌形式和内容上自由灵活,可不拘格套,随意成诗,故在中国各处皆有流传,如中唐诗人刘禹锡以竹枝词名动诗坛。而竹枝词的这些特质,与晚清报刊的通俗性需求一拍即合,尤其得到报刊主笔、作者、读者的欢迎,由此构成晚清报刊古典诗体的主流,"骚人墨客抚时感事,发为诗歌,往往移风而易俗,其感人之速、入人之深者尤为竹枝词"①。从内容上来说,它"以咏风土为主,无论通都大邑或穷乡僻壤,举凡山川胜迹、人物风流、百业民情、岁时风俗,皆可抒写。非仅诗境得以开拓,且保存丰富之社会史料"②,亦和近代报刊的范围相符。1909年《图画》创刊后,竹枝词体成为古体诗作的首选。而以竹枝词风格题诗,书写时代背景,呼应民众关切,具有很强的普及性和警示性,十分切合画报"同人以增长国民智识、开通民社风气为己任,纠合同志数十人分任编辑、调查、摄影、绘画诸事,期组织一文明有益之事业,贡献于社会"③的办刊初衷。而题画诗作者也想通过画报进行民众的文化启蒙教育,书写社会热点,描摹新物事,批驳旧习性,望能对扭转世风有所裨益。

本节对《图画》中《鸦片》烟毒竹枝词文献的全面辑佚,重在其史

---

① 许奏云:《上海竹枝词·序》,载刘豁公:《上海竹枝词》,上海:雕龙出版部,1925年,第1页。
② 唐圭璋:《竹枝纪事诗·序》,载丘良任:《竹枝纪事诗》,广州:暨南大学出版社,1994年,第1页。
③ 申报社:《图画日报定期出版》,《申报》1909年6月1日。

料价值,因此笔者将所有竹枝词录出,目的在于为其他研究晚清竹枝词的学者提供文献资料,而相关的文学价值和审美分析不是重点,仅略有述及。《鸦片》包含五十组题画诗,每一幅画的题诗分由四首组成,共二百首。画报中标有序号,但序号为6、7的没有标出,而序号为20、21的却各有两幅,序号为23、27的图画缺失,但是整体上还是50幅,和作者第50幅的题诗说明相吻合,故应是报刊编刊时序号书写错漏所致。以下将这些题画诗归为五类进行辑述,顺序有所调整,但还是保留了原刊中序号,方便读者查阅,特此说明。

二、《鸦片烟毒之现象》竹枝词的内容

"自鸦片烟流毒以来,人心风俗,日益败坏,不复可问。"①《图画》之《鸦片》可以说是晚清鸦片毒害民众的一幅全景图,诗作分为几个主题渐次展开,包含个人、家国、民间、官方等维度的书写,画报以写实的风格,展现了该时段国人吸收鸦片的乱象及其导致的严重后果。具体来说,《鸦片》题画竹枝词大体可归属以下五端:

(一)试吸上瘾

很多鸦片吸食者都抱着试一试之心态,或是被人诱导开吸,不料却无意中惹瘾上身。烟毒缠身后对个人的影响十分巨大,一旦上瘾,就难以戒除,并由此偏离正常的人生轨道,正式加入烟鬼之列,人将不人,与罪囚无异。这一部分共六幅二十四首:

1.《试吸》

偶然高卧学吹箫,一枕游仙破寂寥。不道寂寥初破后,越眠越懒越无聊。

如豆灯光毒焰多,笑君竟学扑灯蛾。点来一盏烧身火,熬炼

---

① 郭嵩焘:《郭嵩焘日记》第4卷,长沙:湖南人民出版社,1983年,第23页。

烟魔与睡魔。

岂因肝胃病难医,西域芙蓉试吸宜。益寿有膏偏促寿,断难愈疾莫矜奇。

漫云作戏可逢场,吐雾吞云尽无妨。雾结云凝成毒障,问君避毒有何方。

2.《成瘾》

每天戏吸两三回,不吸今朝瘾便来。一似满脑有心事,愁眉双锁不曾开。

心血来潮信有之,宛如潮信不差池。潮来尚有大小汛,瘾发偏无缩减时。

垂头丧气闹昏昏,斜睨灯枪欲断魂。此刻若无烟盒在,土皮到口也须吞。

身体从来贵自由,一成烟瘾此生休。房间虽是无枷锁,瘾若来时等罪囚。

3.《置烟具》

并非器用必求精,亦异衣衫体面争。不惜金钱置烟具,穷工极巧太无名。

老枪甘蔗阅年多,杀得人多吸得靡。加个芝云张氏斗,黄金满斗尽消磨。

云铜白雪制烟盘,广罩银灯更美观。只恐家财盘剥尽,更防事业火烧完。

钢钎银匣妙无伦,镂刻精工式样新。钎有恶锋能刺骨,匣藏毒药可伤身。

4.《烧烟膏》

谁将土药煮烟膏,大广锅中热炭熬。纵使美名称福寿,哪知吸后寿难高。

小土无如大土精,热笼不及冷笼清。煎成宛似膏滋药,不道能将命暗倾。

越陈越好越酸香,煮罢磁缸仔细藏。藏到不知年始吸,问君年岁几多长。

或用人参煮法新,道能补体养精神。谁知吸久全无效,争道尊容不像人。

7.《发瘾之苦》

蓦上心来意似麻,不思粥饭不思茶。昨天此刻曾如此,今日何曾一刻差。

欠身频把懒腰伸,脑胀头疼眉屡颦。贵体平时还算健,奈何忽地没精神。

闷来低首暗沉思,大难临身酷似之。早识每天须受劫,自投罗网悔当时。

谁知竟有恶时辰,无语低头百魄陈。尚想万分装体面,强将有病骗别人。

8.《脱瘾之苦》

哈欠连连不自由,眼花缭乱涕双流。世间最毒唯烟瘾,一脱几乎命不留。

额角涔涔汗直淋,四肢冰冷苦难禁。此时若有人瞧见,莫认时邪感冒深。

坐立难安呕吐频,觅来烟榻只横陈。浑身瘫化无些力,仿佛新鲜活死人。

点心饭食不妨迟,强耐饥寒尚可支。只有阿芙蓉作祟,不容差误一些时。

由上录诗行可以见出,鸦片上瘾,必然给吸食者带来一系列连锁后果：花费财物购置烟具和烟膏，浪费正常的劳作时间，甚至失业；使本来强壮的身躯开始变得多病，整天哈欠连连，泪眼汪汪，烟毒后遗症开始显现，并难以逆转。

（二）危废人生

吸食鸦片一旦成瘾，非有坚强意志不能戒脱，即便一时戒掉，复吸的土壤仍存，随时皆能重蹈覆辙。一旦复吸，便终身难以戒脱。对个人带来灾难性后果，不但身心严重受损，个人的社会活动也会极端受限，画报中对鸦片成瘾后的危害表述，可谓惊心动魄，这一部分共十幅四十首：

5.《废时》

一纵为崇被芙蓉，神思昏迷做事慵。高卧只嫌时刻促，叮当恼恨自鸣钟。

每避朝旸爱夕阳，夕阳欲坠起身忙。起来尚觉精神懒，揭被呼烟不下床。

漫漫莫问夜如何，忽忆今朝正事多。欲干已嗟来不及，伤心白日已蹉跎。

今天如此伤明天，当且今年更后年。大好时光都费尽，笑君何不竟长眠。

6.《失业》

三百六十行业纷，行行做事贵辛勤。可怜一吸乌烟后，难耐辛勤不用君。

莫云谋事有何难，另谋经营胆放宽。只恐烟魔人尽忌，未容栖息一枝安。

任尔通天本领工，须防坐吃要山空。伤心渐渐饥寒迫，难把无钱怨命穷。

鞋篮铺盖尽挑回,丧气垂头口不开。追忆童年初习业,哪知生业半途灰。

9.《多病》

本来有作有为人,忽变多愁多病身。不是洋烟贻祸烈,如何损却好精神。

一日新鲜三日恹,垂头丧气闷淹淹。提神妙法唯多吸,越吸无如瘾越浓。

伤风头痛寻常事,筋骨酸疼即气逢。可笑君家年未老,偏偏老态已龙钟。

缠绵床褥苦无穷,血肉烧枯骨髓空。病到不堪回首处,纵投参术也无功。

10.《弱种》

谁云生子不须强,难道无须后代昌。一自烟霞受遗毒,可怜怯弱到文郎。

自家已是骨如柴,安望麟儿风采佳。有种从来能像种,分明尊驾即招牌。

休将养鸟笑张公,养子今如养鸟同。只恐长成殊不易,一枝烛小不禁风。

纵使宗祧一线延,暗将侥幸谢苍天。蝼蛄蚂蚁堪惊怕,不比螽斯世泽长。

11.《夏日剥肤》

夏日炎烤不可当,解衣磅礴汗如浆。奈何再抱烟枪卧,遍体如焚热欲狂。

《易》爻曾筮剥肤凶,寸寸肌肤被灼同。人自乘凉君向火,一灯如豆怕通风。

聚蚊声响欲成雷,咭血飞飞榻畔来。不敢手持葵扇扑,任他饱啮似应该。

跳蚤虱虫惯喋人,瘾来忍受莫生嗔。霎时咬得浑身块,顾口堪怜不顾身。

12.《寒宵受苦》

飒飒西风入夜寒,拥衾萎缩欲成团。中宵奈被烟魔扰,吐雾吞云睡不安。

此身仿佛在冰床,斜拨烟钎指欲僵。卧久更怜双脚冷,四肢麻木意仓皇。

岂真地狱有寒冰,鬼气森森满室凝。似恐夜深人冻毙,引魂先点枕边灯。

鸡声三唱曙星孤,犹抱烟枪拼命呼。思饮热茶聊取暖,茶壶奈已变冰壶。

13.《胖子变成瘦子》

岂憎脑满与肠肥,变个侏儒具体微。烟量愈深人愈瘦,风前直欲不胜衣。

卷帘无语瘾来时,愁对黄花有所思。去岁不知秋气冷,今秋之事冷先知。

偶将小照比尊容,昔日而今竟不同。失却庐山真面目,嘴尖腮缩丑重重。

笑君原是一般身,先后如何似两人。骨髓渐枯肤半死,可怜将与鬼为邻。

14.《活人几似死人》

一支灵床帐不张,不分白昼与昏黄。长眠致使朦胧睡,景象依稀在北邙。

磷火荧荧照面青,手瘫脚软态伶仃。夜深闭目烟迷易,一点灵魂如杳冥。

人睡俗云如小死,醒来活泼复为人。如君哪有生人气,终岁迷茫鬼趣真。

夜半烟枪忽发声,呜呜疑是鬼哀鸣。此时若有人看见,眼挖肩扛恶像呈。

17.《旅行受累》

丈夫志在四方游,一吸洋烟不自由。行李铺陈懒收拾,未经过瘾仅迟留。

启程天气已昏黄,新月初升皎似霜。人尽欲眠君甫出,白天高卧夜行忙。

陆行车马水行船,车马劳劳怎吸烟。船上欲思呼几口,风狂浪急哪能眠。

偶经旅店与乡村,无处挑膏欲断魂。地陌生疏命呼吸,一灯空对哭黄昏。

18.《误事堪憎》

任他有事大如天,瘾若来时只吸烟。焦急煞人君不管,横陈一榻尽高眠。

箫管呜呜响不停,旁人催促未曾听。尚言稍缓无妨事,再吸一筒侬便灵。

人言出马一条枪,办事锋芒不可当。哪料君家枪法坏,手中牢握误时光。

岂真急事慢行佳,故意迟迟不在怀。若说今朝有明日,明朝仍恐欠调排。

(三)国基坍塌

晚清烟毒泛滥,即便高层有禁烟之令,却收效甚微。不仅烟民遍布普通百姓,作为保障国家机器正常运转的官员、保家卫国的士兵、维护底层社会秩序的乡绅,吸食鸦片也是相当普遍的,并成为他们日常生活的一部分。由此,官员无吏治之责,官兵无一战之力,乡绅无宗法之思,学子无功名之志。烟毒泛滥使得民族国家的几大支撑轰然倒塌,国库空虚,强敌环视,民众羸弱,文明坠地。故"欲强中国,必先强中国民族,欲强民族,一定要取消鸦片"[①]。画报题诗对这一严重社会问题的审视十分深刻,这一部分共五幅二十首:

19.《官界惊慌》

官场私下吸烟多,新政惊心禁令苛。最是衙参瞒不得,肩扛头缩背心驼。

辕门伺候暗心慌,耽搁时多更着忙。烟瘾忽来无设法,吞泡苦煞少茶汤。

验尸踏勘费工夫,暗暗流来涕泪枯。不好公然带烟具,解嘲忙煞鼻烟壶。

近来大吏亦担忧,御史严参情不留。白简一登须调验,大官顷刻等牢囚。

20(1).《绅董惶恐》

绅董从来品望尊,清高家世仰华门。如何甘作乌烟鬼,全没些儿体面存。

出门舆马大排衙,赫赫尊称叫老爷。底事烟容太难看,禁烟局里要稽查。

最怕今朝公会开,名人演说要登台。倘然说着洋烟害,笑骂如何受得来。

已戒嗤君未必真,江东父老暗生嗔。地方表率须绅董,似尔何能表率人。

---

① 马寅初:《关于禁烟问题几个之要点》,《禁烟公报》1928年第1期。

20(2).《军人丧气》

绿营积习太堪伤,个个呼烟作鬼王。一杆老枪勤练习,哪能再练后膛枪。

卧拥貔貅暮气生,烟痕作团阵云阴。夜阑不必传刁斗,各有横箫发异声。

养君千日耗钱粮,更耗烟膏实恐惶。况复敌来逃不得,腿废脚软态郎当。

龙旗影里阵门开,一队烟精涌出来。古有乌鸦军最狠,而今鸦片却成灾。

21(1).《烟馆难容》

明诏煌煌忽禁烟,烟寮无复许君眠。瘾来何处开灯吸,可叹囊中空有钱。

旧日堂倌已弃行,旧时帐移别经商。不堪重向门前过,招待无人心暗伤。

惭愧昂藏七尺躯,徘徊道左苦逡巡。丧家有狗差相似,就食无从觅主人。

纵然暗地有私灯,大胆无妨卧榻登。只恐捉将官里去,狼差虎役肆欺凌。

21(2).《学子怀惭》

学子莘莘乃不同,群呼中国主人翁。算来神圣难侵犯,谁料烟魔魅而凶。

向憎旧学嗜烟多,新学如何也爱他?草帽革靴何处去,挑膏店里几回过。

最惊投考报名时,忐忑心中不自持。莫被烟容查看出,遭人驱逐受人嗤。

谁言学术贯中西,愧煞尊名黑籍题。却诧夜间勤不寐,三更灯火五更鸡。

（四）家庭破碎

人是社会的动物，吸食鸦片，不但对个人和社会带来不利影响，而且会使家庭发生极大变故，吸烟后浑身无力，难以养家糊口，最后落得个坐吃山空，典当家产，甚至卖掉妻儿，使祖宗蒙羞，贻害家族的悲惨下场。这些现象在晚清最后数十年间，并不是危言耸听，而是社会现实的真实写照。很多有钱人家数代殷实，一旦当家人吸烟成瘾，并久戒不脱，必然家道中落，最终赤贫，沦为底层。画报以写实的风格，呈现了晚清吸食鸦片后给和家庭带来的毁灭性打击。这一主题最具教育意义和警示性，这一部分共十九幅七十六首：

15.《室人交谪》

宅乱家翻太不堪，阿谁度量尽包涵。只因误入烟霞窟，自己先将大错担。

非关最毒妇人心，鼓舌摇唇冷语侵。一自嗜烟生恶感，夫妻怨恨结来深。

七件开门百不关，仅贪安卧仅贪闲。愁贫莫怪家人责，家业如潮去不还。

苦口良言谏未能，谏郎反恐受郎憎。会须放出蛮妻手，辟碎烟枪捣碎灯。

16.《家业渐凋》

祖宗创业最艰辛，保守殷殷嘱后人。不道君家无赖甚，烟魔作耗渐忧贫。

本来坐吃要山空，困吃须知更易穷。短榻一张枪一管，奈何只是睡朦胧。

自家讨苦自家熬,敢道贫穷命里招。若使命中真注定,败家何待到今朝。

出门渐渐见人羞,裘敝囊空暗暗愁。后悔已嗟来不及,老枪况复几时丢。

22.《气死爹娘》

人皆养子望成人,爱护无殊掌上珍。不道养成鸦片鬼,那堪一见即生嗔。

辜负深恩鞠育多,老人饮恨泪滂沱。早知不肖贻人笑,莫若当年不养他。

万贯家财渐次光,一齐交给与烟枪。眼看衰败何如死,趁早遗骸葬北邙。

家门不幸复何言,郁郁常沉黑籍冤。地下定知难瞑目,阴魂夜夜绕花园。

24.《祸延妻子》

黑货流传最可伤,岂徒家破与人亡。灯枪若做传家宝,祸及妻儿定要防。

夫妇餐霞兴太浓,并头对卧语喁喁。夜深忽作斗衣泣,共拥烟盘怨命穷。

有子人人望克家,奈何世泽衍烟霞。可怜多少青年子,大半门风误阿爷。

小儿胎瘾更堪伤,弱质伶仃必易殇。说甚一喷能一醒,九原啜泣怨爷娘。

25.《祖宗饮恨》

祖宗皆望后人贤,岂愿儿孙嗜大烟。遗泽就淹家业落,可怜饮恨到重泉。

谁教辱没好门风,辱没门风辱祖宗。多道祖宗造何孽,吸烟吸得子孙穷。

漫将一陌纸钱焚,已过清明始上坟。不顾香烟勤祭扫,祸根多半误烟氛。

尔亦将来有后人,后人似尔可生嗔。莫言自有儿孙福,供养烟霞不碍贫。

26.《亲友批评》

亲友交情亲爱多,良言苦口责非苛。倘君不染烟霞癖,却虑旁人说什么。

正言厉色细评论,犹见人心直道存。最怕鼻嗤兼目笑,无言默默笑君昏。

面前背后语喧哗,一样批君瘾越加。莫怪人家管闲事,须知原是自家差。

算来无面见江东,应悔当初黑籍通。止谤自修须早戒,回头莫吸阿芙蓉。

28.《公堂受罚》

问君何事到公堂,泪眼愁眉暗自伤。大瘾未过奇祸至,不知要罚几多洋。

曲背佝腰诉口供,误拘两字把官蒙。奈君满脸烟霞气,狡辩虽工貌不工。

并非奸盗与邪淫,匍匐公廷越愧心。小过也须受裁判,乌烟真是害人深。

体面堪怜一世伤,无钱况要押班房。班房哪有烟来吸,饿瘪烟虫欲断肠。

29.《典质衣衫》

四季衣衫为御寒,脱来典质可心酸。奈何不把身躯顾,但愿烟霞得饱餐。

伤心倒箧更翻箱，典罢新衣典旧裳。只为瘾来熬不得，甚至辘辘转饥肠。

　　忍心搜刮到裙钗，值钱无如首饰佳。更把嫁时衣典尽，有烟不怕失和谐。

　　寿衣防老制来精，救急多从质库呈。拼死无衣裹烟骨，眼前瘾发要求生。

30.《抵卖田产》

　　先人创业最艰辛，保守殷殷望后人。不道后人具抵卖，嗜烟只为渐家贫。

　　岂因遁窟有烟霞，身外无须再顾家。只要烟霞常管领，不求片瓦把身遮。

　　钻头觅缝乞财东，到处逢人恳作中。急煞有财斯有土，无钱难觅阿芙蓉。

　　酒馆茶坊写纸张，卖家绝叹费商量。祖宗怒目儿孙泣，家业和烟消灭光。

31.《奴婢四散》

　　本是呼奴使婢家，忽然衰败暗嗟呀。可怜门第如烟散，不复排场阔佬夸。

　　再无扦子手制烟，斜对孤灯短榻眠。白昼黄昏谁是伴，只余形影自相怜。

　　昔时仆妇替铺床，艳婢烹茶倒水忙。今日皆须亲动手，瘾来无力苦难当。

　　庖丁已去饭谁烧，累得妻儿心暗焦。曲突无烟烟在室，室中忙煞一枝箫。

32.《器皿一空》

　　居家器具岂能无，茶要杯儿酒要壶。底事嗜烟俱卖却，不分美恶与精粗。

桌子全无椅子光,坐眠只靠一张床。眼前偏剩伤心物,烟具完全摆榻旁。

唤得专收旧货人,任他杀价暗酸辛。只缘要救烟虫急,不敢争多恐被嗔。

卖完渐渐腾空房,四壁萧条剧惨伤。怨否自家烟量大,家生全副腹中藏。

33.《破屋迁居》

败屋颓垣哪可居,漫云吾亦爱吾庐。只缘误嗜烟霞趣,屡屡移家屡不如。

不堪回首旧华堂,冬日温和夏日凉。今日四时皆在狱,残垣断壁护囚床。

筚门圭窦夜深寒,斜抱烟枪卧不安。空穴况多风习习,瘾来欲点一灯难。

非关沧海与桑田,世事荣枯有变迁。不是阿芙蓉作怪,笑君何至破棚眠。

34.《沿街借贷》

人到无钱受累多,东挪西借费张罗。况君因受乌烟害,资助无人可奈何。

不比无柴缺米粮,央亲觅友好商量。挑烟自觉难开口,莫道区区几角洋。

绕道长街又短街,相逢素识喜心怀。佯言改过将烟戒,买药无钱泪暗揩。

尾随唧唧复哝哝,要救垂危烟瘾虫。几次三番坚发誓,下回不敢望通融。

35.《拉车无力》

本是翩翩大少爷,当年可恨吃烟差。而今蹩脚真无奈,拉部东洋人力车。

本来骨脆又筋柔,哪得拖车代马牛。烟瘾发时更无力,难禁两脚软休休。

白昼高眠黑夜奔,熬辛只在一黄昏。经行忽到伤心处,路过旧时烟馆门。

汗流浃背气如丝,臂折腰酸步履迟。坐客高声骂烟鬼,倒霉遇尔活僵尸。

36.《小贩难为》

小富由勤自古然,要勤哪可吸洋烟。劳劳负贩非君业,懒散身躯难博钱。

市场已散欲黄昏,始向街头叹叹奔。任尔东西销路好,那堪买客半关门。

肩难背负手难提,沿路蹒跚暗惨凄。无奈几声频叫卖,瘾来偏又口音低。

难得今朝生意高,卖完不甚费奔跑。定心偏想还烟债,腰内依然没半毫。

37.《寒到无衣》

飒飒西风彻骨寒,有人瑟缩泣衣单。可怜多少皮棉服,都向烟筒头吸完。

老妻抖战小儿啼,举目悲酸入耳凄。却怪君家心似铁,捉襟犹是着烟迷。

白天熬过夜难当,滴水成冰冷更狂。手颤装烟装不得,扯团败絮裹烟枪。

只愿天公出太阳,黄棉袄子暖洋洋。哪知日出君偏卧,卧拥烟灯冻欲僵。

38.《饥来乏食》

  红日斜西腹尚枵,嗷嗷待哺暗心焦。星星一盏烟灯火,无米无柴饭怎烧。

  敢将中馈责娇妻,瞥见娇妻掩面啼。嗔说吸烟难当饱,奈何郎尚着烟迷。

  儿女嚎啕泪似梭,牵衣絮聒话偏多。阿爷只把烟来吸,隔壁人家饭吃过。

  一餐如此竟难谋,一日三餐何处求。莫怪人呼鸦片鬼,饿成世上活骷髅。

39.《妻孥无奈帮佣》

  人家个个有妻孥,乐尔妻孥兴不孤。偏是君家难养活,帮佣一任泣穷途。

  嫁鸡自古要随鸡,嫁得烟虫怨命低。家产败光难度日,伤心竟作活离妻。

  不望爷将祖业传,但能温饱已安然。哪知爷被乌烟窘,只好佣工自觅钱。

  补被携衣随处奔,任人使唤泪频吞。讶君偏是心肠硬,还要借钱寻上门。

40.《儿女伤心出卖》

  生儿育女望兴家,可怪君家做事差。只为吸烟俱卖却,无人绕膝复呼爷。

  娇小浑如掌上珍,谓他人父暗酸辛。卖钱挑得烟多少,吸到完时可怆神。

  儿为童仆女为娼,想到飘零欲断肠。多为芙蓉城主害,一家星散剧凄惶。

从此团圆不可期,伤心骨肉永分离。老来始觉无儿苦,烟鬼可怜后悔迟。

这一部分是画报摹画的重心所在。作者发现,吸食鸦片所带来的问题,对家庭的冲击最为直接,造成的危害性亦最大。遵照中国传统的价值谱系,修齐治平是人生价值的四大维度,治平的际遇并非人人都有,但修齐两端,却是普通人的一生经营,一旦烟毒上瘾,修身齐家,便已失范不能。吸食鸦片给家庭带来的严重后果让世人体会最切,也距离民众最近。因此,这一部分是画报最为着力之处。烟毒上身,最后导致的是气死父母、典当家业、奴婢四散、妻儿成奴、骨肉分离的悲惨结局,其震撼性和教育性最为真切,容易引起世人的重视,使他们认识到吸食鸦片的危害性。

(五) 悲惨下场

画报对吸毒者的结局,刻画得活灵活现。一个人一旦沾染上毒瘾,最后就是废人一个,很多流为乞丐,有的沦为偷儿,最后只能靠施舍度日,苟延残喘。画报题诗可谓哀其不幸,怒其不争,希望后人警觉,远离烟毒,避免成为鸦片流毒的牺牲品。这一部分共十幅四十首:

41.《流为乞丐》

愧煞当年大少爷,谁教痼癖染烟霞。而今乞食成流丐,烟不能呼饭不赊。

伍员吴市惨吹箫,欲报亲仇腹受枵。君没亲仇何落魄,横箫吹得太无聊。

漂流亦异郑元和,嫖尽金钱教唱歌。色界翻身还有日,永沉黑狱是烟魔。

东张西望上街头,叱咤惊闻掩面羞。回忆一灯相对夜,哪知今日有穷愁。

42.《学作偷儿》

当年亡命大烟抽,今日无钱入下流。不替祖宗争口气,居然东摸更西偷。

只因骨懒又筋疲,行业虽多不可为。无本生涯无过贼,一只空手觅烟资。

月黑风高试出行,扒墙挖壁怕闻声。东西到手忙逃走,为恐瘾来跑不成。

可怜烟骨瘦支离,若被拿牢命必危。一顿乱拳如雨点,伤心还要吃官司。

43.《无地可容》

大地茫茫乐土多,任人安住或奔波。叹君一入乌烟障,无路可投没奈何。

伤心露宿夜来寒,巷口街头谁不安。悔否当初太贪逸,横陈一榻紫烟餐。

最怕宵深警察过,暗灯一盏夜巡逻。无情驱逐呼烟鬼,奔走稍迟一把拖。

置身无地不胜愁,身后萧条更可忧。一口薄棺谁买给,替收烟骨藏荒丘。

44.《寻亲被斥》

吸得乌烟不像人,恶求惨诈去寻亲。昔时犹在街头守,今日登门不怕嗔。

呵斥惊闻口怒开,高声痛骂不成材。侬家亲戚知多少,要尔鸦片烟鬼来。

遮拦不敢竟登堂,倚住门间靠住墙。黄犬也知烟鬼丑,左旋右绕吠声狂。

恼得人家恨满胸,狠心驱逐棒槌凶。烟躯无肉难挨打,只好惊逃没影踪。

45.《粥厂度活》

冷炙残羹欲饱难,沿门托钵惨心酸。忽闻施粥新开厂,抖擞烟神乞一餐。

脚软郎当步不前,烟容憔悴有谁怜。似听耳畔人嘲笑,粥厂疗贫不救烟。

一碗盛来薄似汤,再添一碗没商量。幸亏食量因烟窄,足饱君家瘪肚肠。

活得一天便一天,领筹吃粥不须钱。粥香万倍烟香好,始悔当初误吸烟。

46.《善堂收留》

乞得乡绅片一张,进堂去吃老人粮。不图绝好烟霞窟,后路原来是善堂。

老人堂里老人多,未老如何骗得过。深喜烟容本枯瘦,更兼背曲与腰驼。

照例烟民不准收,幸亏堂董大来头。眼开眼闭留君住,若吃烟泡却要搜。

堂衣一件蔽严寒,堂饭连朝得饱餐。烟鬼似君还有寿,苟延残喘把身安。

47.《戒烟逃脱》

才得安身又着惊,住堂需要守章程。连番催把洋烟戒,性命交关活不成。

自顾孱躯瘦可怜,若教断瘾必归泉。欲求生路无过走,还是漂流哚几年。

挨挨摸摸出堂门,怕有人追欲断魂。逃至半途偏瘾发,郎当两脚不能奔。

叹尔天生贱骨头,命中犯定没收留。从今一任将烟吸,不死堪怜绝不休。

48.《投缳求救》

既无饭吃又无烟,要活一天难一天。巧记安排拼一死,博人搭救望人怜。

似尔为人本可惭,纵然一死有何关。人家救尔因心软,人自软心尔厚颜。

伪言将死哭啼啼,只怪生来命运低。尔不吸烟何至此,穷途休把命官提。

性命穷人最值钱,哪能一死把身捐。况君若死无人救,现世谁将丑态传。

49.《废民注册》

劝尔戒烟尔不依,而今注册没光辉。废民佳号难堪甚,回首应知昔日非。

士农工商称四民,个人资格各堪循。笑君特别堪称废,已废如何算得人。

烟鬼街头早受封,算来不及废民凶。人呼烟鬼犹虚话,自认废民是实供。

从今一事不须为,穷饿终身等死期。尔死一身何足道,废民两字却留遗。

50.《烟鬼下场》

画得新图五十张,欲教烟界醒黄粱。许多现象今朝毕,且请诸公看下场。

吸烟最怕病来磨,一病难疗可奈何。要想吃烟呼不得,抽肠到肚苦头多。

更防烟漏犯来凶,似把通条服内通。烟渍烟油多泄却,那消几日命归空。

　　二百新诗信手成,题来末首放悲声。伤心我为烟民哭,莫到临终百感生!

这一部分描摹的是吸食者的悲惨下场。在家庭破败、妻离子散后流为乞丐和小偷,最终沦为废人,只能在收容所和戒毒院了却残生。作者信手而成的二百首新诗,虽时有调侃,但通篇都是有感而发,读来十分沉重,目的是希冀能引起国人重视,并以之为戒,从此远离烟毒,则国家幸甚!民族幸甚!家庭幸甚!

总之,《图画》中《鸦片》的五十题画诗,配搭了五十个标题,构成"试吸上瘾""危废人生""家庭破碎""国基坍塌""悲惨下场"等五大主题,我们将每个主题进行整合,就构筑起鸦片毒害近代中国的一幅全景图。"尤其突出鸦片吸食使瘾君子家庭趋于破败、生活濒于困顿甚至生命受到威胁的严重后果。"[①]作者采取竹枝词的形式题诗,使画风和诗风融为一体,通俗易懂。而且,其成功之处和最大的亮点在于:一是切合报刊对稿件通俗性和及时性的要求,由于报刊刊印及时性的特点,留给作者打磨作品的时间并不多,而竹枝词并没有严格的诗作规范,不用"苦吟",著者较快就能写出,并能达到一定的数量,既符合报刊稿件求快之要点,亦呼应晚清古体诗词的白话转向;二是书写民族关切,满足报刊各文化层次读者的诉求,可使报刊扩大受众群体和销量。竹枝词很少用典,接近民歌口语,一般识字的人都能领会其意,哪怕目不识丁之人,如果有人加以念白,即便不予解释也能意会所述内容,使广大民众受到警示和教育,对鸦片烟毒有所戒备,并自觉给予抵制。可以说,《图画》的这些题画竹枝词,即便在今天看来,也是极具艺术效果和震撼性的,不但有认知晚近烟毒泛滥时代特征的重要史料

---

① 施晔、郑秉咸:《近代小说与鸦片叙事》,《社会科学》2014年第11期。

价值,而且在毒品仍在暗自风行的当下社会也不无警示意义,值得我们重视和研读。

第二节 《中华竹枝词全编·海外卷》辑遗再补——以报刊为中心

上节述及,中国竹枝词对海外世界的想象和书写,最早为清初尤侗;但学界对海外竹枝词文献的搜罗整理则始于20世纪90年代王慎之、王子今编的《清代海外竹枝词》,该词集共辑海外竹枝词18种1 370首,虽有不齐,但已将当时文献能见者皆收入其中;后雷梦水、潘超等人编《中华竹枝词》凡6卷,按照省域分目,共收竹枝词21 000多首,在附录部分分列海外卷,共辑录10位作家11种788首,不知何故,在先出《清代海外竹枝词》之基础上却少收了582首;2003年王利器等推出《历代竹枝词》,该书按照朝代先后排序编排,凡8编,收录体量较雷梦水等《中华竹枝词》增加近4 000首,达25 000多首,因编者之前出版《清代海外竹枝词》专集,因此《历代竹枝词》海外类属在量上未有扩容;2007年丘良任、潘超等编的《中华竹枝词全编》推出,凡7卷,亦按省域分目,收有4 402位诗人,6 054篇,共69 515首竹枝词,是迄今为止收录最全的辑本。《中华竹枝词全编》也在后面辟有海外卷,列目90种计1 975首,较之前著增量不少。但由于竹枝词这一诗歌体式广泛存在于民间藏书、手抄本、近代以来的报刊中,几乎难以穷尽,因此任何一部录集都只能做到尽量全面。

与描写本土题材的竹枝词相比,因受制于时代等因素,海外题材的竹枝词数量应该有限。对于清末民初海外竹枝词的辑佚、补缺,尹德翔通过检索,从王之春《谈瀛录》和《使俄草》二书中检出海外竹枝词3种共33首:包括《东京竹枝词》13首、《俄京竹枝词》8首、《巴黎竹枝词》12 首,是对《中华竹枝词全编·海外卷》的有益补充。① 近年来,随着报刊文献数据库检索的便利,笔者陆续发现了一些漏收的海外题旨竹枝词,包括陈寿彭《巴黎竹枝词》37 首及《罗马杂诗》9 首、张若柏《德京柏林竹枝词》22 首、盘珠祁《游俄竹枝词》24 首、马客谈《欧京杂咏》10 首、俞剑华《东京竹枝》5 首、误我《东京竹枝词》16 首、庞乐园《东京新年竹枝词》10 首、坚白《东京竹枝词》10 首。共 143 首描述海外题材的竹枝词,现辑录如下,以资竹枝词研究时的文献考用。

一、陈寿彭《巴黎竹枝词》和《罗马杂诗》

陈寿彭生于 1855 年,福建侯官人氏,为晚清著名外交家陈季同胞弟、著名女翻译家薛绍徽之夫。曾就读于福建马尾学堂,1885 年 4 月作为船政学堂的第三届留洋学生留英。在游学欧陆期间,他将所经国度的闻见以诗歌形式记载下来,形成了《欧陆纪游》系列。对《纪游》的成文历程,陈寿彭记述道:"余弱冠后,漫游东西各国。暇辄即所闻见,寄之讴歌。积久成帙,此奉杨总司令檄,来海上就译席,同人索将是稿载入文苑,检理故箧,得若干首。曾有游荷比德俄诗一束,竟散佚不复可得。日月逾迈,人事变易,盖忽忽垂五十年矣。俯仰今夕,其情形尚有同焉者否耶? 作陈迹观可也。"②其中描写法京巴黎、意京罗马是用竹枝词形式所拟,共 46 首,现全文辑录如下。

《巴黎竹枝词》37 首:

(一)巴黎译语本花名,草木枝头缀嫩英。结实含浆原毒质,奈何袭取号都城。

(二)诗家战事说都雷,火炬烧城却费猜。美丽少年究奚益,

---

① 尹德翔:《〈中华竹枝词全编·海外卷〉补遗》,《宁波大学学报》(人文科学版)2011 年第 4 期。

② 陈寿彭:《欧陆纪游》,《海军期刊》1928 年第 5 期。

人名名地此胚胎。

（三）拓土曾闻克路非，迁都似已识先机。一千四百余年后，妆点街衢类锦绯。

（四）几番烽火苦颠连，兴盛才成八十年。拿布仑今究何在，费将四百万金钱。

（五）高卢遗迹纵荒芜，犹剩西南地一隅。矮屋小衢回转处，随风尚守古规模。

（六）分区自治两河滨，廿八红腰若比邻。偏有二桥行不得，要将脚费索行人。

（七）沙洲列岛水中央，丛树围遮礼拜堂。双塔犹扶十字架，拉丁遗制本来长。

（八）胜地空余旧祭坛，太秦遗地半凋残。夏殷古礼无征考，且作圆邱一例看。

（九）叠屋支撑楼上楼，盘旋梯级似登邱。分门别户皆蜗舍，臧获翻教住上头。

（十）自来水火管通灵，毡帐疏帘映画屏。赁与寓公聊小住，须知逆旅仗居停。

（十一）一场茗话尽酣嬉，主妇当权会客期。可怪主人翻避匿，岂真瓜李有嫌疑。

（十二）夜宴瓶樽美酒香，谦称便饭是家常。果然中馈居中座，割炙分盘劝客尝。

（十三）交情男女尽优容，携手同行笑语浓。落后橐砧偏龋龋，自扶短策紧相从。

（十四）跳舞场因选婿开，凭肩作态尽徘徊。犀心一点能通处，定聘何须至镜台。

（十五）嘉礼迎来礼拜堂，新妆窈窕白衣裳。指环好倩牧师戒,婚约还闻读数行。

（十六）酒楼宴罢整衣裾,比翼偕乘远道车。蜜月游归新卜宅,弟兄父子不同居。

（十七）医院横陈病榻齐,任凭救治奏刀圭。不须孝子亲尝药,看护人能色候稽。

（十八）两马丧车罩黑纱,教堂祷颂似僧伽。墓田禅智何须择,挂上花圈日已斜。

（十九）既无丧制判期功,系臂青纱数日中。惟有黑边沿短刺,不嫌夙夜且从公。

（二十）游客公园似晚潮,香车驰骋马蹄骄。停鞍爱入加非店,一任旁人品细腰。

（二十一）鬓发蓬髻拥乱云,袒胸玉雪异香薰。莫嗤半臂禁寒甚,丈许能拖曳地裙。

（二十二）重屋高低漆斓斑,别样蛮靴衬玉颜。钿尺裁量都不用,居然贴地作弓弯。

（二十三）晚凉相约浴汕河,衣裤缠身瘦更多。如叶小舟载游泳,通辞只合向微波。

（二十四）捻髭八字竟朝天,舞会皆欣美少年。高帽平头襟燕尾,宝星数点缀胸前。

（二十五）法官巾帻等鸡人,卫士铜盔俨虎臣。偏向满头装白发,要夸老大有精神。

（二十六）从军袖口缀金丝,阶级分明一望知。为有强邻普鲁士,频年鹬蚌苦相持。

（二十七）女伴咸思嫁武夫,纵教粗粝亦欢娱。若论酒肉朱门事,时见王孙泣陆隅。

（二十八）女婢原无买卖场,世风应减妓和娼。讵知寡女离婚妇,夺婿尤胜夜度娘。

（二十九）世妇尤欣论国交,凭居绮丽作香巢。家厨一醉销魂后,十索丁娘作解嘲。

（三十）教士长袍欲等身,师姑飘忽白纶巾。不婚不嫁存贞洁,戒律相持似守真。

（三十一）教堂礼拜即和南,帽戴昆卢近宝龛。白首经文犹未熟,终朝祈祷诵喃喃。

（三十二）旅窗寄宿野鸳鸯,外妇私夫两不妨。生子无劳亲乳哺,孤儿院与育婴堂。

（三十三）游学人多学舍差,寄居食宿寂无哗。朝婚妻女来陪席,胡越从兹作一家。

（三十四）尽多词赋女相如,学校无妨闺秀储。尚有厨娘灶下坐,割烹时检食单书。

（三十五）节奏无烦拍板敲,琵琶笳鼓闹堂坳。指挥尺木高低舞,架上何曾乐谱抛。

（三十六）内服齐穿肉色衣,短裙叠叠舞如飞。千人拍掌皆欣乐,可惜台前顾曲希。

（三十七）剧场最妙是悲忧,画景增添物色幽。一部传奇开合处,莫嫌声调是钩轴。①

《罗马杂诗》9首：

（一）古史流传事最奇,牝狼能乳孪生儿。与天以女高车国,惝恍迷离总可疑。

（二）大秦译语尚非偏,种族原称意大连。浪说都城百余里,七山围绕本从前。

---

① 陈寿彭:《欧陆纪游》,《海军期刊》1931年第7期。

（三）巴拉山接艾斯山，废苑累累草莽间。古帝魂归千岁后，化鹃奚似鹤飞还。

　　（四）广座犹留格兽场，人禽相斗两俱伤。金铺玉所皆零落，过客空来吊夕阳。

　　（五）巍巍石柱欲凌空，刻划雕镂作纪功。尚有修衢遗址在，可堪埋没土泥中。

　　（六）探路甘英惮海程，安敦为政有贤名。象牙犀角南方产，入贡当非出至诚。

　　（七）当年妄自拓雄图，犹太街犹占一隅。三百敌楼四百寺，相逢强半是僧徒。

　　（八）两岸垂垂杨柳条，层层高下驾虹腰。河心一撮巴多岛，唤渡人来乘画桡。

　　（九）城南一带种葡萄，接架编篱五尺高。最是晚晴供野眺，绿阴幅幅荫周遭。①

从目前文献搜罗来看，以法国首都巴黎为描写对象的有潘乃光《海外竹枝词》中的《巴黎》15首和《巴黎杂诗》10首；王之春《使俄草》之《巴黎竹枝词》12首；袁祖志《巴黎四咏》4首；罗玉瑞《巴黎竹枝词》7首，杨圻《巴黎怨》5首，计6种52首。而陈寿彭所作37首是目前描写巴黎数量最多的组诗，涉及法国的历史、家庭、宗教信仰、婚恋习俗等方方面面，而以罗马为书写对象的竹枝词十分少见，陈寿彭9首《罗马杂诗》描写了罗马城的历史、现状及当前景观，弥足珍贵。所谓"以诗证史"，这些竹枝词是晚清时期国人认识欧陆文化习俗的重要文献凭据，也是晚清时期国人想象和书写异国形象不可多得的诗篇。

---

①　陈寿彭：《欧陆纪游》（续），《海军期刊》1930年第12期。

二、张若柏《德京柏林竹枝词》

张若柏(1890—1941),湖北汉阳人,早年曾自费留学德国,归国后作《德国柏林竹枝词》。和陈寿彭一样,张若柏在序言中对诗作的前后因果作了说明:"余年未弱冠,心醉欧风。自备资斧,负笈柏林。光阴如驶,裘葛迭更。迨民军起义,遄返故乡,大局初定之后,即欲继续留学。讵限于财力,迫于时势,愿与况违。五中耿耿。而窗前月下,每念彼都,读昌黎忆昨日之行,诵庾信感旧之赋,怀有所触,益难自已。爰草此词,置诸案头。望梅止渴,画饼充饥。静言思之,哑其笑矣。昔者宣圣迟迟,其吾行浮屠,恋恋乎桑下,久则生爱,离则兴悲。古今人情不甚相远,余又岂能独异耶。"①《德京柏林竹枝词》一共22首,现辑录如下:

(一)《车站约会》:临行几度互低徊,携手叮咛未忍催。约得站中好地点,道郎莫误按时来。(西俗,男女约会,多在各车站附近,以其易于寻觅也。)

(二)《郊外步行》:每逢花处近村庄,山色回环曲径长。为是柏林天气好,女儿俱出换新妆。

(三)《新湖泛舟》:一林纯色衬新红,上下湖桥笑语通。郎自划来侬自去,刚才碰过又相逢。(新湖在柏林公园内,面积不广,水亦不深,沿岸有人行路,四通八达而无阻。)

(四)《万湖快浴》(万字系译音):最是万湖浅水幽,男女同行作泳游。无遮大会风流甚,海客欢如狎白鸥。(万湖在柏林城外,浴者多就之,男女同下,颇极一时之盛,吾国梁君敦彦,曾于此地置住宅一所。)

---

① 张若柏:《德京柏林竹枝词二十二首(并序)》,《商余会报》1915年第5期。

（五）《绿林中跑马车》：并座偎肩两爱怜，几疑今日似神仙。四轮飞去清尘绝，正是柏林五月天。（阳历五月气候适宜，故柏林有美五月之称。）

（六）《赛马场走汽车》：几番赛马任勾留，未解劳神未解愁。忽地香车御风去，万人攒动齐抬头。

（七）《温得林街上午游》（温得林系译音）：杏黄衫子斗新妆，每至星期出洞房。流丽端庄丰致美，大家女伴佩明珰。（温得林为柏林最宽大最洁净最繁华之通衢，每逢星期上午，大家儿女游行于此。）

（八）《桃源秦街下午游》（桃源秦系译音）：午妆初罢约同侪，一路短裙尽上街。最是惹人心醉处，惯穿纤巧半头鞋。（桃源秦街，在柏林西城，居民拟为西温得林街，每日下午，多数小女郎结伴游行，至晚间九钟始息。）

（九）《动物园所见》：一片浓阴带雾浮，园林先后任优游。尖纤玉指拈干果，不饲虎狼却饲猴。（园中畜猴，不下百种。妇女常携干果饲之，因有异趣也。）

（十）《陆那园夜景》（陆那园系译音）：斜月楼头衬晚晴，小园夜色近三更。笑房多是女郎到，互唤声中认己名。（陆那者，如吾国所谓月神也，园中游戏之事甚多。笑房即其一部分，陈列物品，引人发笑，游客拥挤，失伴者必呼名为号。）

（十一）《高等女学生下学》：沿街一带绿阴垂，高等女生下学迟。夹起书包结伴走，大家都到破瓜时。（德俗，小学生背书包，稍长，提书包，再长，夹书包矣。）

（十二）《商场售品妇放工》：八点钟时正放工，各人归去任西东。应怜贫贱人家女，裙布荆钗雅素同。（商场如吾国之欢业场，地址宽阔，建筑华美，经售货物者，妇女居多，现柏林已有十余处。)

(十三)《平场抛网球》:轻装便服不同群,喜着白鞋与短裙。卿自抛球侬自接,抛来落影乱缤纷。(入场抛球,均须轻装,惟小女郎学习时,皆随意乱抛之。)

(十四)《沿街走铁鞋》:小小四轮小铁鞋,戏学走马往复来。可怜女儿诸穷相,不跑冰场竟跑街。(鞋之前后,各有两轮,平行街上,直似划冰。德国小儿女喜玩好焉。)

(十五)《午后饮茶》:几经携手挟名花,午后日长困转加。踏遍街头何处去,咖啡馆里尝新茶。(午后游街,久则觉困,即至咖啡馆小饮,已成社会上之习惯矣。)

(十六)《深宵饮酒》:一瓶香槟一番新,美人偎倚似情真。饮过咖啡还饮酒,为谢檀郎意殷勤。(深宵入市,饮酒馆中,必有妓女,可招之同饮,惟香槟酒最能得其欢心。)

(十七)《舞堂跳舞》:两行罗列半垂鬟,男女分班隔座遥。侬自鞠躬卿点首,未曾同舞已魂销。(学跳舞者,半属小儿女,初学时,男女分座,若男女合舞,必由男子向女子鞠躬。女即点首答之,微论其识与不识也。西人自由结婚,几以此举为媒介云。)

(十八)《冰宫划冰》:不解春愁不解妍,飘飘冰上舞欲仙。柳腰抱住娇无主,吩咐爱郎好好牵。(宫内遍地皆冰,鞋底另套钢架,可以来往划动,并作种种游戏,但是男女同划时,必挽手抱腰,形若跳舞之状。)

(十九)《音乐院听乐》:画阁洞开叹昔今,由来好调感人深。无端凑起伤情曲,触动萧娘一片心。

(二十)《戏剧院观剧》:咏出霓裳第一天,瑶台此日遇婵娟。坐中时透衣香味,侥幸何人在两边。

(二十一)《岂而枯司园翻花》(岂而枯司系译音):风流半现

女儿身,马上舞腰翠黛颦。戏罢还飞亲吻礼,掌声鼓动两旁人。(园中女伶俱露半身,舞毕,以手亲其口,且转以示人,即为飞亲吻礼,西俗如此,不独女伶然也。)

(二十二)《肯克妥勃园幻影》(肯克妥勃系译音):鬼幻诗张且慢夸,黑影幢匕弄参差。看到兴浓精警处,忽被姑娘大帽遮。(西妇入幻影园,多不脱帽,且余在德时,帽式尚大,颇觉蔽目,观者扫兴焉。)①

在目前已出版的文献中,以德国首都柏林为描写对象的有潘飞声《柏林竹枝词》24首、杨圻《柏林怨》3首,大体展现柏林街道的整洁、女学的兴起以及交通、生活方式的便利等。张若柏的诗共计22首,篇幅和潘飞声《柏林竹枝词》差不多,但张诗加注的说明更多,更能使国人了解柏林乃至德国的历史现状及其生活方式,是晚清民国时期国人认识外部世界的重要文献,值得梳读和整理。

三、盘珠祁《游俄竹枝词》

盘珠祁(1885—1984),广西容县人,留美农科硕士,曾任南京大学教授、广西教育厅厅长、广西大学校长等。中华人民共和国成立后任广西文史馆员。著有散文集《游俄纪要》等,盘珠祁1933年去苏联考察,这组竹枝词诗是作者一年后回国途经西伯利亚时所作,共24首,兹录于下:

(一)卅年辛苦著征鞭,亚美欧非路万千。处处游观方便甚,最难侨寓是苏联。

(二)人人来者靠音粗(Intourist译音,系国营招待外人之旅社),我独安排不受愚。惟有僦居无别法,也曾几度叹穷途。

---

① 张若柏:《德京柏林竹枝词二十二首(并序)》,《商余会报》1915年第5期。

（三）音粗有如一陷阱，鱼肉由他任强横。独市生意没奈何，华远（Valuta 译音，标准币之谓）规定卢布屏。

（四）虚名无实时华辽，随意时将价目标。纸币现金俱未发，硬将英镑美元撩。

（五）往来交易要公平，义务应将权利衡。待遇糊涂收费巨，音粗招怨口同声。

（六）益事培来（Exploit 译音，系剥削之意）意损人，每将资本讪申申。缘何花样翻新出，剥削仍如帝国民。

（七）异样商场号错先（Torgsin 译音，专用外币交易之商店），价昂物质较新鲜。时闻妇女空相叹，欲购侬无外国钱。

（八）美重嗟来（Dollar 译音，美国币一元之名称）英重磅（英国币制名称），共惊资□□□□，口呼打倒心殊爱，毕竟俄人亦拜金。

（九）手招目送献殷勤，最喜逢迎外国人，马克（Mark 译音，德国币制名称）狮陵（Shilling 译音，英国币制名称）魔力大，街头邂逅便相亲。

（十）阿堵移情岂偶然，半偏云鬓布巾缠。衣单食菲操工苦，卢布捻挪确（俄文 Nemnoko 微少之意，译音为"捻挪确"）可怜。

（十一）恒言彩翻凤求凰，只合情男访女郎。可怪俄人风尚异，恰如尼子就僧房。

（十二）三言两语便胡天，女子妖娆亦为钱。笑煞樊英枉崇拜，说她高洁若神仙。

（十三）商场饭店亦纷纭，游客初来浑不分。不是会员休进去，入门须得验凭文。

（十四）游俄旅客每咨嗟，站口街头望眼赊。德士（Taxi 译音，车名）直如麟凤少，手持行李叹无车。

（十五）地无私有屋归公，数口同房最普通。厨灶共饮尤拥挤，污糟都在不言中。

（十六）电车最拥放工时，踵击□摩浊气滋。惟有一端佳习惯，转相购票不瞒欺。

（十七）不容诋毁不阿谀，优劣相提未可诬。我对苏联常謦说，吕端大事不糊涂。

（十八）党国权比万般高，挈领提纲柄独操。组织綦严清一色，夺朱恶紫尽情淘。

（十九）设施先就党权衡，政府随将党令行。整个有如肢使臂，精神贯彻剧堪惊。

（二十）五年计划接连来，启发农工亦伟哉。轻重后先洵中肯（第一次五年计划注重重工业，第二次五年计划注重轻工业，国营及集体农场，入第二次五年计划时期，益形进展），斐然成绩不须猜。

（二十一）三五年前百货无，而今百货满街衢。完全国货尤难得，莫说还嫌质地粗。

（二十二）楚才晋用启鸿濛，事半真能致倍功。自给兼图徐自立，苏联政策妙无穷。

（二十三）自制飞机坦克车，国防阵固似长蛇。百般军备俱能造，原料丰余足自夸。

（二十四）当年内战且饥荒，封锁重重岂敢忘。惨淡经营才十载，足征多难克兴邦。①

这一组诗歌，主要呈现了作者20世纪30年代在苏俄考察时的见闻，尤其对苏联的货币、商业、军工、政治体制等进行描述和评价，可将

---

① 盘珠祁：《游俄竹枝词》，《广西大学周刊》1935年第12期。

其和现代作家笔下的苏联见闻一起对照阅读,可为时人或后人提供一种认识苏俄历史及现状的视角。

四、马客谈《欧京杂咏》

马客谈(1894—1969),江苏六合人,近现代杰出教育家。1934年赴英、法等十余国考察教育,这些竹枝词就是考察期间对所到欧洲各国京城的印象描摹,即使在20世纪30年代,有机会外出的国人毕竟是少数,这些竹枝词可为国人认识异国京城及其文化习性提供民俗学、史地学的视野,一共10首:

(一)《英京伦敦》:海上巍峨古帝京,千年不见城中兵。庙谋一失成遗恨,乳虎风生闻野惊。

(二)《苏京莫斯科》:严城九月朔风寒,拿帝曾悲甲冑单。今日骄兵窥户奥,伊谁再起挽狂澜。

(三)《法京巴黎》:凯旋门上竖降旗,露拂宫前赋黍离。自是误人家国事,咖啡旦旦舞迟迟。

(四)《比京不鲁赛》:佳名艳说小巴黎,地逼难防楚与齐。远害早为中立计,不期霹雳下云霓。

(五)《奥京维也纳》:悦耳弦歌按比邻,乐城雅调世无伦。独怜神圣同盟府,传檄崇朝竟事人。

(六)《波京华沙》:念战败光旧版图,新京初见具规模。不堪铁马金戈扰,又见平民泣路隅。

(七)《荷京汉姆斯特丹》:水乡出处见帆樯,宫室低于干海塘。域外君臣回首望,宗邦妖雾尚茫茫。

(八)《丹京哥朋哈根》:海北仙源行乐村,农家岁岁足鸡豚。太平日月销兵久,烽燧初传骇梦魂。

（九）《德京柏林》：武库□宫望后先，毕翁筹策想当年。而今铸错嗟无及，孤注江山为拓边。

（十）《意京罗马》：遗宫残阙间危楼，往事豪华孰与俦。可笑王孙非大器，自甘牛后舞猕猴。①

这一组竹枝词体诗，因马客谈等人考察欧洲教育的时间较短，因此未能深入了解欧洲的历史文化，仅仅是印象式的描述，但也能给国人基本的认知，还是值得辑录。

五、俞剑华等"东京"系列竹枝词

在描写异域外国都城的竹枝词中，尤以日本东京为最。原因是中日两国文化同源，一衣带水，地理毗邻，且清末民初留日学生最众，对日本的学习和了解也是中国社会寻找救亡启蒙的中介和途径之一，故描写日本的竹枝词远远多于他国。在已辑文献中，知名有四明浮槎客《东洋神户日本竹枝词》100 首、黄遵宪《日本杂事诗》200 首、陈道华《日京竹枝词》100 首、郁华《东京杂事诗》73 首等大型组诗。笔者通过对近现代报刊文献的检索，目前发现四种描述东京的竹枝词，共 41 首，现辑录如下，以作补遗。

一是俞剑华的《东京竹枝》5 首，这组诗主要描写东京女子的妖媚之态。

（一）柳梢月上试新妆，罗袖轻笼百和香。邀得邻家众姊妹，先教宜称教端详。

（二）圆肤六寸步迟迟，同伴相嘲笑不支。拜罢十藏游夜店，乱入丛里立多时。

（三）金衣绿鬓一群群，来听荒唐救世军。侥幸比肩难致意，

---

① 马客谈：《欧京杂咏》，《时代精神》1942 年第 6 期。

偷摩春笋露殷勤。

（四）不忍池边三月春,蛮妆游女竞时新。樱花深处闲凝伫,不看樱花却看人。

（五）两袖翻红最恼公,行行还自避春风。谁知放学归来后,重整云鬟入楚宫。①

二是署名"误我"的作者发表了16首,作者显然用了笔名或代号,真名已不可考,重点描写东京城市周边的景致及生活方式等。

（一）《靖国神社》:可怜一战捐躯后,博得千秋姓字香。未必九泉能自慰,腥风血雨太平洋。

（二）《不忍池》:红消绿涨君知否,一水盈盈意若何。不是莫愁湖上立,春风依样送湘波。

（三）《观月桥》:白石桥当碧水池,月明两岸柳丝丝。胡娘也有销魂处,只在凭栏低笑时。

（四）《上野公园》:夹道绿阴高蔽日,会心泉石不飞尘。红红绿绿联翩至,都是吸新空气人。

（五）《日比谷公园》:野鹤池鱼多自在,美人名士两玲珑。喁喁细语浑难辨,只在桃红柳绿中。

（六）《芝公园》:山花含笑斗鲜妍,古塔邻崖高插天。一片笑声人去也,绿阴深锁小秋千。

（七）《浅草公园》:灯花缭乱唱咿呀,林外清池池外家。别有一番新活剧,门前争唤一拉虾。

（八）《皇宫》:大木森森蔽太空,石城铁壁间皇宫。二千五百延年久,只为当时尚武风。

（九）《游就馆》:刀光凛凛剑光寒,想见当年百战难。最是

---

① 俞剑华:《东京竹枝》,《南社》1912年第1期。

遗羞千载后,中东胜负有余观。(甲午之后,我国所失之甲兵、旗帜均为陈列品,故云。)

(十)《大喷水》:白石青铜建铸新,朝朝洗涤自由身。常存凌驾云霄气,不受人间半点尘。

(十一)《活动写真》:相对无言常漠漠,悲欢都是过来人。古今中外同斯梦,何必当场论假真。

(十二)《千手菩萨》:神仙自古说瀛洲,争向菩萨座上求。千手果能拯万众,那教人世有穷愁。

(十三)《夜市》:杂物纷呈傍市衢,都人仕女竞游娱。灯光闪处声声唤,一片人争买古书。

(十四)《商店》:栉比星罗列市场,果谁苦窳果谁良。家家竞说新商品,正札高悬大勉强。

(十五)《女学生》:翩翩长袖垂垂发,日走通衢不惮劳。也是欧西文物美,女郎个个学蜂腰。

(十六)《电车》:电掣风驰不计程,无明无夜日纵横。天工巧被人工夺,从此常闻轧轹声。①

三是庞乐园的《东京新年竹枝词(并引)》10首,描写东京新年的境况:

(一)名纸相传贺片多,绿衣邮使更相过。今年原是旧年样,簇簇新衣屐拖。

(二)恭喜声声到处同,往来南北与西东。争先上野公园去,薄醉归来面映红。

(三)大家小户过新年,翠竹青松种两边。莫道儿家门户陋,森森也有柏枝编。(门前植松,谓之门松。亦有兼种竹者,乃用节

---

① 误我:《东京竹枝词》,《小说新报》1915年第10期。

节高之意。)

（四）紫成径尺稻柴圈，白纸条环次第黏。道是新年逢国庆，麻衣竹杖未曾添。(门悬柴把白纸之类，相传为崇祯殉国时，新年发丧，彼邦人士，询知国庆，遂相仿效，作此点缀。而不知己受人之诳矣，相沿成习，至今不衰，及复可笑。)

（五）朋好相过倒屣迎，笑谈席地见真诚。更将鲈脍咸萝葡，欢饮屠苏酒一觥。

（六）通行旧礼未消除，仍仿吾华唐宋初。叩首纷纷如捣蒜，旁观无有不轩渠。

（七）木溪一碟沸汤涵，进食同餐至再三。不敢屠门贪大嚼，只因滋味淡难堪。(木溪为"乇千"之译音，即糕饼之类。)

（八）晚妆初罢晚风凉，粲粲狐裘淡淡妆。相约琵琶湖上去，风头胜比杜韦娘。(琵琶湖在西京之东，风景甚佳，游人络绎，红桥画舫，士女如云。)

（九）冶妆雏妓态妖娆，一笑相逢魂也销。情话喁喁何处去，夕阳送过二重桥。(桥在上野公园之旁。)

（十）马车过去电车轻，彻夜曾无片刻停。且到公园听演说，一声拍掌一声铃。(各国体举行通俗讲演甚多。)①

诗作前面有序云："翔哥自东渡归，谈及邻邦新年风俗，娓娓动听，即事成吟，因得十首录后。"②可见，该诗并不是作者亲历所见，是通过友人口述见闻所作，辑录于此，以丰富"东京"系列竹枝词的全面性。

四是坚白的《东京竹枝词》10首：

（一）万里江山一局棋，投降俘虏费猜疑。炸弹原子长崎下，

---

① 庞乐园：《东京新年竹枝词(并引)》，《礼拜六》1922 年第 144 期。
② 同上。

百万雄师解甲归。

（二）早知今日悔当初,何必同文妄见欺。作恶教君也入瓮,更无人说不相宜。

（三）彗星帜替太阳旗,生怕镰刀赤色徽。计出美人干脆甚,羔羊驯伏慑依依。

（四）休为下女索夫团,人尽可夫假泪弹。毕竟饥寒驱使着,朝秦暮楚暂偷安。

（五）财阀慌张闹困穷,兼充冻结债权中。豪华一世如春梦,四十年来倏忽空。

（六）从容自创罪魁囚,一贯弹丸命不休。死有余辜唯武将,吊刑结束赘中瘤。

（七）子哭儿啼鳏寡孤,是谁作孽喊冤呼。生端黩武穷兵祸,少壮法西叛逆徒。

（八）自由平等改良图,票选全民弃独夫。傀儡皇朝原不倒,寡人今又算称孤。

（九）翻身机构怕重生,思患预防工艺更。业产和平农作物,年年日日有收成。

（十）明治维新创业艰,国亡一旦岂突然。多行不义必自毙,桀纣秦皇例已先。①

坚白所作比较晚出,内容也比较浅显,是日寇投降后所拟,可视为一组爱国诗篇来读,与已出大型组诗相比,审美价值和认识价值相对较次。

由上辑诗行可知,与描写本土风习的海量内容相比,晚清民国时期描写海外题旨的竹枝词数量应该有限,但正因为这类竹枝词较为稀见,其文学价值和史料价值更加弥足珍贵。作者主要是有过海外出

---

① 坚白:《东京竹枝词十首》,《南光报》1946 年第 30 期。

使、游学或留学经历之人,他们将自己海外见闻记述下来返回本土,一则可记录自己的旅程经历,留下可作日后念想;另则也可为国人认识外部世界提供参照,以此获得比对材料。因此,不管这些竹枝词的描写是真是假、评价是好是坏,对当时国人认识外国、外民族却有着不可忽视的文献史料价值,值得我们今天认真梳读。

第三节 《贵州竹枝词集》补遗——以报刊为中心

对描写贵州元素的竹枝词的搜罗整理,历来是竹枝词研究领域的重要关注点。贵州是我国几个少数民族高度聚集的省份之一,拥有异常丰富的少数民族文化资源,加之地理位置和竹枝词的发祥地巴渝毗邻,为竹枝词的创作提供了天然环境。因此,不管是客居黔地的官员或商贩,抑或是世代居住在贵州的汉族文人,都会将描写笔触伸向少数民族的生活方式及其特异风习,于是形成了蔚为壮观的黔地题材竹枝词。学界对于贵州题材竹枝词的专门辑录则较晚,1997年潘超等编的《中华竹枝词·贵州卷》①录载了17位作者所作竹枝词405首,开贵州竹枝词辑录的先河,但仅收入少量知名作品;2007年丘良任等出版的《中华竹枝词全编·贵州卷》②大幅拓展,共收66位作者的竹枝词1283首,增量两倍之多,但仍有不少漏收之作。2019年贵州省文史研究馆编成《贵州竹枝词集》③出版,共收119位作者所创竹枝词1904首,是目前为止收录贵州题材竹枝词最为全面的文献。但由于竹枝词散见于各种手抄本、民间藏书、近现代报刊文献、文人专集别集等各类

---

① 雷梦水、潘超、孙忠铨等编:《中华竹枝词(五)》,北京:北京古籍出版社,1997年。
② 潘超、丘良任主编:《中华竹枝词全编(七)》,北京:北京出版社,2007年。
③ 贵州省文史研究馆编:《贵州竹枝词集》,贵阳:贵州人民出版社,2019年。

文献中,造成全面搜罗之不易,故所有辑录本都只能尽量收全,而不能网罗殆尽。《贵州竹枝词集》提供了研究贵州民风民俗的诸多阐释材料,引起研究者的重视。向德俊在《贵州竹枝词补遗及其文献价值述略》①一文中辑录了莫友芝、贝青乔、张澍等8位作者的42首描写黔地概貌的竹枝词,不啻为《贵州竹枝词集》的有益补缺;近年来,随着文献数据检索的便利,笔者发现清代至民国时期一些竹枝词收于地方志和登于报纸杂志上,共检得46首,目前文献鲜有涉及,兹录于下,以资学界研究贵州竹枝词时考用。

一、蒋深《白泥竹枝词》四首

蒋深(1668—1737),字树存,号绣谷,江苏吴县(今苏州)人。清代诗人、画家。康熙年间进士,曾任翰林院编修,康熙五十二年(1713)年九月任贵州省余庆县知县,前后主政十余年,颇有政声。与著名诗人查慎行、钱大昕等来往密切,互和诗文。诗风上,蒋氏"诗宗盛唐,潇洒自得,著述甚多,康熙戊申生,乾隆丁巳卒,年七十,著《绣谷诗集》《鸿轩集》"②,沈德潜《清诗别裁集》收其诗五首并评之曰:"绣谷以纂修《书画谱》得官,居官有政声,诗亦时露警句,名场中交重之"③,对蒋氏褒奖有加。蒋氏在黔期间编成《余庆县志》《思州府志》等志书,成为当时为数不多、影响深远的贵州地方志之一。清末民初毛肇显纂《余庆县志》收有蒋氏不少诗文,其中竹枝词四首:

(一)西关过后又中街,尺咫牛场傍水涯。三六九期周复始,匆匆踏破旧麻鞋。

---

① 向德俊:《贵州竹枝词补遗及其文献价值述略》,《兴义民族师范学院学报》2019年第4期。
② 《娄关蒋氏本支录》,载徐蜀编:《国家图书馆古籍艺术类编(26)》,北京:北京图书馆出版社,2004年,第570—571页。
③ 沈德潜:《清诗别裁集》(下),上海:上海古籍出版社,2013年,第1001页。

(二)铜钗布服淡无华,妇女村妆俭可嘉。戚里自来相见惯,招邀只为煮油茶。

(俗以芝麻和清油采茶叶□细研成末,煮水烹调,名曰油茶,款客以此为敬。)

(三)家家茅屋曳青帘,款客休言味不兼。自是膏粱汤最美,任伊醉倒价仍廉。

(四)金鼓迎神响若雷,远村未至近村催。花衫窄袖诸苗女,笑指龙旗逐队来。①

蒋深这四首竹枝词主要描写了余庆民间喝煮"油茶"的习惯和农历九月迎神的习俗,具有民俗学的认知功能。余庆县和今天黔东南的黄平县、施秉县等苗族聚居区接壤,是汉族和少数民族文化交流的中间地带,对宦黔的江南文人而言,西南少数民族聚居区和江南在文化、民俗上具有较大的差异,容易诱发江南文人的想象表达和新奇书写,这些书写有时候是好,有时候是坏,有时候是真,有时候是假,某种程度上体现了江南文人看待西南少数民族文化习性时的矛盾心态,有猎奇、欣赏,有鄙夷、同情,这种心态代表着当时江南文人对黔中大地的集体想象。

二、阮崇德《贵阳杂诗》五首

《贵阳杂诗》是阮崇德(清末贵阳人)因感佩洪亮吉(1746—1809)督学贵州的作为和贡献而作。洪氏乃江苏阳湖人,字君直,别号北江,经学家、文学家,毗陵七子之一,著述颇丰,后人编成《洪北江全集》八十四册行世。洪氏乾隆五十七年(1792)奉命督学贵州,被黔地偏远的地貌和落后的教育所震动,任内为贵州各府书院购置经、史、《通典》《文选》等书用于教学,提高了贵州的教育水平,故阮崇德对洪氏有"终

---

① 毛肇显:《余庆县志》,台北:成文出版社有限公司,1974年影印版,第384页。

日坐堂皇试士，评骘甲乙，弊绝风清。试各府，拔高等生，调入贵阳书院肄业。岁捐俸金，助膏火，购经史子集诸有用之书，俾资诵习"①的高评。阮崇德《贵阳杂诗》八首存五，兹录于下：

（一）南明春色上城头，啼鸟声声杜若洲。偶向绿杨深处立，一堤烟雨酒家楼。

（南明湖）

（二）螺峰碧草碧于云，寒食城中笑语闻。笋蕨盘飧蚕豆盏，几家儿女上春坟。

（扶风山）

（三）南岳山高山径斜，山下参差十万家。游客年年到山寺，满山红遍刺梨花。

（南岳山）

（四）越人铜柱汉山河，铁柱牂牁见伏波。今日虹桥流水畔，古祠烟树夕阳多。

（鄂文端祠）

（五）一曲溪亭别梦遥，十年征客易魂销。贵阳古驿头桥路，红叶萧萧洒一瓢。

（头桥驿亭）②

《贵州竹枝词集》收有洪亮吉《贵阳元夕灯词》十首，洪氏于乾隆五十七年冬抵筑，该诗是他在贵阳过完第一个春节后的元宵所作，诗歌描写了贵阳元宵灯会的盛况，对黔地民风民俗进行艺术化的书写。而阮氏《贵阳杂诗》也是描摹贵阳周边景致和民间清明前后的食俗，如食用蕨菜、满山刺梨等贵州特色，有竹枝词的基调，和洪诗风格接近，

---

① 阮崇德：《纪洪北江先生视学黔中事》，《希社丛编》1914年第2期。
② 同上。

二者可对照来读。

三、王锡晋(仲番)《黔苗竹枝词》十七首

与本土作者相比,客居或宦游贵州的作者所作竹枝词也不少,王锡晋(仲番)《黔苗竹枝词》就是代表之一,一共32首,卷首的刊载说明云:"王君仲番,随其先人宦游黔省,黔苗疆也,往来其间,山川风土,悉其梗概,为竹枝词三十二章,以纪其事,特为录出,公之于世。"①而《贵州竹枝词集》仅收有15首,遗收17首,每一首前面都有题解,现将其补录如下:

(一)倮㑩②

在大定府属,本卢鹿而讹,其姓有九,分黑白二种,黑者为大姓,蜀汉有济火,从武侯征蛮有功。封罗甸国王,即其远祖。其部长曰更苴,次则慕魁黑乍,职守文字,略同汉俗,性彪悍,为诸苗最。谚曰,水西罗鬼,击头掉尾,言相应之速也。

九姓乌蛮短角齐,慕魁黑乍走征辇。环营头尾休轻击,罗鬼传闻驻水西。

(二)西 苗

在贵阳府属,十月西成,合众于野。老翁善歌者执琵琶于前,男女青衣彩带吹笙。蹈舞随之,名曰祭白虎。

蛮靴乌笠走西东,白虎迎神报岁功。四尺铜弦双鬓雪,痴聋休笑阿家翁。

(三)狗耳龙家

在安顺大定间,男女结发,若狗耳状。立春日,植木于野,谓之鬼竿。未婚男女,剪衣换带,跳跃私奔。

---

① 仲番:《黔苗竹枝词》,《国闻周报》1936年第13卷第45期。
② 按,本节辑录民国文献,为保持原貌,凡民族带有"犭"者,均据实录入,不代表作者本人及刊物的民族观,特此说明。

狗耳了鬟马镫冠,竹楼深锁瘴云寒。侬心自绾同心结,莫问东风问鬼竿。

(四) 峒莨苗

在古州,居大寨,曰爷头居,小寨曰峒莨,善舟楫,听爷头呼唤,小有伤犯,爷头必罄其产。

团团布伞刷青油,峒竹篙竿燕尾舟。六十五司风浪险,累侬呼唤是爷头。

(五) 僰　人

在普安州,男女皆衣褐,性喜佛,常诵经咒。

放下屠刀噩梦醒,木鱼敲处石门扃。同心合掌慈云下,口诵莲花般若经。

(六) 平伐苗

在贵定,用乌头煮箭镞,腰弯弓,猎山涧中,祭享屠狗。
雍正间,提督哈公元生征苗,用为向导,颇著战功。

乌头煮箭铁为弓,沙豆关头说战功。自古人才须驾驭,何曾屠狗不英雄。

(七) 九股苗

在兴隆卫凯里司,身披铁甲,用铁皮裹身,携药弩,名曰偏架,三人共张一弓,矢无不贯,常于深山捕虎。

巉巉冰雪树根枯,猎火蛮云纵鬼狐。九子流星偏架利,暗飞铃索贯于菟。

(八) 八番苗

在定番州,刳木作臼,名曰碓塘,仲春宴会,击长腰鼓为欢。

穤秅连村晚稼忙,大田鳞次稻云黄。秋风打叠长腰鼓,早向山桥筑碓塘。

(九)蔡 家

在贵筑、平远等处,夫死以妇为殉。

黄鹄歌残紫玉愁,他生连理此生休。南山有鸟高飞去,漫鼓琴心问白头。

(十)箐 苗

居倚山箐,青苗类也,男勤耕凿,女子衣服,皆能自织。

怪鸟呼人瘴雨间,密林深箐路回环。穿梭笼竹裁云布,抉石撞刀种火山。

(十一)东 苗

在贵筑、广顺等处,男女皆着半臂,仲春屠牛陈馔,延巫师祭神。

连山石角走嶙峋,云锦裁成半臂新。箐火野塘春祭散,漫将铜鼓赛江神。

(十二)猺 人

本粤西苗种,自雍正年间,迁居贵定、清平等处。居无定地,喜傍溪水,沿寨行医,祀神曰盘瓠,藏书曰榜簿,鸟篆鱼文,义不可解,风俗谨厚,道不拾遗。

图书榜簿久模糊,鸟篆鱼文事刻模。挂起猺灯春社静,药街云管祀模瓠。

(十三)女 官

即倮猡正妻,称之曰耐德。首戴银丝花,拖长裙二十六幅。

锦伞呼云驿路开,珠幢油幕镇徘徊。长裙百摺银花缀,骏马娇驮耐德来。

(十四)克猛牯牛苗

在安顺之金筑司,择悬崖凿峒而居,高百仞构竹梯上下,耕不用牛,以铁锄代犁,亲死不哭,次年闻杜鹃声始哀曰:鸟犹岁至,亲死不复来矣。坟前架屋数椽,置木主其中,曰家亲殿。

毛把锄犁代犊耕,悬崖千仞竹梯横。新坟夜扫家亲殿,肠断年年杜宇声。

(十五) 狆狢

散处州县,祀鬼,用草龙插五色旗,郊外祀之,居丧七日,延巫歌舞,谓之送七。

老巫槐笏玉腰围,载酒人家送七归。乱卷鬼旗春社散,莫龙环咒白鸡飞。

(十六) 八寨苗

在都匀府,女子于旷野构竹楼,名曰马郎房。男女以芦笙为约,相聚欢谑。

溪山稠叠蔼春阳,花布裁云巧样妆。一曲芦笙人不见,绿杨深锁马郎房。

(十七) 紫姜苗

在黄平清平等处,多入行伍,读书,不知为苗也。

金汁河边春柳长,勋名铁柱表蛮疆。摇笙歌舞升平世,不独训苗是姜姜。①

以上十七首竹枝词是对《贵州竹枝词集》漏收王锡晋《黔苗竹枝词》的补遗,以供再版或修订时采用。

对于竹枝词的内涵,唐圭璋先生指出,其"形式与七言绝句无异,内容则以咏风土为主,无论通都大邑或穷乡僻壤,举凡山川胜迹,人物风流,百业民情,岁时风俗,皆可抒写。非仅诗境得以开拓,且保存丰富之

---

① 仲番:《黔苗竹枝词》,《国闻周报》1936年第13卷第45期。

社会史料"①。诗歌语言高度浓缩,但承载的信息量大。通观王锡晋三十二首《黔苗竹枝词》,属于中等数量规模的组诗,但其所涉地域广泛,几乎涉及了贵州全境,是对贵州风土人情、民间文化、少数民族族性的生动描摹,从"以诗证史"角度观之,不啻是认知贵州少数民族文化范式、生活方式的重要文献资料,其审美价值和文献价值是毋庸置疑的。

四、载言《黔中竹枝词·农村即事》二十首

《黔中竹枝词》为署名载言的作者所撰,真名不详。从诗作内容来看,作者应该是经常深入民间、深谙农事之人,全诗描写了一幅旧时代民生维艰的图景,从中可见出黔中农村的旧时镜像,具有一定的认识价值和社会历史价值。

(一)未识天光曙也无,几番牛角叫呜呜。披衣亟起开牛圈,屙屎声声急唤呼。(农家重肥料,每放牛,必呼屙屎,农亦听令。)

(二)扣衣无暇敞胸怀,带足其腰足曳鞋。脸未洗时发未梳,纷纷男妇水挑来。

(三)嫩绿无妨陟彼冈,呼童割草趁朝阳。一蓑烟雨半镰月,肥料家家预备忙。

(四)淋漓臭汗滴田禾,当午阳光直射多。恰好山妻来送饷,昂头食罢且高歌。

(五)火镰夹子钢炼成,白石敲光火迸生。莫谓唛烟关细故,燧人遗制看分明。

(六)阿妇栏旁才喂猪,又听祝祝把鸡呼。休嫌逼业锥刀逐,养老还兼蓄幼孤。

---

① 唐圭璋:《竹枝纪事诗·序》,载丘良任:《竹枝纪事诗》,广州:暨南大学出版社,1994年,第1页。

（七）打稻刚才喘息归,红边军帽扣柴扉。正粮未解商采买,(俗称背手曰采买)老土一驼孝敬微。

（八）昔日农场变匪窝,种成庄稼不收多。报官打匪浑闲事,兵去匪来唤奈何。

（九）多谢官兵打匪劳,匪徒复到把房烧。从今不敢再言匪,敢乞先生留破窑。(俗称匪曰先生,呼房曰破窑。)

（十）顺贼原来暂保家,兵来通贼罪名加。贼诚不愿愿兵否,兵贼贼兵孰较嘉。

（十一）数日无粮腹正空,升粮换得卖鸡公。朝餐获饱夕仍饥,徒羡邻家有米舂。

（十二）无端米粟贵于珠,八口嗷嗷庚癸呼。记得去年上仓日,□将强半纳官租。

（十三）田里新禾议卖花,未能解款欲搬家。敝亲昨日才归里,为说邻封款更加。

（十四）两儿病疟卧床头,包谷□新贻此忧。欲请大夫来诊脉,诊金何处可商筹。

（十五）急如星火正敲门,昨夜区丁传令文。打稻虽忙权靠后,军粮只限月初旬。

（十六）邻家阿大未曾归,翁媪伤心泪满衣。今早有人来报信,传言半路被拉肥。(俗呼匪绑人曰拉肥猪。)

（十七）昨宵匪劫更烧房,一片荒焦瓦砾场。忽有红边军帽到,传言火速解兵粮。

（十八）为富不仁重利贪,邻村放穀大加三。忍饥出视山原遍,包谷才红豆未蓝。

（十九）农夫凭藉一条牛,性命全家在里头。为买食粮偏卖邻,临歧不禁泪长流。

(二十)莫笑侬为无病呼,吟成一幅难民图。行将共作沟中瘠,到此还分贵贱无。①

该诗写于民国时期,和蒋深、王锡晋等仕黔文人所作相比,诗作的艺术成就相对差一些。但竹枝词大多描写山野民俗和市井生活,风格并不以典雅为要,作为民国时期社会生活真实描摹的文献,《黔中竹枝词·农村即事》展示了民国时期的历史风貌,贵州大地的农村生产生活、民风民俗、兵荒马乱的时代特征,还是颇有认识价值的。

以上所补四十六首竹枝词,就诗本身而言,由于作者文化素养的差异,其艺术成色也参差不齐。但竹枝词本身并不以文学性见长,而以通俗性、大众性名世,主要作用在其"证史"价值。就对地域层面的描写而言,这些作品活现了贵州交通闭塞、大山阻断了对外交流,自然环境恶劣,民生多艰的境况;从文化层面来看,主要展现了黔地民族文化的拙稚性、朴实性、原生性、落后性、他者性、比照性等;就风俗层面来说,主要渲染少数民族原始而特异的婚俗以及独具特色的饮食习惯。但不管这些竹枝词是夸饰还是写实,作者是实证还是旁听,都是人们认识贵州、了解贵州最为鲜活的历史资料,值得认真梳理和辑录。

笔者在《历代竹枝词中的贵州形象》一文中曾说:"以贵州为书写对象的竹枝词,大多为客宦贵州的外省籍人士所撰,它们展现了贵州层峦叠嶂,云生雾起的独特地理空间,亦诠释了民风的原始、淳朴和拙稚;以写实笔触强调贵州地理位置的偏远和民众生存的艰辛;亦以浪漫夸张手法活现了少数民族风情尤其是婚姻习俗、饮食文化的独特等等,内容包罗广泛,囊括古今。"②本节所辑遗的四十六首以贵州为描写对象的竹枝词,希望能为学界研究贵州历史文化、民风民俗等提供些许助益。

---

① 载言:《黔中竹枝词·农村即事》,《贵州评论》1935 年第 7 期。
② 管新福:《历代竹枝词中的贵州形象》,《中华文化论坛》2020 年第 2 期。

第四节　晚清民国竹枝词的海外书写

竹枝词在明清之后开始转向纪实书写,侧重于描摹风土人情,题材得到多元拓展。近代以来系列外战的失败,推动有识之士不断寻求富国裕民之略,开始吸纳西方格致实学,并重审文化习俗、制度设计等,盼能"以西方之学术,灌输于中国,使中国日趋于文明富强之境"①,中外文化交流开始变得频繁起来。与此同时,外出国人渐增,识见日涨,当面对迥异于自身的域外世界,且受明清之际异族、边夷、海外、西洋等新物事进入文学书写所影响,诸多受传统文化熏陶、自幼熟读经典诗文的出洋人员纷纷操用古诗词描叙眼前所见的西方世界,其中竹枝词体诗因其灵活可控而获首选,著者将数十首联章成组,有长篇叙事诗的功能,遇稀奇物事时以散文加注,灵活记述自己沿途见闻及心态变化,不仅迎合了读者的猎奇心理,也有效传播了域外新知,由此形成清末民初颇具规模的"海外竹枝词",拓宽了竹枝词体诗的题旨范围和表达空间。所谓"海外竹枝词",是指中国诗人用竹枝词的体裁和情趣歌咏在外国所见所闻的事物的诗歌形式。② 其意义不仅在于其描写外部世界的新异性、所承载文化的差异性,更在于书写者对海外世界的文化想象、文化过滤、文化利用等特征,从中亦可反观世界局势的变化、晚清中国人走向世界的焦虑与努力。基于此,学界近来也逐渐认识到海外竹枝词的意义,开始对其进行梳理、辑佚和阐释。通过研读这类竹枝词,世人可获外部世界的认知,甚至可将域外广袤、遥远的空间具象化、秩序化。就目前资料所及,世界各国京城是海外竹枝

---

① 容闳、祁兆熙、张德彝等:《西学东渐记　游美洲日记　随使法国记　苏格兰游学指南》,长沙:岳麓书社,2008 年,第 62 页。
② 季羡林:《学海泛槎》,北京:新世界出版社,2017 年,第 213 页。

词书写的重心,它不但传导新的文化范型和生活方式,也彰显了著者文化心态的变化。而"新的文化心理的产生,呼唤着与之相应的文学样式,以新奇、灵活见长的竹枝词由此成为士人偏爱的写作文体,而竹枝词在文人歌咏社会新变以及日常生活的过程中获得新的契机,不仅承载了风云变化的商业文化与市井气息,而且呈现出新奇性与大众化的文化表征,进一步迎合了市民阶层的文化需求"①。它标志着近代以来走向世界的中国精英所认识的世界开始扩充,由此所带来的观念、视野的更新。具体而言,晚清民国海外竹枝词的域外世界书写,因地缘的不同,又表现出不同的特点,南洋、西洋、东洋又有所不同。

一、近现代报刊"海外竹枝词"的南洋书写

在近代中国人走向世界的历程中,西洋、东洋和南洋均扮演着重要角色。但与西洋和东洋相比,南洋却是一个被长期忽视的场域。我们若要观照19世纪末20世纪初中国文人域外书写的整体概貌,就不能将眼光仅仅局限于西洋和东洋两处,只有将西洋、东洋与南洋一起进行审视,才能全面拼成清末民初中国文学域外书写的完整图景。据学界共识,南洋地区包括英属海峡殖民地及缅甸、荷属印尼、美属菲律宾、法属安南,以及二战时日据太平洋群岛等广大区域。在我国,南洋这一称谓一直沿用到清末民初,20世纪40年代后才逐渐被"东南亚"一词所取代。历史上,南洋是中国出海的重要通道,更是中国东南沿海居民拓展生存空间之所。但近代以来,随着欧美列强势力渗进亚洲,南洋逐渐沦为西方的殖民地,当然也在被动中开启了近代化模式。这一时段,随着外出国人激增,文学对南洋的书写也渐次滋增,且多以游记形式拟文,体式或散或骈,或诗或骚,其中以竹枝词诗体进行描叙

---

① 朱易安:《竹枝词及其近代转型研究》,上海:上海古籍出版社,2020年,第294页。

者亦有不少,其内容广涉南洋地区的历史源流、宗教信仰、人物风景、服饰饮食、语言文化,等等,构成别有况味的异国情调,不但能传递域外信息,也能满足文学审美,成为清末民初呈示域外镜像的一道亮丽风景。今天我们对这些竹枝词进行阐释,不但有助于完整理解当时旅外国人走向世界的心路历程,亦可审视近代以来中国文学对异国形象的想象和书写概貌。

(一) 晚清民国"海外竹枝词"的南洋题旨

鸦片战争失败后,面对内忧外患之局,有识之士认识到中国所面临的严峻形势,并逐渐从传统文化自信的迷梦中醒来,开始学习西方的格致之学、文化习俗、制度规范等,中外文化的交流因之变得频繁,致使外出国人增多,识见日涨。当面对迥异于自身的域外世界时,很多受传统文化熏陶、自幼熟读古代经典的旅外人员纷纷使用古典诗词,尤其是竹枝词体诗描叙眼中所见的异域,大量诗篇由数十首联章成组,有长篇叙事诗的功能,不仅迎合了读者的猎奇心理,也有效传播了域外新知。这些颇具规模的"海外竹枝词",是指中国诗人用竹枝词的体裁和情趣歌咏在外国所见所闻的事物的诗歌形式。[①] 与传统竹枝词书写题旨不同,"海外竹枝词"的特别之处,不但在于其描写外部世界的新异性、所承载文化的差异性,更在于书写者对海外世界的文化想象、文化利用等特色。这些诗作拓宽了竹枝词的表达空间,也延展了竹枝词的价值范畴。通过它可获取对异域世界的认知,将广大、遥远的空间具体化、秩序化,变成了未出国门者可感知、可把握的具象世界。南洋题旨的竹枝词作为清末民初海外竹枝词的主要范型之一,其作者群体其实不少,除了过境南洋游历西方或短期停留的官员或文人,如丘逢甲、陈宝琛等文人外,还有移民南洋地区的中国文人,如邱菽园、萧雅堂等诗家,他们通过在南洋的生

---

① 季羡林:《学海泛槎》,第213页。

活体验以及细腻审视,构建起别具一格的言说方式,并在比较中形成了独特的书写策略和价值评判。

据现有文献记载,中国文人对南洋的想象和书写较早。如明初马欢随郑和三下西洋,将沿途见闻写成《瀛涯胜览》一书,对15世纪初的南洋地区做了详细介绍,虽然该书的南洋书写更侧重纪实性,但其中涉及南洋诸国风俗习性、人物风景时也具有较高的文学趣味。之后清初陈伦炯(1685—1748)著有《海国闻见录》一书,也对南洋地区各国、各民族现实情况给予解释,并表述了自己的评判。而竹枝词对南洋世界的想象和书写,则首见于清初尤侗的《外国竹枝词》。尤侗未有涉外经历,系搜求故籍,凭空臆想的域外风土,故有不少失真之处。其中关涉南洋题旨的竹枝词达55首,内容涵括了今天的新加坡、马来西亚、印尼、缅甸、斯里兰卡、越南、马六甲等南洋国家和地区,可谓详备;1719年徐葆光、黄子云的《中山竹枝词》和《琉球纪事咏》、1800年寄尘上人的《琉球竹枝词》、1808年费锡章的《琉球杂咏》等诗篇则对琉球群岛的民风民俗进行细腻刻绘;此外福庆的《异域竹枝词》收有表述外藩题材竹枝词21首,主要记述了中亚各国的情形,具体展现哈萨克斯坦、克什米尔周边国家地区的民族风习,书写既有客观纪实,又有想象和虚构,也旁及暹罗等南洋邻国的风貌。上述竹枝词乃清中叶以前所撰,数量虽然不多,却开了竹枝词书写异国情调的先河。清末民初,随着中外文化交流的频繁,对南洋的书写逐渐滋多,外派使臣、游学文人及留学生将笔触投向旅途的南洋,"由于没有现成语汇可供描述,往往使用'旧瓶装新酒'的方式,用传统语汇描摹西物"[①],不少人使用竹枝词的形式进行书写。夏晓虹说:"晚清诗人喜用'竹枝词'咏海外新事,无非是看中了'竹枝词'的轻巧灵便与亦庄亦谐。对于迫不及待要把

---

① 孟华:《对曾纪泽使法日记的形象研究——以语词为中心》,《中国比较文学》2015年第2期。

所见所闻记述下来而又把握不准的诗人,这确实是最佳选择。"①于是,文人利用竹枝词的包容性展示迥异于自己母国的文化习俗,吟咏风土,描纪时尚,将南洋生活百态、饮食日常、假日节庆活动、人情交往、新奇事物形诸笔端,蔚为大观。

就撰作主体而言,南洋竹枝词的作者基本上都是清末民初外出西洋途经南洋或移民南洋的文人群体,他们对南洋的观感和情感十分复杂,一方面有对异域文化的猎奇、俯视、震惊,取材丰富,涉及南洋各国的历史典故、教育兴衰、地理风貌、热带气候、民情风俗等,所描绘的社会场景鲜明,生动逼真,色彩浓艳,让读者似在欣赏一幅幅异域风情画;另一方面又有对故土家园的思念感怀,"南洋"从作家自身生存体验与社会生活实践的地理空间,上升为与国人命运息息相关的文化符号空间。尤其是甲午战败以后,随着国势的衰落,途经南洋的中国文人,通过对比,不自觉地在作品中流露出对国家和民族未来的担忧和思考,比如黄遵宪、丘逢甲等人的南洋书写就有这样的特征。

就表达题旨来说,清末民初海外竹枝词对南洋镜像的呈现主要基于三重维度:一是近代知识精英对南洋的历史认知与现代想象;二是知识分子对南洋作为西学采样通道的评价与描述;三是通过南洋风物的书写进行自我身份的构建和对自我文化的反思,包含文化主体自身的观念、想象、价值、信仰与情感等不同角度。此外,通过竹枝词的描摹,还展现了南洋地区一系列现代文明的新景象:商业的兴盛、西式交通的便捷、技术手段的更新以及市民社会的雏形,等等。这些源于西方的现代图景改变了中国人固有的南洋"镜像",使他们在内忧外患、民族危机的历史语境中不断进行自我反省和反思,更加清晰认识到民族国家的落后,以引导民众觉醒,探索富国强民的可能路径。

---

① 夏晓虹:《吟到中华以外天——近代"海外竹枝词"》,《读书》1988年第12期。

(二) 作为异域民族风情展示媒介的南洋

对南洋的书写是中国文学表述域外题材的重要开拓,这不但与南洋在近代以来的历史处境相关,也与中国和南洋的地缘政治属性相关。历史上,南洋与中国有着不可割断的地缘关系,二者在文化交流上持续不断,在生活习俗方面也有诸多相似。随着中国近代国门被迫打开,南洋一方面成为中国人走向世界的重要通道,另一方面也成为革命者、流民、流寇的避难所和中国人拓展空间的目的地。"下南洋"与中国北方跨越历史时空的"走西口""闯关东"一起构成悲壮的生存及移民图景,旅行者在离开故土前往异乡的路途中,无不经历一番心灵的苦苦挣扎,文学对"下南洋"迁徙图景的书写最为新奇,其中竹枝词"意显语浅,老妪能解"的特征迎合了读者的需求被近代以来很多途径南洋的文人所采用。对于首次途经南洋的晚清士人而言,南洋的民族风情最能引发他们的新鲜感,当面对这一片迥异于自己母国的地域时,便将其所见所闻记载下来,塑造异域形象。他们以竹枝词描摹其景观,使用传统文学的语词典故,或书写差异,或表达判别,构成了一幅幅别有风味的异国图景,也引起了读者的共鸣。"自古以来,旅行是与外国人相遇的最好办法"[①],旅行直接触摸异国,旅行者可描写沿途优美风物、考察文化差异、体验民族风情,呈现出自我与他者、本土与异域的关系,自然空间位移不仅带来异样感受,也使这些文人进入一种从未体验过的心理空间中。从这个维度上看,清末民初海外游记中的竹枝词为我们研究中国文学的异国书写提供了上好的载体。

19世纪中后期,利用官方公派考察的机会,一些晚清士人首次步出国门,游访欧美,民间有识之士也自发游历,开启了在时间和空间双重意义上与南洋的接触。南洋华夷杂居,地理位置特殊,正好处于西

---

① Yves Chevrel, Litérature compare, DUF, 1989, p.25。转引自孟华主编:《比较文学形象学》,北京:北京大学出版社,2001年,第15页。

方与中华文化冲突与交融的节点上。这时期的南洋在西方殖民者的经营下,已与中国传统文献的记录大为不同。中国人来到南洋,既是地理位置上的漂洋过海,又是从前现代穿越到工业时代的心灵之旅。当面对声光化电一应俱全的现代社会,他们逐渐从儒家文化传统中觉醒过来,认识到中西方之间的巨大差距,从而开启中国社会的全方位变革。当然,由于部分文人或因保守、或因无知,他们笔下的南洋书写充满复杂性和杂糅性,倾向于使用奇观话语描摹异域民俗,将南洋的一些传统习俗视为野蛮与落后的象征,并抱以冷眼去批判审视。可以说,清末民初外出文人竹枝词描述的南洋不只是简单的实景复制,而是文人建构出来的带有自我意识的异域图像,也呈现出文人在异国他乡回望故国、观照世界的视角与思考。

  与描摹东洋、西洋题旨的竹枝词相似,书写者对南洋题旨的表现除了揭示中外文化的差异外,对异域民族风情的书写最为常见。一是展现南洋热带地区特有的自然景观。如潘乃光《海外竹枝词·西贡》:"衣宜单夹不宜绵,地气常如五月天。洋伞遮头手挥扇,一生霜雪更无缘"①;笑罕子《星洲竹枝词》:"天时最好是南洋,日午炎炎晚又凉。貂敝漫愁难卒岁,拜年仍着夏衣裳"②等,具体呈现了南洋气候炎热的特点;袁祖志《新嘉坡》则渲染了一幅新加坡的繁华盛景:"不必移民民自至,不须移粟粟常盈。四时雨露无霜雪,草木欣欣总向荣。"(原题为"新嘉坡原名咓叻,为柔弗人所居,英人利其地,踞而有之,其中流寓华人极夥,闽居其七,粤居其三,皆能温饱,诚乐土也"③);而斌椿《海国胜游杂咏》中"芭蕉结子碧离离,椰树成林拂翠丝。景物不同须记取,

---

  ① 潘乃光:《海外竹枝词·西贡》,载丘良任、潘超等主编:《中华竹枝词全编》(7),北京:北京出版社,2007 年,第 663 页。
  ② 李庆年:《南洋竹枝词汇编》,新加坡:今古书画店,2012 年,第 18 页。
  ③ 袁祖志:《瀛海采问纪实》,长沙:岳麓书社,2016 年,第 108 页。

橙黄橘绿仲春时"①的安南景致与中华大地大不相同;丘逢甲《槟榔屿杂诗》的"走马交衢碾白沙,椰阴十里绿云遮。晓风吹出山蜂语,开遍春园豆蔻花"②也写出南洋独具风情的自然景观,最让外出游历、抱有猎奇心理的文人流连忘返。二是描写异于华人的南洋族群外形和不可思议的生活方式。如"长衫短袖嚼槟榔,齿黑唇朱阔口娘。远近看来都一律,蛮荒风景入斜阳"③"男如罗汉女妖魔,福地偏生怪相多。跳舞竟成欢喜佛,可怜护法少韦陀"④等诗,以调侃口吻写出南洋气候和人种与中华大地的差异。还有一些竹枝词则集中笔墨描述马来人和印度人的人种特征,潜在目的是凸显华人的高雅的文明程度。如"裸体分明半漆身,辉煌金饰映罗巾。槟榔细嚼红于口,不藉胭脂染绛唇"⑤是马来人的猥琐形象;"吉令一种更心伤,嗜酒沉酣晋杜康。争奈辉煌严禁令,芭蕉花下醉椰浆"⑥是印度人的生活样貌;而"中华人不识中文,无复乡音国语存。笑煞团团大腹贾,甘心他族做儿孙"⑦则含有华人移民后代被土著同化的讥讽。这些对南洋地区人种和族群的描写,重在表述差异性,而差异性正是异域风情的突出镜像,更是书写者凸显自我文化优越的参照。历史上,中国人"下南洋"跨越了几个世纪的历史,大量中国移民的后代在漫长的历史进程中接受南洋文化的熏陶,同时也自觉、不自觉地将中国的先进工艺、科学技术、文学艺术乃至生活习俗带到南洋,对当地文学艺术的发展、科技水平的提高具有促进作用,在生活习俗上也相互融合、互为影响。南洋文化因此

---

① 斌椿:《海国胜游杂咏》,载丘良任、潘超等主编:《中华竹枝词全编》(7),第670页。
② 丘逢甲:《岭云海日楼诗钞》,上海:上海古籍出版社,1982年,第168页。
③ 雷梦水等编:《中华竹枝词》(6),北京:北京古籍出版社,1997年,第4054页。
④ 潘乃光:《海外竹枝词·锡兰》,载丘良任、潘超等主编:《中华竹枝词全编》(7),第664页。
⑤ 《槟城新报副刊·"文苑"》,1915年3月17日。
⑥ 同上。
⑦ 同上。

烙上了中国文化的深深印痕,因此在清末民初的南洋竹枝词中,我们经常可以看到熟悉的言说方式和书写体例。

某种程度上,异域书写更多的是阐释表述者的世界认知。晚清士人通过南洋这一异域空间的书写和想象,来间接地阐发他们的文化观念及其对外部世界的主观论断。南洋诸国的物产、人种、肤色、生活方式等,都在不经意间散发出异国情调,而文学的书写又将其放大,它体现了晚清知识分子在想象异域时的价值取向,既有通过南洋认识世界图景、解决社会现实问题的想法,又有从西方世界、从异质文明中寻找更为合理有效的制度和手段,来改变中国现实处境的初衷。

(三)作为异国文化特色集中展现的南洋

差异是不同文化产生比较的前提。当清末民初的文人们离开自幼生长的故土,远赴大洋彼岸、置身异域时,他们对相异性的表述是异常主动的。一则在于外出文人对异域见闻的好奇及敏感,另则也在于其身负的责任及使命,他们外出不是旅游散心,而是有将异域文化反馈本土的任务。但当时走向世界的国人,却在传统与现代、守旧与西化的夹缝中步履维艰,甚至摇摆不定。那些最先与南洋文化直接接触的人,其认知与理解难免有狭隘或偏差之处,然而他们将自己对异邦社会的见闻汇录于文字中,这些实录一改传统知识精英对南洋世界的成见和定见,给国人反省自我文化提供了外部参照。

在文化交流和涉外旅行中,最能激发旅游者好奇心的正是那些充满异国情调的元素,而"扮演异国典范的角色最适合的候选者是,那些离我们最遥远,我们知之甚少的民族和文化"[①]。特别是与本民族迥然有别的文化习俗,既能给旅行者带来差异体验,又能产生稀奇感,从而激发他们的书写冲动。那么,在散文之外采用何种诗体书写南洋世

[①] Tzvetan Todorov. *On Human Diversity: Nationalism, Racism, and Exoticism in French Thought*. Trans. Catherine Porter. Cambridge, Massachusetts and London: Harvard University Press, 1998, p.265.

界？竹枝词体诗是用得最多的文体。"与出使日记等谨严、刻板的文字比较起来，竹枝词这一形式真率活泼、甚少顾忌，比较能反映出作者对异域的真感受和真态度"①，它"专咏古迹名胜，风俗方物，或年中行事，亦或有歌咏岁时之一段落如新年，社会之一方面如市肆或乐户情事者，但总而言之可合称之为风土诗，其以诗为乘，以史地民俗的资料为载"②，十分适合书写文化习俗，于是晚清旅外人士将旅行过程中的所见所闻诉诸竹枝词，在体现南洋文化异域特色的同时，也能满足国内读者的阅读期待及接受体验。

　　清末民初海外竹枝词对南洋文化的展示，因书写者的角色的不同又有所差别。一是过境文人的书写，以斌椿《海国胜游杂咏》、潘乃光《海外竹枝词》、陈丹初《菲岛竹枝词》、丐香《越南竹枝词》等为代表，均以猎奇视角出之。不管历史如何变迁浮沉，在他们眼里，南洋还是迥异于中华帝国的陌生的"异域"。他们之所以视南洋为异域，主要是南洋地区与中国不一样的文化形式。如陈丹初《菲岛竹枝词》"无遮大会碧波中，涤暑何妨现色躬。恰似鸳鸯同一浴，雌风更比大王雄"③的男女混浴，丐香《越南竹枝词》的"水号明江地美球，居人男妇尽缠头。非僧非俗皆衣褐，蹲向星轺似沐猴"④体貌书写即为显例。一直以来，以"夷夏观"为中心的中华帝国域外书写传统与"他者"视域，惯常左右着文人域外表述的话语系统，在他们的观念里，中国是世界的中心，世界格局以中国为同心圆逐层向外辐射出去。过境国人初抵南洋，眼前一切皆新鲜而奇特，但还是习惯于将南洋族群置于传统书写话语中给予展示。他们从不同角度描写眼见的各个族群及其文化特色，正是

---

① 尹德翔：《晚清海外竹枝词考论》，北京：中国社会科学出版社，2016年，前言。
② 周作人：《关于竹枝词》，载《知堂乙酉文编》，石家庄：河北教育出版社，2002年，第46页。
③ 陈丹初：《菲岛竹枝词》，载丘良任、潘超等主编：《中华竹枝词全编》(7)，第679页。
④ 丐香：《越南竹枝词》，载丘良任、潘超等主编：《中华竹枝词全编》(7)，第686页。

这些族群相互独立又彼此联系的南洋文化，共同构成了外出文人心目中完整的社会图景。这样一来，清末民初南洋竹枝词的异域民俗文化书写，一开始都将南洋视为野蛮与落后的处所，并以俯视的眼光去审视他们所见的南洋世界。

二是驻留或定居南洋较久的文人书写。这部分作者笔下的南洋与过境文人稍有不同，他们多以侨民身份自居，对南洋文化的体验要深刻一些。当然，他们在刚刚体验南洋文化之初，所作竹枝词的主题呈现出强烈的故国之思。如"绝怜旧客骄新客，意认他乡为故乡"[①]、"寄语膏粱诸子弟，须知故国乱如麻"[②]、"翘首故国徒怅望，当年壮志渐消磨"[③]、"江上愁吟香祖句，不堪回首念家山"[④]等。但随着体验的深入，对南洋文化的"异域"感受愈加强烈，书写也就不自觉地朝向自我文化传统靠拢。如"蛮方风俗由来鄙，落体犹能似宋朝"[⑤]、"红毛丹字也奇奇，其色居然赛荔枝。闻说原来是同种，将无南渡便于夷"[⑥]、"蛮风吹梦落天涯，漂泊年年不忆家"[⑦]、"多少蛮姬理夜香，当门红烛荡花光。可怜膜拜西天佛，管领真归大法王"[⑧]、"秫米香甜细火烘，不知甑釜总蛮风。缅人更比野人巧，不用芭蕉用竹筒"[⑨]等，在回望故园时又间杂着鄙夷之情。尤其南洋女性的形象，难以企及中华女子的优雅贤淑。南洋女子舞蹈乃"最是狂奴相对舞，东施偏解效西颦"[⑩]，毫无美感；"螺髻高盘贴翠钿，纱笼木屐态蹁跹。阿侬生爱天然足，罗袜

---

① 剑华：《岛南杂诗》，《南侨日报》1913年6月26日。
② 丁华：《星洲竹枝词》，《南洋商报》1946年10月19日。
③ 林其煦：《旅感》，《南洋商报》1948年1月26日。
④ 丘逢甲：《西贡竹枝词体杂诗》，载丘良任、潘超等主编：《中华竹枝词全编》(7)，第600页。
⑤ 胡少云：《星洲杂咏》，《槟城新报·文苑版》1928年5月25日。
⑥ 郭璧君：《南洋竹枝词》，《振南报》1915年4月30日。
⑦ 黄吉云：《巴城元夜竹枝词》，《国民日报·诗苑版》1917年2月19日。
⑧ 丘逢甲：《西贡竹枝词体杂诗》，载丘良任、潘超等主编：《中华竹枝词全编》(7)，第600页。
⑨ 王芝：《缅甸竹枝词》，载丘良任、潘超等主编：《中华竹枝词全编》(7)，第693页。
⑩ 文大衡：《南洋竹枝词》，《叻报·诗界版》1924年6月27日。

慵穿况说缠"①、"女郎着屐汉着裙,每日街头攘往纷。见惯司空不经意,随波逐流可同群"(注释曰:"热带居民,不喜着袜,无论男女,大多赤足拖鞋"②),女子喜欢赤足,这让晚清外出文人惊叹不已;"巫妇衣装又不同,背关浑似虎皮蒙。倘教蹲伏山林里,乍见儿疑大伯公"③、"妇女华来学此容,纱笼初着右斜松。左边巫妇呵呵笑,黑白鸡头黑白胸"④,毫不注意仪表;婚嫁也不符合中华礼仪:"婚嫁有约早梳妆,为庆三朝作伴娘。前路双双车上坐,后车新妇伴新娘"⑤,让旅游者感到不可思议。竹枝词书写的南洋,固然受到中国传统文化、创作思维等其他因素的影响,但最能激发创作灵感的还是异域文化的冲击,当这些迥异于中国风土的社会万象呈现在眼前时,所有习俗文化都是新奇的,不管是过境的文人还是停留稍久之士,在体验南洋世界后,他们往往以"蛮""异"等语词统摄作为他者的南洋,或描写蛮夷文化,或表达故国之思,或体现文化差异,他们对于南洋文化的描写,在于强调与中国文化的"异",而不在文化本身。可以说,晚清竹枝词的南洋书写给人"化外"的蛮荒之感,即便留居南洋之人,身虽在国外,心却在国内,他们只是将南洋当做谋生之地,最终还是心系故土。

  清末民初南洋竹枝词的作者,大都亲历异国,感受到域外生活方式的差异性。比如南洋地区的婚俗、宗教、语言、饮食等,无不和中国大异其趣,他们往往持一种"他者"的眼光凝视、观看和想象着充满异域风情的南洋世界,不论是西式的教堂建筑、敞开的公园空间,还是土洋结合的交通工具,抑或是现代感十足的舞会场景,都成为他们异域

---

① 谢云声:《新加坡新年竹枝词》,《星洲日报》1948年1月1日。
② 不磨:《南洋竹枝词》,《南洋商报·商界杂志》1925年9月26日。
③ 笑孑子:《星洲竹枝词》,《叻报》1903年8月3日。
④ 坤妆女士:《槟城竹枝词步中人韵·巫装》,《槟城新报》1919年9月18日。
⑤ 李庆年:《南洋竹枝词汇编》,新加坡:今古书画店,2012年,第12页。

书写的重点重心。南洋是中西方生活方式和传统观念集中碰撞的地方,而从中可看出不同文化在这个场域里的杂糅和交汇,成为"社会教育之起点,普通智识之导线"①,不同文化、不同观念的聚集性和流动性带来了复杂性,也为各种生活方式的碰撞提供了无限可能。但是,其背后的、先前的经验世界和知识谱系深刻制约着晚清人士对异国生活方式的客观判断,南洋世界的婚恋、舞会、出行方式使他们惊叹的同时又保持着高度的关切和注意力。这些书写南洋文化的竹枝词不仅描摹了晚清民国文人认知世界的心路历程,而且也为国人了解世界提供了重要的窗口。

综上,清末民初海外竹枝词对南洋各国的记录甚多,这些具有史料性质的文学书写记录了南洋社会生活的方方面面,反映了华人社会的众生相,具有极大的文学价值、史料价值,可丰富海外华人群体的研究。同时,通过这些竹枝词文本新的描写题旨,国人开始意识到中国不再是世界的中心,世界由很多复杂多样的民族国家连缀而成,这种世界观有效突破了中国文人固有的地理空间认知,开始从现代的时空理念来审视自我与异域,"天下"观逐渐瓦解。随着游历和见识的丰富,居高临下的文化优越心态逐渐退潮,开始以对等的身份来感受世界多元文化。

(四)作为反衬中华文化优越性的南洋

前面论及,在国人的传统观念里,南洋地区蛮夷杂居,开化不够,是沿海居民走投无路后谋生和移民之地,郑和下西洋就是向南洋世界宣扬王化的体现。因此,数百年来南洋一直是中国人想象和建构周边世界的依托点。晚清以后,外出国人的出行路线普遍循着越南、锡兰、新加坡等地而进入西方,随着地理场域的不断铺展,东南亚人、西方白

---

① 万回儒:《海上光复竹枝词·序》,载顾炳权编:《上海洋场竹枝词》,上海:上海书店出版社,1996年,第477页。

人、非洲黑人等各族人士逐一步入晚清游者的观看视野。这时,中外文化的差异性就会不断被放大。而清末民初外出的国人主要有两大类:一是外派考察的使臣或官员,二是留学或游学人士。他们肩负使命外出,主要目的是学习西方科技文化,以实现强国富民之理想。他们所到之处,"一切山川形势,风土人情随时记载,带回中国,以资印证"。① 但这些人自幼又受传统文化的熏陶,对中国文化有着潜在的认同和自信,因此,他们在书写南洋诸国各族时,虽然看到一些新的变化和值得学习的地方,但还秉持文化上国的姿态来审视南洋国家和族群,这种观念不管是自觉还是无意的,都是一种自我文化身份建构的行为,也是一种实现自我文化认同的方式。

前面述及,新加坡、槟榔屿、马尼拉、锡兰等地是中国出使西土和环球旅行者的必经之路,有些地方已先于中国接受西方的技术及文化,应接不暇的新鲜器物大量涌现。清末民初外出者在面对社会新旧交替时,力求在传统文化与现代文明的矛盾冲突中寻找调解融合的途径,于是他们笔下的南洋也就具有了传统与现代混杂的特征。但在国人眼里,南洋世界不管近代如何变迁,和具有数千年文明的中国还是不可同日而语。如斌椿《海国胜游杂咏·越南国》"道路宣传天节明,使星昨夜到占城。中华冠盖今重见,齐说恩临海宇清"②、侯鸿鉴《菲岛杂咏》"一角王城枕海滨,开山事业渺前尘。当年共拜神明胄,华族衣冠天上人"③、丘逢甲"海外居然学谱学,衣冠休笑少唐风。黄金遍铸门楣字,不数崔卢郡望崇"④和"碧眼胡儿拜武皇,贡书犹托岛中王。

---

① 文庆、贾桢、宝鋆等纂辑:《筹办夷务始末·同治朝》卷三十九,北京:中华书局,1995年,第690页。
② 斌椿:《海国胜游杂咏》,载丘良任、潘超等主编:《中华竹枝词全编》(7),第669页。
③ 侯鸿鉴:《菲岛杂咏》,载丘良任、潘超等主编:《中华竹枝词全编》(7),第680页。
④ 丘逢甲:《槟榔屿歌》,载丘良任、潘超等主编:《中华竹枝词全编》(7),第696页。

直陈藩国流离状,曾有吾家侍御章"①等竹枝词所表达的内容,明显具有中华帝国的文化自信特征,仍将南洋视为需要中华文化同化之地。当然,随着眼界的扩充,外出国人逐步改变了传统士人固有的话语范式与世界意识,激活了自身僵化的认知结构,书写视角慢慢发生改变。"在行游的时空转移中,行游者总是处在一种不断的文化认证之中……一方面,行游者总是面对着自己不熟悉的文化,要求自己做出判断、做出选择;另一方面,他者的文化又总是牵引他们回到自己的文化,要求他们对自己的文化做出比较、做出判断。在此双重的面对之中,行游者的文化认证往往畸变成为一种古怪的组合,既非纯粹的自己,也非纯粹的他者。当其获得优势认证时,他们会膨胀自己原有的文化身份;而当其获得劣势认证时,他们则会否定自己原有的文化身份。在不知不觉的时空转移中,他们原有的文化身份已经发生了改变。"②尤其是体验了西方世界再途径南洋时,国人审视南洋的视角已经悄然发生转变。

  当然,清末民初海外竹枝词的南洋书写,著者无形中还会将中国特有的意象和典故移用来对之进行判别,以此呈现书写的本土化的风格。南洋是一面历史的"镜像",南洋竹枝词最大的特点是它所描述的自然风貌、社会文化迥异于中国。在蕉雨椰风的热带地理环境中,感触独特新鲜,作者或描写未开化之迹,或表达王化之业,或展示文化差异,都可使得自身文化优越性得到彰显。可以说,清末民初外出文人对南洋的景观、种族、习性、风俗等的描写,往往在于强调与中国文化"异"的一面以及追寻造成"异"的原因,表层描写并不是重点,重点是形式背后的内容。如斌椿笔下的越南:"四轮车走疾如风,促坐邻窗面

---

① 丘逢甲:《满剌加国杂诗》,载丘良任、潘超等主编:《中华竹枝词全编》(7),第694页。
② 郭少棠:《旅行:跨文化想象》,北京:北京大学出版社,2005年,第135页。

面空。御者狰狞形可怖,文身断发鬓蓬松"①,还是一幅未开化之相,无法和中华帝国的文明优雅可比。著者站在中国传统"华夏中心主义"立场上描绘南洋世界的奇闻轶事,展现更多的是妖魔化或丑化的异域场景。再如萧雅堂"萃英书院育英才,桃李盈门着意栽。海外终非邹鲁比,可知吾道已南来"②和饶百迎"原是乌衣旧家风,状元及第大灯笼。阿侬不解状元贵,却羡郎君顶顶红"③等文化方面的描叙,都充斥着南洋文化落后,王化不够的中华帝国视角。

总体上看,清末民初海外竹枝词的南洋书写,虽是著者亲眼所见,亲耳所闻,但异质文化的特征还是比较明显的,当时外出人员一时之间不可能弥补二者之间的鸿沟,他们对异国文化理解和客观评判,自然不会一下子顺理成章。即便书写的现场性十足,也仍然有以自我文化为中心的典型视野。"异域形象的重要性在于它与本土文化构成某种差异甚至对立。本土文化可以利用这种区别关系对自身文化进行确认与评价。中国文化在清代开始面临与西方文化最激烈最直接的冲突,当时的人们,已经不能不正视新的文明形式对于传统生活的空前强烈的冲击,不能不面对世界认真考察以往所谓'蛮夷之邦'的惊人的历史变化及其原因。清代竹枝词中多有吟咏外国情事者,正表现出这一特殊历史时代的文化印迹。"④如"九州文物经桑海,八表邻邦慕汉唐。凭吊汨罗江渺渺,梅花风雨黯玄黄"⑤等描述即是如此。

如果说,清末民初海外竹枝词的西洋和东洋书写聚焦于著者现代体验的话,南洋书写更多的则是回归历史源流和传统本位,著者俯视性描写的视域非常明显。在西方殖民者还未东来之前,南洋是中国文

---

① 斌椿:《海国胜游杂咏》,载丘良任、潘超等主编:《中华竹枝词全编》(7),第669页。
② 萧雅堂:《星洲竹枝词》,载丘良任、潘超等主编:《中华竹枝词全编》(7),第657页。
③ 饶百迎:《槟城竹枝词》,载丘良任、潘超等主编:《中华竹枝词全编》(7),第695页。
④ 王慎之、王子今:《清代海外竹枝词·前言》,北京:北京大学出版社,1994年。
⑤ 章公剑:《泰国诗人节唱和诗》,载丘良任、潘超等主编:《中华竹枝词全编》(7),第661页。

化涟漪可波及之地。但近代以后,南洋成为中国西学采样的桥梁和必经之途,且有二元性。当从中国本土经南洋前往西方世界时,文人笔下的南洋具有传统想象的视域,习惯于将南洋视为沿海居民外出谋生之地和中华文化影响的远端;当文人们从西洋返回本土途经南洋时,由于受到西洋现代生活的震撼,心态和视野已悄然发生变更,加之南洋和中国本土又有诸多相似之处,都是西方世界蹂躏的对象,这时的南洋书写,往往感叹民族国家前景的黯淡,具有同病相怜的相似境况。但不管视角如何更换,南洋在旅外文人的笔下还是具有大体相同的特质:即异域民族风情还是南洋书写的主要题旨,虽然在西方世界受到巨大心理震撼,但一贯的猎奇心态和天朝上国文化自信形成的叠加效应,使他们途径南洋时的想象和书写又有了重新找回文化自信的可能。

萨义德指出,在文学对异国形象的书写中,书写者往往将"各种各样的假设、联想和虚构似乎一股脑地堆到了自己领土之外的不熟悉的地方"[1]。晚清民国时期,当传统中国士人从封闭的中华帝国突然置身于陌生的域外世界时,一时找不到表述新世界的现代语词,便采用了竹枝词这种灵动、活泼的诗体形式对南洋进行刻绘,内容广涉山川、风物、土俗、民情、人种特征,等等。一方面体现了中国和南洋地区的差异性以及外出国人对域外世界的好奇心,另一方面又包含着中国精英一开始走向世界时的复杂心态。张祖翼在《伦敦竹枝词》在卷尾曾批判"堪笑今人爱出洋,出洋最易变心肠。未知海防筹边策,且效高冠短褐装"[2]的各种旅外人员,其实,这种行为新变正是清末民初外出国人

---

[1] 爱德华·W.萨义德:《东方学》,王宇根译,北京:生活·读书·新知三联书店,1999年,第68页。
[2] 张祖翼(局中门外汉):《伦敦竹枝词》,载丘良任、潘超等主编:《中华竹枝词全编》(7),第611页。

知识见涨的表现,无疑有着积极的一面,他们使用竹枝词记录南洋各国情形,展示历史风貌,表达文化差异,记录了南洋社会生活的方方面面,这些丰富的地域资料可以弥补海外华人研究中史志记录的不足,具有极大的文学价值和史料价值,理应引起学界重视。

二、晚清民国"海外竹枝词"的欧洲京城书写

京城是主权国家的政治、经济、文化中心,往往被视为"首善之区""礼仪之邦",代表一个国家文明发展的程度,也是民俗风情的集中展示平台、文化交流的桥梁和媒介。人类文明史上有过很多著名的京城,譬如中国汉唐时的长安、明清时的北京,中世纪的罗马,工业革命之后的伦敦、巴黎等。而在现代以前,不管是东方的北京、江户、大马士革,还是西方的罗马、伦敦、巴黎,都是各国最为重要的经济引擎和人口重镇,也是外来人员首选的集散地。因此在文学的异国书写中,京城题旨十分常见,并造就了诸多文学经典。清末民初,随着外出国人的激增,对欧洲京城的书写也渐次增多,且多以游记形式拟文,体式或散或骈,或诗或骚,其中以竹枝词进行描叙者亦属多见。我们今天研究清末民初海外竹枝词的欧洲京城书写,不但有助于全面审视欧洲京城的民族文化功能、外游国人自我身份的确认,有助于审视文学对异国文化的想象和书写。

(一)作为域外历史及现代镜像载体的欧洲京城

京城是国家机器的缩影,充满图像符号的象征性,是一个国家在政治空间、文化空间、经济空间等层面的符号叠加,是向异国展示自身历史范畴、文化范式、民族习性的代表性场所,故王国维说:"都邑者,政治与文化之标征也。"[①]而现代京城"不单是权力的集中,更是文化

[①] 王国维:《观堂集林》卷十,《殷周制度论》,北京:中华书局,1983年,第465页。

的归极"[1],是"各种礼俗和传统构成的整体"[2]。因此,一个国家、一个民族的人出使、旅行、游学时,往往将目标国的京城作为首选。当清末民初外出人员远渡重洋,来到一个迥异于自己母国的国度时,眼前的异国京城到处楼台重叠,高楼林立,街衢宽广,车水马龙,行人往来如织,商贾应墟载市,呈现出与中国历代京城不一样的历史文化况味,于是对欧洲京城的描写就成为晚清外出国人反思自我和认识外在的载体,他们纷纷把欧洲京城当作历史及现代镜像来加以审视和记述,由此形成游记的京城书写现象。而在比较文学形象学研究领域,旅行者的游记历来备受关注,游记是旅行者塑造异国形象和建构民族想象的传统文本,法国著名比较文学家梵·第根、卡雷等人一直推重游记的异国形象研究价值,强调"游记研究是比较文学的传统研究领域,自古以来,旅行是与外国人相遇的最好办法"[3],因为旅行直接触摸异国,可以描写沿途的优美风物、考察文化差异、体验民族习俗等。卡雷则直接将形象学定义为"各民族间的、各种游记、想象间的相互诠释"。[4] 游记较好呈现了自我与他者、本土与异域的关系,是不同民族文化之间交流互证的中介和桥梁。以此视之,晚清海外游记中的竹枝词为我们研究中国文学的异国书写提供了上好载体。对于首次到达西方京城的晚清士人而言,异域京城的外在建筑形式、京城汇聚的民族文化风情最能引发他们的新鲜感,自然空间位移不仅带来异样感受,也使他们进入到一种从未体验过的心理空间中,激发了相异性书写,于是纷纷采用竹枝词体来描摹所到国的历史文化景观及现代镜像。

---

[1] [美]刘易斯·芒福德:《城市发展史——起源、演变和前景》,宋俊岭、倪文彦译,北京:中国建筑工业出版社,2005年,第91页。
[2] [美]帕克等:《城市社会学——芝加哥学派城市研究文集》,宋俊岭等译,北京:华夏出版社,1987年,第1页。
[3] 孟华主编:《比较文学形象学》,北京:北京大学出版社,2001年,第15页。
[4] 同上书,第2页。

一般而言,要去认识一个国家的历史文化,只要从京城的各个角度进行观察就几乎差不多了,因为京城浓缩着一个民族的过往和现在。晚清文人在使用竹枝词书写异国京城时,"一诗一事,自国政以逮民俗,罔不形诸歌咏"①,通过京城的书写,大体上即可了解一个国家的历史文化和当下发展状况。如王韬初到欧洲,通过体察巴黎的风土人情和现代性气质,就能大体推演整个法国的情形:"法京巴黎,为欧洲一大都会,其人物之殷阗,宫室之壮丽,居处之繁华,园林之美胜,甲于一时,殆无与俪,居民百余万。"②王以宣《法京纪事诗》开篇"法兰建国几春秋,争羡西邦第一州。莫道风光略过眼,繁华直可冠全欧"③,我们通过描述即可知道法兰西历史的梗概;王之春《巴黎竹枝词》"雄都做镇仰弥高,塔势凌空欲驾鳌。三百迈当拦四护,铮铮铁马逐风号"④刻绘了埃菲尔铁塔的雄奇;陈寿彭《巴黎竹枝词》"巴黎译语本花名,草木枝头缀嫩英。结实含浆原毒质,奈何袭取号都城"⑤寥寥数语向读者介绍了巴黎的前世今生;《罗马杂诗》"古史流传事最奇,母狼能乳孪生儿。与天以女高车国,惝恍迷离总可奇"⑥对罗马建城的历史给予形象铺陈;《马都力》"山国巍然峙海隅,别开苑囿建名都。虽因诸部编侯服,莫禁群氓聚党徒"⑦,对西班牙首都马德里的建城史进行回顾;潘飞声《柏林竹枝词》"层层阁楼白如霜,夹道新阴拂绿杨。最是浓春三月

---

① 张祖翼、王以宣、潘飞声:《伦敦竹枝词　法京纪事诗　西海纪行卷　柏林竹枝词　天外归槎录》,长沙:岳麓书社,2016年,第31页。
② 王韬:《漫游随录》,载钟叔河:《走向世界丛书》,长沙:岳麓书社,2008年,第83页。
③ 张祖翼、王以宣、潘飞声:《伦敦竹枝词　法京纪事诗　西海纪行卷　柏林竹枝词　天外归槎录》,第39页。
④ 王之春:《使俄草》,长沙:岳麓书社,2016年,第228页。
⑤ 陈寿彭:《欧陆纪游》,《海军周刊》1931年第6期。
⑥ 陈寿彭:《欧陆纪游》,《海军期刊》1930年第12期。
⑦ 陈寿彭:《欧陆纪游》,《海军期刊》1928年第5期。

好,满城开放紫丁香"①和王之春《使俄草》"千灯焕彩迎车幌,余雪冲寒遍地匀"的柏林书写,展现了"德京民情敦厚,俗尚勤俭"②的特点及现代都市景观;《俄京竹枝词》"旧都懒说墨斯科,彼得城中安乐窝。远向和林过沙漠,不愁黑海有风波"③则说明了俄都莫斯科的历史文化背景。可见,晚清旅外文士大都通过竹枝词形式追述欧洲京都的历史沿革,借以向国人展现异国历史文化,普及域外新知。这一方面在于异国都城触发了旅外人员面对差异性时的新奇书写,另外也因旅外人员世界知识史得以进展后有向国人介绍外国情形的责任所致。

当然,晚清外出人员出洋考察,首先应了解所到国的历史文化,这是展开考察和学习的第一步,于是他们便以游记形式记述他们在异国京城里的所见、所闻和所学。"作为游记核心地位的欧洲诸国,其被书写的频率和所占的篇幅反映了它们在中国人思想意识中的地位序列,或者说,它们在国际秩序的地位序列的微妙变化直接反映在游记中。港口城市和首都作为主要的'接触地带'成为其国家的代表和象征符号"④域外京城匪夷所思又巧夺天工的机械制造,声光化电之学、现代商业模式及艺术范式,迥异于中土的生活方式都被津津乐道。诚然,任何旅游者在进入一个新的城市或国度时,都不是一张白纸,总是带着先验的预设,包括自有文化语境形成的思维定式以及此前的阅读经历、耳闻别人的经验和传说等,形成"前理解"的印象,当这种"前理解"与眼前所见构成巨大反差,自然就产生了比较思维和探异心理,这样一来,晚清国人离开自幼生长的故土,远赴大洋彼岸,置身异国京城时,对相异性的表述就显得异

---

① 张祖翼、王以宣、潘飞声:《伦敦竹枝词 法京纪事诗 西海纪行卷 柏林竹枝词 天外归槎录》,第 117 页。
② 王之春:《使俄草》,第 77 页。
③ 同上书,第 127 页。
④ 陈晓兰:《面海的经验与世界的想象——以晚清与民国时期海外游记为中心》,《中国比较文学》2020 年第 1 期。

常敏感而激烈。"在游记中,城市,尤其是大都会被看作国家形象的主要体现者,因此,也是游记者主要的凝视、体验对象和描绘对象,包括建筑、公共空间、大街及其行人的服饰、表情;体现一个国家历史文化的名胜古迹;现代化的象征实体,社会政治制度的表征(诸如海关、监狱、议会或国会、医院等等)。"① 在面对西方京城错落有致的街道、鳞次栉比的现代建筑、高耸入云的教堂尖顶、方便快捷的现代交通、优雅包容的公共空间,对西方京城这一异质符号的书写成为晚清外出文人的书写重心。此外,晚清文人外出重点不是旅游散心,而是有任务加身,承担着将西方见闻反馈本土的需求,故对异国京都的书写成为一种理所当然的"任务",当然,由于晚清外出国人被动进入现代时空,还未建构起描述异国风物的现代话语模式,又为了使国人对西方以京城为代表的历史和现状有更为充分的认知,他们往往会使用中国典故比附西洋事物,以实现异国京城符号的本土化,表述更接地气,这也就是为什么我们阅读这些展示异国情调竹枝词时,往往感觉到明显中国元素的原因。

除了对京城进行历史追述之外,晚清外出人员还通过竹枝词展现了异域都城一系列现代文明的新景象,譬如鳞次栉比的高楼、琳琅满目的商品、迅速便捷的交通、发达文明的科技以及丰富多彩的市民生活,等等,都是京城的现代镜像的典型表征。潘乃光《海外竹枝词》、张祖翼《伦敦竹枝词》、王以宣《法京纪事诗》等可视为欧洲异国京城现代景观书写的代表。王以宣《法京纪事诗》一诗一解说,审视了巴黎的政治文化、人文风俗,最终落实到化为己用上来:"随槎三载岁时更,回首乡关万里情,风土繁华搜不尽,聊同杂事纪东瀛。"② 而《伦敦竹枝词》则对电气灯、照相术、地铁线、博物馆、动物园、大饭店、幼稚园、新

---

① 陈晓兰:《"两个苏联"——20世纪30年代旅苏游记中的苏联形象》,《文学评论》2009年第3期。
② 张祖翼、王以宣、潘飞声:《伦敦竹枝词 法京纪事诗 西海纪行卷 柏林竹枝词 天外归槎录》,第80页。

媒体等现代京城景观给予详尽介绍,形成了域外京城书写的现代"镜像",虽然以诗歌形式纪游使描述内容具有文学的想象和虚构成分,但也给国人提供了一种了解域外世界的媒介和桥梁,他们书写了"车路先分上下层,凌空穴地果精能。熙来攘往中同轨,税务年年几倍增"①、"十丈宽衢百尺楼,并无城郭巩近瓯。但知地上繁华甚,更有飞车地底游"②的现代便捷交通,"水管纵横达满城,竟将甘霖润苍生。西江吸尽终何益,秽俗由来洗不清"③的自来水供应,都让人惊讶不已。而"巴黎繁华甲天下,莫莫朝朝看走马。红白玫瑰一万株,买来种在公园也"④的闲情逸致,使走向域外的晚清知识精英结眼界顿开;"气魄浩大,数倍于柏林,实有目不暇给之势"⑤的伦敦宏阔街道,都使旅游者见识日涨。国人正是通过海外竹枝词所描述的这些"镜像"而获得域外世界的认知,并检视自身不足,进而思考改变现状可能性的。

总之,西方都城及其所代表现代文明给晚清士人带来视觉上的冲击和心灵上的震撼。自19世纪中期起,无论是民间自发游历,还是官方外派考察,晚清士人都是首次步出国门,游访西洋、东洋,开始了在时间和空间上与他者的相遇,既是地理上漂洋过海,又是从前现代穿越到工业时代的心灵之旅。光怪陆离的都市景观,超越了异域风光的层面,由此引发对故国风物的联想。在令人目眩神迷的现代都会中,很容易令人产生异化感和全新的现代经验。无论是火车、电报、消防车、照相馆等物质景观,还是图书馆、博物馆、各类现代学校等文化教育设施,都呈现出一派文明繁盛的现代图景。国人从这些海外竹枝词

---

① 潘乃光:《海外竹枝词》,载丘良任、潘超等编:《中华竹枝词全编》(7),第668页。
② 张祖翼、王以宣、潘飞声:《伦敦竹枝词 法京纪事诗 西海纪行卷 柏林竹枝词 天外归槎录》,第3页。
③ 同上书,第19页。
④ 罗玉瑞:《巴黎竹枝词》,载丘良任、潘超等编:《中华竹枝词全编》(7),第569页。
⑤ 钱德培、李凤苞:《欧游随笔 使德日记》,长沙:岳麓书社,2016年,第69页。

的京城书写中,既能感受到西方京城声光化电物质文明的发达与先进,也能意识到异域文化教育事业的昌盛与的独特,从而反思自身的不足与落后,慢慢培植起改革和变通责任感和意识,成为缓慢推动社会变革、观念更替的内生动力。"西方对于晚清时代的使者来说,已经不再是与中国渺不相涉蒙昧低下的蛮夷,而成为一个令人相形见绌的他者。"①通过竹枝词对西方现代社会镜像的描述,国人开始从儒家传统中觉醒过来,逐渐认识到中西之间发展的巨大鸿沟,正视自身的落后与不足,进而缓慢开启中国社会的全面现代之路。

(二)作为域外民族风习集中展示平台的欧洲京城

在文化交流和涉外旅行中,最能激起人们好奇心的是那些充满差别的异国民族文化风习,它是文学异国形象书写的重心。"扮演异国典范的角色最适合的候选者是,那些离我们最遥远,我们知之甚少的民族和文化。"②尤其是那些迥异于旅行者自身的异国风习,既能带来差异性思辨,又能产生稀奇感,并激发书写冲动。而竹枝词长于吟咏风土,轻松诙谐有之,意蕴深广亦有之,内容上既区别于绝句,不追求雅正,拓宽了书写范围,又减轻了民间竹枝词俚俗之特点。"与出使日记等谨严、刻板的文字比较起来,竹枝词这一形式真率活泼、甚少顾忌,比较能反映出作者对异域的真感受和真态度"③,"其性质则专咏古迹名胜,风俗方物……其以诗为乘,以史地民俗的资料为载"④,非常适合书写异域风习,因此获得文人的青睐和受众的喜爱。

晚清掀起的西游大潮,使很多海外竹枝词的作者能亲历异国,并对异国民族民族文化风习的差异性有比较充分的接触。如西方的婚恋习

---

① 王一川:《中国现代性体验的发生》,北京:北京师范大学出版社,2001年,第34页。
② Tzvetan Todorov. *On Human Diversity: Nationalism, Racism, and Exoticism in French Thought.* Trans. Catherine Porter. Cambridge, Massachusetts and London: Harvard University Press, 1998, p.265.
③ 尹德翔:《晚清海外竹枝词考论》,北京:中国社会科学出版社,2016年,前言。
④ 周作人:《关于竹枝词》,《知堂乙酉文编》,石家庄:河北教育出版社,2002年,第46页。

俗、宗教信仰、人际交往、饮食起居等都是亲见，他们往往以一种他者的眼光凝视、观看和想象着充满异域风情的京城，不论是高耸入云的教堂尖顶、游人如织的公园场馆、自由恋爱的婚配模式、抑或舞会上袒肩露臂的西方女郎，都成为他们异域书写的重点重心。而京城正是这些民族习俗的集中展示之地，这样一来，晚清民国外出文人竹枝词对域外民族文化习俗的书写，大都以京城为空间载体进行铺陈展开。

京城集中展示了西方世界的民族文化习俗，其婚姻习俗、饮食文化、服饰文化等都能让外来人员充分体验到。异域京城"既呈现出一种客观的空间地理位置，一种各具特色的文化场域，又揭示了一种主观的生存欲望氛围"。[①] 公园馆舍、教堂礼拜、婚配自主、与父母异居、裸体油画、戏剧音乐等，都是晚清外出国人在域外京城时见的习俗和现象，当他们见识了这些迥异于自己的文化习俗时，往往催生出复杂的情感反应与价值判断。比如在描写京城的建筑和公园等公共空间时，他们发现与中国的园林和木质结构建筑物不同，西方主要以石头建筑为主，在中国的帝国京都，核心是围绕皇权运转的宫城，周围的肆行由近及远分布，构成京城的文化性格和整体布局；而西方的都城的核心是教堂，很多重大活动都在教堂里进行，这就体现出中西方文化本质上的差别和京城的功能分区。在这一过程中，晚清外出国人以"陌生的眼光看陌生的世界，在时空交错中既发现了西方文化的现代形态，又反思检讨了本土传统的问题"[②]。如潘飞声描写柏林酒楼茶肆、舞会茶筵、教堂公园、节庆婚礼、夜场娱乐等现代都市景观，十分真切，读来如临其境，尤其对德国重视女子教育的做法十分赞赏，因为当时的中国正在废科举，建新学，一些贤达人士始倡女学，作者显然对此

[①] 施晔：《晚清小说城市书写的现代新变——以〈风月梦〉、〈海上花列传〉为中心》，《文艺研究》2009年第4期。

[②] 吕文翠：《晚清上海的跨文化行旅：谈王韬与袁祖志的泰西游记》，《中外文学》2006年第9期。

持积极态度,如"蕊榜簪花女塾师,广载桃李绛纱帷。怪她娇小垂髫女,也解看书也唱诗"①句即是明证。王以宣则描写法国巴黎的家庭习俗,家财散尽不留子孙的风习与中华全然不同:"箕裘弓冶律全删,伯道无儿视等闲。散去黄金留德泽,真能勘破马牛关。"②张祖翼《伦敦竹枝词》则从不同角度描绘了伦敦万象,包括民俗、气候、语句生动自然,诙谐有趣。如笔下的教堂:"壮丽无如礼拜堂,上供教主下埋王。七天一次宣邪教,引得愚民举国狂。"③舞会"林中跳舞最荒唐,人道今宵新嫁娘"④等,他的描述语言之中略带贬斥、愤然、憎恶之意,对西方风俗持不解和反感心态,但也时刻流露出对欧洲某些科学、文明成果的钦羡和赞赏,对伦敦"茶会""乐会""舞会",以及男女之间的约会、婚恋等则以中性笔触描述,代表如"十八娇娃赴会忙,谈心偏觅少年郎。自家原有终身计,何必高堂作主张"⑤的自由婚配、蜡人馆"泥塑何曾胜木雕,蜡团真不失分毫"⑥独树一帜的艺术特色;"白帽白衣花遍体,戏园酒馆伴鸳鸯"⑦的恋爱习俗,恰好与中国父母之命媒妁之言的包办婚俗相反,这些都是中西方文化习俗异质性的重要体现;罗玉瑞"百尺高楼半入云,登临好是趁斜曛。凭栏一酹香槟酒,醉后倚怀别样温"⑧的巴黎风物,王以宣"梨园处处逞新歌,约略香风送女萝。恨煞方音浑不辨,人人拍手料诨科"⑨的观剧体验,"金谷园林仿石崇,清

---

① 张祖翼、王以宣、潘飞声:《伦敦竹枝词 法京纪事诗 西海纪行卷 柏林竹枝词 天外归槎录》,第120页。
② 同上书,第53页。
③ 同上书,第22页。
④ 同上书,第7页。
⑤ 同上。
⑥ 同上书,第26页。
⑦ 同上书,第7页。
⑧ 罗玉瑞:《巴黎竹枝词》,载丘良任、潘超等编:《中华竹枝词全编》(7),第570页。
⑨ 张祖翼、王以宣、潘飞声:《伦敦竹枝词 法京纪事诗 西海纪行卷 柏林竹枝词 天外归槎录》,第69页。

游无日不西东"①的园林书写,"大铺峥嵘百尺楼,横陈服物数难周。五光十色争璀璨,恍如山阴道上游"②的商业场铺陈等,都是异域民俗文化的真实映射。而正是这些竹枝词悄悄地扩展了读者的思域,吸引他们进入新奇之境,展开了神奇之旅,并增长了见识。

在域外京城的民族文化习俗中,舞会是海外游记和竹枝词描述的重中之重,也是最能凸显中西方生活方式和文化观念巨大差异的地方。舞者的穿着打扮往往成为外出国人批判的焦点,"洋乐凄清跳舞场,成群各自逐鸳鸯"③、"内服齐穿肉色衣,短裙叠叠舞如飞"④的舞会场面往往让儒家伦理浸润的士大夫们不忍直视。正如在海外多年的陈季同指出,西方男女在剧场舞会的正式衣着,在中国则被称为"衣不蔽体"。郭嵩焘有"男女杂沓,连臂跳舞,而皆着朝服临之,西洋风俗,有万不可解者"⑤之论,张祖翼"女伶出台,上无衣,下无裤,以锦半臂一副缠腰际,仅掩下体而已,其白嫩不可名状"⑥之述;1876年,刘锡鸿作为副使随郭嵩焘访英,白金汉宫舞会在其眼中是这样一副活色生香的画面:"男以一手搂女腰,女以一手握男胳膊,旋舞于中庭。女子袒露,男则衣襟整齐。然彼国男子礼服下染成肉色,紧贴腿足,远视之若裸其下体者然,殊不雅观也。"⑦薛福成也认为西人风俗贵女贱男,同席而作,共几而食,携手而舞,与圣人之道不符,"三纲之正,远逊中国"⑧。游记能将旅行过程中的所见所闻诉诸文字,最能展现旅行者对于域外客体的认

---

① 张祖翼、王以宣、潘飞声:《伦敦竹枝词 法京纪事诗 西海纪行卷 柏林竹枝词 天外归槎录》,第58页。
② 同上书,第69页。
③ 潘乃光:《海外竹枝词》,载丘良任、潘超等编:《中华竹枝词全编》(7),第667页。
④ 陈寿彭:《欧陆纪游》,《海军期刊》1931年第6期。
⑤ 郭嵩焘:《伦敦与巴黎日记》,长沙:岳麓书社,2008年,第580页。
⑥ 张祖翼、王以宣、潘飞声:《伦敦竹枝词 法京纪事诗 西海纪行卷 柏林竹枝词 天外归槎录》,第11页。
⑦ 刘锡鸿、张德彝:《英轺私记 随使英俄记》,长沙:岳麓书社,2008年,第132页。
⑧ 薛福成:《薛福成日记》,长春:吉林文史出版社,2004年,第704页。

知,同时在书写过程中也最能反映出异域刺激带来的体验。晚清时期,大部分旅西的中国知识分子在域外体会到西方京城的发达与文明之后,心理上的文化优势会受到冲击,对西方的一些迥异的生活方式给予批判,在营造他者景观的同时,也描叙了西方京城的文化结构和社会秩序,也在"社会集体想象物"的支配下与现实拉开了一定的距离。

京城是一个国家最为重要的文化空间,是举办国家重要活动和节日庆典的重要场所,既有高雅的文化,又有喧嚣的市井繁华,其聚集性和流动性带来了复杂性,也为各种生活方式的碰撞提供了无限可能。晚清人士在接触到西方都城之后,有震撼,有不解,有接受,但其背后的、先前的经验世界和知识谱系制约着他们对异国京城及其现代生活方式作出客观的判断。西方世界的婚恋、交际舞会、出行方式使他们惊异的同时又保持着高度关注。这些异国民族风习成为晚清民国文人书写的焦点,不仅描摹了他们认知西方的心路历程,而且也为国人了解西方世界提供了重要的窗口,提供了"社会教育之起点,普通智识之导线"[①]。和中国传统社会日出而作、日落而息的生活方式完全不同,在西方现代的都市空间里,人们的一切活动都围绕商业而展开,西洋器物和繁华胜景不断吸引着人们好奇的目光,但因中西文化的差异性,传统伦理观念成为晚清外出文人接受西方文化习俗的心理障碍。

晚清外出国人诧异于西方的习俗文化,震惊于西方京城所包容的一切,使用竹枝词体形式来书写对西方京城的感知,从而使西方的风土民情在读者眼里更具有魅力和韵味。"声光电化、火车、轮船、外国风物,以及自由、平等、民主、博爱,都成了诗人歌咏的对象。五彩缤纷的社会生活,熔铸了诗人新的审美意识"[②],在开放的现代意识下彻底打破了传统

---

① 万回儒:《海上光复竹枝词·序》,载顾炳权编:《上海洋场竹枝词》,第477页。
② 郭延礼:《中国近代文学的历史地位——兼论中国文学的近代化》,《文史哲》2011年第3期。

农业文明形态下所形成的封闭、保守、因循、宁静、单一的审美格局,而推崇和趋向于开放、自由、激情、创造、动态、繁复的审美格局。国人通过海外竹枝词的阅读,延展了自身知识面,认识到中国之外的世界更为先进多元,"不再轻视欧洲人,不再将欧洲人看作碰巧在帆船和火器方面拥有某种优势的不文明的野蛮人。他们勉强承认了欧洲科学革命的重要意义"。① 上层社会开始从天朝上国的迷雾中逐渐认清自身的差距,积极寻求救国护民的药方,发现世界的多样性,逐渐产生了现代意识和辩证思维,这是晚清外出国人带回来的最为重要的观念。

(三) 作为构建自我文化身份参照坐标的异国京城

在晚清民国时期,不管是官派使臣还是游学文士,当他们走向世界时,在回想故国和体察异邦的观感中,难免遭遇自我身份的外来冲击,因此在异国书写中往往暗含自我文化身份的区别和构建。大多数处于前现代的晚清外出人员在身体上和心理上遭遇了现代的西方世界,难免出现了自我身份的悬置感,这时海外竹枝词对异域京城的书写,某种程度上成为他们构建自我文化身份的载体。因为在一个古老民族现代转型过程中,始终面临如何处理传统与现代之间的矛盾问题。当人们在传统与现代之间游离时,最容易造成身份认知的混乱。晚清外出国人主要有两大类,一是外派使臣,二是留学或游学人士。他们肩负使命外出,主要目的是学习西方科技文化,以实现强国富民之理想。"即令其沿途留心,将该国一切山川形势,风土人情随时记载,带回中国,以资印证。"②而当时的外出人员,自幼受传统文化的熏陶,并对中国文化有潜在的认同和自信,他们在书写异国京城时,虽然承认西方世界在器物层面远远超过中国,但并不认为我们在文化上有任何差距。但置身异域文化语境、工业文明主导的西方世界,他们本

---

① 斯塔夫里阿诺斯:《全球通史》,上海:上海社会科学院出版社,1999年,第94页。
② 文庆、贾桢、宝鋆等纂辑:《筹办夷务始末·同治朝》卷三十九,第690页。

能地将西方文明和中国进行比对,从而实现自我文化身份的建构,进而实现文化认同。在时代变迁之中,他们在海外的所思所见,成为文化启蒙者,共同参与中国社会的现代化历程,他们在表述、审视"他者"的域外世界时,也在进行自我身份确证和建构。

为了构建确证自我身份,强化主体意识,海外竹枝词的书写者们往往站在中国传统"华夏中心主义"立场上描绘异域城市的奇闻轶事,不乏妖魔化或丑化异域场景之笔。如张祖翼以夸张的艺术手法妖魔化伦敦:居民家中挂的艺术裸体画,视为"春宫画";宴会上人们生吃牛羊肉,谓之"茹毛饮血";视天主教为"邪教",将卖酒服务员称为"文君"等,这些对域外城市的荒唐看法在其他晚清诗人笔下也有所呈现,潘乃光在其竹枝词中展现了巴黎淫佚之风盛行,认为巴黎是男女私会的固定场所,"藏春最好兼销夏,不是知音不便寻"。所描述的贞节带是"守贞殊不与人同,铁锁深严胜守宫。不愧佛郎苏第一,王妃留带挽淫风"[②],对域外男女关系的记述颇为夸张;尤其博物馆中的所有男女雕塑均形体裸露,凹凸隐现,有诱导民众非分遐想的嫌疑,完全违背儒家伦理道德规范。因此,西方京城在中国外出文人的视野下是风俗淫佚、娼妓盛行的社会,包含着这些外出文人奇异的文化心理。

当然,晚清外出人员异国京城的书写离不开其身体的移位,他们在与代表世界文明的西方京城相遇后,空间意识与世界秩序观念开始产生了新变和调整,纷纷经历了"中国人"与"世界人"的裂变,但这种裂变是十分缓慢的。他们对异国京城的书写不光呈现其优势,也有反思,既非遵命文学,也不是酬酢之作。这种反思其实就是对自我文化的自信,不一定完全按照所见所闻来表述内心,而是按照内心所想来表述心理判断的内在世界,体现出非常明显的二元对立性。依托京城兴起的一切建制、习俗、经贸,他们总会找到所谓的"缺点",它是国人建构自我身份的重要依托。就像张祖翼《伦敦竹枝词》在卷尾所写:"堪笑今人爱出洋,出洋最易变心肠。未知海防筹边策,且效高冠短褐装"①的批判,四明浮槎客对日本的婚俗的鄙视:"婚姻大事极荒唐,不拜翁姑不拜堂。新妇宾朋团席饮,何殊妓女侑杯觞"②,王以宣对巴黎所见家庭关系的描写,"养儿本为老来防,箕帚耰锄剧可伤。休说五伦全不讲,可知妻竟是夫纲"③等,都与中国强调家庭伦理、数代同堂的天伦之乐不同,作者貌似客观记述,其实暗含着价值判断,推崇中国的家庭伦理。教堂"堂耸青霄气象雄,钟声响送白云空。羡他天主真情种,多少鸾凤拜下风"④的书写有调侃之味,也暗含对基督教日常礼拜模式的不解和隔膜,但也使外出士人逐渐对文明发达的欧洲社会有了认知,从而思考自身的差距问题。外出人员见到的不都是西方世界的核心和精华。因此,他总能找到一些域外世界的缺点,以之反证中华文化的一些优越性。再如"医学专家理务穷,长桑扁鹊漫争雄。不谙六脉阴阳诀,只取操刀奏厥功"⑤,体现了对西医的不信任;"从来保险本荒唐,更保斯人寿且康。若要保他长不死,除非君自作阎王"⑥,从自我的角度表现出对现代保险业不解。这些依托现代京城出现的产业,晚清外出国人一时难以接受,反被视为糟粕加以抵制和批判,而正是在这样的批判中,一种中西方非好即坏的对立意识就表现出来了。正如巴柔所言:"所有对自身身份依据进行思考的文学,甚至通过虚构作品来思考的文学,都传播了一个或多个他者的形象,以便进行自我结构和自我言说:对他者的思辨就变成了自我思辨。"⑦也正

---

① 张祖翼、王以宣、潘飞声:《伦敦竹枝词 法京纪事诗 西海纪行卷 柏林竹枝词 天外归槎录》,第30页。
② 四明浮槎客:《东洋神户竹枝词》,载丘良任、潘超等编:《中华竹枝词全编》(7),第580页。
③ 张祖翼、王以宣、潘飞声:《伦敦竹枝词 法京纪事诗 西海纪行卷 柏林竹枝词 天外归槎录》,第53页。
④ 同上书,第68页。
⑤ 同上书,第48页。
⑥ 同上书,第49页。
⑦ 巴柔:《从文化形象到集体想象物》,载孟华:《比较文学形象学》,北京:北京大学出版社,2001年,第121页。

是在这样的异国书写和批判中，外出国人实现自我文化身份的建构，这也是保存自我文化自信可行性的策略和依据。

"采用异国、异族的题材进行创作，这在世界古今文学史上是常见的现象。通过一国文学中异国题材的研究，可以反观一个民族是如何想象作为异质的外民族，从而实现自我文化身份的构建。"①这在晚清外出文人身上体现得十分明显，当他们接触到异国京城后，都会进行有意或无意的对比，在对比中身份的差异性就会随之凸显。由于这些外出人员深受中国传统文化的熏染，他们用于书写异国的还是中国古代文学的话语系统，即便他们努力寻找或新造词汇来表达眼前的世界，仍然具有古典文人的光影。"新世瑰奇异境生，更搜欧亚造新声。"②虽然他们以目睹亲闻的笔调，历数他们看到的海外世界的图景以及中西文化差异之种种，积极地为本地读者描绘出真切可感的世界图像，但却营造出一种杂糅古今中外的、光怪陆离的意境，因为域外京城不管是建筑质料，还是空间布局、生活习俗都与北京如此迥异，而空间的位移导致外出人员对自我和他者均疏离感和陌生化，并形成相互参照的空间，内心交织着两种文明孰优孰劣的较量，而照相术、电器灯、油画、上流社会贵妇的华服，通宵不夜的街景等，无不透显出与清王朝迥别的异国风情，而正是在相异性中外出国人确证了自我文化身份。正如蒋煦"离家方能见家，出国而后见国"③之谓，在与他者文化比较中对自己文化身份做出认证。"在行游的时空转移中，行游者总是处在一种不断的文化认证之中……一方面，行游者总是面对着自己不熟悉的文化，要求自己做出判断、做出选择；另一方面，他者的文化

---

① 王向远：《中国题材日本文学史》，上海：上海古籍出版社，2007年，第5页。
② 康有为：《与菽园论诗兼寄任公、孺博、曼宣》，载人民文学出版社编辑部编注：《康有为诗文选》，北京：人民文学出版社，1958年，第264页。
③ 蒋煦：《西游日记·自序》，长沙：岳麓书社，2016年，第9页。

又总是牵引他们回到自己的文化,要求他们对自己的文化做出比较、做出判断。在此双重的面对之中,行游者的文化认证往往畸变成为一种古怪的组合,既非纯粹的自己,也非纯粹的他者。当其获得优势认证时,他们会膨胀自己原有的文化身份;而当其获得劣势认证时,他们则会否定自己原有的文化身份。"①

晚清外出国人在体验了异国京城的现代气质、惊诧于声光化电、市井繁华的都城新貌,总会唤起自我的异国身份,因为不管他们如何调适,不可能身心一起一下就进入现代模式,他们在回顾和怀旧中书异国,这样充满缝合和裂缝的异国京城形象的构建,暗含着书写者文化身份的自我意识,如钱德培"西洋国小,而行路有速,一日之程,风俗即大有异同,欲齐而一之,非我中国统辖地球不可"②。而"所有形象都源自一种自我意识"③,是"对两种类型文化现实间的差距所作的文学或非文学,且能说明符指关系的表述"④,当域外见闻对旧有知识谱系带来强大的震撼和超越,因之对旧文化产生怀疑,这样的文化空间就有了启蒙的意义。正如莫哈所说的,"凡按本社会模式、完全使用本社会话语重塑出的异国形象就是意识形态的,而用离心的、符合一个作者(或一个群体)对相异性独特看法的话语塑造出的异国形象则是乌托邦的"⑤。海外竹枝词的异国京城书写,在书写者的视域变化和身体位移中不断在优劣、好坏之间变换身份,著者无形中会将中国特有的意象和典故移用来对异域都城进行判别,以此呈现本土化的风格。不但有西方都城声光化电等科技文明的书写,也目睹了集中于京城的先进文化教育与政治文明,无形中内心会产生一种认证和对比,感叹

---

① 郭少棠:《旅行:跨文化想象》,北京:北京大学出版社,2005 年,第 135 页。
② 钱德培、李凤苞:《欧游笔记 使德日记》,第 73 页。
③ 巴柔:《从文化形象到集体想象物》,载孟华:《比较文学形象学》,第 121 页。
④ 巴柔:《形象》,载孟华:《比较文学形象学》,第 155 页。
⑤ 莫哈:《试论文学形象学的研究史及方法论》,载孟华:《比较文学形象学》,第 35 页。

自己国家的落后,同时对西方城市文明景象表现出一种由衷赞美和认同。西方都城是一面历史的"镜像",晚清知识精英通过这面镜子既可以看到西方社会繁华文明的景象,也可以在比照中清晰地识别出自己国家与城市的落后与衰败。

总体上说,晚清海外竹枝词,虽然是著者亲眼所见,亲耳所闻,但中西之间的异质性还是比较明显的,晚清外出人员一时之间不可能弥补二者之间的鸿沟,虽然有"观摩奇技淫巧的兴味,也还残存着笑抚蛮夷的姿态,每每大言不惭,但毕竟与过去的士大夫有所不同"①。他们对异国文化的适应,也不会一下子理所当然顺理成章。即便书写具有现场性,也仍然具有异国情调的特质。"异域形象的重要性在于它与本土文化构成某种差异甚至对立。本土文化可以利用这种区别关系对自身文化进行确认与评价。""中国文化在清代开始面临与西方文化最激烈最直接的冲突,当时的人们已经不能不正视新的文明形式对于传统生活的空前强烈的冲击,不能不面对世界认真考察以往所谓'蛮夷之邦'的惊人的历史变化及其原因。清代竹枝词中多有吟咏外国情事者,正表现出这一特殊历史时代的文化印迹。"②晚清民国海外竹枝词书写的内部流动着自我怀疑与变革意识隐晦而暧昧,"倡扬西方文明往往与坚决地捍卫纲常礼教奇怪地扭结在一起,书写者会以矛盾的姿态对西学进行扭曲与吸收"③,但不管如何,这些书写使得中国人看世界的方式从内陆扩展至海洋,中国人寻求社会的变革由基础的器物之变到制度之变,也最终上升到文化之变。

晚清外出人士使用竹枝词体诗书写西方京城,探索旧诗书写新世

---

① 潘静如:《"现代性"与"科学帝国主义"初体验——论近代早期的火轮船诗》,《文学遗产》2021年第2期。
② 王慎之、王子今:《清代海外竹枝词》,北京:北京大学出版社,1994年,前言。
③ 杨汤琛:《晚清使臣游记的西方想象与书写策略》,《中国比较文学》2021年第3期。

界的可能性,他们所建构的域外京城大多是作者离开本土文化空间后对异域文化空间的体验。异域京城不仅是外国历史和现代镜像的聚焦,也是异域民族文化风习的集中展示平台,更是外出国人实现文化身份的表达载体。传统中国士人从封闭的中华帝国突然置身于陌生的域外世界,目睹外国高度发达的物质文明及民主政治体制等社会风尚,即使再保守的顽固分子也在强大的心理震撼下发生改变,它使晚清外出人员对现代世界的认知从之前的器物文明转向到文化教育、政治制度等深度层面,为中国民众和晚清统治阶层提供了本土之外的更多世界知识。可以说,晚清海外竹枝词通过想象异域,试图从域外世界、异质文明中寻找更为合理有效的制度和手段,来解决中国所面临的现代转型难题,这样的书写虽然充满缝合和裂缝,但已体现出近代以来中国人走向世界和努力,以及引入域外文明改变积贫积弱现状的决心和勇气。

三、晚清民国"海外竹枝词"的东洋书写

1871年《中日修好条规》的签订,标志中日近代建交的正式开始。但后来中国甲午战败,打破了国人对日本的固常看法,迅速将中日关系推到了一个反转性的语境之中,此后,赴日国人渐渐增多,东渡大潮由此掀起。而去日国人大致有三类:一是奉命考察的官员,二是游历的文人绅士,三是负笈东洋的留学生。出洋后,他们以旁观者与局内人的眼光审视日本,或主动或被动都会将在日见闻记诸笔端,形成了颇为壮观的"东游记"。游记中的"日本"作为一个地理文化空间,不再是华夏中心主义视域下异国情调式的想象物,而是具有启示意义的"他者"、便捷有效的救国良方,并在现实与想象的交织中成为"脱亚入欧"的东方乌托邦形象。由于很多东渡国人从小记诵经典诗词,于是纷纷采用诗歌的形式描述在日所见,其中竹枝词备受青睐。竹枝词以

灵活性、大众化、平民化的形式书写历史地理、人文风俗、家国情怀、纯美爱情等，深受文人和民众喜爱，这些特质与晚清东渡国人的书写需求一拍即合，由此构成表述日本的重要文体。通过旅日国人的身份背景与观看视角差异，建构出"日本"形象多元面貌，从早期的猎奇想象到后期的文化省思，在传递西学新知的同时，也透显了晚清中国人走向世界的心路历程。

（一）"吟到中华以外天"：晚清海外竹枝词的日本题旨

按照学术界的梳理，晚清域外游记大体可以划分为三个时段：第一段为1840—1875年左右，标志事件为1840年第一次鸦片战争和1875年郭嵩焘成为第一任官派驻外使节，这三十多年间里，多数国人均属首次出洋，游记主要摹写多彩繁复的西方器物；第二段为1875—1894年前后，由郭嵩焘使英至中日甲午战争爆发，此段游记开始由器物层面向文化层面转向；第三段为1894—1912年，即甲午战败至民国成立，此段游记的聚焦由器物、文化层面提升至根本的思想、制度层面。因时代联动，海外竹枝词的日本书写，也和晚清域外游记的分段大体一致。

与西洋相比，中国典籍对日本的记述由来已久。如《山海经》《史记》就有关于日本的记载，尽管还很朦胧模糊，却表明中国早期已认识到日本的存在。随后的《汉书》《后汉书》《三国志》等对当时国人目见的日本进行了实录。隋唐时日本遣使来华深化了认识，元明时接触更为频繁，中国人对日的认识进一步具象化和完善，当然也有固化。而近代以来中国的日本书写，最早当属香港人罗森的《日本日记》，成于1854年前后，处于传统与现代过渡之间，记录篇幅虽不长，却具有弥足珍贵史料价值，被钟叔河视为"价值超过了中国以往关于日本的一切记述"[①]。据记

[①] 罗森、何如璋、王韬：《日本日记 甲午以前日本游记五种 扶桑游记 日本杂事诗（广注）》，长沙：岳麓书社，2008年，第27页。

载,罗森最初是乘坐美国花旗船停靠江户湾进而登上日本国土的。与中国类似,这一时期日本亦奉行闭关锁国政策,罗森所记真实展现了日本明治维新之前的社会状况,他以人物风情为中心透视日本变革前夜的情形,包括朝廷官员、码头工人、迂腐学究、愚昧大臣等,兼及横滨、下田、箱馆等地的风土人情。和后来黄遵宪等人的文笔相比,作为商人的罗森固无才气和诗词素养,但之所以值得重视,是因为罗森所见的日本和明治之后完全不同,带来的震撼和参照非常具体,它使我们了解日本为何在短短几十年间发生了巨变,促使国人反思巨变的原因,进而去改变国家和民族的现状。罗森游日之后十年,日本推行维新,全面向西,再往后十年的1877年,中国开始向日本派出第一批驻日使节,包括公使何如璋、副使张斯桂、参赞黄遵宪等人,他们的日本见闻和罗森二十年前的书写却已发生了质的变化,正是这二十年间颠倒性的巨变,不断引起人们的比较和深思。"十九世纪七十年代到九十年代,中日人员交流频繁,两国的官员、文人来往不绝。同时文化交流的领域广泛,成果累累,留下了不少有价值的研究著作、游记、诗文集。"①加之中日地理位置上的一水之隔,文化源流上的同脉同宗,使近代以来国人日本游记的写作远远超过其他国家。据统计,近代中国人的旅日游记有270多种,就目前资料所及,有如下数十种文献得到辑录出版:何如璋《使东述略》、张斯桂《使东诗录》、傅云龙《游历日本馀记》、黄庆澄《东游日记》、李筱圃《日本纪游》、俞樾《东瀛诗选》、王韬《扶桑游记》、王之春《谈瀛录》、黄遵宪《日本杂事诗》、丁鸿臣《东瀛阅操日记》、吕佩芬《东瀛参观学校记》、盛宣怀《愚斋东游日记》、庄介祎《日本纪游诗》、李睿《东隅琐记》、周学熙《东游日记》、沈翊清《东游日记》、严修《东游日记》、杨泰阶《东游日记》、文恺《东游日记》、左湘

---

① 王晓秋:《近代中日文化交流史》,北京:中华书局,2000年,第133页。

钟《东游日记》、程淯《丙午日本游论》、崔国因《出使美日秘日记》、凌文渊《东游日记》、张謇《癸卯东游日记》、黄增超《东瀛游草》、陈家麟《东槎见闻录》、罗振玉《扶桑两月记》《扶桑再游记》、刘学询《考察商务日记》、黄璟《考察农务日记》等数十种。它们都晚于罗森日记,因时代错位,罗森所见的是一个与中国大同小异的日本,而后来的驻日使节、旅日文人和留学生眼里的则是"脱亚入欧"的西化日本,游记里反复记述了很多源于西方的新物事、新观念、新技术,如火车、轮船、邮政、电报等,这和郭嵩焘、薛福成等人的西洋游记所述如出一辙,但日本何以在短短数十年间能对标欧美?通过游记的前后对比,促成国人思考变化的原因,并积极探求富国裕民的有效途径,这是晚清日本游记大量涌现的主要原因。

(二)"聊同杂事纪东瀛":作为中国学习西方文化桥梁的日本

近代日本以明治维新为契机,迅速改弦易辙,全面向西并实现了近代转型,虽然地理位置上仍属于东方,但它在政治、经济、文化、教育方面等均已西化,成为中国学习西方的主要渠道桥梁。"维新以来,广事外交,日重西法"①,在此背景下,日本题材竹枝词中所出现的现代都市景观、公共空间如博物馆、体育场、现代生活方式如舞会、现代教育学校如幼稚园、现代交通方式如电车等都和袁祖志、潘乃光、张祖翼等西洋竹枝词笔下的法国、英国等十分相似。旅外国人意识到,认识世界不需要再远渡重洋,一衣带水的日本似乎应有尽有,不用舍近求远,于是转而"聊同杂事纪东瀛",通过日本来移植西学。在日见闻不断冲击着旅日国人的固有的知识谱系,日本所体现的现代镜像,开阔了文人的世界视野,丰富了旅日国人以"观看"为中心的海外体验,也为他们世界视野的开阔增添了比较意识。

---

① 罗森、何如璋、王韬:《日本日记 甲午以前日本游记五种 扶桑游记 日本杂事诗(广注)》,第661页。

竹枝词虽以歌咏风土为要，但日本竹枝词所记录的不仅是日本的风俗，还扩展到日本的历史、社会、政治、科技、文化等领域，适应了晚清全面输入西学的现实需求。因此，书写日本的西化不仅表现在物质文明层面上，还体现在日本人的精神生活层面上。从现有日本竹枝词来看，大都从书写风土入手，进而拓宽表达空间，不但描叙了向岛、富士山、上野公园、不忍池、樱花等日本固有景观，也展示了日本婚嫁、恋爱、饮茶、棋艺、戏剧等民间风俗，更记录了日本现代以来的工业技术、易装易服、西化体制、交通军备等。如黄遵宪《日本杂事诗》有近四十首摹写西洋传入日本的新事物，把日本人学习西方的情况和经验教训介绍到中国来，通过日本的成功示范，得出"欧洲之兴也，正以诸国鼎峙，各不相让，艺术以相摩而善，武备以相竞而强，物产以有无相通，得以尽地利而得人巧"①之结论，"玉墙旧国纪维新，万法随风倏转轮；杼轴虽空衣服絜，东人赢得似西人"②的移风易俗，"议员初选欣登席，元老相从偶倚间。岂是诸公甘仗马，朝廷无阙谏无书"③的政治改革，与中国完全异质，这正是日本西化进程的具体呈现；陈道华《日京竹枝词》也有很大一部分记述明治维新以来的新政和新事，比如立法改革、发展现代教育的有效措施，如"白绫衬衫紫罗裙，书笔生香又一群。新受下田歌子教，未成年不嫁夫君"④，女学在日大量兴起，标志世界先进教育理念的植入；姚鹏图《扶桑百八吟》也书写了明治维新以来穿西服、用公历、立政党、重教育等日本的现代化进程，如"博士高名世所稀，诸家授钵更传衣。满堂前辈谈锋起，百战无人与解围"⑤，是日本现代大学体制吸纳对西方学制的结果；郭啸麓《江户

---

① 罗森、何如璋、王韬：《日本日记　甲午以前日本游记五种　扶桑游记　日本杂事诗（广注）》，第599页。
② 同上书，第600页。
③ 同上书，第619页。
④ 陈道华、姚鹏图：《日京竹枝词　扶桑百八吟》，长沙：岳麓书社，2016年，第10页。
⑤ 同上书，第65页。

竹枝词》的现代图书馆描写"大桥上野富缃缣,早稻藏书更不廉。百日红园遗帙在,宁斋文库又新添"①是推动文化普及和培育市民文化素质的重要环节;濯足扶桑客(刘珏)《增注东洋诗史》"江户曾称制造天,工程大阪著鞭先。长崎小野横须贺,船坞纵横首位连"②的制造业盛况是日本学习西方的直接成果。而这些日本见闻,其实和欧美大同小异。通过日本为媒介,完全可以移植西学。但传统文人使用旧体诗描写新物事难免时代落差,为弥补诗词因受限于字数韵律之缺点,纷纷采用"事纪以诗,诗详以注"③的手段,有时注释考证超过千字。明清以来竹枝词下加笺注主要是对诗歌内容作进一步注释,也用作考证,随着竹枝词书写范围的拓宽,加注现象越来越频繁,尤其到晚清,注释越来越烦冗,规模也越来越宏大,结合注释,即可窥见诗歌未竟之书写。有日本居住经历的书写者能亲身体验到日本的社会进步,通过竹枝词的注来描述日本现代化的细节,展现日本形象。当然,因为身份位移和文化错位,也有部分旅日人员还在以"天朝"的眼光来看待日本文化,对日本诸多方面的习俗并不认可,一时难以接受濯足扶桑客(刘珏)、姚鹏图、单士厘、四明浮槎客等的日本书写。一方面,日本体验带来的遣怀之趣和愉悦忘忧之感;另一方面,诗人于景物中寻找故乡的面影,透过日本遥想中国的社会现实,其视觉经验贯通了乡关之思与时代忧怀。

　　通过日本体验西方科技文明所带来的新奇,极大震撼着为晚清旅日国人的心灵。"火轮之舟,飞电之线,虽千万里,顷刻即达"④。从火车、铁路、电报到轮船、大炮、自行车、建筑、电力设施等,令旅人应接不暇的新鲜器物,成为竹枝词书写重点。这些竹枝词可以使人们了解明治以来

---

① 郭啸麓:《江户竹枝词》,载丘良任、潘超等编:《中华竹枝词全编》(7),第614页。
② 濯足扶桑客:《增注东洋诗史》,载丘良任、潘超等编:《中华竹枝词全编》(7),第719页。
③ 罗森、何如璋、王韬:《日本日记　甲午以前日本游记五种　扶桑游记　日本杂事诗(广注)》,第578页。
④ 黄遵宪:《日本国志》,长沙:岳麓书社,2016年,第1357页。

日本学习西方的成就,包括西方的政治体制、现代交通、医疗技术、现代科技、工业技术等,这些正是中国学习西方的重要元素,它们是日本在近代"突然"崛起的推动力量。在内心矛盾中,不少国人的日本观开始发生渐变,心理障碍慢慢得到突破,由蔑视转为推崇,日本角色由学生向老师转变。传统单向接受中国文化的日本,摇变为中国学习西方的桥梁。但由于中华民族从古至今骨子里对日本的蔑视心态,除了少数真正有见识者能正视日本成就,如王韬"日本国亦能制造火轮船,游驶西洋,侦探各国虚实,舟人都通西洋各国语言文字,其用心可谓周密,将来能与西人抗者,日本其一也"①的前瞻性判断,很多中国人对日本的认知还停滞在文化的表层。虽然如此,日本现代文明给晚清人士带来视觉上的冲击和心灵上的震撼,日本题旨的竹枝词毕竟对这些震撼有着细微的描摹,至少在清末为中国人带来了日本方方面面的知识,适应了晚清输入西学的需求,其价值和意义还是值得倡扬肯定。

若是细心加以研读,可以发现晚清日本竹枝词充斥着轻气球、火车、电梯、自行车、自来水、制币、印造书籍、电机寄信等现代镜像的描写。而通过这些海外"镜像",国人可获对域外世界的认知,并检视自身不足,进而思考改变现状可能性。自19世纪中期起,无论是民间自发游历,还是官方外派考察,晚清士人都是首次步出国门,游访海外,真正开始了在时空上与异域的身体接触,地理上漂洋过海,他们从农耕明穿越到工业时代,心灵震撼却也是实实在在发生。无论是火车、电报、消防车、照相馆等物质景观,还是图书馆、博物馆、各类现代学校等文化教育设施,都呈现出一派文明繁盛的现代图景。何如璋"气吞长虹响疾雷,金堤矢直铁轮回。云山过眼逾奔马,百里川原一响来"②和姚鹏图"孔道如龙傍水

---

① 王韬:《王韬日记》,北京:中华书局,1987年,第91页。
② 罗森、何如璋、王韬:《日本日记　甲午以前日本游记五种　扶桑游记　日本杂事诗(广注)》,第118页。

滨"的铁道线,"柔能绕指硬盘空,路引金绳万里通"①的电报书写,都是中国需要学习的现代技术。正如罗振玉指出:"日本文明之机关,最显著者有三:曰铁路也,邮政也,电话线也,此三事为交通最大机关,而文明由是启焉。"②国人从这些竹枝词的书写中,既能感受到日本声光化电物质文明的发达与先进,也能意识到异域文化教育事业的昌盛与的独特,从而反思自身的不足与落后,慢慢培植起改革和变通的责任感和意识,成为缓慢推动社会变革、观念更替的内生动力。正如后来郁达夫总结的:"是在日本,我开始看清了我们中国在世界竞争场里所处的地位;是在日本,我开始明白了近代科学——不问是形而上或形而下——的伟大与湛深;是在日本,我早就觉悟到了今后中国的命运……"③

总之,近代以来晚清官派使节和旅日文人的日本体验及书写,构成推动近代中国西化路径的另外一种力量,晚清社会体制及其知识谱系的新替,日本具有举足轻重的作用。日本作为亚洲成功摆脱殖民压迫的国家,其作为参照,以利于国人克服文化自大心理,承认文化差异,学习、借鉴日本的成就,也代表着对日观念和态度的变化。世界近代化的开启源于西欧,在地理上和中国相隔甚远,面对外战失败,外交受辱之局,学习西方几成共识,但是中国很难从内部发生现代变革,"其内在动力不足,它需要西方文化的介入和碰撞。"④但西洋毕竟路途遥远,直接接触毕竟需要巨大的时间成本,加之文化隔阂难免影响

---

① 罗森、何如璋、王韬:《日本日记 甲午以前日本游记五种 扶桑游记 日本杂事诗(广注)》,第125页。
② 刘学询、黄璟、罗振玉:《考察商务日记 考察农务日记 扶桑两月记 扶桑再游记》,长沙:岳麓书社,2016年,第87页。
③ 郁达夫:《雪夜》,《宇宙风》第11期,1936年2月16日。
④ 郭延礼:《中国近代文学的历史地位——兼论中国文学的近代化》,《文史哲》2011年第3期。

到学习的效果，这样，取法西方、又一衣带水的近邻日本成为西学东渐的重要中转站，而且，很多旅日国人亦有旅欧的经历，他们有机缘对比日本和西方的诸多情形，发现日本的西化是十分彻底的，不管是现代的生活方式，还是新的思想文化，都与传统中国渐行渐远，这时日本的桥梁作用就显得十分明显，也成为晚清国人走向世界重要通道。

（三）"海外蓬瀛别有天"：作为现代生活方式集中呈现的日本

明治维新之后的日本，积极学习西方的格致实学，也吸纳西方的政治经济文化教育体制，开启了全盘西化之路径，并在短短二三十年间走完西方上百年才走完的近代转型之路，这种成就是值得肯定的。当晚清去日国人亲临日本后，深感震惊，但传统思路使得他们往往徘徊于传统与现代之间，站在乌托邦想象与华夏文化中心的两极来审视日本现代化，体现出传统与现代的博弈。他们逐渐从中国文化单向度影响日本的惯常思维中走出来，开始审视这种关系发生倒转的原因。正如吴玉章所言："东亚风云大陆沉，浮槎东渡起雄心。为求富贵强兵策，强忍抛妻别子情。"①所谓"海外蓬瀛别有天"，这说明一些进步思想的国人已经开始意识到当时的清政府乃至日本与西方世界之间的差距了。

何如璋、黄遵宪等早期东渡日本的使节，对明治维新后日本发生翻天覆地的变化、各项改革措施取得的不错效果都有所记录，但他们毕竟也食人间烟火，大量书写日本繁华的都市景观和现代生活方式。对于"脱亚入欧"后日本现代生活方式，已经迥异于二三十年前罗森所述。当时，外派日本的清朝使臣大多是传统士大夫出身，他们都是第一次见到舞会、酒吧、影剧院、博物馆等现代生活场景和方式，由于在场感和视觉冲击，即便再顽固不化之人，也不至于否定现代交通的便捷和电灯的辉光，开始向国人描述在日所见的现代生活方式。黄遵宪

---

① 吴玉章：《辛亥革命》，北京：人民出版社，1961年，第29页。

《日本杂事诗》详细描写并肯定了明治维新以来日本的近代化之路,展现形形色色的日本现代生活方式,借以引起中国移风易俗。在《日本国志·序》中,他尤其批评晚清士人对外事的隔膜和不关心:"中国士夫,好谈古义,足以自封,于外事不屑措意。无论泰西,即日本与我仅隔一衣带水,击柝相闻,朝发可以夕至,亦视之若海外三神山,可望而不可即,若邹衍之谈九州,一似六合之外,荒诞不足论议也者,可不谓狭隘欤?"[1]日本东京复制了西方世界的生活方式,充满了激情呐喊和区域想象,为饱受殖民压迫的国人提供了另一种认知世界的方式。日本想象则是中国将日本视作值得效法的对象,是中国反观自身和提示改革方向的真理源泉。中国数千年来并不多见的大变革,正是在上下同具热诚的"日本想象"中大踏步跃进的。中国的日本想象不是真正对日本本身的想象,而是借道日本以吸取西方的精华。自日本想象兴起以后,中国的几千年文明历史日渐去魅。陈道华《日京竹枝词》有现代摄影、剧院观剧等娱乐活动,姚鹏图《扶桑百八吟》也记载了舞蹈、傀儡戏等生活方式,这些都能大开国人眼界。王之春"脸波横处水盈盈,称体衣裳楚楚轻""白足娉婷踏踏歌,衣香人影两婆娑"[2]的歌舞伎描写、"小车代步快如梭,健仆无衣尽力拖"[3]的人力车都是日本特有的生活方式。而生活方式是一个国家文明程度的载体,也是政治经济发展惠及民族的最典型的表现,日本通过变法实现了国家的富强,使民众的生活方式得到改善和进步,这是文明发展的基本动力。

晚清旅日国人采用竹枝词形式描写日本现代气息浓厚的生活方式,背后其实隐藏着复杂的探奇心理和排异情绪。日本明治维新之后的现代生活方式不停地冲撞他们的世界观与价值观,自然而然引起心

---

[1] 黄遵宪:《日本国志·叙》,第5页。
[2] 王之春:《谈瀛录》,长沙:岳麓书社,2016年,第39页。
[3] 同上。

理上的好奇与情感上的排斥。因为在日本找不到云卷云舒的淡泊,没有小桥流水人家的静谧,同样也没有田园雅趣及古道热肠,眼前所见的是现代便捷的交通工具、现代琳琅满目的商品、现代年轻人灯红酒绿的生活,发生新变民风民俗,异质而独特。这种反差不断撕扯着旅日国人的神经。这种生活方式是好是坏,是批判还是赞扬,很多旅日国人甚至无法判断。"自从欧洲文化输入以后,各都会都摩登化了,跳舞场、酒吧间、西乐会、电影院等等文化设备,几乎欧化到了不能再欧,现在连男女的服装,旧剧的布景说白,都带上了牛酸奶油的气味;银座大街上的商店,门面改换了洋楼,名称也唤作了欧语……"①"电掣风驰不计程,无明无夜日纵横。天工巧被人工夺,从此常闻轧轹声"②、"马车过去电车轻,彻夜曾无片刻停。且到公园听演说,一声拍掌一声铃"③、"铃声日暮匆匆过,知有新闻号外来"④、"灯火自流人自远,前村明月铁桥长"⑤、"铁线沿山海底牵,音书万里片时传"⑥、"气象台高测九霄,授时改历在民间,从今三节修仪外,土曜趋公日曜闲"⑦等景致,都与中国传统日出而作、日落而息的生活方式有着天壤之别,它们共同构成日本现代气息的真实图像。

日本社会生活方式的新变,何以体现出现代性的一面,这是值得中国人积极思考的地方。"虽然对于引进近代文化,中国人比日本人方便得多,但他们对此事却不关心。日本的条件较中国恶劣,但却热

---

① 郁达夫:《郁达夫全集》第四卷,杭州:浙江文艺出版社,2007年,第186页。
② 误我:《东京竹枝词》,《小说新报》1915年第10期。
③ 庞乐园:《东京新年竹枝词(并引)》,《礼拜六》1922年第144期。
④ 陈道华、姚鹏图:《日京竹枝词 扶桑百八吟》,第70页。
⑤ 郁华:《东京杂事诗》,载丘良任、潘超等编:《中华竹枝词全编》(7),第575页。
⑥ 四明浮槎客:《东洋神户竹枝词》,载丘良任、潘超等编:《中华竹枝词全编》(7),2007年,第582页。
⑦ 濯足扶桑客:《增注东洋诗史》,载丘良任、潘超等编:《中华竹枝词全编》(7),2007年,第723页。

心从事,故在近代化事业上比中国捷足先登。"①这固然与在背后支撑的民族文化强弱、人们观念改变较易有一定关系,但也与日本对时代走向的精准判断有深度关联。黄遵宪在《日本国志》中点得很透,日本新建的"官厅、学校、工厂,皆仿洋式,上行下效,靡然从风。……以故外物丛集,大而轮船、机器、巨炮、利枪,小而毡冠、革履、手拭、襟饰,连樯累舶,日新而月异"②。而冯桂芬在《校邠庐抗议》看得很准:"西夷突入日本国都,求通市,许之;未几,日本亦驾火轮船十数遍历西洋,报聘各国,为所要约,诸国知其意,亦许之。日本蕞尔小国耳,尚知发愤为雄,独我大国将纳污含垢以终古哉?"③王韬在《弢园文录外编·变法自强下》中则说得更实:"日本海东之一小国耳,一旦勃然有志振兴,顿革平昔因循之弊。其国中一切制度,盖法乎泰西,仿效取则,惟恐其入之不深。数年之间,竟能自造船舶,自制枪炮,练兵、训士、开矿、铸钱,并其冠裳文字之制,无不改而从之。"④可见,近代中国并不乏深谙西学价值之士,但面对的传统阻力不同,和日本相比,学习西方的决心和力度却显得稍欠。

海外竹枝词的日本书写,除了强调"中华以外天"的异域风情,也表现了去日国人的诗题开拓。在中国这样一个缺少本质性变动的农业社会里,当诗材因大规模的创作而不断耗尽,正是旅日文人在日本所见的迥异于中国传统的生活方式——现代交际、公共空间、现代教育、艺术模式、交往礼仪等"新题旨"开拓了古典诗词的可能性。在他们的笔下,"两脸桃花色带绯,玉肌圆满不关肥。化妆爱照西洋镜,重

---

① 实藤惠秀:《中国人留学日本史》,谭汝谦、林启彦译,北京:生活·读书·新知三联书店,1984年。
② 黄遵宪:《日本国志》(中),第703—704页。
③ 冯桂芬:《校邠庐抗议》,郑州:中州古籍出版社,1998年,第199页。
④ 王韬:《变法自强下》,《弢园文录外编》卷二,北京:中华书局,1959年,第40页。

袒罗巾半解衣"①、"侬装赤体女娇娃,一担筠篮一掬沙。为祝洋场商业盛,妓家生意出商家"②、"六街灯火璨春星,镗鞳都卢尚未停。金泽宫中看百戏,得闲更过鹤仙亭"③的现代生活方式的书写,这在中国古代诗歌里是无论如何都是无法觅得题材;"五经高阁竟如删,太学诸生守兔园。犹有穷儒衣蓬掖,著书扫叶老名山"④、"红闺姊妹柳边过,出席朝朝学唱歌。风雪在途书在手,貂襟一卷展双拖"⑤的西式教育;"照海红光烛四围,弥天白雨挟龙飞。才惊警枕钟声到,已报驰车救火归"⑥的现代消防,"欲知古事读旧史,欲知今事看新闻。九流百家无不有,六合之内同此文"⑦的现代媒介都是西方舶来之物,也是中国应该积极学习的地方。

  比照文献传统中的日本记述和日本想象,近代以来旅日文人的书写空间更为宽广,既包含了传统的日本文化习俗,同时又容纳了现代日本的西化成果。博物馆、电车、咖啡厅、舞厅、高楼大厦等现代符号不断冲击旅日文人的视觉系统,国人对日本的自我中心优越感逐渐丧失,并逐渐改变了中国人对于自我与世界的固有定位。

(四)"惭付和歌唱竹枝":作为深化自我文化认识的日本

  晚清描写日本的竹枝词,"对于执政者可以看作提供了关于外国国情的生动的考察报告;对于民间,则具有外国地理与外国历史的通俗教材的意义"⑧,反映了当时中国人的观念和认识水平,特别是诗人

---

① 陈道华:《日京竹枝词》,载丘良任、潘超等编:《中华竹枝词全编》(7),第563页。
② 四明浮槎客:《东洋神户竹枝词》,载丘良任、潘超等编:《中华竹枝词全编》(7),第579页。
③ 郭啸麓:《江户竹枝词》,载丘良任、潘超等编:《中华竹枝词全编》(7),第619页。
④ 罗森、何如璋、王韬:《日本日记 甲午以前日本游记五种 扶桑游记 日本杂事诗(广注)》,第649页。
⑤ 陈道华、姚鹏图:《日京竹枝词 扶桑百八吟》,第11页。
⑥ 罗森、何如璋、王韬:《日本日记 甲午以前日本游记五种 扶桑游记 日本杂事诗(广注)》,第636页。
⑦ 同上书,第641页。
⑧ 王慎之、王子今辑:《清代海外竹枝词》,北京:北京大学出版社,1994年,前言。

们真实地展现了在异国文化体系中自己的新鲜感受和所受到的冲击,更具有历史文化意义。更重要的是,新的参照动摇长久以来的社会秩序和行为规范,无形中给他们创造了求新求变的机会。

如果说,甲午战前的日本,虽然在很多方面已经引起了旅日士大夫的警觉,如王之春、黄遵宪等人。王之春在《使俄草》提醒:"日本整军纪武,欲与中国衡量。藐兹小国,图治维新,蒸蒸之势,日进无疆。建铁道、兴工艺、搜军实、一秉西国规模,甚至设立议院。亦如西人之制,崇尚西法,固已深入骨髓。"[①]但高层并不认为日本会成为真正的威胁,且千年的文化输出身份,造成了一种麻痹心理。因此,甲午战前书写的日本的竹枝词,普遍有着中华文化的自信心理;但甲午战后,日本开始演变为一个令人佩服的国度。在西化、现代化进程中,学生摇变为老师,日本成为中国学习的榜样。由于旅日文人自身的文化身份,他们以在场者视角,还是将日本作为"他者"进行审视和描述,深化自我文化认识的认识和反思。在中日文化交流史上,明治维新之前中国一直处于文化输出的一端,在中国的传统观念里,日本处于华夏礼教、文化与道德秩序所形成的圈层结构的远端。明治之前,国人东游都被看成一件非同寻常的事件,历史上,几乎都只有日本到中国求学、经商,而不是相反;而在中国人眼里,日本还未改蛮夷之境,就像一些西方人的东方游记中描述的那样。当时的国人虽然面对西方国家不以"天朝上国"自居,但在面对日本时还有曾经文化施与者的自信和不甘。现实却是日本明治维新后已经在许多方面超越了中国,形成了让中国人从内心难以接受的反转关系,日本竹枝词所述的日本正折射出当时国人的对日的文化心态。这种错位造成了作为观看者的旅日国人文化心态和整体判断失位。

① 王之春:《使俄草》,第201页。

虽然从《日本杂事诗》《使东杂咏》《使东诗录》等作品来看,黄遵宪、何如璋、张斯桂都对明治维新持肯定的态度,这与他们的出使日本大臣的身份与学识修养有一定的关系,但很多非官方身份前往日本的中国人,看待的日本的视角并不客观,他们的日本观很显然是承继了中国文人传统的中国中心主义的某些特色,如把日本当作中国的附属国,把中国放在日本文化和文明的施惠国的地位,低头俯视日本,言辞之间充满了自豪感等。时人多认为,"中国的文化不仅历史悠久,而且活力十足,一以贯之,始终活跃,其巨大张力所产生的延续性,对于近代的知识与制度转型发生着重要的制约作用"①。"中国人经过几次挫折,也都知道自己的力量不如人了,但还敌不过他内心的一股义愤和鄙夷,因此在中国人眼里,又不免要误会到西方只是些贪利与恃强的勾当,而忽略了他后面策动的西方文化的其力量与其性质。"②如"移风易俗太荒唐,正朔衣冠祖制亡。想到东西容易改,强民剪发学洋装"③、"婚姻大事极荒唐,不拜翁姑不拜堂。新妇宾朋团席饮,何殊妓女侑杯觞"④,有意识地把日本的情况与中国进行对比。"遗老曾乘海上槎,首阳薇蕨在天涯。相逢一揖南京样,天马葡萄问汉家"⑤、"纤弓短箭坐登场,左右奔趋是女郎。中得雀屏如击鼓,好将轶事话隋唐"⑥,有明显的"假吾国典实,述东瀛风土"⑦的初衷,背后的文化况味值得仔细推敲。这些复杂心态的有着复杂的历史原因。自古以来,日本长期与中国历史相纠缠,处于中华王朝文化圈,在现代转型的时空之维上,日本全力向西摆脱中国的影响时,旅

---

① 桑兵:《晚清民国的知识与制度体系转型》,《中山大学学报(社会科学版)》2004年第4期。
② 钱穆:《中国文化史导论》,《钱宾四先生全集》(29),台北:联经出版事业公司,1998年,第218—219页。
③ 四明浮槎客:《东洋神户竹枝词》,载丘良任、潘超等编:《中华竹枝词全编》(7),第579页。
④ 同上书,第580页。
⑤ 陈道华、姚鹏图:《日京竹枝词 扶桑百八吟》,第86页。
⑥ 王之春:《谈瀛录·东京竹枝词》,第39页。
⑦ 钱锺书:《谈艺录·评黄遵宪诗》,北京:中华书局,1984年,第24页。

日士人却还在抱着"天朝上国"的文化优越感,沉醉于文化施与者的残梦中还未醒来。不管眼前的日本如何现代,海外竹枝词的日本呈现不时交织着神话与野蛮的固有样态、海外仙山的虚无缥缈以及倭寇残暴可憎,很多人陡然间难以接受日本优于中国这一现实,心理失衡十分明显。光怪陆离的现代奇炫景观,超越了异域风光的层面,由此引发对故国风物的联想。但不管如何,日本的先进却是实实在在发生了,不管如何心态变化,都要慢慢地接受日本通过学习西方变得强大这一现实情况,从而也为中国西学东渐找到现实的例证。

海外竹枝词的日本书写,在表述日本的同时,也有深化自我文化身份认识的功能。一般而言,"采用异国、异族的题材进行创作,这在世界古今文学史上是常见的现象。通过一国文学中异国题材的研究,可以反观一个民族是如何想象作为异质的外民族,从而实现自我文化身份的构建"。① 正如巴柔所言:"所有对自身身份依据进行思考的文学,甚至通过虚构作品来思考的文学,都传播了一个或多个他者的形象,以便进行自我结构和自我言说:对他者的思辨就变成了自我思辨。"② 一方面,通过日本参照,强化了自我文化的传统及其优点,同时,通过文化同源的追溯和新变,思考文化西化的可能限度。从这个角度来看,也就容易认知晚清竹枝词日本书写的矛盾性了。当然这也与中国人对日本认识深度有内在联系。晚清的旅日文人,大多只是了解到日本的表象,日本传统武士道精神、岛国生存忧虑的扩张野心等就没有引起足够重视。甲午战后,国人对日看法发生了根本性反转,从之前的俯视变成了仰视,日本成为中国学习的榜样,即便日本已成为中国的头号敌人。民族之间冲突虽然会影响双方的认知,但求新求变的晚清,学习日本还是因其成功西化的吸引。

---

① 王向远:《中国题材日本文学史》,上海:上海古籍出版社,2007年,第5页。
② 巴柔:《从文化形象到集体想象物》,载孟华:《比较文学形象学》,第121页。

"盖中国之人,震于格致之难,共推为泰西绝学,而政事之书,则以为我中国所固有,无往于外求者。"①虽然海外见识拓展了其知识谱系,西方科技、军事、医疗等现代技术颠覆了传统的世界和以往不合理的价值判断,但自幼所受的旧式教育又使得当时的国人不断回顾中华文明的固有成就,在记述中仍然表现出晚清外出文人普遍的矛盾心态。因此即便身处日本,他们对所见到的陌生新世界并不全然认同,对西方文化的展现亦不完全客观可信,既表现出震撼、向往、惊诧的一面,又有不解、鄙夷、逃离的一面,有着"身"游而"心"未游的表征。

晚清的日本竹枝词书写,体现了国人对日的复杂的文化心态。中国民众的文化心态能深刻影响中国对日本的认识,认识程度和层次又决定了对日本的书写。我们从中日两国相互认识的变迁,可以看到中国民众的文化心态对构建日本形象产生的作用。一方面,文化优势让古代中国能站在较高的视点上审视日本,加上中国人自古以来的浓厚"华夷意识",使得自我中心思想极度膨胀。古代中国对"岛夷日本"十分蔑视,不愿意同时也认为没有必要进一步花费时间和气力去认识它。久而久之,这便积淀成一种根深蒂固的民族文化心态,它让中华民族自身的优势得不到发挥。在很长一段时期内,虽然时代在前进,文明在进步,中国对日本的了解却越来越少。凡谈及日本,往往只会盲目套用祖宗传下来的有限知识,甚至不管是否符合日本当时的实际状况。虽然晚清开明之士已然明了清廷已是日薄西山,但潜意识里的文化优越感依然坚挺。世界视野的开拓并未完全影响中国人的价值判断,没有从根本上动摇中国的世界秩序观,这也是日本竹枝词中很多书写者或自觉、或不自觉使用中国元素比附所见的外来物事的根本原因。想法前卫如黄遵宪、王之春者,仍有"一衣带水径相通,屏蔽东

---

① 高凤谦:《翻译泰西有用书籍议》,《文学集刊》1944年第1期。

藩等附庸。太息唐时旧典物,泱泱留有古齐风"①的感叹。空间的位移导致旅日国人产生了身体疏离感和文化上的陌生感,从而使晚清的日本书写具有身体"在场"而观念"缺场"的脱场表达。

晚清海外竹枝词的日本书写,客观上展现了日本的制度、史事、经济、娱乐、奇闻逸事等元素,在一定程度上丰富了晚清认识世界的历史细节。但由于晚清外出士人或留学人员还未积累起足够的现代语汇,在面对眼花缭乱的日本现代景观难免处于失语窘境,也不可能一时之间创制适合的新词语书写眼前见闻,于是将日本见闻比附中国古典习俗和常见意象就成为晚清日本游记书写中比较常见的一种策略。另外,晚清竹枝词的作者还普遍秉持文化大国的姿态,时不时将视点聚焦于日本文化中所刻下的华夏印迹,或着意于日本景观和奇风异俗的描叙,这样的书写视域某种程度上遮蔽了真实的日本现状。这样一来,晚清海外竹枝词的日本形象构建,成为混杂着中华文化自信、历史缅怀以及弱国子民等复杂心态的异国图景。

总之,晚清竹枝词的日本书写,或叙或议、或实或虚,是近代以来日本各方面情况描述的集中体现,著者意在将日本作为一种变革途径置于晚清改革图存的愿景下,学习同为东亚的日本如何在传统文化的根基上选择、摄取西方文明并成功迈向现代的。很多人就是通过阅读这些竹枝词的描述进而认识到引起日本近代巨变的西方因素。另外也为我们了解晚清外出文人是如何看待日本的,他们借竹枝词向国人全面普及了日本政治、历史、风俗、社会等方面的知识,提供了反思中国的政教文明的第一手资料。通过日本竹枝词对现代社会面向的引述与记录,培育了去日国人的近代意识,这群人后来成为推翻帝制、构建现代民族国家的重要力量,亦展示了清廷

---

① 王之春:《谈瀛录》,第25页。

上层奋力自保、改革现状的探索。所有这一切不仅动摇了国人现实经验的表层结构,也松弛了背后强颜支撑的儒道深层传统。国人逐渐认识到自身的差距,主体精神被激活,并积极寻找救国富民之策,并带来了知识结构、文化意识以及世界观等层面的现代嬗变。当然,这些描述日本因素的竹枝词还表现出歧异的风格特征,字里行间带着反思与认同、鄙夷与不甘,赞赏日本现代文明与倡扬中国儒家纲常礼教等奇怪纠缠,但却也孕育着怀疑自我与变革社会的强烈愿望,成为中国现代变革的逻辑起点。

第五节 晚清陈寿彭《巴黎竹枝词》辑论

鸦片战争失败后,外辱接踵而至,清廷上下开始反思败因,并积极探求富民强国之略。以晚清重臣曾国藩、李鸿章、张之洞等为首的洋务派提出"师夷长技以制夷"之策,力倡西方格致之学,在国内大兴制造业,清廷也因此西派使臣探求取经、选拔留学生学习西方科技文化,由此掀起了晚清民国的留学大潮。"无留学生,中国的新教育与新文化决不至有今日,……现在教育上的学制课程,商业上之银行公司,工业上之机械制造,无一不是从欧美日模仿而来,更无一不是假留学生以直接间接传来。"[1]这些晚清使臣、留学及游学人员亲察西方世界后,震撼甚巨,对留置地与母国地理风物、文化习俗的异质感触良多,于是将游学、留学见闻以日记述之返回,国人阅之以获外埠信息。"凡舟车之程途,中外之交涉,大而富强立国之要,细而器械利用之原,莫不笔之于书,以为日记。"[2]晚清"游记"之代表有容闳《西学东渐记》、斌椿

---

[1] 舒新城:《近代中国留学史》,《民国丛书》(第一编)第49册,上海:上海书店,1989年,第1页。
[2] 薛福成:《出使英法义比四国日记·跋》,长沙:岳麓书社,2008年,第341页。

《乘槎笔记》、郭嵩焘《使西纪程》和《伦敦与巴黎日记》、薛福成《出使英法义比四国日记》、刘锡鸿的《英轺日记》等。据清人王锡祺《小方壶斋舆地丛钞》辑载，晚清海外游记不下百卷、字有数百万之巨，为学界研究近代中国社会变迁与中外文化互润交流提供了重要史料。整体观之，在内忧外患之语境下，晚清域外游记重在利弊书写，从古典游记的吟咏山水转向救亡启蒙和经世致用，游记所记体现了中国近代化的艰难历程。多年来，上述日记广受学界的关注，并给予多方阐发。但通过近年来的文献检索，晚清另有部分西游日记未得到阐释和讨论，其如陈季同《西行日记》、陈寿彭《欧陆纪游》二书，尤其后者鲜有文献论及，实为憾事。本节主要从陈寿彭《欧陆纪游》（后文简称《纪游》）所叙巴黎竹枝词入手，以考证其写作时间、意图、写作价值及对中外文化交流之意义，肯定其对晚清"海外竹枝词"文献补缺价值。

一、陈寿彭《欧陆纪游》之"巴黎竹枝词"撰作考论

陈寿彭生于1855年，福建侯官人氏，为晚清著名外交家陈季同胞弟、著名女翻译家薛绍徽之夫。陈寿彭曾就读于福建马尾学堂，1885年4月作为船政学堂的第三届留洋学生留英，先在格林威治皇家海军学院就读两年，后在遇尼外耳公司及金士哥利书士院学习一年，专攻水师海军公法、捕盗公法、英国法律、拉丁语和英国语言文学。游学期间，足迹遍及欧陆诸国，精通日、英、法、德等多国语言。今人对其评价曰："陈寿彭，字绎如，闽县人。光绪间举人。工词章，精法文算学，翻译《江海险要图志》，其他著述甚多。"[①]因现有关涉陈寿彭资料不多，故我们对其生平经历知之甚少。但可据其兄陈季同的海外经历，大体推知他留学生涯的时间节点及活动轨迹。根据庄智象等人的梳证，陈

---

① 林家溱：《福州坊巷志》，《林家溱文史丛稿》，福州：福建美术出版社，2013年，第239页。

季同去往法国后,"1884年以法文撰写的《中国人自画像》出版,后来不断撰写出版了许多法文作品,在法国乃至欧洲获得了很大声誉。1891年,因涉嫌骗取法国银行巨款案被召回国"①,可以推知陈寿彭至少在1891年前就已回国。陈寿彭虽主攻法律,翻译海防文献,但他和妻子薛绍徽合作翻译儒勒·凡尔纳的《八十日环游记》1900年出版,仅比林纾《巴黎茶花女遗事》晚一年,影响甚巨。因薛绍徽不谙外语,《八十日环游记》是经陈寿彭口述情节后,她用中文将其记述下来的,此和林译小说相类。《八十日环游记》是我国近代翻译的第一部科幻小说,对清末民初域外文学中译产生深远影响。

作为晚清留洋学员,和其他人一样,陈寿彭也有书写旅游日记之习。在游学欧陆期间,他将所经国度的闻见以诗歌形式记载下来,形成了《纪游》系列。对《纪游》的成文历程,陈寿彭记述道:"余弱冠后,漫游东西各国。暇辄即所闻见,寄之讴歌。积久成帙,此奉杨总司令檄,来海上就译席,同人索将旧稿载入文苑,检理故箧,得若干首。曾有游荷比德俄诗一束,竟散佚不复可得。日月逾迈,人事变易,盖忽忽垂五十年矣。俯仰今夕,其情形尚有同焉者否耶?作陈迹观可也。"②其中描写巴黎部分是用竹枝词形式所拟,共有37首,前文已作全文辑录,见本书第二章第二节。

由前文陈寿彭追述的写作说明可知,《纪游》是《海军周刊》编辑"索将旧稿载入文苑"的促成,那么这些竹枝词应该是作于1885年游学欧陆前后,而《海军周刊》连载是在1929—1931年间,可见这些竹枝词发表时已经是数十年后的事了,有些文献将陈寿彭去世的时间定于1928年,应属有误。陈寿彭应该是在1930年左右去世的,这刚好与

---

① 庄智象、方梦之:《中国翻译家研究》(历代卷),上海:上海外语教育出版社,2017年,第770页。
② 陈寿彭:《欧陆纪游》,《海军周刊》1929年第5期。

《纪游》连载的时间节点对应上。陈寿彭有良好的古诗词素养,他以诗的形式记载在域外的见闻,以旧体诗表现新世界,且游刃有余,这些竹枝诗作虽创于19世纪80年代左右,但已表现出时代新质,具体有如下几点值得倡扬:一是虽还以中国传统的书写语汇为主,但已使用大量新名词记述新名物,这说明晚清时,文学的书写开始发生了新变,传统七言四句的竹枝词,开始吸收方言语词、翻译名词、西学名物词汇等,和传统的表述模式已有差别,这就使竹枝词的表达空间大幅扩展,对民族风俗的描摹更为周全,而对于文人游学在外书写异域来说,新词汇的增添和使用更为突出,因为只有使用新词才能表达新的思想和观念,描述新物事,传达有价值的信息,以便积极吸收外来文化以建立具有现代意识的中国文化。"无论什么文化,凡可以使我们起死回生,返老还童的,都可以充分采用,都应该充分接受。"[①]可以说,竹枝词这一古老的诗歌形式,因灵活可控,能兼容新旧形式,适应时代嬗变,为晚清深受传统文化浸润的外派使臣和游学人员提供了一个较好书写域外世界的载体。在清末民初,有机会外出增长识见的国人毕竟少之又少,只能通过洋人带来的文献资料和上层使臣、游学人员的资料获取对域外世界的基本认知。费正清说:"总的来说,外国入侵的历史是令人不愉快和蒙受耻辱的历史。此外,直接了解这种情况的只是统治阶级、文人和官吏中的少数人物,至于平民,特别是与外国人共事的人,则不习惯于把他们的看法和经历记录下来留给后世。所以我们在考察中国人对西方的看法时,不得不主要依靠上流社会学者们的著作;这些人受过中国经典学说的彻底熏陶,因而最不可能背离对待外国人的传统态度。"[②]因此说,晚清认识外界的途径非常单一和有限,通

---

① 胡适:《文化的冲突》,载罗荣渠主编:《从"西化"到现代化》,北京:北京大学出版社,1990年,第368页。
② 费正清、刘广京编:《剑桥中国晚清史》,北京:中国社会科学出版社,1985年,第141页。

过文人的游记书写是一个较好的渠道,即便这些书写主观性较强,甚至是失真的。

二、陈寿彭"巴黎竹枝词"的异国形象书写及其价值

在比较文学形象学研究领域,旅行者的游记历来广受关注。法国著名比较文学家梵第根、卡雷等人一开始就强调游记的异国形象研究价值。"游记研究是比较文学的传统研究领域,'自古以来,旅行是与外国人相遇的最好办法'。"①游记文学是旅行者塑造异国形象和建构民族想象的传统文本。旅行直接触摸异国,旅行者可以描写沿途的优美风物、考察文化差异等,游记文学能呈现自我与他者、本土与异域的关系,是不同文化认证与转移的中介和桥梁。因此法国比较文学家卡雷直接将形象学定义为"各民族间的、各种游记、想象间的相互诠释"②。在这个维度上,晚清域外游记为我们研究中国文学的异国书写提供了上好的载体。

竹枝词对海外世界的想象和书写,最早见于清初尤侗(1618—1704)在编修《明史》之余所撰。"既纂《外国传》十卷,以其余暇,复谱为竹枝词百首,附土谣十首。"③尤侗未有涉外经历,尚系搜求于故籍,没有亲临国外考察、感受风土人情。因此,这些竹枝词完全借助天马行空的臆想,却开竹枝词描摹异国形象的先河;之后福庆的《异域竹枝词》,收有外藩21首,具体记述了中亚各国的相关情形,主要以哈萨克斯坦周边、克什米尔周边国家和民族的情况,书写既有客观纪实,又有想象和虚构;寓所托斋(潘乃光)《海外竹枝词》收有120余首,涉及亚非欧各国,主要以欧陆大国及其国都为描写对象;到了晚清,随着中外

---

① 孟华主编:《比较文学形象学》,第15—16页。
② 同上书,第2页。
③ 尤侗:《外国竹枝词·自序》,北京:中华书局,1991年,第1页。

文明的碰撞、文化交流的频仍,一些走出国门的文人,也使用竹枝词的形式书写异国,代表有:局中门外汉张祖翼《伦敦竹枝词》、潘飞声《柏林竹枝词》等,书写西方近代城市的新特质,蔚为壮观。对于晚清出游的知识精英而言,西方城市建设、公共空间、生活方式的丰富能够彰显现代文明发达的程度,并对他们内心世界带来强大的冲撞。但是即便这些竹枝词作者有域外的亲身游历,但仍未足够客观描述他眼中所见到的一切,想象、臆测等时有出现,进而影响到游记书写的真实性。"(形象)……功能是讲述跨种族、跨文化的关系,讲述两个社会之间,陈述者(即注视者)和被注视者之间的关系,这种关系主要具有反思性、梦幻性,而较少具有确实性。"①也就是说,即便是身处真实外国的晚清文人,对异国的真实呈现仍会受思维定式的影响,会辅以自身的文化传统进行想象。"一国文学中所描绘的异国形象无疑有着鲜明的'想象'性质,是一国文学的书写者借助于自身对异国文化或他国社会的知识所建构的,既包含着一国文学的书写者对异国文化的看法和态度,更渗透着书写者对本国文化的认识和思考,还凝聚着书写者对本国与异国关系的焦虑与期望。……人们不仅仅是凭借新知识来'认识'异国,更多的是以一种意识形态化的'世界观'来'想象'异国。"②清代使臣和游学者在接触完全异于本国文化体制、风俗习性之时,对相异性的表述是很强烈的。一方面在于差异能引发比较思考,另一方面也是作为文化交流和中介桥梁的使命感。当时晚清外派使臣,不是旅游散心,而是任务加身。"各出使外国大臣对有关交涉事件及各国风土人情,皆当详明记载,随事咨报。"③但是,由于这些初期出洋的文人们,自身还未建构起表述现代世界的话语和知识谱系,因此,

---

① 巴柔:《形象学理论研究:从文学史到诗学》,载孟华主编:《比较文学形象学》,第203页。
② 郭英德:《想象与写实:近代中国戏曲中的外国故事及表演》,《求索》2017年第8期。
③ 曾纪泽:《曾纪泽日记》(上册),刘志惠点校,长沙:岳麓书社,1998年,第4页。

使用旧有话语模式和书写范式描摹所见所闻就是显得很是普遍了。"晚清走出国门的外交官、文人,在他们初次遭遇西方事物时,由于没有现成语汇可供描述,往往使用'旧瓶装新酒'的方式,用传统语汇描摹西物。"①这样,竹枝词就是一种很好的书写形式,不但使臣和留学者能熟练使用,竹枝词的包容性也能较好展示迥异于母国的风习人情。夏晓虹说:"晚清诗人喜用'竹枝词'咏海外新事,无非是看中了'竹枝词'的轻巧灵便与亦庄亦谐。对于迫不及待要把所见所闻记述下来而又把握不准的诗人,这确实是最佳选择。"②

晚清民初"中国的知识分子不是希望到欧洲去留学,就是盼望至少能有一次朝拜神圣的欧洲文化的机会,呼吸一下异国的空气。他们最终乃至最主要的目的地大都是巴黎"。③ 17 世纪以来的巴黎一直是欧洲大陆的文化重心,尤其 17—19 世纪法语在西方世界的影响,显然提升了法国和巴黎的国际知名度。以此,只要没有特别限制,晚清使臣和游学人员都会将巴黎作为自己游历的必经之地。虽然深受欧风美雨的浸润,兄长陈季同中西融合的知识谱系使陈寿彭比同代其他游学人员更能深刻体验作为他者的西方世界,但陈寿彭所根植的文化传统依然是中国古典文化,他亦是传统文化的持守者。因此,当面对西欧美丽的湖光山色,会不自觉地流露出中国古典山水情怀。

"舞会""蜜月""西医"等词汇开始进入汉语词汇。清末民初的竹枝词,可以发现一种特殊的语言现象,即与当时世势之演进、时局之动荡相应,社会出现了诸多新鲜的语汇。"舞会皆欣美少年""高帽平头襟燕尾"代表西方的生活方式,也是巴黎年轻人的符号,这和中国人的

---

① 孟华:《对曾纪泽使法日记的形象研究——以语词为中心》,《中国比较文学》2015 年第 2 期。
② 夏晓虹:《吟到中华以外天,近代"海外竹枝词"》,《读书》1988 年第 12 期。
③ 海因纳·弗罗奥夫:《论东西方文学中的异国主义》,曹卫东译,《中外文化与文论》1998 年第 2 辑。

生活方式完全异质,一般国人对西方的自来水、电器等科技产品更闻所未闻,陈寿彭笔下的巴黎万象,正是凸显自我文化身份的参照物。尤其是陈寿彭以叙述的方式展现巴黎异国情调,虽然字里行间并没有进行孰优孰劣的价值判断,但也用中国典故和描写手段附会解释巴黎风情。"不反映自我,也就没有异国情调,没有对'自我'进行美化的深切愿望,也就不可能美化'他者'。"① 巴黎一贯以浪漫之都著称,"对中国的异国主义者来说,法国租界就是一座小巴黎,其中的气氛和巴黎几乎没有什么差别,到处都是温馨的空气、自由的爱情和时髦的打扮。所有这一切都使中国的异国主义者深深地着迷"②。如有机会亲历巴黎,对文人的吸引力自然极大。通过描摹巴黎的历史沿革、建筑街衢、民俗风情、市井繁华、婚丧嫁娶、宗教信仰等,陈寿彭给国人描摹了一个与中国完全不一样的西方国家形象,"欧洲的远东异国情调概念和亚洲的欧洲异国情调概念最初都是形成于巴黎"③。陈寿彭笔下的巴黎,和中国的城市有着天壤之别,陈寿彭在表述的时候,将中国古典语词和西方生活方式结合起来,有助于打破国人千年封闭的外部认知,使国人通过对比明白自身的文化优劣,提升文化的开放性和包容性。"文学上的异国情调,绝不是指单指翻译异国文学或用异国文字来翻译或创作本国文学这两件事。因为这些仅是纸上的工作,绝不足以使两国文学得到精神上的交换的全部成功。最主要的工作,还是需离去祖国到异国去享受一切实际的生活。作为一个不论是政治家或文学家或艺术家,到异国去外游是多么重要的事。"④ 要真正认知外国,有直接的域外经历是十分重要的,"丛树围遮礼拜堂""双塔犹扶十字架"

---

① 海因纳·弗罗奥夫:《论东西方文学中的异国主义》,曹卫东译,《中外文化与文论》1998 年第 2 辑。
② 同上。
③ 同上。
④ 张若谷:《异国情调》,上海:世界书局,1929 年,第 16 页。

等基督教堂,没有亲身经历,是难以具象描述的。可以说说,陈寿彭笔下的巴黎,是他根据巴黎实际生活所展示的,这样的异国书写,才能引起国人的信任和共鸣。

陈寿彭在上述竹枝词中用不少的篇幅书写巴黎男女之间爱情和婚嫁的情形,尤其和中国的父母之命、媒妁之言很是不一样,虽然他们也讲究门当户对,尤其是阶级属性,但和中国相比,法国家庭对青年男女的婚配束缚还是比较小的,"蜜月游归新卜宅,弟兄父子不同居"。结婚后,就自立门户,不和父兄住在一处,体现出中西双方在家庭观念、伦理文化方面的差异性。陈寿彭的这些竹枝词虽然晚出几十年才得以见刊,但就发表时间的20世纪30年代前后的中国,尤其在广大的落后地区,中国青年男女之间的爱情自由和晚清相比虽有所进步,但与19世纪的法国相比,差距甚远,作者将巴黎所见以竹枝词的形式写出,实有不少现实意义。巴黎恢宏的建筑、奇异的风俗使陈寿彭叹为观止。一个文明先进、科技发展、秩序井然的西方世界展现在国人面前。比如巴黎的医疗机构,"医院横陈病榻齐,任凭救治奏刀圭。不须孝子亲尝药,看护人能色候稽",和中医的望闻问切完全不同。陈寿彭在展现法国巴黎丰富的生活场景时,一个落后的、封闭的中国形象无形中也呈现在读者的脑海中了。"中国和日本的异国主义者到巴黎去旅行,作为异国人被广泛地介绍,并成为法国作家笔下的描写对象;反之,法国的这些作家又出现在那些从巴黎学成归国的中国人或日本人的游记或小说里。"①书写异国形象的价值和意义,就在于相异性,因为差异才能带来深入的思考,并从中找出差距来。"进步与停滞是同一概念的正反两面,既意味着一种世界知识秩序,又意味着一种世界权力秩序。进步使西方从野蛮迅速发展到文明,停滞使中国从文明不

---

① 海因纳·弗罗奥夫:《论东西方文学中的异国主义》,曹卫东译,《中外文化与文论》1998年第2辑。

知不觉地落后到野蛮,承认中国停滞与落后,认同西方的进步与进化,这是中国现代化历程的精神起点。现代化概念中就包含着进步的意义,现代化既表现一种特定目标下历史的进程,又表现出历史进程中不同阶段,古代到现代的价值取向。天朝帝国已不可能故步自封,必须在人类进步的普遍历程中与其他民族一道竞逐富强。"①陈寿彭巴黎竹枝词系列,在中西文化交流背景下书写,具有时代新变的维度,"其一,在主题上有意识或客观地展现了中西两种异质文明的冲突;其二,在题材内容上,较多地关注了西方文明进入中国的过程;其三,在语言风格上出现了中西杂糅的特色,很多西方语汇出现在了竹枝词中,不仅打破了竹枝词惯常的音律结构与表达形式,而且在某种程度上消融了竹枝词的中国本土特色,为竹枝词走出国门、在域外流播创造了可能"②。

近代知识分子如何通过对异域的凝视,从而获得对自我文化和异域文化体认的? 在这一体认中,一方面是对新文化的关注、意图将陌生文化纳入自己的知识体系;另一方面则是在将陌生文化熟悉化的过程中,隐含的对传统文化的骄傲与自豪。"长期封闭的社会使得人们对于外部世界极度的无知,而无知造成的偏见和固执又加深了敌视一切新事物的病态心理,给无知穿戴上一套理直气壮的冠服。"③"不论是官员绅士还是平民百姓,对西方人的最初印象极为相似,这种妖魔化的印象归类是由上下阶层共同建构的结果。"④近代知识分子面对异域新文化的冲击,不断在既承认他者又保留自我中调整、平衡,力图去适应世界大势。正如钱锺书所言,晚清的出游者"不论是否诗人文人,

---

① 周宁:《跨文化形象学》,上海:复旦大学出版社,2014年,第117页。
② 孙杰:《竹枝词发展史》,上海:上海人民出版社,2014年,第252页。
③ 钟叔河:《走向世界——中国人考察西方的历史》,北京:中华书局,2000年,第58页。
④ Jerome Chen, *China and West: Society and Culture, 1815-1937*, London: Hutchinson, 1979. p.60.

他们勤勉地采访了西洋的政治、军事、工业、教育、法制、宗教,兴奋地观看了西洋的古迹、美术、杂耍、戏剧、动物园的奇禽怪兽。他们对西洋自然科学的钦佩不用说。虽然不免讲一通撑门面的大话,表示中国古代也早有这种学问。只有西洋文学——作家和作品、新闻或掌故——似乎从未引起他们的飘瞥的注意和淡漠的兴趣。"①

三、陈寿彭"巴黎竹枝词"对晚清"海外竹枝词"的补缺价值

有清一代是竹枝词创作数量最为庞巨的时期,数量为清代之前历代总量的数倍以上。这与清代文人的普遍重视和竹枝词的时代兼容性密切相关。"竹枝词创作渐渐向正统诗歌靠拢,并且成为纪实和咏史严肃作品的同时,长篇巨制的普遍出现,也使得竹枝词创作在诗坛上的分量陡然加重。文人们愿意将竹枝词的创作当作正经事,同时运用这种相对容易的格律形式来咏叹历史遗迹和社会的新变。"②在晚清,随着中外文化交流变得频仍,竹枝词中书写域外题材的也逐渐增多,形成了颇具规模的"海外竹枝词",不但拓宽了竹枝词的表达空间,也延展了竹枝词的价值范畴。所谓"海外竹枝词",是指中国诗人用竹枝词的体裁和情趣歌咏在外国所见所闻的事物的诗歌形式③。与传统竹枝词不同,海外竹枝词所承载的意义,不但在于其描写外部世界的新异性、所承载的文化差异性,更在于书写者对海外世界文化想象、文化过滤、文化利用等信息。后世也逐渐认识到这类竹枝词的意义,故学术界对海外题材竹枝词的梳理、辑佚就较为重视。

就海外竹枝词的文献搜罗整理而言,始于20世纪90年代王慎

---

① 钱锺书:《汉译第一首英语诗〈人生颂〉及有关二三事》,《七缀集》,上海:上海古籍出版社,1994年,第132页。
② 朱易安:《传统韵文学的现代转型与生存——都市文化中的竹枝词创作》,载查清华、詹丹主编:《江南都市与中国文学》,上海:上海三联书店,2017年,第551页。
③ 季羡林:《学海泛槎》,北京:新世界出版社,2017年,第213页。

之、王子今编的《清代海外竹枝词》①,收入海外竹枝词18种1 370首,虽有不齐,但已将当时文献能见者都收入其中,开启了海外竹枝词辑录的先河,是海外竹枝词重要收获;之后雷梦水、潘超等人编的《中华竹枝词》,凡6卷,按照省域分目,共收竹枝词21 000多首,在附录部分收有海外卷,虽然在收目上主要以《清代海外竹枝词》为主要文献源,但也加入了一些新的篇目,在国别、地域上有所扩展,尤其编者看到了书写和想象海外世界竹枝词的价值和意义:"作为本书'附录'选辑的部分状写海外的'竹枝'作品,所反映的各国制度、风俗等等,对了解该国情况来说,还是有所裨益的,当然其观点并非全部正确,同样出于提供研究参考的想法,而予以保存原貌的录选。"②2003年王利器、王慎之、王子今推出《历代竹枝词》,该书按照时间先后排序,凡八编,收录体量较雷梦水等《中华竹枝词》多了近4 000首,达到25 000多首,因编者之前出版了《海外竹枝词》专集,因此在《历代竹枝词》中将海外的编入,在数量上未有明显增加;后来,丘良任等编《中华竹枝词全编》,凡七卷,亦按照省域分目,收集4 402位诗人所创作的6 054篇、共69 515首竹枝词,堪称迄今为止收录竹枝词最全的辑本。诚如编者在前言中所言:"汇编出这部始于唐代、止于民国千余年间四千多位诗人所创作的六千余篇、近七万首作品的总汇《中华竹枝词全编》,名虽为'全编',实并不'全'。这是由于竹枝词蕴藏的丰富,载体的繁多,收藏的分散等等诸多因素,仍有相当数量有待发掘。所以,这部'全编'只是相对而言。"③《全编》也在后面辟有海外卷,凡90种,共收有竹枝词1 975首,是目前收录海外竹枝词最全的数目。当然,《全编》虽然较前面很多同类书籍都有很大的突破,收目也尽量全面,但是,中华

---

① 王慎之、王子今编:《清代海外竹枝词》,北京:北京大学出版社,1994年。
② 雷梦水等编:《中华竹枝词》,北京:北京古籍出版社,1997年,第7页。
③ 丘良任等:《中华竹枝词全编》,北京:北京出版社,2007年。

世界的竹枝词,想要收齐是不可能的,随着新材料的发现,应该还会有不少新竹枝词被发现。

但就中华竹枝词中的海外类属而言,数量应该有限,且大多都是在鸦片战争之后,随着对国人对外部世界的重视才大量涌现的,但因为晚清的文学传播模式书写方式已经发生极大改变,尤其是报刊等大量兴办,这其中刊登的竹枝词中无疑有不少书涉及海外部分的,辑佚虽难,学术界也时有发现。如尹德翔通过阅读王之春《谈瀛录》《使俄草》二书,检得海外竹枝词三种:《东京竹枝词》13首、《俄京竹枝词》8首、《巴黎竹枝词》11首,共32首,是对《中华竹枝词全编》的有效补充。而在书写和想象西方世界的竹枝词中,尤其描写各个国家首都的竹枝词是比较多的,这是因为晚清派出的使节和留学人员主要在欧陆的主要国家和大城市,因此,他们对所在国的书写也主要限于首都的市井街道、风俗人情,这样的书写也是作家本人的文化身份的建构。在书写海外的竹枝词中,描写法国首都巴黎的作品不在少数。如寓所托斋(王之春)《海外竹枝词》描写到"巴黎的"有15首,"巴黎杂诗"10首,《使俄草》收有《巴黎竹枝词》8首;袁祖志《巴黎四咏》4首、罗玉瑞著有《巴黎竹枝词》11首。而陈寿彭《纪游》中描写巴黎竹枝词多达38首,是对晚清海外竹枝词的有益补缺。我们通过对这些不同时代海外竹枝词的研究,一方面去审视不同时代的中国文人是如何去展现同一地方的不同特色,另一方面也可以通过这些不同作家、不同时代的竹枝词考察异国文化的类同性和差异性,以及它们如何去书写和想象作为他者的西方世界。这些书写有可能是好,也有可能是坏,有可能是真,也有可能是假,这不仅仅受到书写者主观判断出现的偏差,也有可能是其背后深层文化意识导致。"鸦片战争之后,外国人及外国物品涌入中国,到国外游历、经商、求学或出使的国人渐多,极大地催生了以域外风物为题材的域外竹枝词的发展。尤其是光绪以后,随着中外交流的日益频繁,走出国门的人们将自己在国外所见所闻写成竹枝词,记述域外政治、经济、历史、地理、文化等情况,使得域外竹枝词勃然繁荣起来。"①与其他文学形式相较,文人在面对作为他者的西方世界时,竹枝词可以描述大大小小不一的主题,他们可以采用组合形式描述宏大题材,也可以采用单一形式表达微观现象。"竹枝词这一形式真率活泼、甚少顾忌,比较能反映出作者对异域的真感受和真态度。……晚清海外竹枝词是别具一格的西方民族志,以直接而生动的方式刻写了中西交通的历史,是最能反映近世中西关系变化的文学。"②从这个意义上说,晚清民国时期海外游记中的竹枝词,实是我们今天研究晚清异域形象学的重要文献,它是传统文人被动接受西方世界时的心理呈现。陈平原指出,"海外游历,乃晚清文人获得政治、地理、科学等知识的重要途径。每个登临陌生的'新世界'的中国人,大概都有王韬初到法国马赛时的感觉'眼界顿开,几若别一世宙'。即便原先主张'以夏变夷',对西方文明采取敌视态度的,也会因所见所闻而逐渐发生变化。对于西洋文明的感觉,制度层面的见仁见智,不可能马上'思想一致';至于器物,则几乎异口同声地赞叹。在国内时,或许已有耳闻;有目共睹,还是感觉不可思议众多游记(日记)的写作,于是集中在对于西洋物质文明的介绍"③。随着晚近时代巨变的来临,西方世界及其知识谱系全面挑战晚清士人的世界观与思维模式,传统诗文典故的华夏中心观念产生了动摇,诗词必须承载新的书写题材,不再仅仅追求行文雅致,最重要的是背后所隐藏的对异域的想象和书写,以中国传统文化来表达相异性,在这一点上,竹枝词比其他诗词体

---

① 孙杰:《竹枝词发展史》,第254页。
② 尹德翔:《晚清海外竹枝词考论》,北京:中国社会科学出版社,2016年,前言。
③ 陈平原:《左图右史与西学东渐:晚清画报研究》,北京:生活·读书·新知三联书店,2018年,第109页。

式更加灵活,其民间性和市井气息发挥了适宜书写习俗的优势,并为晚清士人所接纳,因此,晚清很多外出的士人就以竹枝词来书写差异性,展现自己眼中所见的异国文化,这些展示返回本土后,也成为国人认识外部世界的有效材料,即便这些材料是主观的,甚至通过作家有色眼镜的过滤,有比较明显的中国烙印,但不管如何,在晚清,这些旅游者所著的竹枝词,和传教士带来的海外知识、洋务派介绍的西方格致之学一起,成为中国社会联系外部世界,尤其是国人近代知识谱系形成的重要桥梁和中介,开启了国人的眼光,拥有数千年文明史的中国逐渐有近代意识,中国文学和文化也在被动中逐渐和世界接轨。

第三章
晚清民国西学翻译的文化视野

第一节 文化心态对晚清西学翻译的抉择及影响

中西文化交流在明清之际就已零星展开。利玛窦、里雅各、汤若望、南怀仁等西方传教士东来,使部分知识精英对西方基督教文化有一些初步认知。但中国文化与西方具有明显的异质性,因此明末清初的基督教传播效果并不明显。为传教之便,西方传教士采取上层路线,主动结识中国士大夫和知识精英,以期实现自上而下的渗透。如利玛窦还积极学习汉文、着儒服,主动接受中国文化拉近与中国士大夫之间的心理距离,此举虽取得一定效果,但只有少数士人对利玛窦的基督福音发生兴趣,国人对西方天文历法的好奇远远大于基督教的救世理念和来世信仰,因此中西文化之间的深层碰撞和交流还未真正开启,中国对西方文化的优秀部分也还未给予足够重视。仍固守着蛮夷之辩的华夏中心观,秉持"中国夷狄五方之民,皆有性也,不可推移。东方曰夷,被发文身,有不火食者矣;南方曰蛮,雕题交趾,有不火食者矣;西方曰戎,被发衣皮,有不粒食者矣;北方曰狄,衣羽毛穴居,有不粒食者矣。……居天地之中者曰中国,居天地之偏者曰四夷,四夷外也,中国内也"①之论。数千年来,我为中心,四方皆是蛮夷成为中国历

---

① 《礼记·王制》,孙希旦:《礼记集解》,北京:中华书局,1989年,第359页。

代封建统治阶级的思维定式,并自上而下传导到民间社会,天朝上国的国家意识和儒家文化的自信长期影响着民众的世界判断,甚至到18世纪中后期,西方世界已经发生了翻天覆地的变化,但清政府的封闭还是一如既往。如乾隆皇帝在18世纪末召见马戛尔尼使团时云:"朕不认为外来的或精巧的物品有任何价值。尔等国家制造的东西对朕没有任何用益。"①作为使团成员之一的安德森后来回忆说:"我们如像乞丐一般地进入北京,如同囚犯一般地居住在那里,如同贼寇一般地离开那里。"②上层统治者的自大心态由此可见一斑。鸦片战争爆发后,长期积淀的天朝大国之华夏中心意识及其心理定式,使中国上层贵族和知识精英对世界地理和历史知识缺乏起码的认知,他们主观判别这一次国门被破只不过是又一次外族入侵,它终将被中国强大的文化所同化。但甲午一败及八国联军侵华,终于使国人警醒,并"感受到外力的压迫,觉悟内政的腐败,思想上起了一个绝大变化,一般比较明白事理的人,开始认识到西译各国的重要"③,有识之士因之正视西方的强势文化,并外派留学生进行学习,西学东渐,由此掀开了清末民初西学翻译的大幕。

一、华夏文明的千年自信:早期西方格致之学译介的体用之维

数千年来,中国文化自成一体和相对封闭的空间地理,使得国家和民族在文化断裂和急剧重组的近代时段难以跟随时代步伐而落伍于世界,鸦片战争失败的结果使中国学习西方文化正式提上了议事日程。当西方列强用坚船利炮打破东方古国的沉寂夜空,一系列丧权辱国条约的签订,伴随着的是失落与不安,急躁与焦虑,但只有少数有识

---

① 雅克·布罗斯:《发现中国》,耿昇译,济南:山东画报出版社,2002年,第94页。
② 同上。
③ 邢鹏举:《翻译的艺术》,《光华附中半月刊》1934年第2卷第9期。

之士开眼看世界,探讨问题之症结,并赋予疗救之思考。晚清开眼看世界的第一批知识分子,有感于时代变迁和自强需求,开始研究和学习西方科技和军事等刚性的需求,想方设法认知并介绍西方科技文化,当然也兼及一些社会科学,主要以林则徐、魏源、徐继畲等人为早期代表。他们向国人普及世界历史和地理知识,以引导国家富强和崛起。如林则徐组织翻译的《四洲志》、魏源编纂的《海国图志》等书中的地理知识,徐继畲在《瀛寰志略》中对欧洲各国的介绍等。如徐继畲在评价西欧商业时说,"欧罗巴诸国,皆善权子母,以商贾为本计。关有税而田无赋,航海贸迁,不辞险远,四海之内,遍设埠头。固因其善于操舟,亦因其国计全在于此,不得不尽心力而为之也"①,以显示西方社会与中国之不同。但由于晚清保守思潮的盛行,知识分子和上层权贵对西方文化还未从心理上给予认同,因此短时间内不可能改变国人的认知和时代走向。

华夏文化的千年自信,从晚清描述外邦词汇中就可见一斑,它们大都充满贬义,以"夷"述之。如夷商、夷酋、夷船、夷炮、夷技、夷语、夷言、夷情、夷事等,皆属鄙视之称,这难免会影响国人对西学的正确判断。这种蔑视无知的自我中心主义思维使翻译家在译介西学时呈现出比较复杂的心态:一方面是对中华文化的高度自信和自恋,另一方面是对外来强势文化,特别是西方科技文化的忧虑和恐惧,这种复杂的心态,无形中影响着晚清翻译家的翻译选择和译文的整体路向。面对数千年未有之变局,很多士大夫不愿从四书五经和渔耕樵读的生活方式中走出来,对外来文化的冲撞缺少世界性的包容胸怀和理性辨别,在心理上一时难以接受。正如有论者指出:"中央大国、文化霸主的意识在当时的君臣民的思想中已经根深蒂固。对西方列强的崛起,

---

① 徐继畲:《瀛寰志略》,上海:上海书店出版社,2001年,第115页。

他们没有思想准备。他们在心理上无法接受在鸦片战争中战败的事实。当时的译者们正是带着这种心理上的文化优越感和现实中的挫折感开始翻译西方的科学和人文作品的。在这样一个社会心理条件下,虽然中国当时的文化地位在客观上是处于劣势,但封建士大夫们在心理上并不承认这个差距。"[1]这样,当他们在面对林林总总的西学文献时,并不去结合时代和民族国家需要积极吸收,认真研究其中的合理部分,而是进行比附和改写,以期适应中国文化之根,"晚清学人以传统的知识为基础,从而解释西方事物,主观的理念常在不知不觉中支配着他们的观点"[2],广受中体西用观念之影响,因此,在翻译时便会打上传统中国文化的烙印,并影响着早期西学翻译的抉择和传播效果。

由于对世界新知识谱系缺乏起码的认识,加之传统的思维定式使国人完全没有做好心理上的准备,因此很难高效、有选择地去接受西学。在面对完全不同于自己的西方世界,晚清知识分子有对西方科技的惊羡和坚船利炮的恐惧,亦有对传统文化失落的遗憾和悲哀,更夹杂有鄙夷异域文化的华夏文化中心情结。"师夷长技以制夷"就是鸦片战争失败之后,一代知识分子看到了国家和民族的惨败,积极进行思考得出的结论。朝野上下都将失败归因于技不如人,而非中国传统文化本身出了问题,他们认为只要研习夷人之技即可扭转颓势。故魏源《海国图志》描述云:"夷之长技三:一、战舰,二、火器,三、养兵、练兵之法。"[3]根本未涉及更深层次的社会文化、政治体制等的论述,不承认在体制和文化上的落伍。几千年的封建专制文化传统,使中华文化以强势文化和同化性强而自居,在他们看来,外国人"不仅不孝敬父

---

[1] 王东风:《翻译文学的文化地位与译者的文化态度》,《中国翻译》2000年第4期。
[2] 王尔敏:《晚清政治思想史论》,桂林:广西师范大学出版社,2005年,第2页。
[3] 魏源:《海国图志》卷二,长沙:岳麓书社,1998年,第26页。

母,还开矿山、修铁路和架电线来破坏祖坟,因此他们连禽兽都不如"①,故在文化上不值一哂,因此学习西方文化就是本末倒置。可以说,林则徐和魏源等近代第一批开眼看世界的知识分子,由于时代所限,首先着眼于技术层面的考量而未明了文化与时代背景的落差;而后继者曾国藩、李鸿章、张之洞等晚清中坚开始尝试洋务运动,掀起了学习西方技术的热潮,也是和林、魏等人一脉相承,社会制度和文化体制的学习还未引起应有的重视。"自古以来,中国始终保持独立发展,并且创造了灿烂的古代文化。中国传统文化这种早熟性及其所保持的延续性和稳定性,渐渐形成了一种文化上的自我中心意识,即华夏中心主义观念。这种基于文化上的优越感而积淀下来的华夏中心主义的心理定式,在近代便成为向西方学习的严重心理障碍,而这又集中体现在作为传统文化主要载体的封建士大夫身上。"②林、魏想通过西学知识的介绍性阐释,以找到国家和民族走出泥淖的方法,改变国人见识浅薄之现状。曾、李等人则想通过西方技术层面的引进,实现国家富强和中兴。虽然"欧罗巴诸国皆尚文学,国王广设学校,一国一郡有大学、中学,一邑一乡有小学"③的现代教育体制值得引进进行参照,但他们对中国传统文化的优势还是深信不疑。对于西方的体制、文化、宗教等上层建筑,更是十分的瞧不起,故薛福成有基督教学说"假托附会,故神其说,虽中国之小说,若《封神演义》《西游记》等书,尚不至如此浅俚。其言之不确,虽三尺童子皆知"④之论。也就是说,当时最具先进性的士大夫对西方文化的价值判断偏差和偏见亦如此

---

① 郝延平、王尔敏:《中国人对西方关系看法的变化(1840—1895年)》,载费正清、刘广京编:《剑桥中国晚清史》(下),北京:中国社会科学出版社,1993年,第215页。
② 宝成关:《略论近代中西文化冲突的根源》,《长白论丛》1994年第2期。
③ 魏源:《海国图志》卷三,长沙:岳麓书社,1998年,第1098页。
④ 薛福成:《出使四国日记》,载吴组缃等:《中国近代文学大系·书信日记集》,上海:上海书店,1990年,第169页。

之大,则一般民众见识之低就可想而知了。

在林则徐、魏源等人的影响下,晚清有识之士认识到西方科技上的优势,掀起西方科技翻译的高潮;同时也认识到晚清政府的腐败无能,他们开始思考失败的原因,但是推导出的结论还是中国在火器和船舰方面技术落后,如果在这方面进行改革和提升,富国强兵,则中国就能崛起,重拾昔日荣光。洋务士人首务在于引进西方科学技术,文化上的学习和引进还未受到重视,洋务派很多人都是清廷的地方要员,出身科考,未有实际的域外观感和体验,缺少世界知识谱系的整体认知,因此对翻译什么样的西学著述可谓摸着石头过河。故张之洞,王韬,郑观应等人主张西学为用,以维护中学之体,形成中外文化交流的"中体西用"的文化观,王韬说:"器则取诸西国,道则备自当躬。盖万事而不变者,孔子之道也,儒道也,亦人道也。"①薛福成主张"取西人器、数之学以卫吾尧、舜、禹、汤、文、武、周、孔之道"②,都在强调儒家文化之核心不能动摇。张之洞《劝学篇》则是中体西用的定论之作:"新旧兼学,四书五经、中国史事、政书、地图为旧学;西政、西艺、西史为新学。旧学为体,新学为用"③,明确了"中体西用"之范围和内涵。学者们认为张之洞的中体西用观有很大的实践缺陷,西用的技术只能适用西体,而放置于中国文化背景下不一定适用,故西学功底较强的严复批评说:"体用者,即一物而言之也。有牛之体,则有负重之用;有马之体,则有致远之用,未闻以牛为体则以马为用者。"④洋务运动的根本目的是保持中国文化的核心地位,重在学习西方的科技,以之反制洋人,在他们看来,"富强之甚,与其政教

---

① 王韬:《弢园文新编》,北京:生活·读书·新知三联书店,1998年,第166—167页。
② 薛福成:《筹洋刍议·变法》,《薛福成选集》,上海:上海人民出版社,1987年,第556页。
③ 张之洞:《劝学篇》,《张之洞全集》,石家庄:河北人民出版社,1998年,第9740页。
④ 严复:《与外交报主人论教育书》,载中科院哲学研究所中国哲学史组编:《中国历代哲学文选(清代近代编)》(下册),北京:中华书局,1963年,第355页。

精实严密,斐然可观,而文章礼乐,不逮中华远矣"①,故文化上没有任何必要向西方学习,秉持"盖中国之人,震于格致之难,共推为泰西绝学,而政事之书,则以为我中国所固有,无往于外求者"②之定见,尽量和西方文化保持距离。

基于这种文化守成主义和文化自信心态立场,虽然洋务派创立的对外机构、创办的两馆翻译西书达400余种,但内容都主要集中在自然科学和应用科学的翻译引进上,而较少涉及西方人文社科方面的知识。后来的实践证明,洋务派的努力并未将晚清拖出落伍世界的泥淖,中国近代化的探索还任重道远。其实,"中体西用说"主要还是对西方文化缺少全面的审视和判别,晚清士大夫根底上认为中国传统文化有着不可替代的优越性,其核心不可更改,因此晚近翻译家在选择西方知识进行译介时,难免受到影响,而这样的翻译心态在学习外来文化的过程中便会失去客观的选择标准和精准的评价。而在近代早期,何以重视科技翻译而轻社会科学、文学作品等的翻译呢?"文学作品何以没有翻译,只因中国学者重视西洋人的大枪大炮,而绝不肯有意观摩西洋的文学与哲理,因为中国历代的学者是文人,都是哲学家,都是文学家,同时也都是诗人,所以各自都在抱一种强力的传统观念,便是:中国五千年曾积蓄的文化,由文学和哲理论之,却不是西洋所有民族可能相比。"③也就是说,晚清的翻译家深信中国传统文化和文学的成就是独一无二的,不需要再去学习和引进西方文化与文学,只要了解其先进的科学技术即可。正如钱穆先生所指出:"中国人经过几次挫折,也都知道自己的力量不如人了,但还敌不过他们内心的一股义愤和鄙夷。因此在中国人眼里,又不免要误会到西方只是些贪利与

---

① 郭嵩焘:《伦敦与巴黎日记》,长沙:岳麓书社,2008年,第119页。
② 高凤谦:《翻译泰西有用书籍议》,载林榕:《晚清的翻译》,《文学集刊》1944年第1期。
③ 谢人堡:《中国翻译文学史料》(三),《中国公论》1941年第5卷第4期。

恃强的勾当,而却忽略了他后面策动的西方文化的力量与其性质。"①正是秉持这样的文化心态,使中国在学习西方时不像日本那样很快就能摆脱传统观念的束缚,走上世界化的道路,实现体制和文化的现代转型。

二、"别求新声于异邦":后期西方文学文化翻译的时代抉择

洋务派数十年的经营,在学习西方工业、造船技术等方面取得一定的成就,但甲午战败和庚子重创,宣告洋务运动救国的破产,并"唤起吾国四千年之大梦"②。这说明,即便一个民族有异常先进的技术和装备,但是意识形态和文化观念上保守落后,则再次失败是早晚之事。"甲午战争之前,对西学的兴趣主要集中在科技知识的翻译,在中国耻辱性的战败以后,学者和政治改革家们,意识到更为严峻的危机,在科技的落后之后,他们开始关注精神的堕落。这个危急的阶段产生了大量新翻译家,他们的作品和各自的努力对新一代作者和学者产生了巨大影响。"③虽然第一代开眼看世界的知识分子通过西方近现代技术的学习,初步引进了西方一些发展经济的理念,在传统的农耕社会里植入了工业革命的因子,开始了中国近代化的进程,并且经过几十年的发展,在造船、冶炼、现代交通等领域取得了一些成就,但数十年的心血,成为一场战争失败的注脚。故严复在《原强》中悲呼道:"呜呼!中国至于今日,其积弱不振之势,不待智者而后明矣。深耻大辱,有无可讳焉者。日本以寥寥数舰之舟师,区区数万人之众,一战而夺我最亲之藩属,再战而陪京戒严,三战而夺我最坚之海口,四战而覆我之海

---

① 钱穆:《中国文化史导论》,《钱宾四先生全集》(29),台北:联经出版事业公司,1998年,第218—219页。
② 梁启超:《戊戌政变记》,《饮冰室合集·专集之一》,北京:中华书局,1989年,第1页。
③ 孙康宜、宇文所安主编:《剑桥中国文学史》(下卷),北京:生活·读书·新知三联书店,2013年,第587页。

军。今者款议不成,而畿辅且有旦暮之警矣。"①朝野上下不得不深究败因,并重新思考民族和国家的出路。"庚子重创而后,上下震动,于是朝廷下维新之诏,以图自强。士大夫惶恐奔走,欲附朝廷需才孔亟之意,莫不曰新学、新学。"②于是开始吸收日本成功之经验,以图自强。经过数十年的摸索,国人终于认识到失败的首因不仅仅是技不如人,而是文化体制上的世界性落伍,故以日本为蓝本的戊戌变法开始实施。维新派在西学翻译的选择上和洋务派有较大差别,西方的意识形态和社会科学开始受到重视,如梁启超认为,引进外来文化应以"东文为主,而辅以西文,以政学为先,次辅以艺学。译学堂各种功课,以使诵读。译宪法书以明立国之本。译章程书以资办事之用。译商务书以兴中国商学,挽回利权"③。但戊戌变法最终被保守势力联合绞杀,它是针对技术层面学习失败的上层建筑变革,说明中国在政治体制近代化上探索的失败,晚清皇族和统治阶级的无能才是失败的罪魁祸首,国内顽固派和保守力量终究不是改革自救的依托力量。

到了晚清最后几年,随着对西方世界认识的进一步增加,开明知识分子认识到,即便有过人的硬件设备,而不去更新社会体制和国人的思想,不去进行民众文化的启蒙,还是难逃失败之命运。于是以严复等人为代表的有国外留学经历的知识分子,开始翻译西方的人文社会新知,开启文化近代化的历史进程。西方社会科学和文学文化知识的翻译由此替代科技文化的译述,成为译界主流。变法失败后,梁启超流亡海外继续探索救国救民的路径,经过一番考量,他终于发现,民众文化意识的近代化和世界化比政治改良更为急迫,政治改良的上层道路走不通了,而通过文学艺术启迪民智才能促进底层民众的觉醒,

---

① 王栻编:《严复集》第一册,北京:中华书局,1986 年,第 5 页。
② 冯自由:《政治学·前附》,北京:广智书局,1902 年,第 1 页。
③ 梁启超:《大同译书局·序例》,载林榕《晚清的翻译》,《文学集刊》1944 年第 1 期。

因此他把文学艺术的革命上升到救国救民的高度。他在《论小说与群治之关系》中说："欲新一国之民,不可不新一国之小说。故欲新道德,必新小说;欲新宗教,必新小说;欲新政治,必新小说;欲新风俗,必新小说;欲新学艺,必新小说。乃至欲新人心,欲新人格,必新小说。何以故?小说有不可思议之力支配人道故。"[①]走了诸多弯路之后,以梁启超为代表的晚清知识分子终于认识到中国文化顶多是人类优秀文化的代表之一,中西文化并没有高下优劣之分,西方文化的优秀部分照样可以移用到中国来,成为有效的参照,文学文化翻译因此成为晚清翻译的重镇。林纾则直接开启了西方小说中译的先河,成为国人直接认识西方文化的案头资料。"《巴黎茶花女遗事》付梓之后,一新国人耳目,中国一般学士知道西洋也有极优美高尚的文学作品,可以说始于此。"[②]经过晚清翻译家的引进介绍,人们能够区分中西方文学之间的基本差异,也发现西方文学的独特审美价值,"就在那群封建士大夫摇头晃脑地欣赏华丽的美文时,译著中所倡导的西方民主及适者生存的思想也开始在其头脑中弥散"[③],文学与改良就这样被时代奇妙地结合在一起,晚清中国开始显示出文化近代化和世界性的因素了。

近代中国是被动进入世界现代性的时代潮流的,传统农耕文化自给自足和相对封闭的体制和空间,使得中国在进入近代社会之前对自身以外的世界了解有限,对近代处于强势的西方文化了解极少,更缺乏对中西方文化的比较和审视。严复曾在《论世变之亟》中对中西方文化做过一个非常全面的比对:"中国最重三纲,而西人首明平等;中国亲亲,而西人尚贤;中国以孝治天下,而西人以公治天下;中国尊主,

---

① 梁启超:《论小说与群治之关系》,《新小说》1902年第1卷第1期。
② 谢人堡:《中国翻译文学史料(五)》,《中国公论》1941年第5卷第6期。
③ 王东风:《一只看不见的手——论意识形态对翻译实践的操纵》,《中国翻译》2003年第9期。

而西人隆民;中国多忌讳,而西人众讥评。其于财用也,中国重节流,而西人重开源;中国追淳朴,而西人求欢娱。其接物也,中国美谦屈,而西人务发舒;中国尚节文,西人乐简易。其于为学也,中国夸多识,而西人尊新知。其于祸灾也,中国委天数,而西人恃人力。"① 可惜这没有引起国人的重视。需要指出的一点是,虽然晚清知识分子认识到西方社会科学和文学的重要启蒙意义和价值,但是他们在进行译介时,本质上和早期洋务派翻译西学时的观点并没有太大的不同,仍然有着明显的文化隔阂和民族排外心理。特别是中国传统文化强势的自信心理还萦绕在翻译家的脑际,并对晚清以来的西学翻译产生较大影响,翻译仍在被动之中展开。"西方压力之下发生的知识与制度体系转型,如果只是全盘西化式地移植,问题也就相对简单。可是,中国的文化不仅历史悠久,而且活力十足,一以贯之,始终活跃,其巨大张力所产生的延续性,对于近代的知识与制度转型发生着重要的制约作用。"② 这样一来,严复、林纾的翻译就有着传统士大夫的底色,他们将古文看作正统的语言,并以中国古代散文的句法翻译西书,很少运用民间俗语进行译述,俨然是先秦诸子和唐宋散文的晚近赓续。故近人王森然评价道:"严几道、林畏庐二先生同出吴汝纶门下,世称严林,二公古文,可谓桐城派之嫡传,尤以先生(林纾)自谓能湛采桐城文法,但二公所以在中国古文界占重要之地位者,乃在其能用古文译书,将古文应用之范围推广,替古文开辟新世界,替古文争得最后之光荣也。"③ 可见,以严、林等人为代表的晚清翻译家,潜意识里还是有着传统文化的自恋和自信,这无形中影响着译文的风格和路向。虽然"时人乃至今人去阅读林纾的翻译小说,并不以他不谙外语给予鄙夷拒

---

① 严复:《论世变之亟》,载王栻编:《严复集》第一册,第4页。
② 桑兵:《晚清民国的知识与制度体系转型》,《中山大学学报》(社科版)2004年第6期。
③ 王森然:《近代二十家评传》,收《民国丛书》(第5编),上海:上海书店,1987年,第88页。

斥……而严复的西方社会科学翻译,虽然观念较新,和中国传统较隔,但仍然流播广泛,影响深远,读之亦具有文学的审美享受,也不会使阅读者索然寡味"①,但毕竟不利于西方文化和文学的广泛传播,有着明显的时代局限性。

而在晚清的知识分子中,很大一部分人是意识到中国传统文化在世界进入近代以后是有很多弊端的,但是他们从小受到比较严苛的小学、经学教育,传统文化对他们的影响根深蒂固,不可能一朝反转。华夏文明数千年来都以强势文化自居,国人惯用自我中心主义的思维来想象周边的族群和世界,他们从内心不愿意承认也不甘承认中国在文化上会落后于世界上任何一个民族,因此对西方科学技术的学习要早于文化的吸收,哪怕是像严复等学贯中西,留学英美的知识分子,林纾等谙熟西方人文艺术之人,到了晚年基本上都又回到了中国传统理路上去了,并显示出一定的保守性。即便一生译述最多的林纾,对外来文学和文化也从未真心接纳,体现出对中国传统文学和文化的自信心,仍然坚持"中国文学却是世界上最高最美丽的,绝没有什么西洋的作品,可以及得上我们的太史公、李白、杜甫"②的观点。对这样盲目的文学文化自信,当时也有清醒之音。如著名法国文学翻译家曾朴评论说:"大家都很兴奋的崇拜西洋人,但是只崇拜他们的声光化电,船坚炮利,我有时谈到外国诗,大家无不瞠目结舌,以为诗是中国的专有品,蟹行蚓书,如何能扶轮大雅,认为说神话罢了;有时讲到小说和戏剧的地位,大家另有一种见解,以为西洋人的程度低,没有别种文章好推崇,是为推崇小说戏剧;讲到圣西门和孚利爱的社会学,以为扰乱治

---

① 管新福:《桐城传统与严复、林纾的文雅译风》,《贵州民族大学学报》(哲学社会科学版) 2015 年第 5 期。
② 郑振铎:《林琴南先生》,《小说月报》1924 年第 15 卷第 11 期。

安;讲到尼采的超人哲学,以为是离经叛道。"①时人眼光之狭,由此斑见。另如钱锺书先生曾经记载了一则和陈衍谈论林纾翻译外国文学的谈话,可谓是当时知识分子文化自信的最好佐证:

> 那一天,他查问明白了,就慨叹说:"文学又何必向外国去学呢,咱们中国文学不就很好么?"我不敢和他理论,只抬出他的朋友来挡一下,就是读了林纾的翻译小说,以此对外国文学发生兴趣。陈先生说:"这事做颠倒了!琴南如果知道,未必高兴,你读了他的翻译,应该进而学他的古文,怎么反而向往外国了?琴南岂不是'为渊驱鱼'么?"②

对陈衍的文学自信和评述,钱锺书先生说:"很多老辈文人们都有这种看法。樊增祥的诗句足以代表:'经史外添无限学,欧罗所读是何诗?'他们不得不承认中国在科学上不如西洋,就把文学作为民族优越感的工具。"③可见,很多谙熟西方学说和文化的人都有这样的定见和固化心理,想在一般人的心中开启西方学说的路径可能性并不大,可见清末民初想要进行外来文化的普及是多么困难的工作。

可以说,中国学习西方走过了一个漫长的历程,由于文化传统和上层统治阶级的文化自信,使得这个学习过程一开始就方向不对。技术层面学习到一些表面的东西,政治层面的学习由于内部原因最终失败,找到正确的路径已经走过了百年,中华民族为此付出了沉重的代价。新文化运行最终找到问题的症结所在,但历史已经错过了很多机会。而在晚清西学翻译大潮中,很多开明知识分子和士大夫已经看到西方文化的优势,特别是西方制度文化和科技文化的强势特征,也发

---

① 曾朴:《曾先生答书》,载黄嘉德《翻译论集》,收《民国丛书》(第5编),上海:上海书店,1987年,第13页。
② 钱锺书:《七缀集》,上海:上海古籍出版社,1985年,第87页。
③ 同上。

现传统文化的弊端和落后,但他们在具体的翻译操控上还是受到传统文化的制约,并形成一种心理暗示和心理积淀,由此影响着西学翻译的选择。"翻译的选择问题,贯穿于翻译的全过程,无论是'译什么',还是'怎么译',都涉及到译者的选择,但这种选择是译者适应特定的翻译生态环境的选择活动。"①晚清的时代语境决定了"译什么",但中国传统文化的深刻影响却决定了"怎么译"。

林语堂说:"其实翻译上的问题,仍不外乎译者的心理及所译的文字的两样关系,所以翻译的问题,就可以说是语言文字及心理的问题。"②所以,译者的译介心理对翻译对象的选择和翻译路数的形成具有极大影响,而翻译家的翻译心理和翻译动机又决定着翻译的价值和意义。晚清翻译家们"过于强烈的自我中心意识,中国文化势难将翻译提升到主体文化建构的高度来认识,而译者对中国文化的贡献及其文化创造者的身份,也就难以得到自觉而深刻的认同"③。由于受到中国传统文化的影响,晚清的翻译家们都没有从文化自信和文明优越的心理状态中走出来,不管是身怀救国保种的朝廷大员还是具有域外知识体系的文人,都没有意识到"要想'救国',首先最重要的是'救人',即要恢复具有批判意识的人文精神"④这一核心要点。因为只有民智启迪才会形成合力,结成坚实联盟抵御外辱或推翻旧体制和保守思想,才有社会变革的坚实根基。而中国近代在学习西方的过程中因为传统局限,知识分子选择的失误,特别是对外来文学文化的矛盾心理,导致在学习西方的过程中走了百年弯路,今天仍可给后人在文化交流

---

① 许钧:《论翻译之选择》,《外国语》2002 年第 1 期。
② 林语堂:《论翻译》,载黄嘉德编:《翻译论集》,收《民国丛书》(第 5 编),第 23 页。
③ 查明建、田雨:《论译者主体性——从译者文化地位的边缘化谈起》,《中国翻译》2003 年第 1 期。
④ 微拉·施瓦支:《中国的启蒙运动——知识分子与五四遗产》,李国英等译,太原:山西人民出版社,1989 年,第 7 页。

和学习外来文化方面提供一些经验和警示。

第二节　晚清民国报刊对外国翻译概貌及翻译理论的引介

翻译是促进文化交流的重要媒介,更是人类知识实现共享的关键通道,因为各国、各民族语言之间的差异一般无法消弭,必须依靠翻译来实现贯通。事实上,在整个人类历史发展的长河中,跨语际翻译几乎同语言本身一样古老,翻译在世界各民族中都是十分悠久的一门学问。如中国汉唐时对印度佛经的翻译,希腊化时代对犹太教经典的翻译,古罗马对古希腊元典的翻译,欧洲各民族国家建立后对《圣经》的民族语翻译转换等等,都是世界译史上的名例。翻译是语言之间的转换行为,各国、各民族的翻译活动都有诸多相通之处。"翻译作为人类的一项普遍性的文化交流活动,自然会遇到许多带有共性的问题,也会在几千年的翻译实践中,积累一些可以相互启发、相互借鉴的经验。在这个意义上说,翻译理论研究不能与本国翻译实践相脱节,并不就意味着对别国、别的民族的翻译实践或理论研究成果的排斥。"[①]在我国翻译史上,清末民初是最为重要的时段,不但所译类型繁多,译文量也十分庞巨,尤其是报刊媒介的勃兴,加强了和受众群的联系,为翻译文本的快速流播搭建了平台,大量外来文献都首选报刊发表,进而形成专书、专著。而随着翻译规模的扩大、翻译家群体的增多、翻译问题的不断涌现,翻译界对外国翻译概貌和翻译理论的阐述也开始多起来,并通过报刊这一有效媒介刊发传播。一方面为清末民初的西学翻译提供了外来范本,另一方面也为中国近现代翻译理论的建构搭建了

[①] 许钧主编:《翻译思考录》,武汉:湖北教育出版社,1998年,第521页。

理论平台,对规范近现代译者的翻译活动、构建中国特色的翻译理论颇具影响。

一、近现代报刊对外国翻译概貌的评介

翻译作为一种全人类性的文化交流方式,既有差异性也有其共通性,而翻译中出现的困惑也是很多翻译家面对的普遍问题,尤其在清末民初翻译量暴增的时代,很多译者来不及精打细磨,错漏译作并不少见,急需翻译方法论上的规范指导,这时报刊刊发的外国译论的介绍文章,可给翻译家的翻译实践提供外来经验。但近现代报刊上的外国翻译概貌和翻译理论的文献,学界重视和梳理明显不够,很多卓有见解的翻译理念没有被及时挖掘,任其躺在故纸堆里,实为憾事。当然,这主要与晚近报刊种类繁多、大量有价值的信息容易被生命短促的报刊淹没,且整理、辑录难度较大有关。就目前晚清民国报刊登载的外国翻译概貌和翻译理论情形而言,很多文献的史料价值和理论价值都是非常大的,在某种程度上至少能丰富中国近代翻译史研究。如郑振铎《俄国文学史中的翻译家》《译文学书的三个问题》、陈宪和《对于翻译问题的意见》、邢鹏举《翻译的理论与实际》、希和《论翻译的文学书》、董秋斯《论翻译原则》等文献,均不同程度涉及外国的翻译概貌和翻译理论问题,也有外国翻译家成功经验的介绍和评述,篇幅长,信息量大,值得译界认真梳理。这些文献能为我们全面审视近现代外国翻译概况、了解外国翻译理论提供第一手资料,也可将之与中国传统翻译活动及理论构建进行对析,以凸显中外翻译史及其翻译理论的各自特质。譬如,近代以前西方的翻译家,关心的问题是如何正确翻译希腊、罗马文学文化典籍以及基督教的《圣经》,所采用的方法是语文学的,注重原文的文学特征,热衷于讨论翻译者是该让读者向原文靠拢(直译),还是让原文向读者靠拢(意译)的问题。而近代以后,则开

始转向在语言与思想范围内讨论原文的理解问题,这和中国古代汉唐时期佛经翻译的实践、明末清初西方自然科学翻译的理论观念有很多相似之处。

通过史料考索,我们发现,对外国翻译概貌和翻译理论的介绍在清末就已出现,但在五四之后才逐渐增多起来,这与民国外出人员和留学生群体的增加、对域外世界的认知趋于全面有着深刻关联。随着外部知识的丰富,很多有留学或游学经历的新文化运动中坚、翻译家和作家开始通过报刊发表外国翻译概貌及翻译理论的介绍文章,借此为中国译界提供域外参照,助力中国文学文化的现代转型。

这些文献中,有几篇值得重视。一是郑振铎《俄国文学史中的翻译家》。郑振铎在开篇即强调了翻译的关键作用:"翻译家的功绩的伟大不下于创作家。他是全人类的最高精神与情绪的交通者。……唯有文学是满含着人类的最高的精神与情绪的,由文学的交通,也许可以把人类的误会消除掉了不少。所以在世界没有共同的语言之前,翻译家的使命是非常重大的。"[①]循此展开,郑氏向国人绍述了俄国外来文学的翻译概况,首先介绍了俄国文学史上第一个产生影响的翻译家克鲁洛夫,正是克鲁洛夫将法国著名寓言作家拉封登的作品译介到俄国,俄国文学才以此为据创作出自己的民族寓言。郑振铎还强调,克鲁洛夫的翻译不是直译,而是有"再作"的痕迹,"取了同样的题目,一切详纲虽也同原文一样,然而导出却带着他自己的色彩在里边。"[②]郑振铎也据此说明在一个国家、一个民族最初翻译外来文学之时,对原文进行改写、删节、归化等现象是非常普遍的,这是翻译领域存在的一种世界性现象。接着郑振铎介绍了俄国早期另一重要翻译家助加夫斯基(即朱考夫斯基)的翻译活动,对其翻译荷马史诗、德国诗歌的成

---

① 郑振铎:《俄国文学史中的翻译家》,《改造》1921年第3卷第11期。
② 同上。

就进行述评,在具体翻译过程中,助加夫斯基遵循"不要把好诗变坏了"的翻译原则,在俄国翻译史上影响极大。之后郑振铎又介绍了福士忠实翻译贺拉斯的诗歌,葛北尔精准翻译歌德、莎士比亚和拜伦等人的作品,美亨洛夫翻译海涅的作品等,粗线条勾勒了俄国对欧洲文学翻译的大致情况。而当时我国译者对世界各国之间的翻译概貌所知甚少,郑振铎的这种引介是非常具有参考价值的,体现出新文学家敏锐的洞察力。郑振铎还指出,俄国对西欧文学的翻译在方法上亦有诸多可供我们借鉴之处,俄国的翻译家们一是十分重视对西欧经典作家作品的翻译,并强调译文的忠实性;二是对诗歌翻译的改写、增删等问题已有明确探讨,已经认识到诗歌翻译的难度,这对中国现代翻译家形成合理的翻译观念具有重要启发。

二是蒋百里《欧洲文艺复兴时代翻译事业之先例》。和郑振铎关注俄国翻译概貌不同,蒋百里将重心瞄向了文艺复兴时期的欧洲几个主要国家的翻译概貌。蒋文梳理了欧洲文艺复兴时期的翻译史,重点评价了路德对《圣经》翻译经典例证。对于该文的撰写目的,他说:"西洋翻译事业各时代亦有其人物与特色,顾吾独举文艺复兴时代之一小部言之,盖不仅以翻译事业以此时代为最盛,尚有特别二事与中国现代有共鸣之致,可以使吾人发生绝大之兴趣,且可得重要之教训是也。"①蒋氏通过对路德《圣经》翻译成就的评述,指出优秀的译文对现代民族国家语言规范的重要作用。路德之于德国近代语文形成的关键性,犹如但丁之于意大利民族语、莎士比亚之于英国现代英语一样。进一步细化到路得的翻译层面,蒋百里指出路德《圣经》翻译之所以成为译界范本,有几点原因使然:"(甲)路得自身之人格与原书精神上之联系;(乙)路得之主义与其翻译事业之关系;(丙)选材之慎用力

---

① 百里:《欧洲文艺复兴时代翻译事业之先例》,《改造》1921年第3卷第11期。

之勤态度之谦;(丁)天才之原动。"①评价十分精到,为国人展现了一个优秀翻译家应该具备的素质。除路德外,蒋百里还介绍了法国安岳(Amyot)柏吕太克的翻译活动对法国近代民族语言、文字规范和民族性情塑造的现代价值。最后,通过对文艺复兴时期欧洲若干重要翻译家翻译经历的梳理和总结,最后亮出自己的翻译观点:

(一)吾侪今日之翻译为一种有主义之宣传运动;

(二)吾侪今日之翻译负有创造国语之责任;

(三)翻译事业之成功者在历史上有永久至大之光荣,其成功条件:(甲)译者著者读者有一种精神上密切关系;(乙)翻译者视翻译为一种"生命""主义"之事业;

(四)无论何种至善之翻译,必有一二不满之批评,然于译者本身之价值,绝不因批评而增损。②

蒋氏虽不是以翻译家名世,但他通过对西方世界一些重要翻译现象的爬梳,立足中国现实需求进行思考,指出翻译批评对翻译活动的促进作用,有效归导出一些对五四前后中国翻译家颇有指导性的翻译观念,尤其强调一个国家、民族翻译外来经典对本民族现代语言规范的重要性,这对于倡导白话文运动、强调文学文化现代转型的20世纪前半期的中国而言具有深刻的启示性。

三是戴镏龄《文学·艺术·音乐·戏剧:英国文艺史上翻译时代的翻译风气》。戴文整体梳理了西方翻译的历史递延脉络,集中述评文艺复兴前后英国文艺史上的翻译实践,得出对外来文学文化经典翻译是促进一个国家文学文化进步的基础这一结论。戴镏龄指出,英国文学艺术之所以在文艺复兴时期取得了过人成就,这和他们重视对古

---

① 百里:《欧洲文艺复兴时代翻译事业之先例》,《改造》1921年第3卷第11期。
② 同上。

希腊、意大利、法兰西、西班牙等其他民族的优秀艺术作品的翻译和吸收分不开的。戴镏龄具体以查普曼翻译《荷马史诗》为例,具体引述了查普曼对翻译古希腊文学经典所持的翻译态度,以期引起国内翻译同行的重视:

> 对于一般的作家,尤其像荷马这样的作家,逐字直译乃是迂腐可笑之事。据何瑞士和其他第一流的翻译理论家的意见,聪明的翻译家不依照原著字句的数目和秩序,但忠于内容,细心推敲每句的意义,然后加以润饰,用本国语言最适当的体裁表达出来。①

在戴镏龄看来,查普曼翻译《荷马史诗》之所以取得巨大成功,是查普曼对译文的处理切合英国文法和时代的需求的结果,因此查译《荷马史诗》成为翻译史上的典范之作,也是英国对外翻译文学的高峰。而英国之所以在文艺复兴时期文学文化达到高度繁荣之境,意译外国文艺作品功不可没,正是翻译奠定了文艺发展的现代基础,并为语言的规范应用树立了榜样,戴镏龄进一步指出:

> 他们成功的秘诀,是把外国的东西,重新用健美的英语译出。原文缺少的可以增添,原文累赘的可以简略,原文晦涩的变为显豁,原文夸诞的使其缓和,总之须顾全本国语文的习惯用法,所译的不是一段一节,而是整本的书,而是融合各部分为一个有系统、有组织的全体。原文的句法可以变通,本国的语文万不能歪曲。②

"原文的句法可以变通,本国的语文万不能歪曲"是后世所谓归化译法的阐释,是为意译的典型例证。此外。戴镏龄还介绍了意大利、

---

① 戴镏龄:《文学·艺术·音乐·戏剧:英国文艺史上翻译时代的翻译风气》,《客观》1946年第11期。
② 同上。

法国等国的翻译情况,以说明翻译外来文学文化对文艺复兴欧洲诸国的重要作用:

> 十六世纪,古典作品被大批翻译成近代各国文字,仍是沿用以前的方法和态度。变通原文的意译受到大多数批评家的拥护。意大利的马里维说:我以为翻译不在于一字一句翻译原文,而是在于用另一种语言解说出原文的意义。这样译者能保存原文的意境情趣,同时又免去原文的客观环境,并且变通那些附带的特殊之处。①

由戴文可以见出,从翻译观念来看,戴镏龄支持有理有据的意译。而在翻译活动还缺少规范意识的历史时段,不管是中西方,都存在直译和意译问题、忠实于原文和靠近译文等普遍问题,这是当时各国还缺少系统的翻译理论指引,翻译家未形成翻译规范意识、各自为战所导致的结果。很多译文的统一性虽受到一定程度的影响,但很多翻译家又有较好的文化功底,翻译调适能力较强,因此意译也能较好传达原文的基本信息。

除上述几篇介绍西方翻译概貌的文献之外,还有一些文献介绍了莎剧在东方国家的传播情况,比如管思九在《关于我国的翻译》一文中,翔实介绍了日本翻译家对莎剧全集翻译的概貌,日译《莎士比亚全集》比中国早十到二十年,可给中国莎剧翻译者提供有益的参考。

> 一九二八年七月廿八日,早稻田大学名誉教授内雄藏博士费了四十三年的精力,译完了《莎士比亚全集》。一八八五年起,那时他才二十六岁,就着手译《裘力斯·凯撒》,译完后自己觉得不满意,于是抛开原稿重新翻译,最后发表的稿子是他第四次的改

---

① 戴镏龄:《文学·艺术·音乐·戏剧:英国文艺史上翻译时代的翻译风气》,《客观》1946年第11期。

稿,他的精神是可见一斑了。日本民众对这位莎士比亚学者的敬仰,并不是因为他四十三年的恒心和毅力,却是因为这四十三册的译本没有一本不是正确的。他们说把外国文学译成日文是一件事,译成一字不多一字不少的正确日文又是一件事。一般舆论都是内雄藏的翻译是尽善尽美,不但不减不增,而且看不到一点翻译的痕迹,念下去和原来用日文写的无异。许多佩服他的人说:好些地方译本比原本还要动人,又说原本精神语调都在译本里表现出来了。①

内雄藏的莎剧译本之所以成为日本外译西方文学的杰出代表,主要在于译者的责任意识、翻译规范意识,以及对原本精髓的透彻领悟,并将之和日本语文和民族文化有机结合,终成莎剧翻译史上的光辉典范。

以上几篇对外国翻译概貌介绍的文章,对于了解外国翻译情况,形成我国近代的翻译规范有其参照意义。尤其对莎剧及其全集的翻译,是世界各国都非常重视的翻译盛事,在当时国内翻译莎剧还未形成规模、翻译专业人才比较紧缺的时期,引进日本的成功译例更是十分必要,日本近代脱亚入欧后,对西方的学习有很多值得借鉴的经验,在翻译领域也是如此,尤其他们认真严谨的翻译态度,是值得我国翻译家认真学习的。

二、近现代报刊对外国翻译理论的绍述

清末民初报刊的文学文化版面主要以刊发自创文学及翻译作品为主,而对外国翻译概貌的介绍较少,对外国翻译理论的引介也不多,加之当时我国大规模的外译活动才刚刚开启,对翻译理论的

---

① 管思九:《关于我国的翻译》,《大夏周报》1931年第8卷第1期。

探讨相对比较滞后,理论建构也缺少切实的翻译实践支撑,所以这一时段对外国翻译理论家的介绍有时候显得比较零星,但这些零星的介绍文章确也包含着一些真知灼见,对于指导翻译实践、开展翻译交流有着切实的实践意义,尤其对我国现代翻译理论的构建具有较高的参照价值。

这些文献中,最具代表性的是陈宪和翻译的《对于翻译的意见》一文,译者选取了19世纪末到20世纪初期欧美十几位作家、批评家、翻译家关于翻译问题的见解结集刊出。在译序中引用施莱格尔(A. W. Schlegel)关于译者角色的一段陈述开篇,以说明翻译家的重要价值:

> 严谨的译者,不仅会移植一部杰作的内容,并且懂得保护形式的优美与原来的印象,这样的人才是传达天才的信使。他不为那限制语言隔绝的鸿沟所限制,远播天才的声音,贡献天才的宝藏,从国家传送到国家,他沟通了相互的尊崇与赞美,这中间要没有他,也只有淡漠。或者竟是厌恶而已。[①]

陈宪和说明翻译这些外国作家和翻译家意见出版的原因是"译者觉得在我国翻译问题正需要研究和讨论的今日,这些文字很可以给我们一些新的刺激与启发,故不揣简陋,译了出来,以供国人参考"[②],这些文献确实能发挥这样的作用。

陈宪和文中提及的翻译家包括:西班牙作家加奈多、日本东京帝国大学俄罗斯籍翻译家蔼里塞夫、美国书评论家法第曼、法国作家纪德、秘鲁作家加尔德隆、瑞士德语作家雷许纳、意大利批评家黎纳谛、匈牙利剧作家郎揭尔、捷克小说家玛里安、俄国翻译家朱考夫斯基等,这些来自不同国度、不同行业之人,其观点多样,关涉问题广,有一定

[①] 陈宪和:《对于翻译的意见》,《文学》1937年第9卷第1期。
[②] 同上。

的代表性。

其中,法国著名作家安德烈·纪德的观点值得重视。纪德不仅创作了大量小说,也翻译了很多外国作品,纪德从自身的翻译经历出发,对翻译家角色定位进行思考,十分接地气,不啻为经验之谈:

> 一个良好的翻译家固应熟稔他所译的作家之文字,但尤应熟稔他祖国的文字。凡是我从作者那里听来的话,绝不能仅以不折不扣地表现出来为止境,更须设法去认清那话的精密,柔软和内在的含蓄。因为这些成分是一个作家作品中所不可少的。①

同时,纪德还看到了翻译和经济之间的关系,有时候翻译得到回报和付出并不构成正向比例,促使译者坚持的,除了职业上的竞争,还有精神层面的坚守:

> 外国的出版家,对他们作者译本所提的条件就是:他们未便给那些翻译家以足够的报酬,于是翻译家也就只得忍受那蝇头微利以自满足。因为他如不是纯义务地工作时,同样的人就会抢掉他的生意了。至于我过去所译的,是那些还未失去群众信仰的作者,如康拉德与泰戈尔;这种工作几乎得不到什么报酬,然而我为了翻译这些书,竟不惜贡献出差不多可用来写一部书的实践,自然这比那原作者所费的时间还要多上许多。我们不是单把原文的意思转译过来就算了事,最要紧不是译那些字眼,而是那成语,更应纤缕无遗地表现其思想与情绪,正如那原作者是值得用法文来表现其思想与倾注一般无二。……每当我从事翻译一部书时,我就规戒着我要忘掉自己,我译著者的书就得设想那是在译我自己的书。②

---

① 见陈宪和:《对于翻译的意见》,《文学》1937年第9卷第1期。
② 同上。

纪德强调译者应该从著者的角度出发进行翻译,涉及了翻译时的主体责任问题,见解相当深透,这对民国时期我国翻译规范的形成有着积极的参考价值,即便今天看来其观点也值得译者充分吸收。

而朱考夫斯基的翻译观点在于对译者权利的限制,重在强调翻译家的责任意识,阐释与纪德有相通之处,都在强调译者对原作的深入领会和把握,认为优秀的翻译要实现译文和原文一般无二,当然这是理想状态下的翻译,现实中实难做到,因为原文作者和译文作者有语言、经历、创作方法等方面的差异,译本和原本是不可能一模一样的,名著的翻译尤其如此。朱考夫斯基说:

> 译者并非仅娴通语文就算了事,更应深悉所译作者的作品之特性。这正如一个优伶,为求把剧中人物用艺术的形式表演出来起见,须把个性演得栩栩如生。同样一个译述者也须与所译的作家一般无二地去感受外界的一切。原作者的拼音与韵律就是重要无比的东西,因此之故,一个译者在译书之前必须反复阅读该作者的文字,并须高声朗诵以吟咏文句中的音节与步调。一个严谨的译者必须立意耐着性子反复阅读自己的译文,以发现其中的缺陷,不仅在韵律的领域中应该如此,即在风格的领域中亦然,他必须体会到每种文学形式都自有其风格,自有其特殊的语言文字。译者如果太喜欢使用本国的俗语,那么译本也就有了毛病,因为此种办法足以削弱小说中人物的地方性。①

与纪德和朱考夫斯基强调译者主体和译文内部结构不同,法第曼则将翻译置于更为宽泛的社会学领域进行评价,尤其看到出版商为赚取商业利益,导致产生了一些不合理的翻译现象。他指出,出版商为商业利益,很多没有价值的书也被翻译出版,这其实价值并不大,这涉

---

① 见陈宪和:《对于翻译的意见》,《文学》1937年第9卷第1期。

及翻译对象的选择问题,翻译的规范性和严谨性应该成为译者的重要考量之一,他说:

> 人们翻译了大批绝对不值一提的书。这种作品不仅文学价值平庸,并且也破坏了商业价值,它戕贱了一个已经束缚了的生意,使得书贾左右为难,使得当时书评家脑袋纷乱,而又不能获得群众。充其量而言,这些书能卖到一千五百部已算是上好机会了,美国的读者从那里面也只得到一点粗浅的教训而已,至于说到改进我们本国文学,他们的影响却真是微乎其微。并且即使其能拥有许多读者的话,也不能证明这些书是放射着"大同主义"的光辉的。①

现代传媒的兴起,使文字的流通渠道畅达,加快了外国翻译文本传播速度,但也难免导致一些劣质译文的产生,拉低了译文的整体质量。因为片面强调商业性就会损害译本的含金量,这在清末民初报刊传媒大量勃兴的背景下,确实是一种应该引起译界重视的现象。意大利翻译家黎纳谛是史蒂文森、德昆西、乔伊斯等英国作家的重要译者,他通过自己的具体的翻译经验,认为好的译本必须要严格遴选优质的翻译对象,并对不加选择乱译一通的做法十分反感,其观点与法第曼相类。

> 那种借着翻译的形式而与我们相见的外国书籍,往往未经过精密的选择。照一般情形而论,现代文学的译述家或出版家,因为要确立选择的标准计,往往拿一部书在外国是否普及或在我国有无普及之可能以定取舍。至于文学之美,反而成为不大援用的标准了。②

---

① 见陈宪和:《对于翻译的意见》,《文学》1937 年第 9 卷第 1 期。
② 同上。

一般而言,本土之外的异国文本汗牛充栋,同时也良莠不齐,如果一个翻译家没有过人的选择眼光,可能会译介一些不入流之作,浪费时间和精力。针对翻译的严谨性、科学选择翻译对象问题,雷许纳对法第曼、黎纳谛二人的见解表示认同,他进一步补充道:

> 人们应对读者外国文学的胃口给以最大限度的满足,而对翻译家的活动则给以最小限度的束缚。固然,国内作家的联合会,——或是诸如此类的组织,——也应严防无聊作家的作品以及拙劣译本之混迹市场。①

西班牙翻译家加奈多则关注到了翻译的可为与不可能的问题,也在强调翻译家应谨慎选择翻译对象:

> 翻译这件事是可能的,一切大家作者作品之为人移译者,不仅假手于那些有意把原文译为自己文字的人,并且也假手于那些受这些作品多影响的人,翻译也就是移植与传送。人们寄情于了解、研究、辩论,他人的好奇,著作者哲学家的思想,由别国的文字使之再现于本国文字,或在表现,批评,甚至反驳这些思想中而勉力加以解释。但是在每部文学作品中,总有一部分是难以移译的,这正是不容忽视的地方。譬如把一幅绘画制版印刷出来,无论其印刷术如何精美,但是在这种再现的过程中,也往往遗漏一些不可捉摸的东西。这在用笔墨写成的作品中,也初无异致。但就许这原文中最被遗弃的地方恰巧是叙述动人的,在音节和字趣上最能激发人的情绪的(这并非只字义而言)我们总须设法从原文中传达过这种意境来,好将原作者惨淡经营之处再授予读者。②

---

① 见陈宪和:《对于翻译的意见》,《文学》1937 年第 9 卷第 1 期。
② 同上。

陈宪和介绍的这些西方翻译家,有一定知名度,他们对当时翻译领域关注的很多焦点和热点问题进行深入探讨,有些观点即便在今天看来也是科学合理的,至少值得翻译史研究者的重视。

他主张翻译"忠实、通顺和美"的三原则,在中国现代翻译界有较高知名度。浸淫外国文化多年,林语堂对外国翻译家的翻译理论也比较熟悉,他在《译刊》上介绍了意大利著名学者克罗齐(Benedetto Croce)对于翻译的看法,克罗齐以互相矛盾的两个标题《翻译的比较可能》和《翻译的不可能》为论域展开,涉及到翻译研究的诸多核心问题,林语堂将之介绍进来,以资国内翻译界识别。

> 因为有些类似之点,所谓翻译是相对的可能,这并不是能把原文复制(reproduction)出来(因为这是永远办不到的),但是算为创制(production)一种新的,与原文多少相似的,表现好的翻译,只能算为庶几的尝试,自有他艺术作品独立的价值,而可以独立存在。①

作为艺术史家,一方面克罗齐认为翻译是可能的,原因在于原文本和译入语之间有着一些相通和类似之处,故翻译活动是可能进行的,但翻译不可能把原文丝毫不差地呈示出来,只能尽量做到和原文相近;但作为美学家,他又意识到翻译之难,或者说翻译难以达成理想的状态,主要是原语文本和译入语文本之间在美学上的转化存在较大难度,一般译者很难驾驭,尤其译文的"信""雅"两面,实难兼顾。克罗齐辨析说:

> 由此还可以得一种结论,就是翻译之不可能,如果所谓翻译,竟然是指可以把一种表现(即辞句)翻成他种表现(辞句),犹如

---

① 林语堂:《翻译的比较可能》,《译刊》1933年第1卷第2期。

将一瓶中的流质倒注于他瓶。我们可以将已经赋有美学上的体裁,再作理论上的阐扬发挥;但是我们不能将已有美学上体裁的,化为另一同样美学上的体裁。所以,凡翻译,不是逊弱,就是失真;表现只有一个,就是原文的,那另一个总有多少遗憾,就是不是真的表现;不然,便是另一个新的表现,把原有的表现与译者自己的辞句溶为一炉;如此就的确有两个表现,但是这两个的内容却不相同。"求雅而失信,求信而失雅"正是译者所处的难境。凡非美的翻译,如字字对译,句句对译,及辞费冗长的译文,只能算做原文的注疏。①

从上述正反两面的观点来看,克罗齐的主张还是倾向于不可译,对此,谭载喜指出,"克罗齐是从美学的角度谈论翻译的。他强调言语行为之不可重复性,文学作品不能完全移植,文学翻译只能是艺术的再创作,这些实质上是对但丁'文学不可译'论的继承和发展。由于克罗齐在美学界、哲学界和文学界占有重要地位,他的这些有关翻译的言论也就有着特殊的价值,深深地影响了20世纪初期西方翻译理论的发展倾向"②。

在近现代翻译理论的建构中,翻译家是主要的讨论中心,除了上述文献外,还有希和翻译了美国学者 Royal Case Nemian 所撰《论翻译的文学者》一文刊出,Nemian 提出:"大概历来的人讨论翻译文学的态度,可以很天然地分为两派,一派看译本的佳妙像原著,没有什么相差,另一派不以为然。"③第一派以爱默生《论书籍》的观点为代表,爱默生说:"我读拉丁、希腊、意大利甚至法兰西的原本书籍,我能够取得这种种书籍的好译本。我要感谢英国的伟大语言和文字,有类大海能

---

① 林语堂:《翻译的不可能》,《译刊》1933年第1卷第2期。
② 谭载喜:《西方翻译简史》,北京:商务印书馆,2004年,第177页。
③ 希和:《论翻译的文学者》,《小说月报》1923年第14卷第11期。

收纳各地的纤流与洪泽,我想当我到波士顿时,可以不必直涉却尔斯河,犹我要各国的书籍,有译本供我时我可不必读原著。"①爱默生认为译文就等于原文,完全信任译者的翻译能力和译本对原作的忠实呈现,作者对此持批评态度:"说翻译作品可与原本等量齐观的人,非夸张即误会了,这不但是翻译的问题,而且是翻译者译得好坏的问题。"②在他看来"翻译的真谛不在于逐字逐句的直译,而在于心领神会原文的含义,然后融会贯通达出原文的妙处","领会原文的含义,而后搜寻极相当的文字而译之,方保留原文的美妙于万一,……翻译家了解原文的含义才能勉强将关于情绪的美学的元素曲折达出,使译本有文学艺术的价值。"③这则文献涉及直译和意译等核心问题,也说明在中外翻译史上,逐字逐句的翻译和利用自身文化过滤后的翻译都是研究者重点关注的问题。再如佚名的《翻译》一文,介绍了英国诗人华兹华斯对于翻译的看法。华兹华斯说,"我自己关于翻译的看法是,不能太字面的,假定避免了三种过失:'干枯',凡减损尊严的我全算在里面;'奇突',或者'笨拙',包含生硬;最后,努力传达意义,然而兜圈子,软弱无力,等于没有传达"④。作为浪漫主义诗人,华兹华斯认为翻译要力避三种过失,译文不能干枯、生硬,旨在强调译文的美感和通灵。此外还有署名瓦砾的作者刊发了《Moulton 论翻译》一文,文章是从 Moulton 的 *World Literature and Its Place in General Culture* 一书节译过来的。Moulton 认为,翻译是必要的,虽然在阅读译文的过程中会丢掉一些原文的因素,但大部分还是得以展现出来,不能因为翻译存在不能完全展示原作而否定译文的价值和意义。⑤

---

① 希和:《论翻译的文学者》,《小说月报》1923 年第 14 卷第 11 期。
② 同上。
③ 同上。
④ 《翻译》,《文艺复兴》1947 年第 2 卷第 6 期。
⑤ 瓦砾:《Moulton 论翻译》,《世界文学》1935 年第 1 卷第 4 期。

以上这些关于外国翻译领域的文献虽不多,但所涉及的理论范畴却比较广泛。在近代报刊兴起之前,我国很少有介绍外国翻译概貌和翻译理论的成果,且晚清时期的翻译一开始就欠缺严谨性和规范意识,当时很多外国文学文化经典都没有上好的译例,翻译家的分辨视野相对狭隘,也没有多少成功的经验可供借鉴,很多翻译家在选择翻译对象时并不精。譬如林纾翻译数以百计的西方小说,很多却是二三流作品,文学艺术价值并不大,这在世界翻译史上很多民族都经历过,饥不择食的翻译引进,实在不是一种好现象。其中虽然有文化差异的大背景问题,也有译者对外国作家作品精华认识不透等原因,该问题只有在文化交流不断走向纵深之后才会有所改观。在近现代报刊中,由于我们重点关注的是外来文化、文学文本的翻译,对外来翻译理论的引入极少,对外国翻译史的研究也不够,这样一来对西方知名翻译家及其相关的翻译理论也就缺少重视。今天重新发现这些史料,值得当前译界审视阐释。

三、近现代报刊所载外国译论与中国译论的互动

除了介绍外国翻译概貌和翻译理论的一些文章,近现代报刊中还有一些互动性的介绍文献值得重视,这些文献将西方的翻译理论介绍进来之后再和中国译论进行对比,已经有了翻译理论建构的比较意识和影响研究的国际视野。"国外翻译理论的大量引进开拓了中国翻译研究新领域,丰富了翻译研究方法,引导了我国翻译研究发展的新方向,为翻译学学科地位在我国大陆地区的确立创造了条件。"[①]而在国外翻译理论家中,英国学者泰特勒的翻译三原则影响颇大,也是被介绍到国内较早的理论观点,1921年,郑振铎在《译文学书的三个问题》

---

① 许钧、穆雷:《中国翻译研究 1949—2009》,上海:上海外语教育出版社,2009年,第248页。

一文中就对泰特勒翻译三原则作了介绍：

> Tytler 说：一本好的翻译必须是原作的优点能完全转移到译文里，使读译文的土著的人民能明白的感到，强烈的觉得，如同说原作的语言的人民的一样。因此，翻译遂有三个不可逾越的法则，就是：1. 译文必须能完全传达出原作的意思。2. 著作的风格与态度（the style and manner of writing）必须与原作的性质是一样。3. 译文必须含有原文（original composition）的流利（fase）。①

郑振铎虽不以翻译见长，但他是我国现代学术研究最具国际视野的文学理论家和文学史家之一，他逐条对泰特勒的三条翻译原则进行评述，以说明其对我国现代翻译的规范意义和借鉴作用，充满真知灼见。

需要强调的是，因为严复为翻译同样构建三条规范性原则，且比泰特勒理论晚出，故很多人认为严复留学英国，应该了解泰特勒的观点。所以严复的"信达雅"三原则应是受泰特勒的影响而产生的。这一方面在于严复在我国现代翻译史上的地位举足轻重，有和外来翻译理论形成对话的可能；二是源于在评述严复翻译观的理论价值和现代意义，也意在说明严复翻译理论有可能受到的外来影响。

如李培恩提出："英人铁脱拉 Tytler 之翻译原理（*Principles of Translation*）一书其所论述，亦同于吾国严复'信达雅'之说也。"②在中西方翻译理论的比较问题，他看到了严复和泰特勒翻译理论的相同之处，可惜没有进一步展开，并辨别差异。

另如郑朝宗的《翻译原理论》也是对泰特勒的翻译理论进行介绍的重要文献值得我们今天认真梳理。他总体评价说："台氏博学洽闻，

---

① 郑振铎：《译文学书的三个问题》，《小说月报》1921 年第 12 卷第 3 期。
② 李培恩：《论翻译》，《之江学报》1935 年年第 1 卷第 4 期。

且精德、法、拉丁、希腊、意大利、西班牙诸文;书中繁征广引,颇足惊人,唯其说理晓畅,行文浅易,虽俭学之士,亦能得其梗概。"①接着对译文三原则进行深化解读:

> 一、译文须达出原作全部之意。此原则似易而实难,译者对此如欲胜任而愉快,必须满足两种条件:一,精通原作之文字;二,熟悉原作之内容。
>
> 二、译文之风格须同于原文之风格。此原则之重要仅亚于第一原则,盖译者之责任不独在传达原作之意,即原作之面目亦当予以保全,否则思想虽同,形容迥异,同一作品一转手歧为二物矣。
>
> 三、译文须自然流利如自运之文章然。此原则是实现较第二原则为尤难。②

在此基础上,郑朝宗推论出严复的"信达雅"脱胎于泰特勒之观点:"夫严氏之所谓信,非即第一原则所称之译文须达出原作全部之意耶?其所谓达,非即第三原则所称之译文须自然流利如自运之文章然耶?而其所谓雅,虽不尽合于第二原则之旨,然著意于译文之风格为其立一标准,则又不殊于第二原则矣。"③而当时很多译者,犯了"乃以直译之名掩其不达,以欧化之名饰其不雅"④之病。郑朝宗通过比较,发现严复的"信达雅"翻译原则的核心理念和泰特勒的三原则有很多相通之处,虽然没有直接指明严复受泰特勒的影响,但是也间接说明严复的理论应该有着外来的影响和渊源。

再如董秋斯《论翻译原则》一文也对泰特勒的翻译三原则进行述评,观点与郑振铎有不一样的地方。郑振铎介绍泰特勒的观点在于说

---

① 郑朝宗:《翻译原理论》,《南潮》1944年第1卷第2期。
② 同上。
③ 同上。
④ 同上。

明翻译的可能,尤其是译诗是可能的,其他就没有涉及;而董文则将泰特勒翻译原则出台的前因后果进行梳理说明,并对泰特勒翻译原则的初衷作了背景上的阐释:

> 关于翻译的原则,泰特勒的意见大意是:我们假如能够所谓"好的翻译"下一个界说,翻译艺术的法则也就容易建立了,因为法则会自然而然地从界说中流露出来。不过批评家的意见在这问题上是非常分歧的。假如各种语文的性质是相同的,由这一种译成那一种,便成为一种容易的工作;一个译者除了忠实和细心之外,也就不需要别的什么了。但因语文的性质很不相同,一般人遂以为,译者的责任是留意原著的意思和精神,充分通晓原作者的思想,在用语方面但求能传达这种思想,不计其他。①

尤其将其和严复的"信达雅"三原则进行比较,以期通过外国译论的介绍,建构中国的翻译规范和翻译理论:

> 一个合格的翻译家,应当具备三个条件:1. 了解原著的内容,便是说,译文学要懂得文学,译科学要懂得科学,译某一本书要懂得那一本书;2. 外国文的修养要达到可以辨别原著的风格和癖性的程度;3. 本国文的修养要达到曲折变化运用自如的程度;此外,还要有一种认真的态度,把翻译当作一种艺术来作,当做一种终生事业来作,丝毫不存苟且敷衍的念头。②

董秋斯指出翻译家要有科学精神和语言转换的能力,翻译不是简单的语言转化,语言背后的文化、原文的思想是翻译的难点,也是一个翻译家必须认真对待的,翻译的地位应该不低于创作的地位,它是一

---

① 董秋斯:《论翻译原则》,《新文化》1946年第2卷第11期。
② 同上。

个翻译家必须严肃认真去对待的终生事业。

上述几例之外,翻译家伍光建也持严复三原则的外来说:

> 如果我们将严复的"信达雅"原则拿来和泰特勒的法则比较一下,初看似乎没有分别,实际上,除了第一条外,两者并不相同,严先生的达和雅是专就译文说的,因为他主张,不管原文如何,译文一定是典雅可诵的中国古文。泰特勒的主张则是,译文要在一切方面与原著切合,风格癖好都不能例外。原著典雅流畅,译文自然当典雅流畅。但若原著有粗俗艰涩之处呢,译者是没有权利使其典雅流畅的,必然要保存它的粗俗艰涩。①

对于伍光建的见解,沈苏儒通过研究也大致认为严复"信达雅"之理论建构与泰特勒有一定的关联性。泰氏三原则确与严复"三难"说有相通之处,第一个原则相当于"信",第二个原则相当于"雅"(或者说,相当于一部分后世学者对"雅"所作的解释),而第三个原则则相当于"达"。难怪有人把"信达雅"看作泰氏三原则的发展,又有人主张干脆将"信达雅"搁置而改用泰氏三原则了。不论他们的学说有无师承关系,三原则也好,"信达雅"也好,它们都说明在翻译工作中所存在的三个主要问题或三个方面,是中外翻译工作者必须要面对和研究解决的。② 严复留学英国,不但是我国近代以来最为重要的翻译家,更是重要的翻译理论建构者,伍光建的观点来源应该有据。对这一公案,王向远通过考证后论述:"严复曾在英国留学,这就使人不由地推测他很有可能读泰特勒的书并受其影响。最早提出这一看法的是近代翻家伍光建先生。据其子伍蠡甫先生在《伍光建的翻译》文说,伍光建认为信达雅说'来自西方,并非严复创'。钱钟书在致罗新璋函中,也提

---

① 王向远:《翻译文学导论》,北京:北京师范大学出版社,2004年,第189页。
② 沈苏儒:《论信达雅:严复翻译理论研究》,北京:商务印书馆,1998年,第123页。

到50至60年前务印书馆出版的周越然所编英语读本已早讲到严复三字本于泰特勒。"①此外还有文献介绍了泰特勒另外一些翻译观点："一个寻常的翻译家沉在他的原著的力量底下；有天才的人时时升在上面。"②但这句话包含着一个优秀的翻译家会超脱原著的限制，不囿于原文，在翻译中有自己的观点创新，是对三原则的补充，可丰富对泰特勒翻译理念的认识。

除此上述文献之外，朱曼华翻译刊发了德国佚名作者的《翻译家的十诫》，此文是对泰特勒翻译三原则的强化和补充，也是对严复"信达雅"三原则的深度拓展，该文对于翻译家的责任意识和伦理规范有较好的限定和陈述，十诫即翻译中十条应该遵循的原则，它对于规范译者的行为，构建良好的译文生态有十分重要的借鉴价值：

（一）你必须要把确切同样地表达原作者的每一种思想当作最高的法律。凡增减原文的人是有罪的，因为他没有达到翻译的目的。疏忽的罪则比故意删减的罪还要大。

（二）你必须要把你的译文，译得和原本一样的格式，一样的韵律，一样的流利；你必须把你自己文体上的技巧抛开，而只在原作者和外国读者的中间做一个忠实的介绍人。

（三）你不能死板板地依照原来的句法。你不要犹豫，只管把原文底语句拆开而后链接起来，你的文字上和格式上的意识自会指导你的，但须谨慎地注意于句法构造上的"逻辑"。

（四）你切不可以擅自改窜，就是在原作者有无意识说话的时候：因为文字的责任是原作者负的如果你有意去改窜，那末，荒谬的罪就在你而不在原作者了。

---

① 见王向远：《翻译文学导论》，北京：北京师范大学出版社，2004年，第189页。
② 《翻译家》，《文艺复兴》1946年第5期。

（五）你常常要把你的译文高声朗诵。让你的耳朵，不是你的眼睛，来做你的评判者。

（六）你必须要精通外国文字到足够去认识一切专门的名词，这样，才不至于像某个本来有资格的翻译家弄出同样的错误，像把军队里的命令 En Avant-passgym-naastique-marche 译作"前进—没有体操—开步走"！

（七）你不可以把优美的外国成语一字一句地翻译出来。每一种文字都有它的长，有它的短。所以，你必须用十二分的谨慎，但是，却不要惶惑而慌乱。

（八）你必须要继续研究你的本国文，这便是你要将外国文翻译出来的文字。对于外国文字，你不久就会畅晓，使你足够当一个好的翻译家；但你研究本国文字，却是永远无止境的。

（九）你应把"不能翻译"这四个字从你的字汇中永远擦去，"西纳诺"（Cyrano de Bergerao）在某一时期是曾有一大批批评家说是不能翻译的。

（十）除非你确实知道你的译文给随便什么人读了都会和创作一样，你才可以休息。译文要达到不像译文的地步，这才是好的译文。在全篇里，不能有一句使你不满意的句子。这一切不是仅仅靠了字典的帮助，便可以成功的，因为翻译是同时需要感觉与思想。①

大凡从事翻译活动的人都深有体会，要执行以上十条译训实非易事，它可能仅是一种理想状态，但只要遵守这些严格的翻译规范，一般都能翻译出文从字顺、忠实于原著的译本来。当然，在具体的翻译实践中，面面俱到的理想翻译是不可能的，但译者的严谨态度、一定的翻

---

① 朱曼华：《翻译家的十诫》，《世界杂志》1931年第1卷第4期。

译技巧、熟悉翻译文本、精通翻译对象的文化传统和文字规范则是准确翻译的前提条件。

综上辑论,近现代报刊兴起后,对西方知识的引介是大多刊物的重点之一。"各报卷端例登论说,今既译西人之报,自当附见西人之论"①,不但常刊时评政论,格致实学,亦有翻译文学列于其中,也插载一些外国翻译概貌、外国翻译家理论观点的文献,这些文章虽然零星,系统性不强,但基本涉及了当时译界的热点问题,后世翻译学领域的诸多理论视域,如翻译家选择眼光问题、译法技巧问题、翻译的语言规范问题、译者的责任和伦理问题、译本和原文之间是否忠实问题、直译和意译问题等,都有所涉及和体现。这些稍显碎片化的翻译见解和主张,不管是著名文学家的实际感受,还是一般翻译家的理论新见,对大量翻译西方文学文化著作的晚清民国时段而言,其参照价值和理论构建意义是十分明显的,因为在具体的翻译实践中,光有语言层面的转化远远不够,还必须知晓翻译对象的文化传统,更要有对当下世界的翻译概貌、翻译理论的熟知,宏观上要去了解世界的翻译大势,微观上更要精准对接,这样才能译出好的文本,实现不同文学文化之间交流互润的目的。

第三节　晚清民国汉译西方小说的儒家伦理文化渗透

在儒家文化体系里,道德伦理是最为核心的元素,譬如忠孝节义、父慈子孝、兄友弟恭、三从四德等,贯穿了两千多年历史的价值坐标,并对国人的理念思维、言行举止产生了深远影响。恰如蔡元培所言:

---

① 《天津国闻报报馆启事》,载马祖毅:《中国翻译史》,北京:中国对外翻译出版公司,2004年,368页。

"我国以儒家为伦理学之大宗。而儒家,则一切精神界科学,悉以伦理为范围。"①在儒家伦理文化的强大渗透下,中国传统知识精英都以伦理道德规约自身言行,提升内在修为,但这也限制了知识分子外向型人格的养成,尤其桎梏了其世界视野的拓展。一直以来,中国世代均固守我为中央、四方皆是蛮夷的华夏中心观,这长期影响着国人对外部世界的客观研判,精英们习惯站在儒家道德伦理的制高点上审视异域、臆想别族,如晚清描述外邦的语汇如夷商、夷酋、夷船、夷技、夷语、夷情等即可斑见。他们认为西人仅强在科技,于文化和体制上中国自有其不可替代之优势,此观念长期影响着国人对西方文化、文学的翻译、认知和接受。而晚清西方小说译者很多由旧派文人转型而来,他们自幼熟读儒学经典,深受道德伦理文化的教化和濡染,在处理译文时,会有意或无意化用儒家道德伦理取舍翻译对象,译文内容、形式与原文相符度低。即便如此,晚清汉译西方小说毕竟带来了诸多异质元素,正是这些元素诱发了中国文学的现代转型,并逐渐使中国近代小说的形态和书写主题发生质变。

一、道德伦理与译文内容的归化处理

谢天振指出,翻译"不仅仅是一种简单的语言转换行为,而是译入语社会中一种独特的政治行为和文化行为"②,属比较复杂的语言文化活动。晚清西方小说汉译,因受救亡、启蒙的时代背景所限,政治、体制因素成为译者的首要考量。但在具体翻译实践中,译者不可能摆脱传统文化的影响,尤其是儒家伦理道德文化,总是或隐或显地渗透在译文中,具有"拥护新政制,保守旧道德"③的普

---

① 蔡元培:《中国伦理学史》,上海:东方出版社,1996年,第2页。
② 谢天振:《译介学》,上海:上海外语教育出版社,1999年,第12、28页。
③ 包天笑:《钏影楼回忆录》,香港:大华出版社,1971年,第391页。

遍特征。小说虽不是最早进入译述视野的西方文学类型,但数量却最为庞巨,也是翻译成就最大的文体。而晚清有阅读能力的读者群,主要还是深受传统熏陶的士大夫阶层和有过欧美、东洋游学或留学经历的知识分子。当时"购小说者,其百分之九十,出于旧学界而输入新学说者"①,为迎合他们的接受习惯并获其广泛认同,译者不可能完全站在客观、中性的立场来处理译文,而是大量采用"归化"译法。在翻译领域,归化策略是让作者靠近读者,异化策略则是让读者靠近作者。"归化策略指译作迎合本土文化的主导价值标准,对外来文本采取一种保守的同化方法……异化策略则与之相反,指译作通过利用边缘文本、寻绎被本土准则摒弃的外来文本、重新发现边缘价值、酝酿新的价值(例如新的文化形式)等途径,来抵制、修改本土文化的主导价值。"②晚清翻译家为使读者亲近译本,便紧扣儒家伦理和道德传统来处理译文,并加以文化过滤,进而实现翻译的目的和初衷,译文因此具有明显的道德伦理维度,具体有以下两端:

一是译文须符合儒家道德伦理规范。晚清西方小说汉译者们在审视西学时虽具有超越一般民众的新视域,但在伦理道德文化方面的自我优越感亦十分明显,尤其秉持传统的"文道观",力求译文内容形式与儒家大道合一,他们总会在不经意间将翻译对象进行道德伦理的归化处理。如吴趼人认为译者"下笔时常存道德思想,则不至入淫秽一流",即在翻译、评论外来文学时应以中国传统伦理道德尺度为对照标准;晚清第一部汉译外国小说为蠡勺居士所译《昕夕闲谈》,出发点则是"启发良心、惩创逸志、务使富者不得沽名,善者不必钓誉,真君子

---

① 觉我:《余之小说观》,《小说林》1908 年第 9 期。
② 胡翠娥:《文学翻译与文化参与:晚清小说翻译的文化研究》,上海:上海外语教育出版社,2007 年,第 61—62 页。

神采如生,伪君子神情毕露"①,不以审美和文学性标准进行取舍;蟠溪子译《迦茵小传》更因未婚先孕情节与儒家伦理文化相抵牾而删改,译者自云:"几费踟蹰,几费斟酌,始将有妊一节为迦因隐去"②,因这一情节和儒家传统的妇德观格格不入,不符合国人的贞烈期待和道德标准,故鲁迅有"迦因生了一个私生子,译者故意不译"③之判。而删隐后迦茵就成为"为人清洁娟好,不染污浊,甘牺牲生命以成人之美"④的纯情美女形象,译者为迎合中国读者的期待视野,仅截取原文部分内容译出,成为晚清西方小说汉译刻意删减以植入儒家道理伦理的典型代表,所获拥趸众多。后林纾将其全译出来,虽经过中国化的处理,反而招致很多卫道者的批判,原因在于全译本中迦茵的行为有伤风化,不符合儒家文化对女性节烈标准的定位,尤其和中国传统"父母之命,媒妁之言"的千年婚俗相悖。当然,林纾、包天笑等人当时还不敢用西方自由婚配理念来挑战传统礼教和读者的阅读底线,为使译文符合儒家伦理对女性的规约,译者把他们认为不适合国人阅读的部分删减替换,以使译文靠近中国的伦理传统,而不去考虑是否真实呈现了原文意旨,以免引起当时社会舆论的跟进和反弹。在处理迦茵未婚先孕的情节时,包天笑将其改为"尤难忘怀者,旧日情景,如在目前。故心中所眷恋者,如日在天中,无日不悬悬心目。虽深不愿见此人,反增加惆怅。然后钟情如迦因,此人已深印脑髓,岂能挥之即去者?以至数礼拜,旁皇踟躇,坐立不宁,无一分钟安定也"⑤的表述,以主人公

---

① 蠡勺居士:《昕夕闲谈·小叙》,载陈平原,夏晓虹编:《二十世纪中国小说理论资料》第一卷,北京:北京大学出版社,1989年,第570页。
② 寅半生:《读迦因小传两译本书后》,《游戏世界》1907年第11期。
③ 鲁迅:《二心集·上海文艺之一瞥》,《鲁迅全集》第四卷,北京:人民文学出版社,2005年,第301页。
④ 寅半生:《读迦因小传两译本书后》,《游戏世界》1907年第11期。
⑤ 哈葛德:《迦因小传》,蟠溪子译,天笑生参校,上海:文明书局,1903年,第35页。

忧虑书写替代有孕情节,而林纾则将其和盘托出:"且近日新有所触,为事情至丑。前犹模糊,近乃日行其确。其事初止一身知之,思及后日,则必哄传,不可掩讳。方第一日,自觉有身时,夜中焦灼,至不能贴席,思极而哭,或呼天自救,或呼亨利之名。"①但林纾的改译仍和原文风格相距甚远,亦是在儒家伦理话语体系中展开的。在晚清西方小说翻译家眼里,"译本小说,每述兄弟姐妹结婚之事,其足以败坏道德、亲乱伦常也尤甚。愚以为译者宜参以己见,当笔则笔,当削则削耳。"②就晚清思想意识和开放程度而言,当时的读者,甚至译者都还没有达到完全接受露骨爱情描写的程度,故译者不可能将他们认为有悖儒家伦理的情节忠实翻译出来,只能将之进行改译或删减,以使译文靠近中国文化系统和伦理规范,唯其如此才能获取读者的心理认同。

二是译文须靠近中国人的伦理价值观念。中西方在伦理价值观上差异性较大,这对晚清西方小说汉译影响深远。如林纾在处理译文时就利用儒家伦理习俗去改写西方小说的故事情节,他有着深厚的国学功底和诗学素养,对中国传统文化感情深厚,且"卫道心热,虽译西书,亦必'因文见道'绳之以古文义法"③,如《巴黎茶花女遗事》《黑奴吁天录》《萨克逊英雄劫后略》等译本,都被他通过文化过滤植入中国伦理元素,《巴黎茶花女遗事》中介绍茶花女的译文堪称代表:

> 马克常好为园游,油壁车驾二骡,华妆照眼,遇所欢于道,虽目送之而容甚庄,行客不知其为夜度娘也。既至园,偶涉即返,不为妖态以惑游子。余犹能忆之,颇惜其死。马克长身玉立,御长裙,仙仙然描画不能肖,虽欲故状其丑,亦莫知为辞。修眉媚眼,脸犹朝霞,发黑如漆覆额,而仰盘于顶上,结为巨髻。耳上饰二

---

① 哈葛德:《迦茵小传》,林纾、魏易译,北京:商务印书馆,1981年,第40—41页。
② 铁樵:《作者七人·序》,《小说月报》1915年第6卷第7期。
③ 林灿英:《严复及其翻译》,《海滨》1934年第5期。

簪,光明射目。余念马克操业如此,宜有沉忧之色。①

这段译文和原文有较大出入。林纾首先将西方元素置换成中式样貌,如剧场译为梨园、妓女改称夜度娘等,变为国人熟知的模式;其次是用古文对译,情节犹如古代才子佳人小说之叙述,恰似译者用外国地名和人名创作中国故事一般。但这样一来,译文和原作的风格、表达效果就相差甚远。原作"对茶花女面庞的刻画,小仲马采取了一种独特的方式,即让读者去想象描绘这张面孔的过程,一点点勾勒马克的五官,但在林译本中,不但这种叙事方式消失了,而且茶花女的形象被模糊化了,套话化了","呈现在读者面前的却是一位'仙仙然描绘不能肖,虽欲故状其丑,亦莫知为辞'"②之抽象形象。面对西方小说文本,"林纾最终在中西历史与文化的相似处,用误读的方式,将原著所显示的人物行为,整合到儒家道德规范中"③,成为用道德伦理翻译归化西方小说的典型代表。

晚清西方小说汉译的伦理归化策略在处置宗教题材小说时更是十分普遍。晚清译者、读者与西方小说中的基督教理念心存隔膜,只要涉及宗教元素,译者必然会进行中国式的归化和改动。如林纾在《黑奴吁天录·例言》中就对删减宗教情节进行了说明:"是书为美人著。美人信教至笃,语多以教为宗。顾译者非教中人,特不能不为传述,识者谅之……是书言教门事孔多,悉经魏君节去其原文稍烦琐者,本以取便观者,幸勿以割裂为责。"④林纾"改变原文的叙事技巧以适

---

① 林纾:《巴黎茶花女遗事》,北京:商务印书馆,1981年,第5页。
② 马晓东:《似曾相识的姑娘——晚清译者笔下"茶花女"形象》,载孟华:《中国文学中西方人形象》,合肥:安徽教育出版社,2006年,第183页。
③ 杨联芬:《晚清至五四:中国文学现代性的发生》,北京:北京大学出版社,2003年,第102页。
④ 张正吾编:《中国近代文学作品系列·文论卷》,福州:海峡文艺出版社,1992年,第136—137页。

应更为传统的中国读者的口味和期待。他尤其认为宗教的启示或片段在男女关系上对正统儒家观念大为不敬,必须进行改写。《黑奴吁天录》中'世界得太平、人间持善意'被译成'道气';'上帝创立的国度'则被译成'世界大同'"①。再如周瘦鹃将《简爱》节译为《重光记》,把几十万字的长篇缩减不到万字,并将里面涉及基督教的很多情节删掉或给予置换。另如伍光建翻译大仲马《基督山伯爵》时,将小说中的"上帝""基督"等词汇翻译为"天"等,以使译文靠近中国读者的价值信仰。可见,晚清译者对宗教题材的隔膜明显受儒家文化积极入世传统的影响,国人对基督教有着心理和文化上的排斥,故在翻译时译者对宗教保持距离,或对之进行改写,或以中国经典给予比附,让译文紧扣中国文化传统和诗学规范,使读者不至于排斥西方小说,也暗合译者自身的伦理文化期许。

  晚清西方小说译者之所以对译本进行伦理文化处理,主要源自以下几点考量:一是中国一贯将道德伦理视为维系家国运转的核心纽带,这在西方文学中又恰恰是被弱化或淡化了的,译者因自身见解或时代所需,有意将儒家道德伦理观念植入译文中;二是中国古代文学理论讲求文道合一,文学作品在文的外在形式下,还必须有道的内容;三是晚清汉译西方小说的接受者为有阅读能力的传统文人或知识分子,译文不但承担信息传递的功能,教育功能也被看重,伦理观念的植入正是文学承担教化功能的体现。也就是说,当深受儒家道德伦理文化熏陶的传统知识分子摇变为翻译家时,他们就成为小说的"第二作者",有机会将自己的主观判断植入译文中,并进行文化过滤等归化处理,从而实现翻译目的,并维护了儒家伦理文化的千年权威。

---

① 石静远:《西方文学和话语之翻译》,载孙康宜、宇文所安主编:《剑桥中国文学史》(下卷),第588—589页。

二、家庭孝亲伦理与情节的改写增删

在中外文学史上,小说对人情社会和家庭生活的描写十分普遍,这就难免关涉到世态人情伦理。中国又一贯以父慈子孝、夫忠妻贤、兄悌弟敬、长幼有序为家庭伦理核心,因此,晚清翻译家在处理西方小说的家庭描写时,往往用这些伦理核心对情节进行改译增删,让译文更为靠近中国伦理文化,西方小说偏重个人本位主义的主题因此有了中国群体本位主义的色彩,也无形中使小说的人物形象和内容中国化了。如林纾、包天笑、周桂笙等晚清代表翻译家在处理小说中的家庭情节时,几乎都植入孝亲观念和宗族伦理。

一是在长辈和晚辈之间植入天伦之爱。长幼有序,父父子子是中国传统家庭的和谐状态,这也经常被翻译家置换进译文中。如包天笑将亚米契斯《爱的教育》改译为《馨儿就学记》,原作共100节,他只译了一半,但时评却大为赞赏:"西人临文不讳,然为中国社会计,正宜从包君节去为是。"①馨儿是包天笑夭折女孩之名,包氏在译文中凭空表达失女之悲:"嗟夫!余今者两鬓霜矣。回忆儿时负革囊,挟石板,随邻儿入学时,光景宛然在目。自愧百事无成,马齿骎骎加长,虽欲求如髫龄挟书就学之一日,宁可得耶?古事虽平淡无奇,然握管记之,亦足见少年兴趣。况尔时重闱具庆,绕膝问字,天伦之乐油然;灯影书声,此味尚津津焉。嗟夫!今日欲见我父我母者,其在梦中乎。我书此泫然者久之,我甚望世之少年,勿轻掷此好光阴也。"②此段悲叹原书本无,包氏翻译时触发爱女早夭之恸,于是就将中国家庭伦理中的天伦之乐等元素植入,在删减一半原文的基础上,又凭空增设一些内容,进

---

① 松岑:《论写情小说于新社会之关系》,载陈平原、夏晓虹编:《二十世纪中国小说理论资料》第一卷,北京:北京大学出版社,1989年,第172页。
② 天笑生:《馨儿就学记》,《教育杂志》1909年第1卷第1期。

行中国化处理,尤其还添加了"扫墓"一节,将中国人清明缅怀先祖的悲思置换进来,虽与原文大相径庭,但却使故事情节更符合中国的家庭伦理文化,更能引起读者的共鸣。天伦之乐是中国人最为看重的家庭伦理。周桂笙在译法国鲍福《毒蛇圈》一书时也给予植入,通篇洋溢着中国式家庭的和谐氛围,主人公福瑞每时每刻都为爱女着想,女儿也对父亲关爱有加,如小说第九回描写福瑞外出赴宴酒醉深夜未归,女儿担心父亲安危彻夜难眠,满怀挂念:

> 我这位父亲百般的疼我,爱我,就当我是掌上明珠一般,我非但不能尽点孝道,并且不能设个法儿劝我父亲少喝点酒。这也是我的不孝呢。但愿他老人家虽然是喝醉了,只要有一个妥当的地方叫他睡了,我就是等到天亮,也是情愿的。①

据小说按语所示,该段插入是赞助人吴趼人要求周桂笙添置的,是为呼应小说开头福瑞对女儿的思念。在吴趼人看来,天下父女之爱是可通约的,福瑞对女儿"如此之殷且挚,此处若不略写妙儿之思念父亲,则以慈、孝两字相衡,未免似有缺点。且近时专主破坏秩序讲家庭革命者,日见其众。此等伦常之蟊贼,不可不有以纠正之,特商于译者(周桂笙),插入此段。虽然,原作虽缺此点,而在妙儿当夜,吾切其断不缺此思想也。故虽杜撰,亦非蛇足"②。这段插白无疑破坏了译文的整体性,但却反映了晚清小说翻译的文化抉择,译文以符合中国人的家庭伦理规范为第一要旨,而不去考量译文是否忠实原文,也不重视译本和原文之间是否在形式和内容上形成有效对位。

二是在家庭关系描写中植入孝文化的伦理观念。晚清西方小说

---

① 鲍福:《毒蛇圈》,周桂笙译,《新小说》1904年12期。
② 伍国庆选编:《毒蛇圈》(外十种),长沙:岳麓书社,1991年,第172页。

以林纾译述最多,因此在翻译中植入传统孝亲伦理的译文不在少数。如在翻译狄更斯《冰雪姻缘》时,他被书中情节所感染,不由自主地插入自己的话语:"畏庐书至此,哭已三次矣!"①将主观的道德感受插入其中;另如《块肉余生述》中表述女子贤淑的四个形容词"good"(善良)、"beautiful"(漂亮)、"earnest"(认真)、"disinterested"(无私)被他置换成"德言容工"(四德)。此外,他还以"孝"伦理来命名诸多译本,譬如《孝女耐儿传》《孝女履霜记》《双孝子噀血酬恩记》《孝友镜》《英孝子火山报仇录》等即为代表,并把人间普遍的亲子关系以"忠""孝"等价值观加以附会,以中国传统"孝道"统摄主题,将西方小说译得更加符合国人的伦理价值规范,如认为"《英孝子火山报仇录》一烈一节,在吾国烈女传中,犹铮铮然"②,用烈女附会西方女性,并把小说中寻亲和复仇主题译为孝道之力量,不但和原著的文化内涵相悖,也和原著的故事情节相差甚远。

与林纾用孝亲伦理为小说翻译题名相似,当时很多翻译家也在译文中凸显孝文化的重要。如笛福《鲁滨孙漂流记》最早的汉译本为沈祖芬译《绝岛漂流记》,第一回拟目为"违慈训少年作远游,遇大风孤舟发虚想",将主人公违抗父命只身远游出海作为重点渲染的内容,译者在处理鲁滨孙海上遇险的情节时,将其视为主人公未能尽孝父母的惩罚,译者借船主之口演绎道:"缘何我船遭此厄哉,皆因汝不孝所致耳"③,因主人公不孝导致海难;而周瘦鹃翻译英国作家玛丽·科雷利的《三百年前之爱情》时,对女主人公内心独白进行缩译,原文"虽然我最为希望的是我父亲的安全,然而我最真实的祈祷和愿望却是和我立

---

① 林纾译:《冰雪因缘》卷6,上海:商务印书馆,1915年,第89页。
② 林纾:《英孝子火山报仇录·译余剩语》,载阿英:《晚清文学丛钞:小说戏曲研究卷》,北京:中华书局,1960年,第214页。
③ 笛福:《绝岛漂流记》,沈祖芬译,上海:开明书店,1902年,第3页。

下誓约的爱人"①,被删译为"既萦怀于阿父,复悬悬于情人"②,将爱情凌驾于孝道之上的表述予以弱化;另在翻译华盛顿·欧文《村庄的骄傲》(The Pride of the Village)时以《这一番花残月缺》为名译出,并对原文中男女之爱进行改译,原文"with a smile of unutterable tenderness-and closed hereyes forever③"一句,被他衍长数倍:"女欲起无力,伸其震颤之柔荑以向情郎,唇樱微动,似欲有语,顾已弗能作声,则俯视个郎,嫣然而笑,此一笑者,有如玫瑰之乍放其瓣,娇媚无伦,笑容犹未敛,而波眸乃寻合,爱之花从此枯矣。"④将原文主角个性给予修改,以使爱情描写显得高尚纯洁,符合中国读者的接受心境。但这样处理也削弱了原著的复杂性和西方小说中人物心理活动丰富性,因为很多译者对西方小说心理描写的接受度不高,这样一来,译文中所呈现的,是对西方文化的一种他者想象,也代表着国人对西方伦理文化认知。

晚清这些翻译现象是特定时期的产物,它一方面与译者对翻译目标的整体把握和理性解读能力不足有关,另一方面也囿于自身文化传统、时代需求所形成的固有视角。"晚清翻译外国小说,可以见出当时社会环境给翻译者带来的认识限制。一般说来,这时的翻译者不大可能翻译与自己的价值观念距离甚远的小说。例如,当时译法国文学的人首先看重雨果,而不是福楼拜,尽管后者在法国小说界的名气并不亚于雨果。因为雨果的《悲惨世界》更贴近中国当时的价值观念,而《包法利夫人》与中国传统的价值观就有一些距离。"⑤尤其在翻译书

---

① Marie Corelli. Old-Fashioned Fidelity:*A Love Story of Long Ago*, London: A Magazine of Human Interest, 1905. p.370.
② 玛丽·科雷利:《三百年前之爱情》,周瘦鹃译,《女子世界》1915年第7卷第6期。
③ Washington Irving. *The Pride of the Village*, in The Sketch Book of Geoffrey Crayon, Gent.New York: Heritage Press, 1939. p.343.
④ 华盛顿·欧文:《这一番花残月缺》,周瘦鹃译,《礼拜六》1915年第7卷第24期。
⑤ 袁进:《试论近代翻译小说对言情小说的影响》,载王宏志:《翻译与创作》,北京:北京大学出版社,2000年,第208页。

写世事常情为主的小说时,译者很自然给予家庭伦理文化的增删和替换。陈平原指出,"晚清翻译家大量改用中国人名、地名,改变小说体例、以章回小说之模式比附原著、删去'无关紧要'的闲文和'不合国情'的情节,大加增补、衍义原著没有的情节等处理,以拉近与中国读者的接受距离"①。这样处理的结果是,"人但知翻译之小说,为欧美名家所著,而不知其全书之中,除事实外,尽为中国小说家之文字也"②。当然,晚清西方小说汉译的伦理文化处理,也有译者的苦衷。在面对初次接触西方小说的国人,要使译文为他们接受而不是拒绝,最好的处理方式就是将原文译得靠近自身的文化传统,必要时对原作大加改动,尤其将原文的历史、环境、故事、人物等改变成读者熟悉的语境,这样的处理虽然不能真实传达原文信息,却更容易获得本土读者的接受,最大限度实现文学文化交流的目的。

孝亲伦常是儒家文化的重要支撑,并构成家庭运转的核心基础,这对中国叙事文学的影响十分深远。但中国古典小说,尤其是长篇小说都以宏大主题的铺陈为主,较少有个人和家庭层面的细腻描写。而书写家庭生活、私人生活,甚至刻绘主人公叛逆形象往往是西方小说的重头戏,这恰恰是中国小说所缺失的;而晚清深受中国文学传统影响的译者在面对西方小说文本时,不管从翻译目的,还是从接受者角度考虑,都会用中国的孝亲伦理对原文进行改写增删,这样一来,这些译文不管从内容主旨,还是形式结构等方面看都和原文大异其趣。这背后有深刻的文化原因,尤其是文化过滤、文化利用、文化趋同等操作十分明显,目的在于维护自身文化传统的合理性、迎合读者的阅读期待和文化认知。如果从现代翻译伦理、翻译规范角度看,晚清西方小

---

① 陈平原:《中国现代小说的起点》,北京:北京大学出版社,2010年,第37—38页。
② 天虚我生:《欧美名家短篇小说丛刻·序》,载周瘦鹃:《欧美名家短篇小说丛刻》,上海:中华书局,1917年,第5页。

说汉译是不严谨的、失真的，但在中西方文化大规模碰撞晚清，这种翻译现象是难以避免的，是时代背景使然，可将其视为引进西方文学、实现初步文化交流的权宜之计。

三、审美伦理与形式的移植替换

中国有自成一体的审美文化，与之相伴就形成一套自适的文学理论和书写传统。晚清很多译者都有深厚的古典文学造诣，故在翻译实践中，不可避免地利用自身文化传承和知识储备来翻译西方小说，自觉或不自觉地用中国审美伦理进行转换，译文掺杂着中国特有的文学传统和理论视野，具体而言，以下两端最为明显：

一是在标题和名物翻译上力求与中国传统文化趋向类同或一致。晚清大量汉译西方小说，光看译名很难分辨出来。如林纾将《堂吉诃德》译为《魔侠传》，《奥立佛·退斯特》译为《贼史》，《董贝父子》译为《冰雪因缘》，《老古玩店》译为《孝女耐儿传》，《汤姆叔叔的小屋》译为《黑奴吁天录》，《艾凡赫》译为《撒克逊劫后英雄略》，《九三年》译为《双雄义死录》；伍光建将《呼啸山庄》译为《狭路冤家》，《简·爱》译为《孤女飘零记》，《三个火枪手》译为《侠隐记》，《双城记》译为《二京记》；包天笑将雨果《布格-雅加尔》译为《侠女奴》，《死囚末日记》译为《铁窗红泪记》，哈葛德《罗宾汉》译为《大侠锦帔客传》，大仲马《基督山伯爵》译为《大宝窟王》；马君武将托尔斯泰的《复活》译为《心狱》，等等，都有着中国古典小说的命名习惯和体例特征。此外，为使译本能为读者接受，小说人名也被替换为中式名称，如苏曼殊将《惨世界》中的主人公替换成卢逸仙、孔美丽、项仁杰、春英、宝姑娘、范财主等；而《电术奇谈》则更极端，将小说人物更替为林小姐、王氏、尊翁、家父、奴、妾、郎君等中国特有称呼，这无疑是译者为迎合国人的文学阅读和审美习性而置换的。当然，译名的中国化只是一个方面，在对小说中

描写美人形象的文字进行翻译时,几乎都置换成了中国佳人塑造的通用话语,如林纾《撒克逊劫后英雄略》将瑞贝卡的美貌译为:

> 夫以吕贝珈之美,在英国中固第一,身段既佳,又衣东方之衣饰,髻上束以鹅黄之帕,愈衬其面容之柔嫩;双瞳剪水,修眉入鬓;准直颐丰,居中适称;齿如编贝,柔发作圆瓣,被之肩际;缟颈酥胸,灿然如玉;衣波斯之锦,花朵如生,合众美为一。①

再如周桂笙译《毒蛇圈》在第一回介绍女主人公的外貌时也是作如此处理:

> 原来这位小姐生得天姿国色,正是秾纤得中,修短合度,而且束得一搦的楚宫腰。益发显得面如初日芙蓉,腰似迎风杨柳。②

冯满泽译述《伶隐记》更是借鉴诗经的美人描写话语翻译西方的妙龄女郎:

> 一股黄发,柔若蚕丝,垂于肩背之上。时仰蝤首,领如蝤蛴,微启樱唇,齿如瓠犀,下则长裙曳踵,凤履翘然,举止大方,轻盈绰约,俨然一学堂之及笄少女也。③

由这些译文可看出译者对《诗经》《洛神赋》《红楼梦》等经典描写美人词汇的熟悉和喜爱,也反映出中国传统文学对晚清译者的深刻影响。而西方小说女性外貌描写经译者这一改动,已和原文大相径庭,成为典型的中国式佳人形象。通过这样的改译,使译文更加贴近中国的审美和文化传统,拉近了读者的心理距离,也满足了读者的阅读期

---

① 司各德:《撒克逊劫后英雄略》,林纾译,北京:商务印书馆,1981年,第39页。
② 鲍福:《毒蛇圈》,周桂笙译,《新小说》1904年第12期。
③ 魏司根达:《伶隐记》,冯满泽译,《国风报》1910年第2期。

待,一方面实现译者的翻译初衷,另一方面也使译本得以快速传播。

二是在文体和叙事上与中国文学形式基本相符。中国古典小说以章回体为常见制式,其中尤以公案小说、世情小说为代表,在这一书写模式下,晚清以章回体对西方小说进行翻译十分普遍。林纾、周桂笙、徐念慈、包天笑、伍光建、苏曼殊、曾朴等在译文框架上习惯采用"看官""列位"等说书模式展开,并以"欲知后事如何,且听下文分解"模式收尾,使读者置身中国文学场域,宛如阅读中国小说一般。如包天笑、徐卓呆翻译马克·吐温《百万英镑》时云:"看官们啊,你们别艳羡我拥着个千娇百媚的夫人,珈馆剧场到处都有我们的足迹,可知道我们有一段极新奇有趣味的历史吗?诸位请坐,听我们道来。"①风格和评书如出一辙。当然,章回体的拟回不但体现了译文的中国范式,回目的押韵和文采更体现了译者的文风雅韵。如晚清首部汉译西方小说《昕夕闲谈》的第一节为"山桥村排士遇友,礼拜堂非利成亲";周桂笙《毒蛇圈》第一章标以"逞娇痴佳人选快婿,赴盛会老父别闺娃"的回目,对照工整,用词夸饰;包天笑《苦儿流浪记》第一回"出生六月遭盗取,幸有养母相偎依"、第二回"行年九岁被出卖,善心老人来承买"等还兼有主观感受的表达;再如苏曼殊节译雨果《惨世界》经陈独秀修饰后,以十四回译叙小说情节,首回名为"太尼城行人落魄,苦巴馆店主无情",其中冉阿让因偷窃面包喂养孩子而获罪这一情节的改译堪称代表:"那金华贱自从那大雪的时候,眼巴巴地坐在家里忍不住饥饿,就偷窃面包犯案。衙门里定了罪后,就把一条铁链子锁住他的手脚,就用一辆罪人的马车,解到道伦地方的监里,便把华贱换上一件蓝布的罪犯衣服,那衣襟上面有个号头……"②译文将小说中"法庭"置换为汉语特有的"衙门",罪犯的编号为"号头",公案小说风味明

---

① 马克·吐温:《百万镑》,笑、呆译,《小说时报》1911年第17期。
② 苏曼殊:《惨世界》,载《民国丛书》(第5编),上海:上海书店,1981年,第352页。

显。且从第八回后便和原文毫不相干,译者凭空添置情节,编造故事,塑造一侠客形象,并以反对拿破仑称帝独裁终篇,陈独秀借修饰译文来宣传自己的思想,为新文化运动反传统摇旗呐喊;再如伍光建翻译大仲马《法宫秘史》时,也拟30回进行统摄,首回以"话说一千六百六十年"交代时间背景,后面每回都以"再说"开头,其间还不时穿插"且说"之类的承接套语;对《孤女飘零记》(《简·爱》)的翻译也是以章回体冠名,在每一章的前面都增添了两字概括内容,对原作进行节译,并将大量景物描写的段落删掉,读者就像在读《水浒传》《彭公案》等明清狭义小说和公案小说,丝毫没有阅读域外小说的文化隔阂,减少了外国文学的陌生感和审美距离,容易引起读者的阅读共鸣。当然,这些处理在当时有其必然性。在晚清外国新元素进入我国文学系统之际,译者还不断在新旧文学之间徘徊,一方面被西方文学所吸引,另一方面又有所抗拒。他们"在不同的文化范畴下运作,受到各种各样不同的掣肘,因而在翻译时会有很多各种各样不同的考虑,根本不可能翻译出跟原文一模一样的译文来"[1],这样,译文对原文信息的传达难以到位,读者看到的仅仅是小说的故事情节。在传统伦理道德文化的影响下,翻译家"在内容上不敢违背中国读者的口味及伦理观,甚至修改原作以和中国旧势力妥协"[2]。尤其对中国文学而言,小说的地位一直不高,是茶余饭后的谈资和消遣,难登大雅之堂,从文学的接受维度来看,晚清译者也未完全具备西方小说的知识结构,加之读者的期待视野还没有达到完全接受西方小说模式的程度,译者只有迎合读者的口味,将西方小说译为传统的章回体,进行审美的置换,才会使译本受到读者认可。故这些小说译本"从形式上实在看不出与中国古典小说

---

[1] 王宏志:《重释"信达雅":二十世纪中国翻译研究》,上海:东方出版中心,1999年,第9页。
[2] 陈福康:《中国译学理论史稿》,上海:上海外语教育出版社,1992年,第237页。

有什么不同"①。并且,当时译界未有规范的翻译理论作支撑,也没有翻译伦理进行规约,"译者以豪杰自命,不受原文束缚,任意添削"②等较为常见,译文和原文之间的相符度极低。如梁启超在译《十五小豪杰》时有"割裂回数,约倍原译,然按之中国说部体制,觉割裂停逗处,似更优于原文"③之论。曾朴翻译雨果《九三年》,虽然对原文领会较好,但在翻译时删减了大量的背景交代和叙事情节,使译本靠近中国文化和读者的接受期待。苏曼殊译拜伦长诗《唐璜》"哀希腊"首节则以"巍巍希腊都,生长奢浮好。情文何斐宜,荼幅思灵保。征伐和亲策,陵夷不自葆。长夏尚滔滔,颓阳照空岛"④为韵,宛如《古诗十九首》的风范,读者阅读起来毫无生硬感。当然,这样的替换主要是晚清译者的知识谱系、文化传承、受众考量等原因使然,也是当时翻译活动还不够规范的产物。

后世对晚清汉译西方小说中的传统文化渗透现象褒贬不一。如瞿秋白认为"严复、林琴南、梁启超等等的文章,的确有陈列在历史博物馆的价值"⑤,林语堂说严、林二人"一位把赫胥黎十九世纪文字译成柳子厚封建论之小影(引张君劢先生批语),一位把西洋的长篇小说变成《七侠五义》《阅微草堂笔记》等的化身"⑥等,皆为讥评。但瞿、林等五四文人的持论,是在文言已被白话取代的语境中展开,有失公允。因为晚清译者受时代语境所限,不能精准把握译入语背后的文化意涵,尤其是他们认知还处于传统到现代的转型过程中,古文还是文学

---

① 郭延礼:《中国近代翻译文学概论》,武汉:湖北教育出版社,1998年,第39页。
② 王向远:《二十世纪中国的日本翻译文学史》,北京:北京师范大学出版社,2001年,第24—25页。
③ 参见陈平原、夏晓虹:《二十世纪中国小说理论资料·第一卷(1897—1916)》,北京:北京大学出版社,1989年,第47页。
④ 参见柳亚子编:《苏曼殊文集(第一卷)》,北京:当代中国出版社,2007年,第50页。
⑤ J·K(瞿秋白):《再论翻译——答鲁迅》,《文学月报》1932年第2期。
⑥ 林语堂:《论翻译(代序)》,载吴曙天编:《翻译论》,上海:光华书局,1933年,第6—7页。

书写正宗,传统道德伦理、家庭伦理、审美伦理的影响还根深蒂固,他们的翻译不可能像五四之后的客观、精准。也就是说,与五四之后成长起来的新文学家相比,晚清翻译家对外国文学的了解还比较浅,辨别能力和翻译经验也不足,外语识读能力更是短板,有时不加分辨就着手翻译,因此饱受诟病。但翻译不是语言层面一对一转换即可,译者必须进行综合评判,尤其要充分考虑到译文的时代背景、社会需求、受众群体、审美习惯等不同维度。"当两种文化开初接触时,翻译,哪怕是难免错讹的翻译,都是促进了解的必要步骤,是跨越语言和文化鸿沟的桥梁。"[1]故我们今天审视晚清汉译西方小说,在指出其缺点的同时,更应看到它对清末民初外国文学普及的历史价值,而非一概加以否定。

晚清汉译西方小说,不但在外在形式上被冠以中国传统的文学书写形式和审美习惯,在内部结构和情节描写等方面也被译者进行中国文学的形式替换,主因在于译者对中国文学的高度认同和文化自信,在他们看来,近代中国之所以被动挨打实是技不如人所致,而并非文化上的落伍,中国数千年的文学自成一体,且延时久远,诗词歌赋的博大精深,史传散文的恢宏大气,尤其是语言书写的复杂多变,都不是西方的拼音文字所能比拟的;另外,从接受者的角度看,要使读者陡然接受与中国文学的审美范式完全不一样的外国文学,在晚清实非易事,只有迎合读者的阅读习惯的接受模式,才能使译文有传播的机会,实现翻译初衷,这种情况到了五四运动之后,才有所改观。

综上所述,晚清西方小说汉译,由于时代所限,译者紧扣中国文化传统和诗学传统对原著进行道德伦理、家庭伦理、审美伦理等渗透,译文中植入中国孝文化、变换宗教元素的表达、大量删减景物描写、改变

---

[1] 张隆溪:《比较文学研究入门》,上海:复旦大学出版社,2009年,第137页。

叙述人称、省略心理描写、隐去男女之间的性爱表述等十分普遍,在使译文靠近中国伦理和审美文化的同时,却与原文差距甚远。当然,这样的伦理文化植入和渗透有着深刻的历史背景:一是晚清翻译家对自身的文化保有相当高的自信,认为华夏文化数千年来自成体系,即便技不如人,但于文化文学上却有骄傲的资本,"中国文化之高,固始不能称为世界第一,经过了四五千年长久的时间,也自有他的精深博大"①,西方小说汉译,不过是借西人之酒杯,浇自己胸中之块垒;二是晚清西方小说的翻译家很多属旧派文人,自幼熟读四书五经等儒家经典,对中国传统文化有着潜意识的迷恋,有些是科考废除仕途无望才走上翻译道路的,他们外语程度低,对西学的认识浅,更无翻译伦理的制约,随意性较大,"当时的翻译其实包括了改述、重写、缩译、转译和重整文字风格等做法"②;三是晚清翻译家普遍缺乏对外国文化、文学的系统认知,特别是对中西方两种文化的异质性缺少判断,故在翻译时不经意将译本靠向中国的伦理和传统,"用中国传统的文学标准来观照西方小说"③,和五四之后的翻译家相比,在翻译规范性和严谨性上相对欠缺。但晚清西方小说汉译是传统文学新变和转型的开始,是我国大规模引进西方文学的前夜和准备,虽然存在很多问题,但其文学史、文化史贡献还是值得肯定的。

第四节　论与梁实秋有关的几次翻译笔战

梁实秋是新月派的代表作家,亦是著名的外国文学翻译家。纵观

---

① 苏雪林:《林琴南先生》,《人世间》1934 年第 14 期。
② 王德威:《想象中国的方法》,北京:生活·读书·新知三联书店,1998 年,第 102 页。
③ 胡翠娥:《文学翻译与文化参与:晚清小说翻译的文化研究》,上海:上海外语教育出版社,2007 年,第 59 页。

中国现代文学史、学术史,梁氏是卷入各种论争最多之人。有些是他主动挑起,部分则是商榷性回复。其中最为知名的当属与鲁迅关于文学"阶级性"之争,并被鲁迅讽以"资本家乏走狗"之骂而为文坛周知;此外还与傅东华、邢光祖等人有过外国文学翻译语言及风格的散韵之争、与朱光潜有过关于"文学之美"的论争、与钱穆有过关于中西文学比较的论争、与梁宗岱关于诗学的论争,等等。梁氏多次卷入论争中心,一方面说明他喜欢质疑别人的观念、积极思考诸多学术问题;另一方面也说明他喜欢论争这种形式,并冀此辩明众人关注的热点问题。正如他在《鲁迅与牛》一文中所说:"只要不闹到意气用事,辩难的文字也不是完全没有意思的,打笔墨官司是容易事,实在就是较文雅的吵嘴。"①而民国时期的学术论争,有推动学术研究的重要作用,毕竟很多学科和观念在文化的现代转型期还不是很成熟和完备,且观点越辩越明,实在是良好学术生态的重要体现。就以梁实秋为中心的几次翻译论争而言,学界只关注到鲁梁之论,其实,梁氏与邢光祖、傅东华、郑振铎等人还有几场关于域外文学翻译的笔战,其论争的深度和广度不下于鲁梁之争。我们今天实有必要梳理以梁实秋为中心的这几次翻译笔战,一方面可以还原当时的论争场景和学术氛围,另一方面也可以丰富翻译史研究,并拓宽翻译理论的研究进路。

一、与鲁迅关于硬译、死译等译法之争

鲁迅和梁实秋之间的翻译论争,只是二人笔战的一个环节,他们在翻译论争展开之前就有过其他论辩。1926年梁实秋由美留学归来,旋即发表了《现代中国文学之浪漫之趋势》一文,对新文化运动措辞批判,该文引起鲁迅先生的强烈不满,招致反驳。之后二人围绕着文学

---

① 梁实秋:《鲁迅与牛》,《新月》1930年第2卷第11期。

的人性论、文学的阶级性、文学批评观等展开笔战,最终扩大,持续数年,并卷入了很多作家和学者。鲁梁二人关于翻译的笔战,导火线是1929年鲁迅编译卢那察尔斯基《文艺与批评》的《译者附记》的观点。鲁迅言道:"从译本看来,卢那卡尔斯基的论说就已经够明白,痛快了。但因为译者的能力不够和中国文本来的缺点,译完一看,晦涩,甚而至于难解之处也真多;倘将劣句拆下来呢,又失了原来的精悍的语气。在我,是除了这样的硬译之外,只有'束手'这一条路——就是所谓没有出路——了,所余的唯一的希望,只在读者还肯硬着头皮看下去而已。"①这段话有两层意思:一是原文流畅,但译文晦涩,原因不在原文,而是译者能力和中文的缺点所致;二是为保持原文风格,只能硬译,且别无他法。梁实秋读了后,立马撰写《论鲁迅先生的"硬译"》一文在新月派机关刊物《新月》杂志上刊出,对鲁迅观点公开质疑。此文引发了20世纪30年代前期有关翻译问题的论争,在中国现代翻译史上具有标志性意义,后来赵景深、瞿秋白等人都卷入其中。在文中,梁实秋举鲁迅译达尔文进化论中的一段译文为例,批判鲁迅译笔佶屈,文字生涩,定论鲁迅译文为"硬译",甚至归入死译一类。"死译一定是从头至尾的死译,读了等于不读,枉费时间精力。"②他不无尖刻地说:"死译的例子多得很,我现在举出鲁迅先生的翻译来作个例子,因为我们人人知道鲁迅先生的小说和杂感的文笔是何等的简练流利,没有人说鲁迅先生的文笔不济,但是他的翻译距离'死译'不远了。"③针对鲁迅所论汉语的缺点问题,梁实秋认为,不能将翻译不畅和生涩之病归于中国文字的缺点,这是译者自身的翻译素养造成的,而非文字本身的问题,鲁迅将中国文字视为译文生涩之原因,是极不合理的借口。

---

① 鲁迅:《鲁迅全集》第10卷,北京:人民文学出版社,2005年,第299页。
② 梁实秋:《论鲁迅先生的"硬译"》,《新月》1929年第2卷第6期。
③ 同上。

而文字的优劣论是五四前后学界讨论的重点之一,尤其是新文化运动的倡导者——蔡元培、钱玄同、周作人等都主张中文需要改良,虽然鲁迅承认中文在翻译外国文学时是有缺点的,但也没有说要非要废除汉字或进行文字改良,这一点梁实秋有断章取义之嫌;而鲁迅一贯喜欢正话反说,他所谓的"硬着头皮"看,实为过谦之词,乃是对自己翻译的自嘲;梁实秋似乎有意将鲁迅的陈述当作真话来看,这难免招致鲁迅的不满,于是引来决绝回击。

针对梁实秋的质疑,鲁迅撰《"硬译"与"文学的阶级性"》一文予以反驳,全文分为六大部分,鲁迅的进攻策略是,将梁实秋对自己硬译的批评,直接指向整个新月派的理论基础及文学的阶级性之论,而不像梁实秋那般细化到词语的翻译层面。他首先质疑梁实秋根本没有看自己的文章,或是没看懂。"梁先生自以为硬着头皮看下去了,但究竟硬了没有,是否能够,是一个问题,以硬自居了,而实则其软如棉,正是新月社的一种特色"①,鲁迅借此批评新月派诸人的小资情调,远离民众和社会需求。"我的译作,本不在博读者的'爽快',却往往给人不舒服,甚而至于使人气闷,憎恶,愤恨。读了'落个爽快'的东西,自有新月社的人们的译著在。"②对于汉字优劣问题,鲁迅则说,"文法繁复的国语,较易于翻译外国文,语系相近的,也较易于翻译,……日本语和欧美很'不同',但他们逐渐添加了新句法,比起古文来,更宜于翻译而不失原来的精悍的语气。……中国的文法,比日本的古文还要不完备,然而也会有变迁"③,以之驳斥梁实秋强加给自己的文字改良之论。对于硬译之辩,鲁迅说这些翻译并不是为梁实秋们所准备的,是"为了我自己,和几个以无产阶级文学批评家自居的人,和一部分不图'爽

---

① 鲁迅:《"硬译"与"文学的阶级性"》,《萌芽月刊》1930年第1卷第3期。
② 同上。
③ 同上。

快'，不怕艰难，多少要明白一些道理的读者"，"自信并无故意的曲译，打着我所不佩服的批评家的伤处了的时候我就一笑，打着我的伤处了的时候我就忍疼，却绝不肯有所增减，这也是始终'硬译'的一个原因"①。鲁迅实在是论辩的高手，他不通篇回应梁实秋的举例攻击，而是将反驳的焦点转移到攻击梁实秋抹杀文学的阶级性、批判新月派的文艺理论主张，以及白璧德、卢梭等人的理论上来，这样的焦点转移，就将笔战的范围扩大了，也就不在个别词句的翻译上给予纠缠，这也是后来梁实秋在气势上输于鲁迅的原因。

对鲁迅转移性的反驳，梁实秋又撰《答鲁迅先生》一文中进行回击。他首先指责鲁迅避实就虚，并说明鲁迅的译文之所以晦涩难解，是因为"鲁迅先生自己的糊涂与懒惰"②；同时指出鲁迅的很多翻译是重译和转译，这其实是造成鲁迅先生翻译不当的原因之一，这一点，似乎说到了鲁迅译文的核心问题了。其实，对鲁迅和梁实秋的笔战，有文学站位、流派所属、学缘传承等深层次问题，也有文人之间意气用事、文人相轻等原委，但将二人翻译笔战置于整个文学史、翻译史来看，并没有赢家。对于鲁梁二人的论争，正如有论者所指出的，"笔战的结果，就我的印象而言，是鲁迅得胜，但并不是他有理，而是因为他的文笔比较犀利。不过，道理是在梁实秋这边的"③。梁实秋对鲁迅硬译、死译的不满和批评在给新月派同人叶公超《论翻译的一封信》中仍然有所体现，同时他还在该文中具体提出自己的翻译主张："翻译要忠实于原文，如能不但对原文的意思忠实，而且能对'语气'忠实，这自是最好的翻译。虽能使读者懂，而误译原文，这种翻译是要不得的；既是

---

① 鲁迅：《"硬译"与"文学的阶级性"》，《萌芽月刊》1930年第1卷第3期。
② 梁实秋：《答鲁迅先生》，《新月》1929年第2卷第9期。
③ 蔡清富：《鲁迅梁实秋"人性"论战评议》，《鲁迅研究月刊》1998年第6期。

误译原文,二还要读者'硬着头皮'去读懂,这是太霸道了。"①"坏的翻译,包括下列几个条件:(一)与原文意思不符,(二)未能达出'原文的强悍的语气',(三)令人看不懂。三条有其一,便不是好翻译;若三者具备,便是最坏的翻译。误译、曲译、死译、硬译、都是半斤八两。误译者不要笑硬译,莫以为指责别人译的硬便能遮盖自己译的误;硬译者也不要笑误译,莫以为指责别人的译的误便能遮盖自己译的硬,你以为如何?"②梁实秋实是借给叶公超的信顺便批判了鲁迅的翻译观点。作为回应,叶公超在《论翻译与文字的改造:答梁实秋论翻译的一封信》中对梁实秋给予声援,一是不主张翻译要改革译入语的文字,"世界各国的语言文字,没有任何一种能单独的代表整个人类的思想的,任一种文字比之它种都有缺点,也都有优点"③;对于鲁迅的翻译,他也表示问题不少:"鲁迅的译法,我也勉强'硬着头皮'读了几遍,觉得非但不懂,而且看不出'不顺'在哪里,想想也只好和梁实秋站在一边,等待文字改良成功之后,再来温习旧课。"④看不懂鲁迅的译文,只能站在梁实秋一边,即是声援梁实秋,委婉批评鲁迅翻译存在的问题。

我们今天来审视鲁梁二人的翻译论争,平心而论,二人都各有合理之处,也有理亏之处。都有各自坚持自己的片面性而损害对方的合理性之嫌。当时鲁迅先生的翻译是为广大普罗大众服务,且主张硬译,即是直译之一种,只是文风一贯艰涩,而梁实秋也主张翻译要忠实原文、不作增删,在翻译观点上他们并没有本质的对立,造成二人观念分歧的深层原因还是文学主张、学缘传承、政治立场的差异,因此二者的翻译论争已经超出了翻译研究范围,这一点,在他们几回合充满火

---

① 梁实秋:《论翻译的一封信》,《新月》1932年第4卷第5期。
② 同上。
③ 叶公超:《论翻译与文字的改造:答梁实秋论翻译的一封信》,《新月》1933年第4卷第6期。
④ 同上。

药味的文字里亦是十分明显。

二、与傅东华关于《失乐园》翻译的散韵之争

傅东华是我国现代著名的翻译家,他的翻译涵盖面很宽,既有文学经典,也有理论著述,主要以欧美文学为主,涉及的国别也多,作品有《伊利亚特》《堂吉诃德》《失乐园》《飘》《珍妮姑娘》等;理论翻译有亚里士多德《诗学》、洛里哀《比较文学史》等。梁实秋在评价傅译《失乐园》之前,就弥尔顿创作《失乐园》的相关情形作了清晰梳理,鉴于傅译本仅有前半部之现状,对译文进行两个方面的批评:一是诗体的问题,一是文字的问题。因傅东华用有韵诗体翻译《失乐园》,梁实秋认为这与弥尔顿的初衷相悖,因弥尔顿并不主张史诗创作用韵。"古代有识之士于诗及雄辩中且视韵脚为病,避之唯恐不及,是故摒韵而不用"①,而傅东华将之以有韵之文翻译,这是不严谨的翻译方式。这样,译文"弥尔顿的特殊作风可以说是不大能看得出来了",此外,在翻译的语言上,梁实秋批评傅东华的译文"读起来很顺口,像弹词,像大鼓书,像莲花落,但不像弥尔顿"②。梁实秋认为这是傅东华为顾及文化传统或读者阅读习惯、使用归化译法所造成的,"译诗本来是一件难事,用中文能否写出和英文无韵诗相等的体裁,那自然也很是一个问题"③。除了语言的变通,傅东华在处理译文时,和梁实秋的出发点是相悖的,譬如傅东华在翻译《飘》时,将原文中描写美国南部风景的段落大量删减,这在主张忠实原文译法的梁实秋眼里,是一种不负责任的译法。

对于文字问题,梁实秋认为弥尔顿的文字普通读者理解起来有极

---

① 梁实秋:《傅东华译的失乐园》,《图书评论》1933年第2卷第2期。
② 同上。
③ 同上。

大难度,原因之一是其简练,之二是其颠倒的句法,之三是夹杂的拉丁成分多,虽然弥尔顿还沿用莎士比亚式的英文,但比莎翁的文字更为艰涩,也更难理解。梁实秋具体以傅译本中8处不当为例,说明翻译转换《失乐园》的文字难度,也间接批判傅东华参考他译不多、校对不精等问题。当然,梁实秋也没有完全否定傅译本,他客观评价说:"在没有更完善的译本出现以前,傅先生的译本还是值得介绍与推重的。"①此外,傅东华在翻译美国学者琉威松《近世文学批评》一书出版时,将原书序言省去,另加上自己的译序,梁实秋也认为这大为不妥,并指出该书翻译的几处误译,尤其原文的脱行问题,也就直接批评傅译的失当和不准。梁实秋说:"从事翻译的人,必须要养成一种负责任的态度,然后翻译才能走上轨道,然后专事校勘的书评才能成为不必要。"②质疑傅东华翻译的不负责任和校对不精,批评可谓不留情面,这也是傅东华后来的回驳充满敌意之原因所在。

为了回应梁实秋的质疑,傅东华撰写了《关于失乐园的翻译:答梁实秋的批评》一文刊出,首先大度承认自己之所以翻译《失乐园》,起因于商务印书馆"万有文库"的约稿,事出仓促,加之自己手头没有较好的底本,尤其没有通读就进行翻译,错漏难免;另外也是手头拮据、急需稿费养家糊口所致翻译的粗放。傅东华说:"我是读完一卷译一卷的,不宁说是读完一节译一节的,直到现在,那最后四卷也还没有读。"③就译书而言,不读完全书的翻译难免会有断章取义之嫌。对于翻译用散文还是韵文的问题,傅东华说自己使用韵文来翻译《失乐园》,目的是进行诗歌的翻译试验。虽然自己是"一个诗歌不可翻译论者",但由于自己是一个"迷恋旧体诗歌的声调(包括诗、词、曲,乃至弹

---

① 梁实秋:《傅东华译的失乐园》,《图书评论》1933年第2卷第2期。
② 同上。
③ 傅东华:《关于失乐园的翻译:答梁实秋的批评》,《文学》1933年第1卷第5期。

词、大鼓书等的声调在内)的人"①,下决心用韵文翻译诗歌,自己"所选译的外国诗歌,都不过当它一种试验的材料,不管原文有韵无韵,我一律用我自己的韵语来翻"②。用韵文翻译《失乐园》是为找到一种理想的诗歌翻译文体和语言,既然《失乐园》是史诗,就更应该用韵文进行翻译,因为这更能体现原诗的高雅庄重,如果用散文来译,难免会失去原诗的韵味。就梁实秋所说自己译文的几处错误,傅东华反驳说,通过仔细对照,发现自己理解有错的在两处,但是梁实秋批评中也有两处错误。从梁、傅二人的翻译的笔战来看,二人各有优长,但是都有较为深厚的英文功底,有比对原文的能力,这样的翻译论争在翻译史上是有积极意义的,一方面能使译文越辩越明,另一方面也能为后世提供翻译的方法的视野。后来证明,民国时期《失乐园》的两个译本,除了傅译本之外,还有朱维基的译本,朱维基用散文译出,但用韵文的傅译似乎更受欢迎,傅译本"翻译照顾到了韵脚的问题,故而更具诵读性;而且,'提纲'部分的四言句式,显得更为'古雅',诗句的翻译,文白用词参差,读起来似乎带点词曲的味道"③。可见,当时傅东华怒怼梁实秋的批评,也是有自己的自信和底气,这也是说明,民国时期的翻译家,其翻译的责任意识还是比较强的,这是后世应该积极吸收之处。

傅、梁论争的焦点,在于翻译中是使用韵文还是散文的问题,这也是当时翻译论争一个重要方面,很多翻译家都有过陈述,这也是直译和意译之争的扩大化。梁实秋主张用散文翻译《失乐园》,傅东华则用韵文来翻译,表面上是如何翻译的笔战,本质上却是文学研究会和新月社二派文学主张的潜在交锋。傅东华文章末尾尖锐的批判即是明

---

① 傅东华:《关于失乐园的翻译:答梁实秋的批评》,《文学》1933年第1卷第5期。
② 同上。
③ 李宪瑜:《二十世纪中国翻译文学史 三四十年代·英法美卷》,天津:百花文艺出版社,2009年,第23页。

证,他说:"梁某之所以要批评我,而且特别要批评我译的《失乐园》,实并非逞一时的高兴或与我有什么仇隙,而是有不得已的苦衷在里面。我之所以定要大答复,也不要与梁某争一日之长,更不是单为我辩护。须知梁某的批评并不是为他个人说话,乃是为他的一群人说话,那就是一个向来垄断着文化的教授、学者、专家们之群。"①傅文口气为之一变,行文由上文的梁实秋先生变为了梁某,且由个人转向群体,论争已经偏离起因。某种程度上,实是傅东华对梁实秋和文学研究会同人批判的回应。傅东华是文学研究会的中坚之一,他和茅盾、郑振铎等人以商务印书馆、《小说月报》为中心,形成了大致相同翻译观念。在批评傅东华《失乐园》翻译问题之前,梁实秋就曾经撰文指出郑振铎翻译泰戈尔的《飞鸟集》的失当之处,并指出郑译中的几处问题。尤其对郑译的删减表达不满:"泰戈尔的《飞鸟集》一共三百二十六首,郑译只有二百五十几首。"②为此,郑振铎撰《再论飞鸟集译文:答梁实秋君》一文给予回应。郑振铎说,就节译而言,诗歌不像长篇,每一首诗都基本独立,这样的翻译应该不算大失误;对于翻译失误,郑振铎也大度承认并作出说:"当《飞鸟集》出版时,我自己就很后悔,因为当时就已发现几个错处,后来想在报纸上改正一下,因为事情太忙,竟没有功夫做这个工作。"③除了批判傅郑二人,梁实秋还写有《耿济之翻托尔斯泰的艺术论》一文,指出耿氏翻译《艺术论》存在的偏颇,尤其指出翻译借鉴的源文本不好、误译等现象。相对而言,郑振铎是文学研究会中比较严谨的学者,但在处理译文时,也没有安全按照原文进行取舍,这和文学研究会的初衷是一致的,即"以现代的眼光,研究历代的文学;以世界的眼光,创造本国的文学"。翻译文学的作用,一定是要有益于本国

---

① 傅东华:《关于失乐园的翻译:答梁实秋的批评》,《文学》1933 年第 1 卷第 5 期。
② 梁实秋:《读郑振铎译的〈飞鸟集〉》,《创造周报》1923 年第 9 期。
③ 西谛:《再论〈飞鸟集〉译文:答梁实秋君》,《文学旬刊》1923 年第 80 号。

文学的成长,而原文和译文之间的错综复杂的关系,对于救亡启蒙背景下的文学研究会诸人而言,并不是他们关注的焦点,在这一点上,实和梁实秋的理论主张不一致,这也是笔战产生的真正原因。

三、与邢光祖关于莎剧翻译的散韵之争

梁实秋是翻译莎士比亚戏剧作品较早的翻译家之一,更是莎士比亚完整全集的翻译者,因此对莎剧的翻译应该是比较有发言权的。在翻译史上,如何翻译好莎士比亚是个永恒的论争话题。梁实秋根据自己的翻译经验,不时阐释自己对于翻译的看法。我们从他和鲁迅、傅东华、郑振铎等人的翻译论争中,可以将其归并于直译一派。对如何翻译莎剧,梁氏更为强调直译,以尽力保持原文风貌,尤其反对原文进行增删改写,面对有一定难度的原文,他还主张进行译注,或考证比对不同的版本,以保证译文的全面性和准确性,并有助于读者的精确理解。可以说,就梁实秋的翻译观点和译介实践而言,他已经注意到翻译中的伦理问题,也开始有意识建构自己的翻译理论,以总结翻译经验、指导翻译实践。

在20世纪三四十年代,翻译莎剧是文坛大事。当时很多翻译家都有翻译莎剧的勃勃雄心,不过因诸多限制,后来付诸实践者少。除梁实秋、朱生豪两位重要的翻译家外,曹未风、徐志摩、田汉、孙大雨等人都有过零星翻译,后来方平也出了莎剧全集的复译本。而当时莎剧翻译之所以难以推进,一是莎剧篇目众多,翻译周期长;二是莎剧翻译的难度较大,一般译者难以驾驭。而莎剧又是当时国人期待较高的外国文学经典,相关学术争鸣也就较为常见。作为较早的莎剧译者,梁实秋对如何翻译莎剧有着自己独到的看法,也就难免招来其他学者的商榷。其中邢光祖的研讨比较具有代表性。邢文通过梳理莎剧在中国的翻译情况,以梁实秋的翻译说明为出发点,提出了自己不同的翻译意见。第一,在翻译用体方面,邢光祖认为

梁实秋将莎剧翻译为散文是存在问题的,这点和傅东华相似。他批评说:梁实秋将"莎士比亚的剧诗译为散文,译为散文的散文"①,这样一来,"不是翻莎士比亚,而是翻译莎士比亚的字面意义"②,难免造成翻译上的错失。邢光祖进一步指出:"莎士比亚的翻译是要将莎士比亚的内在的神韵传达出来,让读者相信是莎士比亚(至少要像莎士比亚);这种内在的神韵比字面的意义要紧得何止百倍!"③因此,字面意义的忠实转化并不是最重要的,关键是文字背后的神韵要翻译出来,"一个翻译家,如其要保持原作的力量和神韵,不应该光在原著的字面上用功夫,他自己应该要完全地了解原作的才气和感情;题材的性质,艺术或所论题材的名目;这样他的译文方才能够和原著一样地适切,具有一样地生命,如其刻板地字比字来译,在他那面目可憎的译文中一定毫没有原则的神韵"④。而强调译文的神韵,一直是20世纪三四十年代翻译论争的重点范畴之一,譬如曾虚白和陈西滢翻译论争的重心就是诗歌翻译的神韵问题,尤其强调译文的信、达和神韵之间如何较好通融问题;再如与梁实秋在青岛大学共事的孙大雨也认为莎剧很多是用诗体写成,故应该用诗来翻译,也主张翻译使用韵文。总起来说,邢光祖站在翻译神韵说的一方,而梁实秋的翻译实践似乎更强调信和达。这样看来,邢、梁二人的翻译论争,也是20世纪三四十年代直译和意译,严复信、达、雅论争的沿袭。梁实秋以散文来翻译莎士比亚的戏剧,诟病的是从舞台表演效果不好,"梁翁为求译文之'信',通常用散体译'诗',在'体'上其实于'信'已经不信。就算不计这一点,我也觉得梁先生译作中

---

① 邢光祖:《论翻译莎士比亚:与梁实秋先生讨论莎士比亚的翻译》,《红茶》1938年第2期。
② 同上。
③ 同上。
④ 同上。

的散文拗口,尤常让'原文'给绑住,因此译出许多舞台上演不来的剧本"①。对于莎剧而言,韵文可更好展现舞台效果,而且从剧本本身的文学性来说,韵文都要显得高雅一些,也更接近莎士比亚原文的时代风格。"梁译莎剧将莎剧语言的精华无韵诗体翻译成散文,作为演出脚本,难免累赘、冗长,不能做到朗朗上口,亦未能将原文妙处曲曲传出,基本属案头剧。"②作为诗人、散文家的梁实秋,应该有韵文译莎剧的能力,他之所以选择散文,主要还是从忠实莎剧的原文出发,不增减莎剧的语词。"莎氏剧中淫秽之词,绝大部分是假藉文字游戏,尤其是所谓双关语。朱生豪先生译《莎士比亚全集》把这些部分几完全删去。他所删的部分,连同其他较为费解的所在,据我约略估计,每剧在二百行以上,我觉得很可惜。我认为莎氏原作猥亵处,仍宜保留,以存其真。"③正如王佐良指出:"莎士比亚却极为难译,因为他所写内容最广,艺术又最精。具体困难很多,例如他写的既是剧,又是诗,这诗又是用作舞台台词的,理想的译文应是可读又不可演的……多数译者——即使是作家、诗人兼译者——总是长于此而短于彼的。"④

后来在梁实秋的回忆录中,当时胡适张罗翻译莎士比亚全集的构想,是使用散文还是使用韵文,还是颇费周折的。胡适说:"我主张先由一多、志摩试译韵文体,另由你和通伯试译散文体。试验之后,我们才可以决定,或决定全用散文,或决定用两种文体。"⑤在不断的翻译摸索中,经过精读莎剧,梁实秋认为,用散文翻译莎剧似乎更为方便,散文优于韵文,因为梁实秋作家的语感,尤其是翻译的态度十分严谨,他

---

① 李奭学:《得意忘言:翻译、文学与文化评论》,北京:生活·读书·新知三联书店,2007年,第107页。
② 马玉红:《梁实秋人文主义人生艺术追求与实践》,北京:民族出版社,2006年,第203页。
③ 梁实秋:《莎士比亚与性雅舍菁华》,长沙:湖南文艺出版社,1990年,第85页。
④ 王佐良:《一个莎剧翻译家的历程》,《中国翻译》1990年第1期。
⑤ 见柯飞:《梁实秋谈翻译莎士比亚》,《外语教学与研究》1988年第1期。

有校对不同时代、不同版本的莎剧的硬功夫,通盘考量得出的翻译结论,应该是比较合理的,因此,对如何翻译莎剧,梁实秋的观点应该更为可取。在梁实秋看来,"莎士比亚原文约三分之一是散文,这一部分译成中文的散文没有大问题";再有,"莎士比亚所使用的无韵诗实际已很接近散文"①,故将莎剧翻译成散文是可行的,而莎剧的翻译不管直译或意译都难以实现效果,因此梁实秋有一套自己的方法:句译法。"莎士比亚使用的标点符号,似乎不太正规,其实是自成体系,莎士比亚的目的乃是借以指点演员们在舞台上如何背诵台词,如何产生抑扬顿挫的效果。根据这一说明,我便决定在译文中尽可能地保存莎士比亚原文的标点符号。其结果是有一句原文,便有一句译文。译文以原文的句为单位。不是直译。逐字直译会成为令人无法卒读的文字。也不是意译,意译可能成为流畅的文字,但与原文的语气和节奏相差太远。我采用的以句为单位的译法,也许可以多少保留一些原文的节奏。"②即便别人批评,梁实秋也就不去理睬,这可能是梁实秋对邢光祖的批评不予直接回应的原因。当然,既然存在论争,也就说明存在问题,用散文或者韵文去翻译莎剧,只要能达出原文的最佳意境,应该就是最好的翻译,正如同时代的人所指出的:"梁译莎剧成就的关键,完全不在韵文与散文的差异,而唯一在诗意的出入。"③也就是说,梁实秋对莎剧的翻译,虽然使用了散文,但是成功之处并不是翻译时采用何种文体,而是梁氏能深刻领会莎剧的诗学意境,这才是梁实秋莎剧翻译成功的核心。到了晚年,梁实秋对莎剧的认识更为深入,有整合散韵之观念:"原文大部分是'无韵诗',小部分是散文,更小部分是'押韵的排偶体'。原文以白话散文为主,但原文之中押韵处和插曲悉译

---

① 见柯飞:《梁实秋谈翻译莎士比亚》,《外语教学与研究》1988年第1期。
② 同上。
③ 顾良:《梁实秋译莎翁戏剧印象》,《今日评论》1939年第1期。

为韵语,以示区别。"①可以说,这是对数十年前翻译笔战的一种回顾和反思。

中国古典文学在晚近已难以适应时代新变的需求,于是很多译者有了译介西方文学以改变中国文学的志向。如曾朴父子办《真美善》杂志之初衷,就在于"既要改革文学,自然该尽量容纳外界异性的成分,来蜕化他的陈腐体质,另外形成一种新种族。不是拿葫芦来依样的画,是拿葫芦来播种,等着生出新葫芦"②之目的。外国文学翻译对我国现代文学的生成有着重要意义。当然在近代现代翻译领域,对于如何翻译并未有深刻的理论支撑,因此,译者皆从自身经验和感受去理解翻译,去阐述翻译理论,而各自坚持自己的理论见解就发生翻译观点的交锋。翻译家之间发生理论的笔战也就十分普遍了。

而以梁实秋为中心的这几场翻译笔战,在中国现代翻译史上具有典型性和代表性,但我们不应该仅仅看到表面上相互怨怼和质疑,应该从这些论战文字中去寻找有价值的信息,细读这些翻译论争的文字,从中可总结当时翻译界的一些有益观点。一是翻译在当时还缺少翻译理论的引领,翻译并不规范,节译、误译、错译等现象还时有发生,这说明当时的翻译家还缺少翻译的自觉意识,尤其是转译现象还是比较普遍的,比如从俄文或日文转译西方文学的现象还大量存在,这恰恰是梁实秋最想批判的现象,也说明建立规范化的翻译理论已刻不容缓。譬如,梁实秋批判鲁迅的翻译,就抓住其中一点大做文章,那就是鲁迅的很多翻译并不是直接从源语文翻译,而是转道日本或通过日译本转译成汉语的。在这一点上,梁实秋确实更为严谨一些,他有对照原文的语言能力,也有校对不同版本和译本的耐心,故他有自信

---

① 见柯飞:《梁实秋谈翻译莎士比亚》,《外语教学与研究》1988年第1期。
② 东亚病夫:《编者的一点小意见》,《真美善》1929年第11期。

对鲁迅先生发起攻击,并能找到鲁迅先生翻译的一些硬伤;但不管论争的结果和恩怨如何,都在客观上推动了中国现代翻译事业的发展,促使当时的译者去思考翻译的信度和效度问题,遵循翻译的伦理,并实现与世界翻译理论界的接轨。因此,以梁实秋为中心几场翻译笔战,对于中国翻译史是有积极意义的。"论争涉及了文学翻译的方方面面,提出了一些发人深思的基本的问题和课题,也集中体现出了学术论争在理论建构中的作用和局限。"①二是作为留洋的学者和文人,梁实秋有较为深厚的英文修养,已经有了翻译理论的建构意识,有这种意识,肯定会关注译界的翻译规范,并在辩论中陈述自己的翻译主张,即便很多主张还没有上升到系统的理论化的高度,但毕竟比一般人有更为严谨的思考,他虽然没有像严复、林语堂等人那样建构一种系统的翻译理论,但他在论辩中陈述的翻译观,已经涵盖着他的翻译理论了。比如他提出翻译应该要与原文相符,不赞成翻译中的误译、硬译、死译等现象,不管是哪一种翻译类型,都是时代的产物。梁实秋还主张翻译是一种细致严谨的活路,粗心不得,不但要认真审读原文,还要进行不同版本和译本的校对。正如胡适在给梁实秋的信中说:"翻译是一件很难的事,谁都不免有错误,错误之因不止一种,粗心和语言文学的程度不够是两个普通的原因。还有一个原因就是主观的成见。"作为回应,梁实秋说:"学翻译的人谨慎从事,蓄意批评的人也别随便发言。"②在梁实秋看来,翻译是一件严肃认真的工作,不能轻易就对翻译现象发表言论,足以见出梁实秋一贯追求严谨的翻译风格。

后来梁实秋总结自己六十余年翻译实践经验后形成《翻译的信念》一文,将自己的翻译思想归结为几端:译者务必谙熟译语和译入

---

① 王向远:《一百年来我国翻译十大论争及其特点》,《苏州科技学院学报》2011年第6期。
② 适之:《论翻译——寄梁实秋,评张友松先生评徐志摩的蔓殊菲儿小说集》,《新月》1929年第1期。

语;应慎重选择译本,应以经典文本为对象;要从源语译出,力避转译和增删;应对译本给予相应的注释处理等,都是对翻译的真知灼见,其实这些翻译理念,早在民国时几场翻译论争中已初见端倪。

第四章
晚清民国时期我国"外国文学史"的学科构建

第一节 谢六逸与我国"外国文学史"学科的构建

谢六逸(1898—1945),贵州贵阳人,名光燊,字六逸、无堂,室名夹板斋,曾用笔名宏徒、路易、鲁愚等。他出身书香世家,自幼博览群书,1918 随黄齐生东渡日本进入早稻田大学留学,1921 年夏学成归国后供职于上海商务印书馆,1922 年接替郑振铎主持文学研究会会刊《文学旬刊》的编辑工作。1930 年到复旦大学任中文系系主任,并开创新闻系亦担任系主任一职。1937 年抗战全面爆发,复旦大学、大夏大学等西迁,年底谢六逸辗转回到家乡贵阳,历任大夏大学、国立贵阳师范学院教授。期间应华问渠之邀主持《文讯月刊》,另主编《抗战文艺》半月刊,积极为抗战救亡服务,活跃在贵州文化界并影响全国,茅盾称其为"贵州督军"[①]。1945 年 8 月病逝,年仅 47 岁,令文化界扼腕。谢六逸正义谦和,博学多才,是文学研究会骨干成员,国内新闻学的奠基人,早期西方文学译介的先驱之一,更是日本文学方面的权威[②]。他与

[①] 茅盾:《忆谢六逸兄》,《文讯月刊》1947 年第 3 期。
[②] 谢六逸在 1933 年《读书杂志》(1933 年第 3 卷第 1 期)中撰有一个简单的自传,罗列了自己出版书籍的清单。著书:《茶话集》(新中国书店)、《水沫集》(世界书局)、《日本文学史》(北新书局)、《日本文学》(开明书局)、《日本文学论》(商务印书馆)、《神话学》(世界书局)、《农民文学》(世界书局)、《彗星》(现代书局)、《鹦鹉》(世界书局)、《儿童文艺》(北新书局)、《文艺思潮讲话》(北新书局)、《小说创作论》(光华书局)、《新闻学概论》(商务印书馆)。译书:《海外传说集》 (转下页)

"沈德鸿、叶绍钧、夏丏尊诸先生发起文学研究会,标举写实主义,以介绍外国文学为志职"①,致力于中国文学文化的现代转型。在引进外来文学新观念、介绍外国作家作品时,谢六逸认识到文学史视野对外来文学普及的重要性,于是他利用报刊编辑之便,不断发表外国文艺理论、文学思潮和文学流派的文章,一方面积极介绍欧美文学家及文学发展概况,向国人普及外来文学常识;另一方面则利用留日之优势,进行系统的"日本文学史"撰写。这两方面的成果后来结集成《西洋小说发达史》《世界文学》《日本文学》《日本文学史》等专著出版,对中国现代"外国文学史"学科的形成和发展做出较大贡献。但目前学术界对谢六逸的研究主要集中在新闻学领域,而对其文学方面的成就关注较少,本节从"外国文学史"学科构建的角度切入,力求客观还原谢六逸在外国文学研究领域的文学史地位。

一、五四前后我国"文学史"与"外国文学史"的萌生

为了说明谢六逸在中国现代"外国文学"学科方面的贡献,很有必要对五四前后"文学史"与"外国文学史"的生成历程加以回顾。应该说,文学史概念的形成和文学史的编写,是近现代大学专业设置、特别是学科分工细化的产物,编写文学史的目的是为系统研究和教授文学之需。就中国而言,文学史的萌生是近代以来西学东渐的结果。我国

(接上页)(世界书局)、《志贺直哉短篇小说集》(中华书局)、《日本近代小品文选》(大江书铺)、《接吻》(日本近代名家小说,大江书铺)、《范某的犯罪》(日本近代名家小说,现代书局)、《奥德赛冒险记》(商务印书馆)、《伊利亚特的故事》(开明书店)。谢六逸1921年从日本回国,短短十余年间就取得这样的成就,实在是让人惊叹。需要指出的是,谢六逸主要的文学成就是在1937年前做出来的,回到贵阳后,就很少有专著问世了。这一方面由于谢六逸被家庭所累,没有时间从事系统的创作和研究;另一方面是他回到家乡贵阳后主要精力用在编辑出版等活动上,故文学研究方面的成果就大为减少。我们从1945年《贵州民意》根据大夏大学资料统计看,谢六逸的著作有四十种之多,但还有一些未统计进来。

① 贵州民意编辑部:《谢六逸先生事略》,《贵州民意》1945年第4期。

传统研究文学之法,大都以注疏、评点为主,而编史最具心得的史家们,并未以史之眼光来统摄和研究文学,故在清末科举废除之前,中国并没有文学研究专史的出现。最早提出"文学史"概念的是黄人(摩西),他在1911年《普通百科新大辞典》一著中对"文学"词条进行解释时首次论及,他说:

> 我国文学之名,始于孔门设科,然意平列,盖以六艺为文,笃行为学。后世虽有文学之科目,然性质与今略殊。汉魏以下,始以工辞赋者为文学家,见于史则称文苑,始与今日世界所称文学者相合。……我国文学,注重在体格辞藻,故所谓高文者,往往不易猝解,若稍通俗随时,则不甚许以文学之价值,故文学之影响于社会者甚少,此则与欧美诸国相异之点也。以源流研究文学者曰文学史。或以种族,或以国俗,或以时代,种类甚多,颇有益于文学。而我国则仅有文论、文评及文苑传而已。①

黄人虽然长期在东吴大学教授国学经典,却具有极高的西方文学、文化修养,他在吸纳西方文学观后引出自己的文学史概念,并编撰了国人第一部借鉴西方文学理论编写的《中国文学史》,突破国人研究文学仅限于文论、文评和文苑传之褊狭路径。在黄人之前,1910年林传甲编写了另一本《中国文学史》出版。他在序中自述云:"传甲斯编,将仿日本笹川种郎中国文学史之意以成书焉,或课余合诸君子之力,撰中国文典为练习文法之用,亦教员之义务,师范必需之课本也。"②林氏发现系统性强的文学史对文学研究和文学教育的价值和意义,故其编纂之目的在于为大学教员和学生提供课本。该书虽以日本学者的

---

① 黄摩西编:《普通百科新大辞典》(子集),上海:国学扶轮社,1911年,第106页。见陈平原:《晚清辞书视野中的"文学"——以黄人的编纂活动为中心》,《北京大学学报(哲学社会科学版)》2007年第2期。
② 林传甲:《中国文学史》,《广益从报》1910年第229期。

文学史为样本进行移植编写,但对中国文学史学科的形成还是具有一定的引导作用;之后,1913年王灿翻译日本文学史家古城贞吉的《支那四千年文学史》出版,译者认为该书"取材宏富,论断精确,允为文学史之善本,因亟译之以饷吾国学子",①希望翻译过来能使国人文学史知识有所长进。由以上可知,在清末民初,学者们已经发现,要全面认识文学的特点及其发展沿革,文学史的编写是十分必要的,它能"记述文学的产生,和文学家的时代、环境、个性、作风,及其前后的关系,供研究文学的参考"②。而在五四新文化运动胜利以后,文学史更是受到文学研究者的高度重视,它被学界公认为文学研究的基础。这样,在现代教育制度的引进、西方文学史思潮和日本编写样板的影响下,晚清民国数十年间,中国学者编著了很多大部头的《中国文学史》出版,既有通识性著作,也有分体性著述,基本奠定了后来的文学史编写格局。当时代表性的著述有:曾毅《中国文学史》、张长弓《中国文学史》、刘毓盘《中国文学史》、胡适《白话文学史》、谢无量《中国大文学史》、鲁迅《汉文学史纲要》《中国小说史略》、郑振铎《文学大纲》、刘大白《中国文学史》、谭正璧《中国文学史大纲》、苏雪林《中国文学史》、钱基博《现代中国文学史》、陈子展《中国近代文学之变迁》、陆侃如与冯沅君《中国文学史简编》、赵景深《中国文学史新编》、刘大杰《中国文学发展史》等③。这些著述,以国学文献为基础,以西方文学理论作参照,为中国文学的系统研究和普及奠定了坚实的基础,在今天仍然具有较大影响。

在"中国文学史"为学界所重的同时,"外国文学"学科也开始进

---

① 王灿:《支那四千年文学史》,《溈报》1913年第3期。
② 洪北平:《文学史的研究》,《新潮》1922年第2期。
③ 有学者统计,晚清民国时期,中国学术界出版的《中国文学史》方面的著作有122种(见陈玉堂:《中国文学史书目提要》,黄山书社,1986年。)这可能还是保守统计。如果算进期刊上连载的一些著述,或者学者们以手抄讲义形式在大学课堂上使用而未出版的资料,数% 会远远超过122种。

入研究者视野。在我国文学研究领域,"外国文学"作为学科称谓首次出现是在1906年王国维的《奏定经学科大学文学科大学章程书后》一文中。王国维主张,"定文学科大学之各科为五:一、经学科,二、理学科,三、史学科,四、国文学科,五、外国文学科(此科可先置英德法三国,以后再及各国)。"①清末科举废除后,我国开始引进西方大学学制,作为学贯中西的学问大家,王国维首先意识到要培养综合素养高的现代人才,必须开设外国文学课程。但在20世纪最初十年的中国文学界,谙熟世界各国文学,能系统讲授外国文学的学者,放眼全国亦十分稀少。一年后,鲁迅在《域外小说集·序》中也提及"外国文学"这一概念:"我们在日本留学时候,有一种茫漠的希望:以为文艺是可以转移性情,改造社会的。因为这意见,便自然而然的想到要介绍外国新文学这一件事。但做这事业,一要学问,二要同志,三要工夫,四要资本,五要读者。第五样逆料不得,上四样在我们却几乎全无:于是自然而然的只能小本经营,姑且尝试,这结果便是译印《域外小说集》。"②在鲁迅看来,要在中国发展外国新文学的事业,五要素必不可少,但当时"学问""同志""工夫""资本"等四要素都不具备,故在20世纪的最初十年,要进行外国文学学科的系统建构,基础不好,时机也不成熟。因此真正以史的视野进行外国文学知识的系统编纂是新文化运动以后的事了。1917年周作人在北京大学开设"欧洲文学史"课程,才使外国文学史正式进入大学课堂,也就是说十年后才实现了王国维和鲁迅的设想。当然,王国维和鲁迅等先驱的"外国文学"表述还不属严格意义上的学科史概念,但无疑对五四以后外国文学史学科的建构有重要参考和引导价值。

相对于中国文学史而言,外国文学史的编写在五四前后面临的难

---

① 王国维:《奏定经学科大学文学科大学章程书后》,《东方杂志》1906年第6期。
② 鲁迅:《域外小说集·序》,《译文序跋集》,北京:人民文学出版社,2006年,第14页。

度更大。一般来说,当一个民族在刚开始接触外来文学和文化时,即便知识精英也缺乏外国语言的知识,更缺少对外来文学全面而系统的认知,故编写外国文学史对于理清外来文学脉络,普及外国文学基本知识具有十分重要的作用。当然,编著外国文学史实非易事,需要宽泛的学术积淀和长期的学科研究支撑。因此五四前后很多先驱者对外国文学史编写的难度还是有着深刻的认识。如吴宓《希腊文学史》"附识"所论就极具代表性,他说:"编著文学史,其业至为艰巨,盖为此者,必须具有五种资格:一曰博学;二曰通识;三曰辩体;四曰均材;五曰确评。"①虽然工作不易开展,但对于五四前后中国文坛和知识界来说,外国文学史的编写却是十分紧急之事,吴宓进一步论述道:

> 文学史之于文学,犹地图之于地理也,……故吾人研究西洋文学,当以读欧洲各国文学史为入手之第一步。此不容疑者也。近年国人盛谈西洋文学,然皆零星片段之工夫,无先事统观全局之意。故于其所介绍者,则推尊至极,不免轻重倒置,得失淆乱,拉杂纷纭,茫无头绪。而读书之人,不曰我只欲知浪漫派之作品,则曰我只欲读小说,其他则不愿闻之,而不知如此从事,不惟得小失大,抑且事倍功半,殊可惜也。欲救此弊,则宜速编著欧洲文学史。②

吴宓充分认识到编写系统的外国文学史对国人全面认知外国文学作品的重要性,这亦是很多新文学史家的共识。后来朱自清在《欧洲文学的渊源》一文中也强调:"研究任何一国文学,我们要有史的意识,要穷究它的根源,它的传统或社会的遗产。有了史的意识,我们才知道区区一花一果都承受着悠久年代的风雨滋润与晴光涵照,也才知

---

① 吴宓:《希腊文学史》,《学衡》1923年第13期。
② 同上。

道一个文学从古至今有它的连续融贯的生命。"①虽然面临文化上和语言上的不少障碍,但在民国期间,出于系统介绍外国文学之目的,中国学者撰写的外国文学史并不少,基本奠定了后世外国文学史(这时期的外国文学史重心在西方文学,东方除日本外,几乎没有涉及)的体例和范式。民国期间,中国学者著编的代表性的西方(欧美)文学史(包括国别史和通史)有:周作人《欧洲文学史》《欧洲近代文学史》、郑振铎《文学大纲》、谢六逸《西洋小说发达史》、茅盾《西洋文学通论》《西洋文学讲座》、张资平《欧洲文艺史大纲》、于化龙《西洋文学提要》、金石声《欧洲文学史纲》、余慕陶《世界文学史》、啸南《世界文学史大纲》、柯根《世界文学史纲》、徐伟《欧洲近代文学史讲话》、柳无忌《西洋文学的研究》、赵景深《西洋文学近貌》、张毕来《欧洲文学史简编》、胡仲持《世界文学小史》、袁昌英《法兰西文学》、瞿秋白《俄国文学史》、刘大杰《德国文学概论》、徐霞村《法国文学史》、金东雷《英国文学史纲》、董每戡《西洋诗歌简史》等②。这一时期的西方文学史著作,很多是出自作家之手,这比后世单纯研究"文学史"的学者更有文学的感悟,即便今天看来,很多评价也不见过时,甚至中华人民共和国成立后出版的诸多《外国文学史》,都是在这些论著的基础上不断推进和深化的。

二、谢六逸对"西方文学史"的学科贡献

在中国新文学发展过程中,西方文学对中国文学的现代转型具有诱导和参照作用。而随着西方文学的大量翻译引进,学者们开始认识

---

① 朱自清:《欧洲文学的渊源》,《益世报·文学周刊》1946年15期。
② 有研究者统计,从1917到1949年,民国出版的西方(欧美)文学史(包括通史和国别史)有96本,其中译著15本,编著81本(丁欣:《中国文化视野中的外国文学——20世纪中国"外国文学史"教材考察》,复旦大学2004年博士论文)。但是这个统计应该是比较保守的,遗漏不少,如果对民国时期史料进行挖掘,辑佚,当时出版的西方文学史应该远远不止这个数目。

到要使西方文学在中国得到普及,编写西方文学史就十分必要。而在民国西方文学史的学科构建中,谢六逸是较早参与其中之人。他借助留学之便,转道日本对西方文学进行了较为系统的学习,归国后便将外国文学的译介作为重要事业之一,更使他在五四前后的外国文学研究领域占有一席之地,也形成文学研究"史"之宏观思路。他指出:"若要把那些有名的著作家及他们的著作归纳起来,希冀得一点系统的知识,便非从文艺思潮或文学史的研究着手不可……我国文艺不发达的原因,在于作家只知'闭门造车',没有和世界文艺思潮接触,从前提到文学,便把经史子集都抬了出来,而诗歌戏剧小说反居其次,如果中国的文学家,能够在百年前或数十年前,能与世界文艺的潮流接触,或者能够适应世界文艺的潮流,我国文学必不至于这样贫弱,是可以断言的"。① 正是从这个大的判断出发,也出于新文化建设之需,谢六逸积极介绍外国文艺思潮的发展概况,也开始着手系统的文学史写作。

谢六逸对"西方文学史"的学科建构,主要从两个方面展开。首先是发表研究西方小说的专章,然后修改结集成专著出版;其次是撰写介绍性的概述文章发表于报刊,让读者在茶余饭后了解外国文学的特点及历史脉络。

就第一方面来说,谢六逸吸收借鉴日本学者西方文学研究的最新成果,"以思潮为经,以各国作家为纬"②,编撰了《西洋小说发达史》一书出版。该书是国内最早,也最有学理、有系统介绍西方小说的著述,出版前曾在《小说月报》连载的系列重头文章。分《绪言》《小说发达之经过》《罗曼主义时代》《自然主义时代(上)》《自然主义时代(中)》《自然主义时代(下)》《自然主义以后》等七节,刊登于《小说月报》十三卷第一、二、三、五、六、七、十一号上,从1922年1月开始,到11月载

---

① 谢六逸:《欧洲文艺思潮研究的切要》,《新学生》1931年创刊号。
② 谢六逸:《西洋小说发达史》,《小说月报》1922第13期。

完。后来结集出版,全书五万字左右。虽然该书介绍的是西方小说发展史,但它也可视为一部宏观的西方文学概论,读者从中可大致理清西方文学的发展线索。谢六逸是在吸收厨川白村和坪内逍遥等日本学者研究成果的基础上进行写作的,他的写作目的也很明显,就是对西方小说的历史进行宏观扫描,"把历来的小说,由时代上分得清清楚楚,更就各小说家及其作品的来源为一有系统的叙述,使我们知道小说发展的脉络"[1],以改变国人对小说的看法,并能将小说针砭时弊、救亡启蒙的社会功能发挥出来。

谢六逸首先对"小说"的词源学和类属进行分析,之后展开西方小说的历时性梳理。他认为,西方文学的总源头是希腊文化和基督教神学,其中神话与传说正是西洋小说的源泉,中世纪的"罗曼司"是小说起源的"近因",而文艺复兴时期塞万提斯的《堂·吉诃德》使小说逐渐"和中世纪盛行的荒唐不稽的妖怪谈、武侠谈等类非马非牛的东西分离开",[2]开始摆脱"罗曼司"模式的影响,具有了近代小说的雏形;到了18世纪,英国的笛福、理查生、菲尔丁等人致力于家庭小说、风俗小说等新的主题形式的书写,使小说具有了"近代小说之明确的形态"[3];而对19世纪之后西方小说的发展情况,谢六逸将之划分为"罗曼主义时代""自然主义时代"和"自然主义时代以后"三个时期,并按这三条线索叙述了西方小说的发展过程,特别对欧美主要现实主义小说家及其代表作进行了概述和精确评价。谢六逸是想通过文学思潮的更替来说明西方小说的发展史,因此,文章出发点虽然是西方小说,实际上内容更接近西方文学思潮史。而在各种文学思潮中,谢六逸对自然主义(现实主义)的叙述最为详尽,这一方面受到19世纪末、20

---

[1] 谢六逸:《西洋小说发达史》,《小说月报》1922第13期。
[2] 同上。
[3] 同上。

世纪初西方文学思潮的影响,另一方面也是作为文学研究会成员所服膺的理论路向。这也说明,谢六逸此时文艺观的倾向,是赞同西方现实主义文学所秉持的人道主义思想和"为人生"的艺术主张的,这也与五四以后的时代大背景相合。他指出,由于研究者对西方近现代小说缺乏起码的认知,我们对小说的研究十分滞后。其实小说对于中国近代救亡和启蒙作用更大,因为小说内容含量更广,反映的内容更全,读者群体也更多。基于这种认识,虽然没有太多的参考著述,他还是积极尝试写作。值得强调的是,谢六逸在20世纪20年代连载系列研究西洋小说发展史文章的时候,中国还没有任何一部研究小说的专史。1923年,鲁迅将在北京大学讲授"中国小说史"的讲义印为《中国小说史略》刊行,谢六逸的《西洋小说发达史》与之相比,从出版时间来说要晚一些,但从写作年代来说,他连载的研究著述并不比鲁迅晚。可以说,谢六逸的《西洋小说发达史》与鲁迅的《中国小说史略》,几乎同期出现在中国文坛上,二书一中一西,填补了新文学运动后我国小说研究"无史"的空白,也从另一侧面说明五四新文学运动的先驱们已经充分认识到小说的重要性。

《西洋小说发达史》面世后,受到当时很多作家的高评。郑振铎认为它是"一本条理清晰的著作"①;赵景深读后也是赞颂有加:"最初使我记得谢六逸这名字的是他在《小说月报》上连载,后来集起来的一部《西洋小说发达史》。这是一部最初的、恐怕也是到现在为止最好且也最详的西洋小说史。但他为了过分的虚心,竟自己将此书停版,于此,足见他治学严肃,同时也看出了我们学术界的贫乏。"②胡愈之(化鲁)则从文学史建构角度高度评价《西洋小说发达史》:"在非常需要这一类书籍的现在(现在除了周作人君的欧洲文学史——只到18世纪为止——外,

---

① 赵景深:《纪念两个朋友:王鲁彦与谢六逸》,《新文学》1946年第1期。
② 赵景深:《回忆谢六逸先生》,《贵州文史丛刊》1980年期3期。

几乎没有一部介绍西洋文学原理及文学史的书),有了这样一部切要的著作,我们也只得满意了。"①在胡愈之看来,当时能有这样的研究文章发表已属难能可贵,它可以"使一般的读者作者,对于小说都构成一种正确的概念,那对我国幼稚的小说,多少总能促发一点生机"②。当然,作为国内西方文学史学科初创期的著作,谢六逸的《西洋小说发达史》缺漏之处在所难免,如对原著的解读较为简略,对整个文学思潮的把握也不太精准等,但其开创之功还是得到了学界的广泛认可。

除了撰写《西洋小说发达史》外,谢六逸还编译了日本新潮社"世界文学讲座"第一卷"世界文学总论篇"的内容,将其命名为《世界文学》出版,该书是当时日本学者对欧美文学研究的代表性成果,分为古典主义文学、浪漫主义文学、现实主义文学与自然主义文学、各国新文学等几章,主要选取英国、德国、法国、俄罗斯等几个西方文学大国的代表作家进行论述,可以与《西洋小说发达史》参照互补。他在《序》中指出:"文学的研究应该以作品、作家、作家的派别、时代等作为基础。如其空口介绍名词、人名、书名,便不能称为研究。但我们却犯了这个毛病,每喜提出名词、人名、书名,而不能更深一层,去研究名词的来源或涵义。作品的分析,作家的意识,更是容易疏忽的。像这样的研究,不免有'瞎子看匾'之讥。"③谢六逸提倡全面、深入研究外国作家作品,故编译该书的目的是"供我国研究文学思潮者的借镜"④,希望能给国内的文学史家研究外国文学提供一种方法和视角。

就第二方面而言,谢六逸充分利用报刊的及时性和大众化特点,撰写大量西洋文学的介绍性、概述类文章发表。如1931年发表《古希

---

① 胡愈之(化鲁):《最近的出产:西洋小说发达史》,《文学旬刊》1923第79期。
② 同上。
③ 谢六逸:《世界文学·自序》,上海:世界书局,1935年,第1页。
④ 同上。

腊文学概观》①一文,简要介绍了古希腊神话、叙事诗(即《伊利亚特》和《奥德赛》两部史诗)、抒情诗、悲剧、戏剧、散文等,可谓是一部古希腊文学简史,其中很多评述在当下看来也不失精准。接着,他又撰写了《罗马文学的发生》②一文发表(文末注明为欧洲文学纲要之一节),和前文一起联袂梳理了西方古代文学的概况。也在同一年,他发表了《但丁的神曲》一文,链接了罗马文学与中世纪文学的关系;《浪漫主义作家研究》③一文,则从浪漫主义的含义、派别,浪漫主义的特点,各国浪漫主义文学等角度,介绍了19世纪初期欧洲浪漫主义文学发展概况及其成就,并就法国、英国、德国、俄国、北欧和南欧等国家和地区的浪漫主义代表作家进行介绍,沿着鲁迅《摩罗诗力说》所开掘的路径,借助五四以后西方文学知识的积累,使国人对19世纪欧洲浪漫主义文学有了更为清晰的认识。总起来看,谢六逸是想通过这些概述性、宏观性的介绍文章,希望能引起国人和研究者的重视,共同推动外国文学在中国的普及。

三、谢六逸对"日本文学史"的拓荒之功

中国文学的现代生成,日本的诱导和桥梁作用是十分突出的,学界已对中国现代文学中的日本因素作了较为全面的研究和梳理,且产出了许多重要的研究成果④。清末中国掀起了欧美留学潮,但甲午战

---

① 谢六逸:《古希腊文学概观》,《文学杂志》1931年第1期。
② 谢六逸:《罗马文学的发生》,《当代文艺》1931年第1期。
③ 谢六逸:《浪漫主义作家研究》,《文艺创作讲座》1931年第1期。
④ 这方面的代表性成果有:李怡《日本体验与中国现代文学的发生》(北京大学出版社2009年版)、靳明全《中国现代文学兴起发展中的日本影响因素》(中国社会科学出版社2004年版)、方长安《选择·接受·转化:晚清至20世纪30年代初中国文学流变与日本文学关系》(武汉大学出版社2003年版)、彭修银《中国文艺学概念的日本因素》(中国社会科学出版社2016年版)、刘静《中国现代诗坛的日本因素》(中国社会科学出版社2012年版)、李群《近代中国文学史观的发生与日本影响》(湖南大学出版社2016年版)等。

败后日本成为留学重镇,留日学生或转道日本学习西方,或直接学习日本现代文学的范式,推动了中国文学的现代性新变。在留日学生中,谢六逸是对日本文学掌握最为系统和深入之人,归国后旋即成为中国现代文学史上介绍日本文学的拓荒者之一,特别在日本文学史编写方面成为当时的代表,具有较大影响。如果评选从历时性、系统性、全面性介绍日本文学的学者,谢六逸当之无愧是20世纪30年代文坛第一人,在当时中国的日本文学研究领域处于领先地位。

检索谢六逸日本文学的研究著作,主要有下面几种:1.《日本文学》(上),上海开明书店1927年9月初版,包括《民族与文字》《日本文学之分期》《上古文学》《奈良文学》《平安文学》《镰仓文学·室町文学》等六章,1929年8月加入《江户文学》《明治文学》两章,增订为八章版《日本文学》(全)一书。该书较为清晰地梳理了日本文学的历史沿革,并就各个时段的文学特征进行精到剖析。2.《日本文学史》(上、下卷),由上海北新书局1929年9月出版,包括《绪论》《上古文学》《中古文学》《近古文学》《近代文学》《现代文学》(上)和《现代文学》(下)七个部分,内容和篇幅较《日本文学》(1927年开明版)大幅增加,深度上亦有明显拓展。3.《日本文学》(百科小丛书版),由商务印书馆于1931年8月出版,计有《日本民族性》《上古文学》《中古文学》《近古文学》《近世文学》《现代文学》六章,定位百科之用,故篇幅相较《日本文学史》(上、下卷,北新版)有所缩减。4.《日本之文学》(上、中、下),该书是谢六逸日本文学研究的集大成之作,由长沙商务印书馆1930年2月出版,相较前述几本,编排体例有所改变,不再以时间先后为线索,而是以文类为统摄,据现代文学研究领域比较流行的"四分法"为要素进行分类。全书包括五编三十章,第一编为"总论",阐释日本文学生成的文化背景;第二编为"诗歌",论述日本诗歌从上古和歌到现代诗歌的发展概况;第三编为"小说",梳理了小说从中古物语到现代小说的发展历史;第四编为"戏剧",介绍了由狂言到现代话剧的演变情况;第五编为"散文",清理了日本散文的发展和历时性交替脉络。可以说,谢六逸的这几部日本文学史专著,无论其研究理路还是内容分量,在中国现代文学的日本文学研究领域,是具有开创性意义的。特别是《日本之文学》(上、中、下)、《日本文学史》(上、下)是谢六逸日本文学研究的代表作,也是当时国内学术地位较高、论述较为全面的日本文学史。从编史角度而言,通史一般都是按照时间前后相继顺延,而谢六逸在以时间顺延模式外,还尝试以文学分体形式进行编排,这两个模式在我们今天文学史编写中仍被广泛沿用。

为什么在五四前后很多学者都集中精力研究欧美文学时,谢六逸却将重心放在日本文学方面呢?这恰好体现出谢六逸的忧患意识,他的日本文学研究和文学史的编写,并不是一时的兴起,而是有着明确的现实指向。他想通过日本文学史的编写,为中国文学的现代转型提供域外参考,并纠正国人的一些惯性思维和错误观念。对研究日本文学缘由,他在《日本文学史·序》一文中给予了较好说明:

> 近二十年来的日本文学,已经在世界文学里获得了相当的地位。有许多著名作家的作品,曾有欧美作家的翻译介绍。我国近几年来的文学,在某种程序上,也受了日本文学的影响,日本作家的著作的译本,在国内日渐增多。德俄的大学,有的开设日本文学系,研究日本的语言与文学,法国的诗坛,一度受日本俳谐的影响,根据这些事实,日本的文学,显然已被世人注意。中国人在"同文同种"的错误观念之下,有多数人还在轻视日本的文学与语言。他们以日人的"汉诗汉文"代表日本迄今的文学,拿"三个月小成,六个月大成"的偷懒心理来蔑视日本的语言文字,否认日本固有的文学与他们经历变革的语言,这些错误,是有纠正的必

要的。

其次,欧洲近代文艺潮流激荡到东方,被日本文学全盘接受过去。如果要研究欧洲文艺潮流在东方各国的文学里曾发生如何的影响,那么,在印度文学里是寻不到的,在朝鲜文学里更不用说,在中国文学里也觉得困难,只有在日本文学里,可以应付这个的需要。①

由这一说明可知,谢六逸之所以致力于日本文学的研究及日本文学史的撰写,是有其历史忧虑和现实考量的:其一是为了提醒国人应该正确地认识日本文学之成就,特别是现代的日本文学,不再像过去那样跟在中国的后面走,已经完成了现代性蜕变;其二是中国向西方学习,就现实路径而言,日本无疑是一个典型的成功样板,学习日本即是学习西方;其三是要实现中国文学从旧文学向新文学的蜕变,日本可以作为中国新文学发展成熟的参照。正如有研究者指出,"19世纪末20世纪初,面对西方的强势话语,建构自己的'文学史',显示本民族的文化、文学在世界的价值与地位,力图以此来对抗'西方中心主义',重塑国家想象,是当时中日学者的共同思考。文学史著作即是这一思考的成果之一。"②而处于中日文学文化交流前沿的谢六逸正是从这个维度出发编写日本文学史的,他看到日本文学现代转型的成功,是源于对欧洲近代文艺思潮和文学观念的接受,而要寻求文学现代转型成功的路径和方法,在中国、印度、朝鲜等国传统的文学里是找不到答案的,只有在日本文里可以寻得,故学习日本建构"文学史"是中国新文学的发生和转型的必然路径。

更为重要的一点是,谢六逸的日本文学史写作,正处于中日两国

---

① 六逸:《日本文学史·序》,《语丝》1929年第27期。
② 孟庆枢:《在世界文化场域中的文学史建构——以近代日本文学史建构为中心兼中日文学史比较研究》,《深圳大学学报(社会科学版)》2006年第5期。

关系开始交恶时期,但在他看来,虽然中日处于敌对状态,但是这不应该成为两国文学和文化相互交流和学习的障碍,这也说明一个感时忧世的学者,必须具备人类文学文化发展的世界意识及兼容并收的博大心胸。他说:

> 文学的力量可以使得国民互相了解。哪怕国家是在敌对的情况之下,文学是绝没有什么国界的。我们研究某国的文学,即是研究世界文学的一部分。尤其是日本与中国都是位于东方的国家,日本人常常借"同文同种"这一句话来作为中日亲善的根据,若想要知道中日何以会"同文",这即是非研究日本文学不可的。①

谢六逸倡导国人应该放下面子和包袱,去学习和吸收日本现代文学的优秀元素,因为研究日本文学能充分认识日本的特性,无疑可以更好应对中日两国复杂的局势。另一方面,谢六逸发现,对于日本文学,西方学者已经开始重视,已走到了中国人的前面,这说明日本文学自有其独特价值,因此中国学界没有理由抱着传统观念不放,而是应该加强对日本文学的研究。

> 以西人研究日本文学语言之困难,他们还能这样的努力探讨,……以中日两国同为东方民族,语言文学的关系又如此的紧密,加以中国人研究日本文学较之西人不知便利多少,竟放弃了这种机会,实在可惜。②

这些现实考量成为谢六逸研究日本文学和编写文学史的出发点,也正是这些动因,再加上他对日本的体验和了解,使他能超越同时代

---

① 谢六逸:《日本文学史·序》,上海:北新书局,1929年,第1页。
② 同上。

的学者成为当时日本文学方面的权威。而他也把日本文学研究作为自己毕生努力的领域之一。在抗战全面爆发之后,学界更进一步明了谢六逸日本文学研究的价值,他对日本文学研究的口碑,不管在学术界还是在朋友圈,都是家喻户晓。很多圈内老友说起谢六逸的日本文学造诣,也是感佩有加,溢美之词不断。如曹聚仁先生在《三个胖子的剪影》一文中回忆谢六逸时就充分肯定了其对日本文学研究的贡献:"谢六逸兄,深通日本文学,和周氏兄弟、夏丏尊师相伯仲,对于日本小品文,体会得很透辟"[1];郑振铎评价更高:"有系统的介绍日本文学的人,恐怕除他之外,还不曾有过第二个人"[2];作为贵州作家的蹇先艾,亦是谢六逸的知己战友,抗战期间他们共同在偏远的贵州坚守着文化发展和文学研究的伟大事业。在谢六逸逝世后,蹇先艾评价说:"他的成就,并不比周作人、钱稻孙、徐祖正、张凤举逊色。……我们谁也不能否认他是一个为新文学奠定基石的巨匠,他在这方面的贡献,比他的作品更要伟大。"[3]作为谢六逸商务印书馆同事的徐调孚,在《再忆谢六逸先生》一文中对谢六逸日本文学研究成就的评价,可视为盖棺之论:

> 他日本作品的翻译大约在五本以上,而叙述日本文学的书却也有五本之多,这四部书的书名似乎是相同的,都叫《日本文学》,只有一部多了一个史字,还有一部多一个之字,开明书店出的一部最早,最简略;商务印书馆列入百科小丛书的也很简略,但两书的体例不同,现在前者已经绝版了。北新书局出版的叫日本文学史,商务印书馆在战时所出者叫"日本之文学",两书的体例也不同,前者依时代叙写,后者以文学的门类叙写,

---

[1] 曹聚仁:《三个胖子的剪影》,《我与我的世界》,北京:人民文学出版社,1983年,第424页。
[2] 郑振铎:《忆六逸先生》,《文讯月刊》1947年第3期。
[3] 蹇先艾:《回忆谢六逸》,《中央日报》1945年10月12日。

分量都相当的多。在国内,系统介绍日本文学者,除了谢先生外没有第二人。①

由上述评价足以见出谢六逸在日本文学研究方面的崇高地位,是当时公认的第一人。特别是他的几部"日本文学史"成果,是民国时期日本文学研究的开创性著述,其贡献与价值是不言自明的。当然,作为筚路蓝缕之作,也还存在一些瑕疵,其中最为明显的缺点就是太过于简略,如对上古文学之汉诗汉文研讨过略,几部著作中对明治维新以前的文学论述较为单薄等。不过我们也不能过分苛求,作为开创性的著述,疏漏在所难免,以完美要求倒显得苛刻了。

此外,谢六逸在20世纪二三十年代,不仅通过大量日本文学译介,为发展中的新文学提供他山之石;而且他的散文和随笔等创作,也吸收了大量日本文学的因素。最难能可贵的是,谢六逸能以平和的心态辨别中日两国文学相互影响的主体替换,"过去一千多年的日本文学都一直受中国文学的影响。从1884—1895年的中日甲午战争以后到1937年的卢沟桥事变开始以前的这一段时期,无论从哪一方面说,是日本文学影响中国文学的时代"②,在他看来,既然已经发生这样的新变,一味规避和自我封闭是不可取的,只有积极吸收日本文学的优秀部分,特别是近代以来的日本文学的精髓才能使我国文学不断发展出新,当然,谢六逸对日本文学热爱欣赏的同时,又保持一定的心理距离,这也是五四时期知识分子在面对传统和处理外来文学文化时复杂心态的真实写照。

综上所述,谢六逸充分利用留学日本的便利条件,积极吸收西方和日本文学的研究思路和成果,用之指导自己的文学翻译与创作。但

---

① 徐调孚:《再忆谢六逸先生》,《文艺复兴》1946年第6期。
② 实藤惠秀:《日本和中国的文学交流》,《日本文学》1984年第2期。

在翻译和引进外来文学的过程中,他发现要在国人中普及外国文学,文学史的编写就显得十分必要,因此他在进行外国文学作品译介的同时,就积极编写系统介绍外国文学知识的文学史著作出版,成为国内较早具备文学史眼光的学者之一,对中国现代外国文学史学科的构建作出了积极贡献。特别是他对日本文学的熟悉和喜爱,使他成为当时日本文学方面的权威,积极向国内引入日本文学和文化,可以说,五四时期的文人很多都是通过谢六逸的介绍才了解日本文学的[①]。遗憾的是,谢六逸英年早逝,文学事业未竟,给中国文学界和学术界造成巨大损失,但他对早期中国现代"外国文学史"学科的建构之功有目共睹,其文学史贡献是值得我们铭记的。

第二节 于连形象在汉语"外国文学史"中的百年沉浮

在近现代翻译文学和中外文学关系研究中,报刊文献史料占有十分重要的地位,其丰富性、多元性的特点对文学研究产生深远影响,一方面使研究具有实实在在的文献支撑,不断产出科研成果;但另一方面文献的丰富繁复和辑佚不便又使研究难以穷尽资料,某种程度上容易让研究结论被新出资料所证伪。这在清末民初域外作家作品的译介上表现得尤为突出,因为当时很多外国作家作品的译名不够统一,音译汉字往往具有译者的主观操控,造成同一作家作品的译名五花八

---

① 在五四运动前后,我国系统了解日本文学知识的人还是比较少见的。郑振铎就曾坦言自己《文学大纲》中的日本部分就是出自谢六逸的手笔:"我写《文学大纲》的时候,对于日本文学一部分,简直无从下手,便是由他(谢六逸)替我写下来的。"(见郑振铎:《忆六逸先生》,《文讯月刊》1947年第3期)。即便如郑振铎等学贯中西的学者,也对日本文学了解有限,则一般的读者对日本文学知识的困乏就可想而知了,这也从一个侧面说明谢六逸是当时熟知日本文学的权威,其贡献和价值是不可磨灭的。

门,使研究者无法搜罗尽列资料,从而影响结论的稳定性和权威性,斯丹达尔及其作品在中国文学中的译介也存在这样的现象。

一、民国初期斯丹达尔及其《红与黑》在中国的首次登场

斯丹达尔是19世纪法国批判现实主义文学的奠基人,由于他有着强烈的自我意识,性格怪僻,生前文名并不显赫,死后半世纪才暴得大名,因此进入中国翻译界和读者视野比雨果、巴尔扎克、仲马父子、凡尔纳、左拉等同时代的作家要晚得多。根据现有文献考释,斯丹达尔进入中国文学界大概是在五四前后,最早见于1917—1918年周作人在北京大学讲授欧洲文学的课程讲义中。今天根据周作人《知堂回忆录》里的记述,他1918年受聘为北京大学教授后,给国文门大一新生开设"欧洲文学史",给二年级学生讲授"十九世纪欧洲文学"等课程。周氏第一部分课程讲义主要讲授欧洲从古希腊至十八世纪的各国文学,后来以《欧洲文学史》为书名交由上海商务印书馆出版,成为我国现代学术史上的第一部系统的"外国文学史"著述。但不知何故,第二部分讲稿完课后就一直束之高阁,并未结集出版,直到数十年后止庵点校手稿时才发现了这一部分讲义内容,并于2007年以《近代欧洲文学史》为书名面世。当然,此部分讲义也包含欧洲古代和文艺复兴时期的内容,和先前《欧洲文学史》有重合和表述矛盾之处,但该书的出版有其重要意义:一方面弥补了前出《欧洲文学史》对19世纪作家作品评述缺失之憾,另一方面又使一些19世纪作家作品进入中国的时间节点得以提前数年,对斯丹达尔而言,也使得我国学界增加了新的认识维度。

在周作人的《近代欧洲文学史》面世之前,学界普遍认为斯丹达尔及其《红与黑》在中国的介绍,最早是在20世纪20年代初,而对斯丹达尔具体文学创作,尤其是小说的翻译则是20世纪30年代以后了,

而代表作《红与黑》完整本的翻译,更是到了20世纪40年代以后才出现。对斯丹达尔在中国译介情况的梳理,以钱林森教授《西方的"镜子"与东方的"映像"——斯丹达尔在中国》一文为代表,他在文中论述道:

> 斯丹达尔的名字见诸中国大约是二十年代,他的作品流入中国则始于三十年代。1926年孙俍工写的《斯丹达尔》一文(载《世界文学家列传》一书),率先向中国介绍了这位作家,1932年由穆木天辑译的短篇小说集《青年烧炭党》(即《法尼娜·法尼尼》),可能是最早介绍到中国来的作品。1944年,他的代表作《红与黑》,由赵瑞蕻根据英文首次节译成中文,由重庆作家书屋出版,开始了这部名著的中国之行。1949年罗玉君据法文原版译出《红与黑》,分上、下两册在上海出版,从此这部小说便在中国公众中流传开来。①

钱文这段关于斯丹达尔的评价发表于1991年,囿于当时资料的辑佚和整理不够精准,作者的措辞十分小心谨慎,用"大约""可能"等词汇进行推测和商榷性判断,留足新资料出现后可能导致批评的回旋空间。而随着近年来学界对晚清民国报刊辑佚和搜罗力度的增大,很多文献材料被不断发掘整理出来,导致之前很多研究定论都可能面临重新审视。我们根据周作人的回忆及相关学者的考论,2007年止庵点校面世的《近代欧洲文学史》书稿写作应早于1918年,书中周作人对斯丹达尔及其代表作《红与黑》的评述已经十分详尽到位,这使斯丹达尔进入中国文学界的时间节点提前了七到八年。周作人于书中所作点评,择其重点录抄于下:

---

① 钱林森:《西方的"镜子"与东方的"映像"——斯丹达尔在中国》,《文艺研究》1991年第2期。

传奇派之写实小说，Balzac 称最大，而实发端于 Stendhal，Stendhal 本名 Marie-Henri Beyle（1783—1842），好十八世纪物质论，以幸福为人生目的，故归依强者。极赞那颇仑，以为人生战士代表，屡从之出征，及那颇仑败，遂遁居意大利卒。所作书不与传奇派同，惟多写人间感情，颇复相近。若其剖析微芒乃又开心理小说之先路，其小说《赤与黑》(*Le Rouge et le Noir*) 为最。Julien Sorel 出身寒微，然有大志。绛衣不能得，则聊以黑衣代之，诱惑杀伤，历诸罪恶，终死于法。殆可谓野心之悲剧，亦足以代表人生精力之化身者也。Stendhal 生时，颇为 Balzac 与 Merimee 所称，然世不之知。至十九世纪后半叶，始渐为人师法，如所自言云。①

笔者经过考索民国时期的报刊文献史料，发现对斯丹达尔的介绍没有比周作人更早者，故周氏《近代欧洲文学史》是民国文献中第一次提及斯丹达尔及《红与黑》的史料。在著述中，周作人将斯丹达尔、巴尔扎克同归于传奇派的写实性作家，这是五四前后中国文坛对 19 世纪欧洲浪漫主义和现实主义二者关系判断不是很明晰的结果。文中周作人没有对 Stendhal 进行汉译，仍保持原文样式，仅将今天通译的《红与黑》译为《赤与黑》。整体而论，周作人虽然只用了短短两百余字来论述斯丹达尔及其《红与黑》，却也展现了斯丹达尔这一知名作家的整体性，即便在今天看来也不失客观可取，后世中国文学界对斯丹达尔的认知和评价，譬如崇拜拿破仑、钟情意大利、心理描写成就非凡等都有所论及；而对《红与黑》主人公于连的阐述，如"红"与"黑"之人生道路的选择、个人勃勃野心、强力意志等特点也有所关涉。尤其周氏将《红与黑》视为主人公于连"野心之悲剧"，大概是汉语"外国文学史"中野心家形象的第一次阐述，在这之后，民国时乃至中华人民共和

---

① 周作人：《近代欧洲文学史》，北京：团结出版社，2007 年，第 140 页。

国成立后对斯丹达尔及其《红与黑》的评述,大都没有离开周作人的阐释框架:周氏的很多评述成为汉语"外国文学史"编纂时的表述话语。当然,如果从晚近中外文学交流史来看,于连"野心家"之说应该也不是周作人自己的原创,可能有其外来渊源。如法国自然主义代表作家、理论家左拉在1880年前后细读《红与黑》时,就已经用"野心""虚伪"等词汇评价于连形象了。在左拉看来,"于连暗地里将拿破仑变成他的神,要是他想飞黄腾达,就不得不隐藏自己的敬仰。这个那么复杂起先那么矛盾的性格,建立在这个论据之上:高贵的、敏感的、细腻的本性不再能满足他显露的野心,便投入到虚伪和最复杂的阴谋中。"[①]作为重要的作家和批评家,左拉的观点应该为很多人所知晓,周作人是否接触过左拉的评价我们今天难以确考,但以周氏对欧洲文学的熟悉程度、以他广博的研究视野,尤其在留日期间接触到法国最新的文学批评应该是可能的。而民国初期在译介外国文学时并没有严格的规范性,有些转道日本翻译的西方文学甚至没有起码的说明,因此周作人对斯丹达尔及《红与黑》的评判应该有来自外国理论家的影响和启发,只是未具体注明而已。

二、民国报刊对斯丹达尔及《红与黑》于连形象的译评

清末民初外国作家作品被大量译介入中国,报刊媒介的传播作用不可小觑。民国时期,很多报刊都刊载有简介斯丹达尔及其相关作品的资料,但比较散乱,尤其是音译名称五花八门,增加了资料收集整理的遗漏几率。我们通过对现有资料文献的查证,可以大致推断斯丹达尔作品正式翻译进中国应始于20世纪30年代之前。学界把1926年孙俍工《斯丹达尔》一文视为中国最早介绍斯丹达尔的资料则有误,而

---

① 左拉:《法国六文豪传》,郑克鲁译,合肥:安徽文艺出版社,2011年,第37页。

将穆木天1932年翻译的小说集《法尼娜·法尼尼》视为最早翻译作品更失精准。因为,即便周作人著作未在学界流传,不能视为正规的文献证据,但仍有其他资料可证。

譬如,1923年李璜在著作中就已经提及斯丹达尔知名,1924年留日学者谢六逸发表于《小说月报》的《法兰西近世文学》一文,也有"斯但达尔之名不可忘"①的评价;同年黄仲苏翻译了法国文学史家朗松《法兰西文学批评与文学史之概略》刊出,里面亦有"司当大尔所著的那细勒(拉辛——引者著)与莎士比亚最先发展浪漫主义的倾向,同时鼓吹十八世纪自由主义的运动"②之论,二者均比孙俍工的论述早了两年。接着署名全飞的著者1926年在《京报副刊》上发表了《十九世纪的法兰西文学(四)》一文,其中对斯丹达尔的介绍也十分详尽可取,至少和孙俍工同时。全飞评论道:"斯丁大尔可以说是近代小说的主人翁,他的观察的与叙述的唯一方法,他的稀有的心理学,他的明晰,他的美想,这些在《红与黑》中都可以证明的。"③如果就介绍的精准性和全面性来说,马宗融1927年在《小说月报》上刊出的《近代名著百种:红与黑》一文,十分详尽地介绍了斯丹达尔的生平及代表作《红与黑》的重大成就,值得今天的研究者重视。马氏认为斯丹达尔是"十九世纪法国大小说家之一,以善于分析描写他书中人物底心情著名"④,他还用了10多页的语篇对《红与黑》进行缩译,并以原文中三个典型环境描写和主人公两段爱情经历为主线展开,并评价说:"此书底主人翁锐廉索赖尔最初颇有作军事家底野心,时以拿破仑的勋业无人绍述为憾。既而以时尚难达,乃委身于神学,而实际他不是一个信徒,他只是

---

① 谢六逸:《法兰西近代文学》,《小说月报》1924年第15期。
② 黄仲苏:《法兰西文学批评与文学史之概略》,《少年中国》1924年第9期。
③ 全飞:《十九世纪的法兰西文学(四)》,《京报副刊》1926年第9期。
④ 马宗融:《近代名著百种:红与黑》,《小说月报》1927年第3期。

一个野心家、假道学的模拟者罢了。他平日的举动,最后的思想,在著者眼中终把他看成一个英雄。"①我们今天已经难以确考马宗融是否接触过周作人的《近代欧洲文学史》课程讲义,但对主人公于连野心家形象的论述,和周作人的观点大致相同,这是于连野心家形象在民国文献中的再次出现。1934年4月24日,李健吾在《大公报》上撰发了《司汤达》一文,文章也详尽介绍了斯丹达尔的人生经历及创作概况,其中对斯丹达尔的评价是:"现实主义,自然主义,都想奉他做个权威,……近代心理小说是他创下的业绩,不管俄国的道司陶耶夫斯基也罢,英国的布朗泰小姐也罢,全都称他一声先驱。在《红与黑》里面,他研究野心,在《巴穆外史》里面,他写出意大利中世纪的情欲。"②李健吾是我国法国文学翻译的著名学者之一,他对斯丹达尔的评价是比较全面客观的,也强调斯丹达尔对主人公野心的偏爱和书写,和周作人、马宗融的观点基本一致,同年署名为夏鼐的作者也在《大公报》上发表了《法国小说家斯当达尔诞生百五十年纪念》一文,对于连形象的评价是:"一个骄傲自私,野心勃勃的青年。他有才智,而且意志力强",③显然也沿袭着周作人、马宗融、李健吾等人于连形象的野心家之论。此外,还有一些评论将于连形象视为超人:"《红与黑》的少年主人翁朱利安是一个极强的超人主义者的典型。"④与周作人评价于连"人生精力之化身"相近;对《红与黑》原文的翻译,1935年娄放飞在《湘声》上除了对斯丹达尔的生平经历进行全方位介绍外,还译了《红与黑》的一些片段刊出,应算是最早的翻译尝试。他认为主人公于连"是一个冷酷的野心家,以拿翁作样,在帝政时代,也许投军得志(红),

---

① 马宗融:《近代名著百种:红与黑》,《小说月报》1927年第3期。
② 李健吾:《司汤达》,《大公报》1934年4月24日。
③ 夏鼐:《法国小说家斯当达尔诞生百五十年纪念》,《大公报》1934年7月11日。
④ 陈心纯:《亨利佩尔的思想及其代表作"红与黑"》,《民族文艺》1934年第2期。

在路易王朝复兴的时候,就要利用僧侣阶级,作为他的进身之阶了(黑)。不'红'即'黑',他不彷徨于两者之间,勇往直前,不择手段"①,论者将于连置于整个历史背景和文学表述中去进行评价,但对于连野心家形象亦是贯穿于观点之中。由以上例子可知,于连"野心家"之论在民国时期是得到大家认同的判断。

从民国时期的报刊文献来看,斯丹达尔作品的中译始于20世纪20年代后期,虽然开始时都是一些短篇或节选性译文,但也拉开了斯丹达尔作品中译的大幕。根据现有资料,署名石裕华的译者1929年在《浅痕》上刊发了斯丹达尔短篇小说《鲁阿中尉》翻译,这应该是斯丹达尔作品在中国首次译介;1931年署名为过崑源的评论者在《世界杂志》上抄译了《恋爱格言》(今译《论爱情》)②发表,均要早于1932年穆木天辑译斯氏短篇小说集《青年烧炭党》(《法尼娜·法尼尼》),由此观之,学术界将穆木天视为中国第一个翻译斯丹达尔小说之人并不准确。另外,我国翻译界对斯丹达尔长篇小说的翻译,最早的也不是《红与黑》,而是"Lucien Leuwen"(今译《吕西安·娄凡》),鲍文蔚1940年开始在《法文研究》连载《吕莘娄文》的译文,分十期载完,译文采用中法双语对照的形式,这是目前关于斯丹达尔长篇小说最早的中译案例。当然,就代表作《红与黑》的翻译而言,虽然一些研究者在报刊发表了一些节译,但直到1944年,大部分情节才由赵瑞蕻从英文节译出版。对于赵译本,当时一位署名吕连的评论者评价道:"唯一令人不满的是译者赵瑞蕻君腰斩了这部巨著,他仅仅译出上半部,"③也就是说赵译本算不上完整的版本,直到1949年罗玉君版推出,才算是严格意义上的全译本。但这在当时的时代语境中已难能可贵了,译者赵瑞蕻

---

① 娄放飞:《红与黑》,《湘声》1935年第1期。
② 斯丹达尔:《恋爱格言》,过崑源译,《世界杂志》1931年第3期。
③ 吕连:《斯丹达尔的"红与黑"——新"书话"之一》,《大公报》1948年11月21日。

在《斯丹达尔及其"红与黑"》中说:"《红与黑》里的钰连是一个残忍的追逐名利的青年,他抛弃了红色业绩,披上了黑色的袈裟,……他憎恨社会,因为社会束缚他,压迫他,于是他就要起来反抗,这就是白尔主义的一方面。"①作为直接从法文翻译《红与黑》的翻译家,罗玉君在全译本出版前写有《斯坦达尔传》《评"红与黑"并忆翻译经过》等论述刊出,并细腻介绍斯丹达尔的相关情况,她对斯丹达尔的才气十分折服,但对于连形象的定性仍然沿袭着周作人、马宗融、李健吾等人野心家评述的模式。尤其李健吾的立论,对她影响十分深远。她说:"玉立是一个具有最大野心的人,随时都在观察别人,分析自己。他崇拜拿破仑,他厌恶宗教的黑暗势力,想打开一条出路,从黑走到红。换句话说,想从宗教的讲台,走到政治的舞台,想推翻封建的势力,而代以权力的英雄主义。玉立完全是一个以自我为中心的自私自利主义者,他曾利用时机,利用他人的弱点,而使自己腾达起来。"②通常来说,全译本的译者在译感里的评述某种程度上更为权威,因为译者是最熟悉翻译文本之人,但对于译本的整体价值判断,译者也会受到所处时代主流话语和前人研究定见的影响,因此,赵、罗二人对《红与黑》的解读及主人公形象的分析只能在当时的时代话语和研究框架中展开。

由前述报刊资料文献梳读可知,民国时期,不管是译者还是评论者对斯丹达尔都不是特别熟悉,对其代表作《红与黑》也缺少整体阅读感受,故轮廓式的介绍为多,详尽的分析较少,这主要与当时我国的外国文学研究尚处于探索阶段、翻译家对译介对象的选择缺少文学史的视野等因素有关。虽然民国时期对外国文学的了解还不够全面,对斯丹达尔及其代表作的认知还够深刻,但学者们在报刊上发表的译介研究成果也应该受到重视,它们在某种程度上推动了斯丹达尔及其作品

---

① 赵瑞蕻:《斯丹达尔及其"红与黑"》,《时与潮文艺》1944年第3期。
② 罗玉君:《评"红与黑"并忆翻译经过》,《文潮月刊》1948年第6期。

在中国的普及,值得认真梳理和肯定。

三、民国时期汉语"外国文学史"对斯丹达尔及于连形象的阐发

五四以后,随着外国作家作品被大量译介进中国来,为便于读者、研究人员系统了解外国作家作品的递延脉络,尤其是专业学校的学生学习之需,编写汉语"外国文学史"成为学界的重要共识。以周作人两部"欧洲文学史"开其端,在20世纪20年代以后,陆续出现了很多外国文学通史、区域史、国别文学史等,为外国文学在中国的普及奠定了坚实基础。而对于斯丹达尔及作品的评介,在周作人之后比较具有代表性的汉语"外国文学史",基本都会有所涉及。特别是在救亡启蒙、现实话语的大背景下,文学史都将斯丹达尔视为是心理描写的重要开拓者,《红与黑》主人公于连形象基本是沿着周作人等人的"野心家"之说展开。

根据对现有文学史著述的梳理,民国时期最早的法国文学专史是李璜1923年由上海商务印书馆推出的《法国文学史》,书中将斯丹达尔划入写实主义作家范畴,并对其生平及创作进行简要评价,认为斯丹达尔"自命为人类心理之观察者,其写心理状态,细密深刻,并且正确,文笔也简洁动人"①,李璜强调斯丹达尔擅长心理分析与书写,和周作人的定论无甚差异。同年袁昌英的《法兰西文学》也由上海商务印书馆推出,但著者仅对法兰西文学作了鸟瞰式的扫描,未涉及斯丹达尔及《红与黑》的评价,这与当时国内学界对斯丹达尔的整体认识不全有关。郑振铎1927年出版的《文学大纲》是重要的文学通史著作,他在书中认为,"斯丹达尔的小说《红与黑》及《巴尔门之小修道院》俱以善于分析性格著名:这两部小说都在十九世纪前半叶出版,却到了史

---

① 李璜:《法国文学史》,上海:商务印书馆,1923年,第145页。

丹达尔死后方才有人注意",①因郑著是通史类著述,限于篇幅,故论述斯丹达尔的内容不多,仅仅粗略评价他的两部代表长篇,但其中有一个重要细节值得关注,郑振铎提及斯丹达尔死后才为人们重视,解释了斯氏进入中国比其他法国作家晚的原因;1930年翻译家徐霞村出版了《法国文学史》,该著较短,撰者大概用三百余字的篇幅简略介绍斯丹达尔及其作品,重点在于陈述斯丹达尔小说的心理描写,"他的真正的价值却在他注意小说中的最好的描写和对于心理的细微的分析",②而对斯丹达尔具体创作情况缺少更进一步的评述。黄仲苏1932年出版的《近代法兰西文学大纲》则主要廓清斯丹达尔对写实主义的贡献:"他最先攻击浪漫主义的夸张与谬误,领导近代小说作家倾向科学的途径,宣布并且准备了着重观察的艺术。分析的能力虽是损害了创作的才智,然而他的小说仍不失为有功于写实主义的重要作品"③,作为晚出之作,黄著较郑著和徐著更为全面和详尽一些,但阐述观点并没有新的拓展。1936年夏炎德推出了由商务印书馆出版的《法兰西文学史》,该书是民国时期重要的国别文学史之一,也是当时法国文学专史的代表性成果之一,其中尤以哲学分析为突出特点,与当时很多文学史家一样,夏氏将斯丹达尔划归到浪漫主义一派作家当中,在评价斯丹达尔写作时说,斯氏"观察不重在外部的现象,而重在内部的意志;所以写起小说来不喜欢作风景的描写,而擅长作心理的解剖"④,对于主人公形象,他的观点则是:"主人公苏莱尔(于连)的坚强的意志、充溢的才能以及行动上所表现的燃烧的热情,这种超越一切的利己主义者的姿态,斯当达尔用犀利的心理分析的方法算是毫无遗

---

① 郑振铎:《文学大纲》,上海:商务印书馆,1927年,第187页。
② 徐霞村:《法国文学史》,上海:商务印书馆,1930年,第18页。
③ 黄仲苏:《近代法兰西文学大纲》,上海:中华书局,1932年,第29页。
④ 夏炎德:《法兰西文学史》,上海:商务印书馆,1936年,第372页。

憾地描写了出来。"①夏炎德虽然没有采用周作人等人的野心家形象之论,但也用利己主义等词汇来描述于连,尤其强调于连性格中的"意志力",这似乎受到德国哲学家尼采的影响;1944年袁昌英将1923年推出的《法兰西文学》一书加长,并以《法国文学》为名出版,书中对斯丹达尔及其代表作《红与黑》进行了较为翔实的评价,提出《红与黑》"叙述的是一个有革命倾向的法国布尔乔亚青年,要有教会的门径,上升而得到权力的经过,革命的倾向是红色,教会是黑色,这就是题名的由来。一方面是狂暴的情欲与精力,一方面是明确而几乎是冷血的分析,小说的结果是将自私暴戾的主角送上了断头台。"②作为女学者,袁昌英用"狂暴""冷血""自私"等词汇来定性于连,进行强烈批判,分析中植入较多的主观成分,但女性特有的细腻解读是值得重视和梳理的。1946年徐仲年也出版了《法国文学》一书,书中对法国文学的历史脉络做了线条式的说明,其中在19世纪部分对斯丹达尔及其《红与黑》的评述是:"这位先生的品气均不高尚,他是自利主义者,很骄傲、很暴躁。他喜欢分析自己……一八三一年,他发表了《红与黑》(Le Rouge et le Noir)——这个书名已经够寻味的了,他一'红'代表革命思想与军队,以'黑'代表教会。"③评述整体上还是延续前面学者观点。除了上述几本,在民国时的汉语"法国文学史"系列专书中,尤以吴达元的《法国文学史》内容最为宏阔,论述最为全面,影响也十分深远,书中既有对斯丹达尔整体创作情况的钩沉、又有对长篇小说尤其是《红与黑》的细微分析。他对于连形象的定性是:"意志坚强的人不甘与草木同腐。他们和社会搏斗,不顾社会的礼教,管不着人类的道德。成

---

① 夏炎德:《法兰西文学史》,第372页。
② 袁昌英:《法国文学》,重庆:商务印书馆,1944年,第223页。
③ 徐仲年:《法国文学》,重庆:商务印书馆,1946年,第76页。

则为王,败则为寇,这就是《红与黑》的内容。"①著者特别强调了于连形象的强力意志,客观评价他对社会道德和礼教的反叛,已经和周作人等人的评价有所偏离,十分接近我们今天对于连形象系统性、复杂性的评价了。需要指出的是,"强力意志"理论源自于德国哲学家尼采,而尼采对斯丹达尔及其作品较为推崇,认为斯丹达尔是一个与众不同的作家:"这个奇人,引导者和先驱者,这个可赞的伊壁鸠鲁派的学者,他是一个最新的法国心理学家。"②而中国现代翻译家在接触到尼采理论后,就用之分析于连形象,并和"野心""虚伪"等词一起,成为于连文学形象的定性论述。

相对而言,与报刊文献相比,文学史专书由于受篇幅限制、编排体例需相对周全、编著者研究视野等问题,对一些作家作品的评述会有薄弱现象产生。因此,在民国时大部分汉语"外国文学史"中,著者对斯丹达尔及其代表作《红与黑》的评价和论述都是比较粗线条的,简要介绍为多,深度评述较少,尤其对小说情节的梳读十分简略;就于连形象而言,几乎都是使用自私自利、野心等词汇进行定性,这说明斯丹达尔在国内学者中的认知度还不是很高,尤其是文学史编纂者对斯氏的很多作品还缺少全方位的阅读和评价,因此对于连文学形象的时代性、复杂性、文本内在的张力性等缺少深刻领会,基本都是将其放在斯丹达尔整体介绍框架下给予呈现的,当然,这是时代原因所致,不必过于苛求,不管这些文献的深度和准确性如何,都使斯丹达尔及其代表作逐渐为世人熟知,推动了外国作家作品在中国的普及。

四、20世纪50—80年代:阶级、革命话语与野心家形象的坐实

中华人民共和国成立后,因受现代文学中革命、阶级叙事话语和

---

① 吴达元:《法国文学史》,上海:商务印书馆,1946年,第487页。
② 马宗融:《近代名著百种:〈红与黑〉》,《小说月报》1927年第3期。

苏联文学史模式叠加的影响，对外国作家作品进行善恶二元对立、社会主义与资本主义形态对立模式的解读，成为这一时期汉语"外国文学史"撰写的主流阐释框架，文学史家尤其强调作家的政治属性和文学作品的阶级属性。而当时汉语"外国文学史"的编写理论来源，主要有两种模式，一是英美模式，二是苏联模式。"解放前是英美模式，主要在教学中；解放后是苏联模式，主要在文学史的编写中。"①二者相较，苏联模式强调作品的社会功用，作家的阶级属性，并成为我国50—80年代外国文学史编写的主流构架。当然，从1949年后到"文革"期间，我国编纂的外国文学史并不多。1958年冯至等《德国文学简史》是中华人民共和国成立后第一部外国文学史，是国别史；综合史则只有1963年石璞的《外国文学史讲义·欧美部分》和1964年出版的杨周翰等《欧洲文学史》（上卷）。这几本著述是"文革"前汉语"外国文学史"的代表。而对斯丹达尔及《红与黑》的评述基本都在"文革"结束后出版的文学史中。如1979年人民文学出版社推出了杨周翰等人《欧洲文学史》（下卷），对《红与黑》主人公于连的定性为：

> 于连代表了当时中小资产阶级出身的知识分子右翼，他们和当权的贵族、教会有矛盾的一面，因为封建等级制度是他们想爬到上层地位的障碍；但更主要的是他们和上层妥协的一面。封建制度，只想爬到上流社会，满足权势和财富的欲望，和贵族、僧侣一道维护封建制度，统治人民。于连的形象就是这一阶层在法国一八三〇年七月革命前的典型形象。……于连的一生是资产阶级个人主义野心家的一生，于连在法庭上的短短的发言是个人野心未遂的怨恨的发泄，于连的死也是个人主义野心家失败后悲观绝望的必然结果。……《红与黑》并没有表达出七月革命前夕，广

---

① 王佐良：《一种尝试的开始——谈外国文学史编写的中国化》，《读书》1992年第2期。

大法国劳动群众和中小资产阶级共和主义者反贵族,反教会和反复辟的时代精神,只不过是塑造了出现于革命浪潮主义中的个人主义野心家的形象,并且在美化这个人物的同时,宣扬了腐朽的资产阶级生活观和幸福观点。①

需要指出的是,杨周翰版《欧洲文学史》1964年出版了上卷,1965年已经编完下卷,但直到1979年才出版,中间隔了十四年之久,这应是"文革"使出版中断的缘故;但杨版对于连的评价无疑代表了中华人民共和国成立以来国内学者对斯丹达尔及其作品的理解维度。其编写理论指导是苏联模式,阐释框架还是阶级、革命话语。虽然杨版"编纂者大多是老一辈从事外国文学教学和研究的,况且成稿已久,因此对国内外新的研究成果吸收还不充分"②,但在当时的时代语境中已属上乘之作,对我国外国文学教学和研究的历史作用是十分巨大的。

杨版《欧洲文学史》之后,在国内较有较大影响的是石璞1980年由四川人民出版社推出的《欧美文学史》,它是1963年版《外国文学史讲义·欧美部分》的延伸和丰富,是作者在"文革"期间积累资料和观点的整体体现。石著《欧美文学史》和杨版《欧洲文学史》一样,具有明显的苏联理论影响的痕迹,否定于连形象的正面性,甚至否定整本《红与黑》的艺术成就:

于连正是高尔基所说批判现实主义文学中的个人反抗社会的典型形象之一。在五七年以前,我国有些青年,因读《红与黑》没有正确的批判态度,而受了主人公性格的影响,把于连作为学习的榜样,要反抗今天的社会主义社会,犯了很大错误,因此我国

---

① 杨周翰等:《欧洲文学史》(下卷),北京:人民文学出版社,1979年,第124页。
② 王治国:《〈欧洲文学史〉(下卷)读后——兼谈外国文学史的编写》,《外国文学研究》1994年第5期。

文艺界曾掀起一个重新评价这一作品的讨论。经过许多辩论,大家公认,于连是一个个人主义野心家的形象,在今天集体主义的时代,他决不是我们的青年学习的榜样,而是应该批判的对象,在这一点上有了明确的一致认识。①

在杨、石两史之外,朱维之《外国文学简编·欧美部分》也是1980年出版的,当然主要文稿几乎都是在"文革"期间写成,其中对于连形象的评析是:

> 于连是王政复辟时期受压抑的小资产阶级青年典型形象。他一生的遭遇,他的希望,追求,奋斗,失败,都反映了这一时期小资产阶级的命运,他既有反抗的一面,又有妥协的一面。他的反抗性产生于社会对他的压制,基于个人向上爬的野心。②

朱维之对于连形象的定论,后在南开版《外国文学史·欧美卷》(1984年版)中的判别亦是一致的。而朱版《外国文学简编》修订版次最多,是20世纪八九十年代普及面最广的外国文学史,而且在21世纪的最初几年,仍被高校中文专业广泛采用。

此外,1980年长春人民出版社推出由二十四所高等院校联编的《外国文学史》,共四册,涉及内容比较全面,对作家作品分析所用篇幅也较前几本为多,但也导致整体论述上的拖沓之弊,其中对于连的论述是:

> 于连是一个敢于冲击封建门第观念的资产阶级意识的体现者。他的反抗在当时有它一定的积极意义。他所反抗的社会正是当时人民群众所要反抗的社会,他所反对的特权阶级也正是当

---

① 石璞:《欧美文学史》(下),成都:四川人民出版社,1980年,第138页。
② 朱维之:《外国文学简编·欧美部分》,北京:中国人民大学出版社,1980年,第228—229页。

时人民群众所要反对的阶级。然而,他反抗的目的、反抗的手段和反抗精神的思想根源却是错误的,与劳动人民毫无共同之处。正因为如此,所以他的反抗只能以悲剧而告终。①

杨、石、朱三版是1949年后国内比较有影响的、普及度最高的版本,可视为外国文学通史和外国文学区域史的代表。而1981年柳鸣九主编《法国文学史》(第二卷)出版,则代表1949年后法国文学国别史的最高水平,其丰富性和全面性是民国时期任何一本法国文学史不可比拟的,当然对于连的形象的评价依然延续着革命、阶级话语:

> 于连作为一个小私有者,在资本主义关系还处于上升阶段的社会,只可能以个人的出人头地为其追求的目标,在他身上体现着自由竞争的原则和达到这个目的而不择手段的特点。……于连的故事反映了小私有者由于自私自利,目光短浅而陷入极大的盲目性以及对把自己压得粉碎的阶级斗争的规律的不理解。②

紧跟上述几本文学史阶级话语的限定,刘念兹1982年出版的《欧美文学简编》也延续了于连野心家的批判定式:

> 《红与黑》主要是写主人公于连的向上爬与毁灭的历史。司汤达从自己的阶级立场出发,对于连的个人野心、利己主义和为个人幸福而奋斗的行为,虽然有所批评,但基本倾向是作了肯定的描绘,以至把他渲染成一个反抗压迫的英雄。③

可见,在80年代初期,国内比较有代表性的汉语"外国文学史"对于连形象的评定是置于阶级、革命话语中给予审视的,对于连形象的认定几乎集中在利己主义者、野心家等负面词汇上。

---

① 二十四所高等院校编:《外国文学史》(第3册),长春:吉林人民出版社,1984年,第41页。
② 柳鸣九:《法国文学史》,北京:人民文学出版社,1981年,第305页。
③ 刘念兹编:《欧美文学简编》,济南:山东教育出版社,1982年,第287页。

和上述几部有所不同,雷石榆主编《外国文学史教程》于1986年出版,对于连的形象有一定的修正:

> 于连是时代的产物,也是作者精神的产物。于连的性格受复辟时期社会阶级关系的制约,是当时各种社会风气影响的结果。围绕于连的悲剧命运,作者以现实主义的笔触从政治、经济、法律、宗教、道德和社会风尚等方面深入地解剖了复辟时期特别是查理十世统治时期的社会矛盾,表现了反封建、反复辟的主题。①

雷版比前几部大概晚了五到六年,比较中我们可以发现这样一些信息,前几部虽在80年代初出版,但编写过程应该在70年代或更早之前,著者还没有从"文革"影响中抽离出来;而雷版应该是80年代以后才组织编写的,已经凸显了文学史编写时代话语的改变,编写视野出现了转型。

我们通过对50—80年代几部影响较大、流行面广的汉语"外国文学史"情况的梳理,可以发现,在这三四十年间,我国汉语"外国文学史"对于连形象的定论是"野心家"形象,是资产阶级利己主义的代表,并作为与集体主义相对的个人主义者加以批判否定。从历史背景来看,在50—80年代,由于受苏联模式、革命话语、极左思潮等影响,文学研究中庸俗社会学倾向十分明显。常常采用生硬的阶级分类法对文学进行解读,非好即坏、非善即恶等二元对立模式成为文学形象的评价方式,遮蔽了文学的民族、审美、艺术等特征,尤其对复杂的文学史形象缺少合理性和涵盖面。"以革命、阶级等为主流意识形态服务的政治话语作为选择与评价作家作品的标准,以非此即彼的思维方式对待外国文学,用积极/消极、进步/落后、革命/反动、无产阶级/资产阶级、现实主义/浪漫主义、唯物/唯心等二元对立的本质论结构重组

---

① 雷石榆、陶德臻主编:《外国文学史教程》,杭州:浙江大学出版社,1986年,第299页。

外国文学史。"①对于连这类鲜活、复杂的文学形象进行简单而粗暴的定貌,成为这一时段文学史话语的典型特征,文学史书写话语的革命阶级定位、资产阶级作家的消极评价、集体主义与个人主义的对立等,使于连这个复杂有才、有自己主见和思考、有勃勃雄心和力量的个人反抗者被极端化解读,成为批判对象,于连的野心家、利己主义者形象也就此坐实,成为20世纪90年代之前汉语"外国文学史"的定论。

五、20世纪90年代以来:多元、世界话语与野心家形象的反转

前述几部20世纪90年代之前编写的汉语"外国文学史",虽然出版于改革开放之后,但内容大多是"文革"期间的积累,难免使这一时段的编本明显具有阶级斗争、苏联话语、社会单一决定论等思路的影响,观念比较滞后老套,合理的世界意识和文学的多元阐释视野几乎没有体现,90年代以后新出的文学史才逐渐扭转这一现象,编著者逐渐接触、吸收现代西方多元开放的文学理论和批评方法,譬如解构主义、女权主义、英美新批评等理论,文学作品的解读更为多元,文学研究开始向新的向度敞开,很多被过度阶级阐述和政治解读的作品重新获得新的文学审视,极大丰富了汉语"外国文学史"的编撰视野。

而编纂内容的新变,基于1995年教育部组织编写《外国文学教学大纲》的出版,它为外国文学史编写提供了指导思想,在这一大背景下,1999年郑克鲁主编的《外国文学史》出版,成为新千年来普及度最广的教材,其中对于连形象的表述是:

> 于连是法国复辟时期小资产阶级知识分子个人奋斗的典型,但他既不同于只求温饱的青年,也不属于甘愿出卖灵魂、最终与

---

① 肖四新:《元叙事与跨文化重构的文化悖论——以百年来汉语"外国文学史"编写为例》,《郑州大学学报(哲学社会科学版)》2010年第3期。

上流社会同流合污的一类,他是有理想、有抱负、不满现状、要求民主平等、富有反抗精神的"理想型"青年。于连的悲剧告诉我们:在复辟时期,一个有进取心的贫民青年,试图通过个人奋斗跻身上流社会,却又不愿厚颜无耻地讨好主子,丧尽天良地利用他人的鲜血来染红自己的肩章,最终只能成为上流社会的"局外人"。于连在法庭上的一席话,揭示了这一真理。①

我们从中可以看出,郑克鲁版对于连形象的评析完全扬弃了80年代之前的革命阶级话语模式,持更为客观、中性的理论视域来解读文学中的经典形象,而数十年来我国汉语"外国文学史"对于连这一形象的极端评价也因此开始反转。

郑版之后,体现欧美文学史高编写水平的是李赋宁主编的《欧洲文学史》,此为补阙杨周翰版而作。编者自况道:"一方面继承《欧洲文学史》材料详实,不空发论,寓褒贬于叙述之中的优良传统;另一方面排除旧的思维定式的干扰,实事求是地评价文学史上的人物及事件,按其本来的面貌给予恰当的历史定位。"②将于连形象定性为:

> 于连是个性格复杂、充满矛盾的人物。他出身寒微,从小受父兄虐待,养成了多疑、敏感和顽强的性格。他英俊、聪颖、记忆力惊人,常为自己的天资与低下的地位不相称而苦恼。……于连高傲而自尊,鄙夷外省那些趾高气扬、卑劣无能的贵族和资产者。……于连热烈地追求爱情和幸福,但爱情和野心在他内心时时发生激烈的冲突……于连的人生悲剧,是复辟时期下层平民青年无法施展才能和抱负的社会悲剧,小说作者对这个人物倾注了同情,并把他的命运置于广阔的社会历史背景上去展示,揭露了

---

① 郑克鲁主编:《外国文学史》(上),北京:高等教育出版社,1999年,213页。
② 李赋宁:《欧洲文学史(第二卷)》编者说明,北京:商务印书馆,2001年,第2页。

保王党和反动教会沆瀣一气复辟封建旧秩序的阴谋,深刻地表现了 1814 年至 1830 年法国社会的本质特征。①

我们将之和杨周翰版进行比对,很容易发现李赋宁版较好修正了于连形象一边倒的情况,不尚美,不隐恶,使得这个复杂的人物形象得到应有的、多元的深刻评价,很好体现了文学史书写模式与时代变迁的密切关系。

郑、李两版是 90 年代以来新出汉语"外国文学史"的高质量成果,2003 年陈惇主编的《西方文学史》由四川人民出版社出版,其中对于连形象的定论是:

> 出身低微而生性聪慧,不甘平庸;身在等级森严的复辟时期却崇尚启蒙思想,信奉无神论,崇拜拿破仑,渴望出人头地,于连带着重重矛盾踏入社会,开始他艰难而短暂的人生跋涉。……于连是个自我中心主义的叛逆者。他的叛逆,始于对自我尊严的维护,这是人的天性,更是来自他的阅读。他的平等观念,并不张扬,但却深深植根于他敏感的心灵。为达到精神上的自我保护和自我满足,他有时明争,有时暗斗,即便在忍辱负重时,也难以掩饰他骨子里不同凡俗的自尊。②

需要指出的是,陈版参与编写的有黄晋凯等学者,而黄晋凯是朱维之版第四版的主编,两版中的对于连形象的定性冰火两重,这也从侧面证明,学者的文学史阐释话语受时代的影响十分明显,有时甚或不是他们内在真切的表达,但狭隘的文学评述话语显然不会长时间左右文学经典的解读。

2008 年蒋承勇《世界文学史》(第三版)由复旦大学出版社出版,

---

① 李赋宁:《欧洲文学史》(第二卷),第 217 页。
② 陈惇:《西方文学史》(第二卷),成都:四川人民出版社,2003 年,第 125—126 页。

对于连形象的阐释引入文学人物性格系统论等观念,这对解读于连形象的丰富性和多元性更为合理:

> 于连的性格是复杂的、多侧面的,而由于自我观念始终是他的思想性格的底蕴,因而,在不同的生存环境里,他时而反抗,时而妥协,时而雄心勃勃,时而野心咚咚,时而投机伪善,却又不失正直善良。他的孤身奋斗激荡着追求自由平等的政治情怀,也充满追求个人幸福的利己主义欲望。于连是一个性格复杂的个人奋斗者的形象,在他身上既体现了大革命过后英雄主义尚存的法国社会的时代精神,特别是表现了受压抑的一代年轻人对人生与社会的理想,同时也投射出司汤达自身人生体验和心理欲望。①

2010年王忠祥、聂珍钊《外国文学史》出版,编者结合文学史中各路阐释观念,列出于连形象的各种论述,希望引导读者判别思考:

> 于连究竟是一个个人主义野心家,还是一个反抗封建制度的资产阶级英雄?是一个有理想、有抱负的青年,还是一个随波逐流、追名逐利的庸人?是值得同情肯定,还是应该受到批判否定,诸多问题留待人们去思索。②

接着将其置于同时期的法国作家作品进行比较,以凸显其形象的复杂性:

> 于连是法国复辟时期小资产阶级知识分子个人奋斗的典型,他不像夏多布里昂笔下的勒内那样空虚无聊、消极逃避现实,也不像巴尔扎克笔下的拉斯蒂涅那样之追求功名利禄而没有任何信仰,他既不同于只求温饱的青年,也不属于甘愿出卖灵魂、最终

---

① 蒋承勇主编:《世界文学史纲(第3版)》,上海:复旦大学出版社,2008年,第146页。
② 王忠祥、聂珍钊:《外国文学史》(三),武汉:华中师范大学出版社,2010年,第33页。

与上流社会同流合污的一类,他有理想、有抱负、有信念,他是启蒙思想的信徒,政治上的雅各宾派、拿破仑的崇拜者,属于精力充沛、不满现状、要求民主平等、富有反抗精神的'理想型'青年。①

由上述梳理可知,90年代以来新出的几本代表性汉语"外国文学史",编者对于连形象的解读,已抛弃了狭隘的解读方式,于连身上"自私自利者""个人主义野心家""虚伪的投机分子"等标签,转变为"有才智、有毅力的平民青年""具有反抗精神的个人奋斗者""拿破仑时代悲剧英雄""有抱负,识时务,有意志,有骨气的青年"等表述。那么,是什么原因带来这些新变和转型呢?我们认为,主要基于两点原因:一是90年代以来,中国社会现代性的整体推进,学者对外国文学的解读更加自信,大量研究外国文学的专著出版,书写文学史的资料更加详实,也使文学史编纂的视野更加开阔;二是文学阐释的理论向度更为多元,文学史的编写抛弃阶级、革命话语,摆脱庸俗社会学观念,并积极与西方理论话语接轨、对话,诸如英美新批评、结构主义、解构主义、后殖民主义,新历史主义、精神分析批评等开始进入学者的知识储备,正是这些新的、多元的、世界性的理论范式使汉语"外国文学史"的编写更为科学合理,于是在这一时代语境中,作为负面阐释的于连形象在90年代以来的编本中迎来反转,由极端否定到多极化解读肯定的转变,体现了文学史编写视野的时代嬗变和理论演进。

综上所述,在民国时期的文献资料中,周作人应该是第一个将斯丹达尔介绍到中国的学者,此后一些研究者在报刊上发表关于斯丹达尔及其《红与黑》的简介文章、学者们编写的汉语"外国文学史"也基本论述到斯丹达尔及代表作《红与黑》。对主人公于连形象的"野心

---

① 王忠祥、聂珍钊:《外国文学史(三)》,第34页。

家"定性也是初出周作人,后继者对"于连"形象的评价大多沿袭了周氏"野心家"的模式。当然,就像左拉一样,后世法国的文学史家也会用"野心""虚荣"等语汇来评价于连形象,也就是说这种评价并非中国才有。如当代法国著名的比较文学家和文学史家皮埃尔·布吕奈尔就说:"一方面,于连表现了出众的智慧,无可匹敌的毅力甚至是种他自以为应该得到的高位的征服热狂;另一方面,这敏感的灵魂,这颗'易于触动的心'有时迷恋于宁静、纯洁理想的幸福,离群索居和虚荣。"[①]而从《红与黑》对主人公于连塑造和情节演进来看,大多评论家也应该能解读出"野心""雄心"等维度。在20世纪前半期的中国,随着主流话语的不断嬗变更替,于连这一复杂多元的经典形象更容易被启蒙、现实、革命、阶级话语等交替解读,于连野心家形象的表述十分普遍;在中华人民共和国成立后到改革开放前的这一段时期,由于受革命、阶级话语和苏联文学史范型的影响,这一时段的外国文学史充斥着单一的阐述模式,西方很多文学经典被革命、阶级话语所构成的接受屏幕所阻拦,使得于连这一反叛性极强的人物形象被打入冷宫,"野心""伪善""虚荣"等也就容易就成为于连形象的定性标签。直到20世纪90年代以后,随着当代西方文学阐释理论和多元话语进入中国,尤其西方新的文学理论和批评方法进入中国,文学解读日益多元化,革命、阶级话语逐渐淡出文学研究视野,才使于连形象突破善恶二元对立、革命阶级话语等解读模式,向复杂性、系统性、多元性和经典性的正常回归,于连被视为一个具有丰满多元、性格复杂特征的奋斗者形象。可以说,于连形象的嬗变沉浮,体现了百年来文学观念、阐释方式、文学史家知识史的进展。

---

① 皮埃尔·布吕奈尔等:《19世纪法国文学史》,郑克鲁译,上海:上海人民出版社,1997年,第171页。

第三节　雨果在我国"外国文学史"中评价的百年流变

在世界文学和文化交流史上,一个民族对外来作家作品的评价并非一成不变,而是随社会形态、时代语境、民族文化、主流话语的变化而变化,甚至很多作家在短期内出现了评价的根本性反转,并因之影响到文学史的编纂,这一现象为我们思考文学的时代性、社会性、阶级性等提供了丰富的维度。

当然,文学和时代语境之关系,一直为中外理论家所重视。如刘勰"文变染乎世情,兴废系乎时序"[①]的阐述、法国理论家丹纳"物质文明与精神文明的性质面貌都取决到种族,环境、时代三大要素"[②]之观点、鲁迅"政治先行,文艺后变"[③]的论述等,都旨在阐明文学和历史现实、时代境遇的互文性关系,也说明了时代话语对文学及作家评价所产生的影响。与历史上任何时段相比,20世纪中国文学与时代背景、政治话语之间的关系最为紧密,并由此影响到汉语"外国文学史"编写的诸多方面,特别是西方资产阶级时代的作家作品所受影响最为明显。我们以五四以来编纂的具有代表性的"外国文学史"对雨果的评价为考察点,即可以清晰看到不同时期的主流话语对西方入史作家评价的影响。这也反映了在一定的历史时段,外来作家的评价不仅取决于他在自己母国文学史中的地位,也取决于他在引入国中的接受程度,尤其是主流话语的认可度。

---

① 刘勰:《文心雕龙·时序》,范文澜:《文心雕龙注》,《范文澜全集》第5卷,石家庄:河北教育出版社,2002年,第587页。
② 丹纳:《艺术哲学》,傅雷译,北京:人民文学出版社,1983年,第3页。
③ 鲁迅:《三闲集·现今的新文学的概观》,《鲁迅全集》第4卷,北京:人民文学出版社,2005年,第137页。

一、民国时期：以时代论作家、以启蒙论作品

近代以来，西学东渐，大量欧美作家作品被译介进来，中国文学也因此出现新变和转型。但据当时的翻译情况而论，主要以能提供救亡启蒙参照的作家作品为主。而雨果及其作品较好切合这一时代需求，故被译介入中国较早。如苏曼殊和陈独秀合译的《惨世界》1903年10月8日—12月1日连载于《国民日报》，成为《悲惨世界》的最早译本，后来单行出版；其他如林纾、曾朴、鲁迅等人都译介过雨果作品。对于雨果在"外国文学史"中的评介，则始于1917年周作人在北京大学开设的欧洲文学课程。我们根据《知堂回忆录》的记述，周作人在北大开设"欧洲文学史"和"十九世纪欧洲文学"两门课程，前者主要关涉古希腊到18世纪的欧洲文学，后来结集为《欧洲文学史》出版；但后者一直束之高阁，直到止庵点校手稿时才发现，并在2007年以《近代欧洲文学史》为名出版，里面对雨果的生平及创作给予了详细的介绍，而对《悲惨世界》主旨及价值的评价也是十分到位的："《哀史》一书，亦多含历史要素，篇卷浩繁，稍失杂糅，然善能表现著者思想，如对于无告者之悲悯，与反抗者之同情，实为全书主旨。"[①]十年后郑振铎《文学大纲》(1927)面世，对雨果的评价是："雨果是一个很伟大的诗人、戏曲家，又是一位很伟大的小说家，批评者都称他为近代法国最大作家。"[②]与周作人重点论述《悲惨世界》不同，郑振铎侧重于对雨果进行整体评价；后来茅盾《西洋文学通论》(1930)则强调雨果对戈蒂耶等法国后起作家的影响和提携，以凸显雨果的浪漫主义领袖地位；于化龙《西洋文学提要》(1930)则关注到雨果文学的想象力："他的想象力

---

① 周作人：《近代欧洲文学史》，北京：团结出版社，2007年，第139页。
② 郑振铎：《文学大纲》，上海：商务印书馆，1927年，第1606页。

的强大,实在世所罕见"①;而金石声《欧洲文学史纲》(1931)对雨果作品的艺术成就论辩精准:"他的作品,非常雄大,其文章雄丽壮美,充满了诗的趣味与色彩。"②这几部民国时段编著的综合性"外国文学史",重在探讨外来作家作品对新文学的价值、对民众的启蒙意义,而雨果又十分切合中国的时代需求和当时对作家的期盼,故评价也就较为客观、全面、中肯。

除上述几本综合史著作,曾仲鸣《法国浪漫主义》(1923)、徐霞村《法国文学史》(1930)、黄仲苏《近代法兰西文学大纲》(1931)、穆木天译《法国文学史》(1935)、夏炎德《法兰西文学史》(1936)、吴达元《法国文学史》(1946)等几本法国文学专史对雨果的评价也值得重视。曾仲鸣重在介绍雨果的个人性格和情感,认为雨果"想象极为丰富,他的情感,极为深远,他的性格,极为骄傲,他因具有丰富的想象,他往往用之以激动他的情感"③;黄仲苏侧重于雨果浪漫派领袖气质的定位,"浪漫派文学的领袖,比较的最是具有客观的能力,如其阔大的胸襟,尽够包罗万象"④;夏炎德《法兰西文学史》对雨果介绍的篇幅较长,认为"雨果是一个生性豪爽、胸襟旷达之人,同时也是一个富于同情而感觉敏锐之人。……他的作品有过去的追忆,有现实的描写,有未来的透视,实在是抓住了那时代——十九世纪上半期的上下左右——的灵魂。"⑤吴达元《法国文学史》是民国时期成就最大的法国文学研究专著,该书分别从诗歌、小说、戏剧等不同维度对雨果进行述评,既有作家总体文学史地位的肯定,又有各体文学创作成就的钩沉。吴氏认为,"法国浪漫派的第一届文社是群龙无首时代,第二届文社才产生一

---

① 于化龙:《西洋文学提要》,上海:世界书局,1930年,第94页。
② 金石声:《欧洲文学史纲》,上海:神州国光社,1931年,第81页。
③ 曾仲鸣:《法国浪漫主义》,上海:商务印书馆,1928年,第64页。
④ 黄仲苏:《近代法兰西文学大纲》,上海:中华书局,1932年,第79页。
⑤ 夏炎德:《法兰西文学史》,上海:商务印书馆,1936年,第324页。

位领袖诗人。他不是超然派的拉马丁,不是悲天悯人的维尼,更不是后起之秀的缪塞,他是多才多艺的雨果"①,雨果"不但是多产的诗人,还是个多方面的作家。除了十几部诗集外,他又写过些不朽的小说的剧本"②。对雨果的评介最为全面、客观、具体。正是通过文学史的不断描述,对普及外国作家作品,理清外来文学脉络有着重要作用。上述几部民国"外国文学史"对雨果的书写和评价,使国人较好认识了这位名重一时的浪漫主义文学巨匠及其作品。

作为较早译介入中国的作家,雨果在中国的声誉和影响十分巨大。其原因在于,一方面他是反专制的斗士,切合中国近现代知识分子的责任意识和社会任务;另一方面他又具有深厚的群众基础,和中国普罗大众对理想作家的愿景高度一致。"雨果一生,与法国社会政治斗争关系密切,再加之他浪漫成性,感情激烈奔放,对拿破仑三世的抨击甚为有力,他的这一部分创作最早受到中国知识界的注意,因为其思想感情与中国人的反专制的思想情绪相吻合。"③因此在民国时期的"外国文学史"中,都将雨果视为中国现代文学所积极吸收借鉴的对象,如法国文学翻译家曾朴在接触到雨果的小说后,就和中国的时代进行联想:"那时我正服务于南京,我时时感觉着执政的贪黩,军阀的专横,比起西班牙查理第二时代很有几分相像。我被这种思想驱迫,再拿吕伯兰特拉姆反复的诵读,觉得它上头的话句句是我心里要说的。"④这样的相关性无形中拉近了中国读者和雨果的心理距离,又反过来促使雨果在中国的威望和声誉不断提高。"人们在接受外国文学时,总是根据时代的需要来加以选择的。在高度政治化的近现代中

---

① 吴达元:《法国文学史》,上海:商务印书馆,1946年,第434页。
② 同上书,第437页。
③ 陈思和:《雨果及其作品在中国》,《中国比较文学》1997年第4期。
④ 病夫译:《吕伯兰自叙》,《真美善》1930年第6期。

国,译介外国文学总是与特定时期的政治斗争相联系。雨果作品的强烈批判精神,无疑契合了清末民初的社会心理,因而受到翻译家们的重视。"①

由上可知,周作人《近代欧洲文学史》开其端,民国时我国"外国文学史"对雨果及其作品的评价还是比较到位的,即便个别研究者的评价有失精准,但整体上还是凸显了雨果及作品的客观性和全面性,将雨果置于文学文化启蒙的大背景中进行审视,体现出以时代论作家、以启蒙论作品的整体取向,但又能有效兼顾作家的整体创作心理和作品的艺术、美学价值,有些定论在今天仍然为学术界广泛沿用,对后世文学史的编写影响十分深远。

二、20世纪50—80年代:以阶级论作家,以政治论作品

中华人民共和国成立后,因受现代文学中革命、阶级叙事话语和苏联文学史模式叠加的影响,对外国作家作品进行善恶二元对立、社会主义与资本主义意识形态对立模式的解读,成为这一时期汉语"外国文学史"撰写的主流阐释框架,文学史家尤其强调作家的政治属性和文学作品的阶级属性。这样一来,民国时期对雨果所形成的客观多元化评价,到20世纪50年代以后发生了颠覆性的反转。

从1949年至"文革"期间的二十多年里,我国出版的汉语"外国文学史"比较少。1958年冯至等《德国文学简史》是中华人民共和国成立后第一部"外国文学史",属国别史范畴;综合史只有1963年石璞的《外国文学史讲义·欧美部分》、1964年出版的杨周翰等《欧洲文学史》(上)和1974年外国文学编写组编写的《外国文学简编》等几部。就这一时段文学史的阐述框架和理论话语而言,阶级评判成为主流,

---

① 袁荻涌:《雨果作品在近现代中国的译介》,《贵州师范大学学报(社会科学版)》2003年第2期。

善恶二元解读成为关键。如1952年茅盾就曾说:"在雨果的作品中,我们中国的一般读者看见了作者所拥护与歌颂的,看见了作者所反对所憎恨诅咒的,也正是他们所要反对、憎恨与诅咒的。这就是雨果的作品所以在中国享有盛誉的根本原因。"①我们如果将茅盾30年代前后对雨果的判断进行比对,可以发现由艺术评价到阶级分析的转变十分明显。而先于文学史编写,1958年出版的《外国文学参考资料》(19世纪—20世纪初)的指导思想是:"为了培养工人阶级自己的语文教师,高等师范院校外国文学的教学和科学研究领域,必须由无产阶级思想来占领……并贯彻了厚今薄古的方针,以东方国家和资本主义国家的无产阶级文学和现代进步文学为主,"②以文学的阶级归属审视进入课程的外来作品。资料对雨果的介绍虽然不够系统,只是零散材料的收集,但却有长达60多页的篇幅,这是极为少见的。而石璞和杨周翰对雨果的评价也是局限性明显的"资产阶级"作家,1974年出版的《外国文学简编》对雨果更是一笔带过:"雨果的《欧那尼》等作品中的主人公,就都是一些与社会处于对立状态的个人主义英雄,是当时社会的叛逆者。"③对雨果的代表作只字未提。"文革"结束后,我国"外国文学史"的编写逐渐步入正轨,在80年代出版的著述颇丰。其中以杨周翰主编《欧洲文学史(下)》(1979)、石璞《欧美文学史》(1980)、朱维之主编《外国文学简编·欧美部分》(1980),二十四所高等院校联编《外国文学史》(1980)、柳鸣九主编《法国文学史》(1981),刘念兹主编《欧美文学简编》(1982),雷石榆主编《外国文学史教程》(1986),匡兴、陶德臻主编《外国文学史(讲义)》(1987)等为代表。

---

① 茅盾:《文艺报》1952年4月5日。
② 北京师范大学中文系外国文学教研组编:《外国文学参考资料(19世纪—20世纪初)》,北京:高等教育出版社,1958年,第1页。
③ 《外国文学》编写组:《外国文学简编》,泰安:泰安出版社,1974年,110页。

需要指出的是,由于这一时段的文学史很多稿件是在"文革"期间撰就,虽然文学艺术标准已被文学史家所重视,但政治语境和阶级话语的影响还是十分明显的。对作家作品的评价主要"以马克思、恩格斯对古希腊时期与文艺复兴时期的艺术、启蒙主义文论,十九世纪现实主义文学的那些充满热情的评述为准绳"①,阐释风格统一、视野单一。如1980年朱维之版《外国文学简编》认为外国进步文学是"提高我国人民群众政治觉悟的有益读物"②;后续1985年南开版《外国文学史·欧美部分》中也认为"学习外国文学,对于培养一个社会主义的文化工作者,对于繁华发展我国的社会主义文学,对于我们的革命和建设,都具有十分重要的意义"③。而朱版"外国文学史"是我国高等院校采用量最大、再版次数最多的文学史著述,是当时汉语"外国文学史"编写的突出代表,而这一编写思想对雨果的评价有着重要影响。

除了朱维之版,杨周翰版《欧洲文学史》在当时的影响也较大。杨版在介绍雨果时用了4页篇幅,认为雨果"是一个小资产阶级自由主义者,幻想敌对阶级的和解,寻找君主制和民主制合作的可能,这就导致他这一时期在政治上和七月王朝的妥协","他作品中的某些神秘思想和悲观情绪,显然也有和他的摇摆不定的资产阶级自由主义立场分不开"④,这段评价还是体现出明显的阶级、革命话语的模式。

石璞1980年《欧美文学史》是60年代著述的完善,由于主体部分完成于六七十年代,受时代影响最大,因此她对19世纪欧美作家基本持否定的态度。"欧美文学是在我国的现代文学方面是起了不小的影

---

① 柳鸣九:《关于〈法国文学史〉的修订》,《南方文坛》2007年第5期。
② 朱维之、赵澧:《外国文学简编》,北京:中国人民大学出版社,1980年,第1页。
③ 朱维之、赵澧:《外国文学史:欧美部分》,天津:南开大学出版社,1985年,第2页。
④ 杨周翰等:《欧洲文学史》(下卷),北京:人民文学出版社,1983年,第78页。

响的。除了反动的作品对我们有坏影响而外,进步的作品固然起了很大的启发作用,但同时,由于以往的评介的人们没有掌握辩证唯物主义与历史唯物主义的批判精神,没有贯彻扬弃其糟粕,吸取其精华的原则,特别是十九世纪批判现实主义作品,多半是蜜糖与毒药互相混合的。"①作为19世纪作家的雨果,石璞的评价自然不会很高,仅把雨果归入进步的浪漫主义作家之列。"雨果的浪漫主义与反动浪漫主义不同,他虽写中世纪的事,但从来不把中世纪理想化,恰恰相反,是批判中世纪的僧侣主义,时常指出历史发展的进步性和规律性,所以是进步的浪漫主义。"②而相对于杨版,这个评价显得稍微合理。

上述几本是综合史,1981年柳鸣九《法国文学史》出版,这是中华人民共和国成立后成就最大的法国文学专史。柳版对雨果的介绍和述评较之前面几本综合史篇幅更大,内容也更全面。对雨果生平及创作道路、文艺理论、戏剧、诗歌、小说等均有涉及。但在评价雨果及其作品时仍未摆脱阶级、革命话语的桎梏。如在评价《悲惨世界》时说:"雨果的以教育感化和慈善福利解决社会问题的药方带有明显的空想的社会主义思想的性质,保留了他三四十年代所受到的空想社会主义思想的痕迹……是历史唯心主义的阶级调和论的典型表现,这在小说发表的当时即无产阶级登上了历史舞台的六十年代,已经显得很陈旧很消极了"③;而把《巴黎圣母院》的主题归纳为"以人道主义思想为指导为描写人物也给作品带来了局限,敲钟人被描写成人道的、感恩的爱的形象,教会恶棍的罪行最后被归结为人性。人物描写中脱离阶级真实的缺点,其根本原因就在于作者这种抽象的超阶级的思想"④,柳

---

① 石璞:《欧美文学史》(下),成都:四川人民出版社,1980年,第12页。
② 同上书,第101页。
③ 柳鸣九:《法国文学史》(中),北京:人民文学出版社,1981年,第221页。
④ 同上书,第213页。

版是以阶级论作家、以政治论作品时代的产物,虽然对雨果着墨不少,但并未将雨果复杂的生平经历和多样化的创作成就展示出来。

1980—1982年由二十四所高等院校联编的《外国文学史》四卷本陆续出版,其中对雨果的评价是:"以一种泛神论的宗教观'挽救世道人心',他坚持反对剥削阶级的利己主义以及为这种利己主义制定的各种功利主义学说,他身体力行一种人类普遍之爱,息事宁人,无疑地这种说教是会被反动统治阶级容纳和欣赏的。"①和前几版一样,该著将反动和进步作为区分作家的重要标准,以阶级分析作品内容的倾向十分明显。

尤值一提的是,朱维之《外国文学简编》几经再版,从20世纪90年代的再版本开始,对雨果的评价发生了明显变化,认为"雨果是法国最伟大的诗人和小说家之一,他的诗不但数量丰富,而且主题多样,形式完美,表现手法细致多彩,他的小说精彩动人,雄浑有力,以五光十色,气势雄伟的画面见长,为浪漫主义小说开辟了广阔的天地"②。在这里,他已经扬弃初版和再版时的阶级话语模式,基本接近雨果的客观评价了。

综上所论,80年代编写的这些文学史,虽然较之"文革"时有所突破,但是整体的叙述框架还是深受时代话语和阶级对立的影响,文学史家的编写理念还未完全从"文革"桎梏中解放出来。但相对于50年代到"文革"期间的著述,其标准已逐渐发生改变,对文学的艺术性和美学成就开始重视,这种转变正是时代变迁的结果。"文革"结束后,以邓小平为核心的第二代领导集体进行全面的拨乱反正,果断地停止了"以阶级斗争为纲"的错误方针,把党和国家的工作重心转移到经济建设上来,作为精神文明重要组成部分之一的文学也开始抛弃阶级评

---

① 二十四所高等院校编:《外国文学史》(二),长春:吉林人民出版社,1982年,第271页。
② 朱维之、赵澧:《外国文学简编》,北京:中国人民大学出版社,1980年,第191页。

价的单一角度,逐渐有了多元化解读的趋向。在文艺理论界,文学的审美属性也重新受到学者们重视,如钱中文、王元骧、童庆炳等人,重提文学是一种审美意识形态的主张,不再将文学的阶级属性视为评价作家的主要条件,作品艺术成就开始成为编写文学史的重要考量,文学史对作家的评价逐渐回归多元,并趋于合理。

三、20世纪90年代以来:以成就论作家,以艺术论作品

20世纪90年代以来,随着我国对外开放的全方位推进,文化领域的交流也变得异常活跃频仍,西方各种文艺理论、文学思潮不断介绍进中国,并引发理论热、文化热,文学作品的解读更为多元,文学史的编写模式也冀此突破80年代之前单一的话语体系,更为尊重外国文学本身的艺术性和美学价值,很多之前被边缘的作家逐渐移向中心,一些有失偏颇的论述也得以矫正,在这一大背景下,对雨果文学史地位的评价更为客观公正;对其作品的复杂性、丰富性的认识更加全面。

1999年,郑克鲁主编的《外国文学史》出版,它是在教育部颁布了新的外国文学教学大纲后编写的面向21世纪教材,编者用了11页的篇幅来评价雨果,这对于世界性的综合史而言,篇幅比例是十分高的了。编者从六个方面对雨果的创作成就进行统评,认为雨果是"法国乃至世界上最杰出的浪漫主义小说家,他是浪漫派手法的集大成者。第一,雨果是运用对照手法的大师。第二,雨果善于塑造下层人物的形象。第三,雨果力图以史诗的气魄和规模去再现社会和历史。第四,情节的传奇性。第五,雨果注重心理描写。第六,雨果善于将无生命或非生命的事物,描绘得如同有生命的物体一样神奇,动人心魄,令人惊叹。"①评论尤其吸收了外国文学界最新的研究成果,并整合了中

---

① 郑克鲁:《外国文学史》,北京:高等教育出版社,1999年,第190—191页。

外学者对雨果的分析评价,不以资产阶级作家来定性雨果,也不再以积极消极等语汇来区别浪漫主义的创作。这是目前我国"外国文学史"著述对雨果及其文学作品最为全面、最为合理的表述。

接着2001年李赋宁主编的《欧洲文学史》出版,该著是对杨周翰版《欧洲文学史》的充实和拓宽,其中对雨果生平及作品的介绍共用了10页篇幅,占比也不小。编者首先对雨果的人品和作品给予高度赞扬:"维克多·雨果(1802—1885)的创作跨越19世纪的多种文艺思潮,而且在时间上几乎覆盖了整个19世纪。一些同时代的作家有的能以一部杰作一鸣惊人,传之不朽;有的在一种文艺思潮中叱咤风云,形成气候。而雨果好比是一棵大树,深深扎根于现实的土壤,借助历史波涛的浇灌,始终生机勃勃,硕果累累。"[①]其次在艺术上给予高度的评价:"雨果是一位高超的语言大师,他炉火纯青的语言艺术不但表现在他的诗歌中,而且也反映在他的小说和戏剧作品中。"[②]李版充分肯定了雨果的文学史地位和影响,完全矫正杨周翰版将雨果定性为"摇摆不定的资产阶级自由主义"作家的偏颇,体现出文学史编写与时代发展的辩证关系。而同年吴元迈等主编的《外国文学史话》(十卷)出版,强调趣味性和可读性,认为"雨果向古典主义作斗争,有两件最出名的事。一是写了一篇浪漫主义的宣言《克伦威尔·序言》,从理论上提出了浪漫主义的全面纲领,向古典主义发起了勇敢挑战。另一件是创作了慕名的浪漫主义戏剧《欧那尼》,从艺术实践上竖起了一面旗帜。"[③]对《悲惨世界》的评价是:"这部熔铸着雨果大半生经历和感受、一生追求的作品,经时间证明,已被公认为是人类智慧

---

① 李赋宁:《欧洲文学史》(第二卷),北京:商务印书馆,2001年,第100页。
② 同上书,第105—106页。
③ 吴元迈等主编:《外国文学史话:西方19世纪前期卷》,长春:吉林人民出版社,2001年,第392页。

的伟大创造之一。"①一是充分肯定了雨果为浪漫主义文学所作出的积极贡献,二是高度评价创作上所取得的伟大成就。

上述几本文学史中,郑、李两版是90年代以来新出汉语"外国文学史"的高质量成果,在世纪之交的外国文学教学和研究领域产生了较大影响。尤其是郑克鲁版,新千年后逐渐取代朱维之版成为高等院校中文专业使用最多的教材,其对雨果的评价和定论是风向标,之后不管再版还是新编的著述,都基本在其阐释范围之中。如2003年陈惇等《西方文学史》出版,认为"雨果是文学史上的一位巨人,浪漫主义运动的一杆大旗。在世界文坛上,我们很难找到像他这样的全才,在各个领域都取得了丰硕的成果,并达到如此辉煌的高峰"②,将雨果定义全才作家,也延续了对雨果整体性的评价;2008年蒋承勇《世界文学史纲》(第三版)出版,评价雨果"是个胸怀博大的民主斗士,声讨封建专制,挞伐民族压迫,也曾斥责英法联军对中国的侵略,他又是个真诚热情的人道主义卫士,高举博爱主义大旗,同情下层人民,反对阶级压迫,努力探求消除罪恶,改造人性的途径"③,凸显了雨果超越国界的人道主义思想;而2010年聂珍钊《外国文学史》对雨果的评价是:"总的说来,雨果的作品贯穿着人道主义激情,洋溢着浓郁的浪漫主义气息,具有极高的思想价值和艺术魅力。他给人类留下的瑰丽的传世佳作,成为众人交口称赞、努力效法的榜样,曾影响并还在继续影响千百万后来人。"④强调了雨果及其创作的两大关键词"人道主义"和"浪漫主义",并客观评价其艺术成就对后世的影响。

由上述可知,相对于20世纪50—80年代,90年代以来出版的这

---

① 吴元迈等主编:《外国文学史话:西方19世纪前期卷》,第418—419页。
② 陈惇:《西方文学史》第二卷,成都:四川人民出版社,2003年,第58页。
③ 蒋承勇主编:《世界文学史纲(第三版)》,上海:复旦大学出版社,2008年,第119页。
④ 王忠祥、聂珍钊:《外国文学史》(三),武汉:华中师范大学出版社,2010年,第243页。

些具有代表性的"外国文学史",对雨果及其作品的评价发生了明显的转向:一是"文学性"取代"阶级性"成为判断作家高下的首要切入点;二是"艺术性"取代"时代性"成为评价作品成就的第一考量;三是文学史对雨果作品主题的解读更加深入和多元,加入了哲学、美学、语言学、宗教学等理论视野。尤其21世纪以后,随着文化交流的频繁,学者对外国文学的认知更加全面,对雨果研究资料的搜罗更加详尽,拓展了文学史编纂的视野,文学史家抛弃阶级、革命话语模式,摆脱庸俗社会学的影响,积极与西方理论话语接轨、对话,形成了新的理论场域,文学史对雨果的评价也就更趋多元、客观、深入和合理,体现了雨果研究的正常回归。

综上所述,雨果在我国百年"外国文学史"中评价的嬗变,经历了浪漫主义文学代表、资产阶级代表作家、有局限性的人道主义作家、全才型大作家等不同向度。具体来说,民国时期的启蒙话语倾向于以时代论作家、以启蒙论作品,强调雨果及其作品的比照意义;"文革"前后的革命话语采用阶级论作家、政治论作品的模式评述雨果及其代表作;新时期以来的多元话语则以成就论作家、以艺术论作品,尤其引入西方新的理论视野,对雨果的评价回归正常。导致这些嬗变的主要原因在于时代、主流话语等对编入文学史的外国作家作品的影响。因为"当一个新的社会建立起来,但还没稳定的时候,刚刚占据主流的意识形态必然要加强思想舆论的控制"[1],于是在时代背景不断变迁之下所编纂的"外国文学史",只能在主流话语允许的范围内对外国作家作品做出相应的阐释,就导致同一作家在不同时代的文学史中出现迥异的评价,有时甚至发生了根本反转,这在世界文学史中并非个案,是值得文学史家、文学理论家去深入研究的话题。

---

[1] 童庆炳:《文学经典建构诸因素及其关系》,《北京大学学报(社会科学版)》2005年第5期。

参 考 文 献

一、中文专著

〔1〕阿英:《晚清文艺报刊述略》,上海:古典文学出版社,1958年。

〔2〕阿英:《晚清小说史》,北京:人民文学出版社,1980年。

〔3〕[美]白瑞华:《中国近代报刊史》,苏世军译,北京:中央编译出版社出版,2013年。

〔4〕卞东磊:《古典心灵的现实转向——晚清报刊阅读史》,北京:社会科学文献出版社,2015年。

〔5〕包天笑:《钏影楼回忆录》,太原:山西古籍出版社、山西教育出版社,1999年。

〔6〕[美]本杰明·史华兹:《寻求富强:严复与西方》,叶凤美译,南京:江苏人民出版社,1990年。

〔7〕陈国庆:《中国近代社会转型研究》,北京:社会科学文献出版社,2005年。

〔8〕陈福康:《中国译学理论史稿》,上海:上海外语教育出版社,1992年。

〔9〕陈福康:《中国译学史》,上海:上海外语教育出版社,2011年。

〔10〕陈子展:《中国近代文学之变迁 最近三十年中国文学史》,上海:上海古籍出版社,2000年。

〔11〕陈玉刚:《中国翻译文学史稿》,北京:中国对外翻译出版公司,1989年。

〔12〕陈平原、夏晓虹:《二十世纪中国小说理论资料·第一卷

（1897—1916）》，北京：北京大学出版社，1989年。

［13］陈平原：《中国现代小说的起点》，北京：北京大学出版社，2010年。

［14］陈平原、王德威、商伟编：《晚明与晚清：历史传承与文化创新》，武汉：湖北教育出版社，2002年。

［15］陈寅恪：《陈寅恪集》，北京：生活·读书·新知三联书店，2001年。

［16］褚金勇：《从书籍到报刊 晚清文人的书写转型研究》，北京：中国社会科学出版社，2021年。

［17］［美］费正清、刘广京编：《剑桥中国晚清史》，北京：中国社会科学出版社，1985年。

［18］方锡德：《中国现代小说与传统文学》，北京：北京大学出版社，1992年。

［19］方汉奇：《中国近代报刊史》，西安：陕西人民出版社，1981年。

［20］冯志杰：《中国近代翻译史·晚清卷》，北京：九州出版社，2011年。

［21］方梦之、庄智象主编：《中国翻译家研究（民国卷）》，上海：上海外语教育出版社，2017年。

［22］耿传明：《决绝与眷念：清末民初社会心态与文学转型》，上海：复旦大学出版社，2010年。

［23］郭延礼：《近代西学与中国文学》，南昌：百花洲文艺出版社，2000年。

［24］郭延礼：《中国近代翻译文学概论》，武汉：湖北教育出版社，1998年。

［25］郭浩帆：《近代报刊视野下中国小说转型研究》，北京：科学出版社，2018年。

﹝26﹞高瑞泉主编：《中国近代社会思潮》，上海：华东师范大学出版社，1996年。

﹝27﹞管林、钟贤培：《中国近代文学发展史》，北京：中国文联出版公司，1991年。

﹝28﹞管新福：《晚清民国西学翻译摭论》，北京：社会科学文献出版社，2021年。

﹝29﹞广东省立中山图书馆编：《近代华侨报刊大系（1—45册）》，广州：广东经济出版社，2015年。

﹝30﹞葛兆光：《中国思想史》，上海：复旦大学出版社，2013年。

﹝31﹞高惠群、乌传衮：《翻译家严复传论》，上海：上海外语教育出版社，1992年。

﹝32﹞高黎平：《传教士翻译与晚清文化社会现代性》，重庆：重庆大学出版社，2014年。

﹝33﹞龚书铎：《中国近代文化概论》，北京：中华书局，2002年。

﹝34﹞关爱和：《从古典走向现代——论历史转型期的中国近代文学》，开封：河南大学出版社1992年。

﹝35﹞关爱和：《古典主义的终结——桐城派与"五四"新文学》，上海：上海文艺出版社，1998年。

﹝36﹞关爱和：《中国近代文学史》，北京：中华书局，2013年。

﹝37﹞黄嘉德编：《翻译论集》，上海：西风社，1940年。

﹝38﹞何俊：《西学与晚明思想的裂变》，上海：上海人民出版社，2013年。

﹝39﹞何敏：《晚清至五四文学翻译与民族形象构建》，北京：九州出版社，2019年。

﹝40﹞胡翠娥：《文学翻译与文化参与：晚清小说翻译的文化研究》，上海：上海外语教育出版社，2007年。

〔41〕胡适、周作人：《论中国近世文学》，海口：海南出版社，2002年。

〔42〕胡适：《白话文学史》，上海：上海书店出版社，1989年。

〔43〕韩江洪：《严复话语系统与近代中国文化转型》，上海：上海译文出版社，2006年。

〔44〕黄霖：《近代文学批评史》，上海：上海古籍出版社，1993年。

〔45〕贾植芳、陈思和：《中外文学关系史资料汇编（1898—1937）》，桂林：广西师范大学出版社，2004年。

〔46〕蒋廷黻：《中国近代史》，长沙：岳麓书社，1999年。

〔47〕蒋晓丽：《中国近代大众传媒与中国近代文学》，成都：巴蜀书社，2005年。

〔48〕孔慧怡：《翻译·文学·文化》，北京：北京大学出版社，1999年。

〔49〕孔慧怡：《亚洲翻译传统与现代动向》，北京：北京大学出版社，2000年。

〔50〕梁启超：《饮冰室合集》，北京：中华书局，1989年。

〔51〕梁启超：《梁启超全集》，北京：中国人民大学出版社，2018年。

〔52〕林纾：《林纾集》，福州：福建人民出版社，2019年。

〔53〕李欧梵：《现代性的追求》，北京：生活·读书·新知三联书店，2000年。

〔54〕李欧梵：《中国现代文学与现代性十讲》，上海：复旦大学出版社，2002年。

〔55〕李欧梵：《现代性的想象：从晚清到当下》，杭州：浙江大学出版社，2019年。

〔56〕李九华：《晚清报刊与小说传播研究》，北京：中国社会科学出版社，2014年。

〔57〕李奭学：《得意忘言：翻译、文学与文化评论》，北京：生活·读

书·新知三联书店,2007年。

〔58〕李奭学:《中国晚明与欧洲文学》,北京:生活·读书·新知三联书店,2010年。

〔59〕李奭学:《明清西学六论》,杭州:浙江大学出版社,2016年。

〔60〕李雅琳,张晓艳:《近代文学翻译思想研究》,北京:现代出版社,2018年。

〔61〕刘禾:《跨语际实践:文学,民族文化与被译介的现代性》,北京:生活·读书·新知三联书店,2008年。

〔62〕刘运峰:《1917—1927中国新文学大系导言集》,天津:天津人民出版社,2009年。

〔63〕刘万全:《全国高等院校社会科学学报1906—1949年总目录》,长春:吉林大学出版社,1984年。

〔64〕刘兰肖:《晚清报刊与近代史学》,北京:中国人民大学出版社,2007年。

〔65〕刘增杰:《中国现代文学史料学》,上海:中西书局,2012年。

〔66〕刘兴豪:《报刊舆论与中国近代化进程》,北京:光明日报出版社,2016年。

〔67〕李德强:《近代报刊诗话研究(1870—1919)》,上海:上海书店出版社,2017年。

〔68〕栾梅健、张霞:《近代出版与文学的现代化》,上海:复旦大学出版社,2015年。

〔69〕卢明玉:《西人西学翻译与晚清救国良策的探索》,北京:北京交通大学出版社,2018年。

〔70〕廖七一:《中国近代翻译思想的嬗变:五四前后文学翻译规范研究》,天津:南开大学出版社,2010年。

〔71〕廖七一:《20世纪中国翻译批评话语研究》,北京:北京大学出

版社,2020 年。

〔72〕刘宓庆:《文化翻译论纲》,北京:中译出版社,2019 年。

〔73〕罗新璋:《翻译论集》,北京:商务印书馆,1984 年。

〔74〕马祖毅:《中国翻译史》(上),武汉:湖北教育出版社,1999 年。

〔75〕马祖毅、任荣珍:《汉籍外译史》,武汉:湖北教育出版社,2003 年。

〔76〕马积高:《清代学术思想的变迁与文学》,长沙:湖南出版社,1996 年。

〔77〕潘树广等主编:《中国文学史料学》,上海:华东师范大学出版社,2012 年。

〔78〕彭发胜:《翻译与中国现代学术话语体系的形成》,杭州:浙江大学出版社,2011 年。

〔79〕钱基博:《现代中国文学史》,上海:上海古籍出版社,1998 年。

〔80〕钱锺书:《林纾的翻译》,北京:商务印书馆,1981 年。

〔81〕钱锺书:《谈艺录》,北京:生活·读书·新知三联书店,2001 年。

〔82〕钱穆:《中国近三百年学术史》,上海:商务印书馆,1937 年。

〔83〕秦绍德:《上海近代报刊史论》(增订版),上海:复旦大学出版社,2014 年。

〔84〕容闳:《西学东渐记》,长沙:岳麓书社,1984 年。

〔85〕任访秋主编:《中国近代文学史》,开封:河南大学出版社,1988 年。

〔86〕任访秋:《近代文学作家论》,郑州:河南人民出版社,1984 年。

〔87〕单正平:《晚清民族主义与文学转型》,北京:人民出版社,2006 年。

〔88〕史和、姚福申、叶翠娣编:《中国近代报刊名录》,福州:福建人民

出版,1991年。

〔89〕苏艳:《从文化自恋到文化自省:晚清中国翻译界的心路历程》,武汉:华中师范大学出版社,2018年。

〔90〕谭载喜:《翻译学》,武汉:湖北教育出版社,2005年。

〔91〕谭正璧:《中国文学进化史》,上海:光明书局,1929年。

〔92〕王丹阳:《文学翻译中的创作论》,南京:南京师范大学出版社,2009年。

〔93〕王德威:《被压抑的现代性——晚清小说新论》,宋伟杰译,北京:北京大学出版社,2005年。

〔94〕王德威:《抒情传统与中国现代性》,北京:生活·读书·新知三联书店,2018年。

〔95〕王尔敏编:《中国文献西译书目》,台北:台湾商务印书馆股份有限公司,1975年。

〔96〕王国维:《王国维全集》,杭州:浙江教育出版社,2010年。

〔97〕王瑶:《中国文学:古代与现代》,北京:北京大学出版社,2008年。

〔98〕王海:《清末民初报人的跨中西文化特质研究》,南昌:江西人民出版社,2017年。

〔99〕王中江:《近代中国思维方式演变的趋势》,成都:四川人民出版社,2008年。

〔100〕王宏志:《翻译与近代中国》,上海:复旦大学出版社,2014年。

〔101〕王宏志:《重释"信达雅":二十世纪中国翻译研究》,上海:东方出版中心,1999年。

〔102〕王宏印:《文学翻译批评论稿》,上海:上海外语教育出版社,2010年。

〔103〕王秉钦:《20世纪中国翻译思想史》,天津:南开大学出版社,

2018年。

〔104〕王玉春:《五四报刊通信栏与多重对话研究》,北京:人民出版社,2018年。

〔105〕文军主编:《中国翻译理论百年回眸——1894—2005中国翻译理论论文索引》,北京:北京航空航天大学出版社,2007年。

〔106〕谢天振、查明建:《中国现代翻译文学史》,上海:上海外语教育出版社,2004年。

〔107〕熊月之:《西学东渐与晚清社会》,上海:上海人民出版社,1994年。

〔108〕许渊冲:《文学与翻译》,北京:北京大学出版社,2003年。

〔109〕夏志清:《新文学的传统》,北京:新星出版社,2010年。

〔110〕薛绥之、张俊才:《林纾研究资料》,福州:福建人民出版社,1983年。

〔111〕许纪霖等主编:《中国现代化史》(第1卷),上海:上海三联书店,1995年。

〔112〕徐鹏绪:《中国近代文学史纲》,北京:中国社会科学出版社,2004年。

〔113〕余英时:《士与中国文化》,上海:上海人民出版社,2003年。

〔114〕严复:《严复全集》,福州:福建教育出版社,2014年。

〔115〕杨义主编:《二十世纪中国翻译文学史·近代卷》,天津:百花文艺出版社,2004年。

〔116〕杨义:《中国现代小说史》,北京:人民文学出版社,1986年。

〔117〕杨联芬:《晚清至"五四":中国文学现代性的发生》,北京:北京大学出版社,2003年。

〔118〕杨光辉等编:《中国近代报刊发展概况》,北京:新华出版社,1986年。

〔119〕岳峰等:《中国文献外译与西传研究》,厦门:厦门大学出版社,2018年。

〔120〕岳凯华:《外籍汉译与中国现代文学的发生》,长沙:湖南师范大学出版社,2016年。

〔121〕袁进:《中国文学的近代变革》,桂林:广西师范大学出版社,2006年。

〔122〕袁进:《近代文学的突围》,上海:上海人民出版社,2001年。

〔123〕周发祥,李岫:《中外文学交流史》,长沙:湖南教育出版社,1999年。

〔124〕周振甫:《严复思想述评》,北京:中华书局,1936年。

〔125〕周作人:《中国新文学的源流》,上海:华东师范大学出版社,1995年。

〔126〕郑家建:《中国文学现代性的起源语境》,上海:上海三联书店,2002年。

〔127〕郑宾于:《中国文学流变史》,上海:北新书局,1928年。

〔128〕张朋园:《知识分子与近代中国的现代化》,南昌:百花洲文艺出版社,2002年。

〔129〕中国近代文学大系编写组:《中国近代文学大系(1840—1919)》(1—30卷),上海:上海书店,2012年。

〔130〕查明建,谢天振:《中国20世纪外国文学翻译史》(上),武汉:湖北教育出版社,2007年。

〔131〕张天星:《报刊与中国文学的近代转型(1833—1911)》,上海:复旦大学出版社,2015年。

〔132〕张泽贤:《中国现代文学翻译版本闻见录(1905—1933)》,上海:上海远东出版社,2008年。

〔133〕张卫晴:《翻译小说与近代译论:〈昕夕闲谈〉研究》,北京:中

国社会科学出版社,2012年。

〔134〕赵晓兰、吴潮:《传教士中文报刊史》,上海:复旦大学出版社,2011年。

〔135〕赵稀方:《翻译与现代中国》,上海:复旦大学出版社,2018年。

〔136〕赵纪萍:《清末民初文学翻译中的创造性叛逆研究》,济南:山东人民出版社,2017年。

〔137〕赵利民主编:《近代报刊与中国文学转型》,北京:中国社会科学出版社,2019年。

〔138〕郑振铎编:《晚清文选》,上海:上海书店,1987年。

〔139〕朱健华:《中国近代报刊活动家传论》,贵阳:贵州民族出版社,1998年。

〔140〕朱志瑜、张旭、黄立波编:《中国传统译论文献汇编(1—6卷)》北京:商务印书馆,2020年。

〔141〕邹振环:《20世纪中国翻译史学史》,北京:中西书局,2017年。

〔142〕钟叔河:《走向世界丛书》(第一辑),长沙:岳麓书社,2008年。

〔143〕钟叔河:《走向世界丛书》(第二辑),长沙:岳麓书社,2016年。

〔144〕钟叔河:《钟叔河序跋》,南京:东南大学出版社,2003年。

二、中文期刊

(一) 现代研究刊物

〔1〕曹明伦:《论以忠实为取向的翻译标准——兼论严复的"信达雅"》,《中国翻译》2006年第4期。

〔2〕陈才训:《论读者对晚清民初翻译小说文本形态的潜在影响》,《文艺研究》2014年第2期。

〔3〕陈大康:《翻译小说在近代中国的普及》,《文艺理论研究》2012年第3期。

〔4〕陈大康:《论近代翻译小说》,《文学评论》2015年第2期。

〔5〕陈福康:《古代佛经翻译理论的传统文化意义》,《外国语》1991年第4期。

〔6〕陈福康:《洋务派的翻译主张》,《中国翻译》1992年第2期。

〔7〕陈福康:《保存者·开拓者·建设者——论郑振铎在文学史上的贡献》,《文学评论》2018年第6期。

〔8〕陈士强:《汉译佛经发生论》,《复旦学报(社会科学版)》1994年第3期。

〔9〕陈平原:《古文传授的现代命运——教育史上的林纾》,《文学评论》2016年第1期。

〔10〕陈平原:《晚清画报中的"声音"》,《文艺研究》2019年第6期。

〔11〕陈晓兰:《面海的经验与世界的想象——以晚清与民国时期海外游记为中心》,《中国比较文学》2020年第1期。

〔12〕陈永国:《翻译的文化政治》,《文艺研究》2004年第5期。

〔13〕程翔章:《中国近代翻译文学的兴盛及其原因》,《外国文学研究》1998年第6期。

〔14〕崔丽芳:《论中国近代翻译文学中的误读现象》,《南开学报》2000年第3期。

〔15〕邓伟:《归化与欧化——试析清末民初翻译文学语言的建构倾向》,《文艺理论研究》2010年第3期。

〔16〕高玉:《论中国近代翻译文学的"古代性"》,《华中师范大学学报(人文社会科学版)》2000年第4期。

〔17〕高黎平:《论林乐知的西学翻译及其在晚清的接受》,《国外文学》2006年第1期。

〔18〕耿传明:《清末民初小说中"现代性"的起源、形态与文化特性》,《文学评论》2010年第5期。

〔19〕关爱和:《梁启超与文学界革命》,《中国社会科学》2006年第5期。

〔20〕关爱和:《中国文学的"世纪之变"——以严复、梁启超、王国维为中心》,《文学评论》2016年第4期。

〔21〕管新福:《西方传统中国形象的"他者"建构与文学反转——以笛福的中国书写为中心》,《文学评论》2016年第4期。

〔22〕管新福:《中国近现代报刊刊载辞赋的特质及新变》,《复旦学报(社会科学版)》2020年第6期。

〔23〕管新福:《稿酬制对晚清民国作家创作及翻译的影响》,《山西大学学报(哲学社会科学版)》2017年第6期。

〔24〕郭延礼:《中国近代文学翻译理论初探》,《文史哲》1996年第2期。

〔25〕郭延礼:《近代翻译文学与中国文学的近代化》,《山东大学学报(哲学社会科学版)》1997年第4期。

〔26〕郭延礼:《中国文学由古典向现代的转型及其文学史意义》,《文艺研究》2002年第6期。

〔27〕何兆武:《略论徐光启在中国思想史上的地位》,《哲学研究》1983年第4期。

〔28〕胡翠娥:《作为五四浪漫主义运动的"直译"之经典化历程——兼论"直译、意译"之争》,《中国翻译》2016年第4期。

〔29〕胡翠娥:《翻译研究与文化研究》,《外语与外语教学》2007年第6期。

〔30〕胡翠娥:《不是边缘的边缘——论晚清小说和小说翻译中的伪译和伪著》,《中国比较文学》2003年第3期。

〔31〕胡全章:《梁启超与晚清文学翻译》,《文学评论》2020年第3期。

〔32〕黄立波、朱志瑜:《晚清时期关于翻译政策的讨论》,《中国翻译》

2012年第3期。

〔33〕黄忠廉：《汉译的"雅"与"洁"》，《读书》2014年第4期。

〔34〕蒋述卓：《佛经翻译理论与中古文学、美学思想》，《文艺研究》1988年第10期。

〔35〕金克木：《怎样读汉译佛典——略介鸠摩罗什兼谈文体》，《读书》1986第1期。

〔36〕孔慧怡：《晚清翻译小说中的妇女形象》，《中国比较文学》1998年第2期。

〔37〕孔慧怡：《中国翻译研究的几个问题》，《中国翻译》1999年第1期。

〔38〕孔慧怡：《从安世高的背景看早期佛经汉译》，《中国翻译》2001年第3期。

〔39〕黎难秋：《清末译学馆与翻译人才》，《中国翻译》1996年第3期。

〔40〕李欧梵：《近代翻译与通俗文学》，《中国现代文学研究丛刊》2001年第2期。

〔41〕李欧梵：《林纾与哈葛德——翻译的文化政治》，《东岳论丛》2013年第5期。

〔42〕李奭学：《中译第一首"英"诗〈圣梦歌〉》，《读书》2008年第3期。

〔43〕李奭学：《没有晚明，何来晚清？——"文学"的现代性之旅》，《华东师范大学学报(哲学社会科学版)》2018年第4期。

〔44〕李泽厚：《梁启超王国维简论》，《历史研究》1979年第4期。

〔45〕李震：《晚清翻译小说凡例：不容忽视的伴随文本》，《中国比较文学》2020年第1期。

〔46〕李腾龙：《明清科技翻译之思想史意义发微——兼论徐光启和傅兰雅的翻译思想》，《上海翻译》2021年第1期。

〔47〕刘克敌:《晚年林纾与新文学运动》,《文艺理论研究》1996年第4期。

〔48〕刘树森:《重新认识中国近代的外国文学翻译》,《中国翻译》1997年第5期。

〔49〕刘宏照:《中西比较视野中的林纾翻译小说及其影响》,《文艺研究》2012年第6期。

〔50〕廖七一:《从"信"的失落看清末民初文学翻译规范》,《外语与外语教学》2011年第1期。

〔51〕廖七一:《晚清批评话语与翻译实践》,《外国语文》2014年第6期。

〔52〕廖七一:《晚清集体叙述与翻译规范》,《上海翻译》2011年第1期。

〔53〕骆贤凤:《从目的论看中国近代外国文学翻译中的民族文化心理》,《民族文学研究》2006年第1期。

〔54〕罗志田:《林纾的认同危机与民初的新旧之争》,《历史研究》1995年第5期。

〔55〕罗志田:《西方的分裂:国际风云与五四前后中国思想的演变》,《中国社会科学》1999年第3期。

〔56〕潘静如:《"现代性"与"科学帝国主义"初体验——论近代早期的火轮船诗》,《文学遗产》2021年第2期。

〔57〕乔以钢、宋声泉:《近代中国小说兴起新论》,《中国社会科学》2015年第2期。

〔58〕裘禾敏:《晚清翻译小说的误读、误译与创造性误译考辨》,《外国语(上海外国语大学学报)》2010年第4期。

〔59〕秦弓:《论翻译文学在现代文学史上的地位——以五四时期为例》,《文学评论》2007年第2期。

〔60〕任东升:《圣经汉译与佛经翻译比较研究》,《上海翻译》2008年第4期。

〔61〕桑兵:《晚清民国时期的国学研究与西学》,《历史研究》1996年第5期。

〔62〕沈苏儒:《继承·融合·创立·发展——我国现代翻译理论建设刍议》,《外国语》1991年第5期。

〔63〕宋声泉:《文言翻译与"五四"新体白话的生成》,《文学评论》2019年第2期。

〔64〕宋莉华:《传教士汉文小说与中国文学的近代变革》,《文学评论》2011年第1期。

〔65〕宋莉华:《传统与现代之间:从〈孽海花〉看晚清小说中的异域书写》,《文学遗产》2008年第1期。

〔66〕宋莉华《丁尼生〈公主〉的早期跨文体翻译研究及译介学思考》,《中国比较文学》2017年第3期。

〔67〕宋丽娟、孙逊:《"中学西传"与中国古典小说的早期翻译(1735—1911)——以英语世界为中心》,《中国社会科学》2009年第6期。

〔68〕宋丽娟、孙逊:《近代英文期刊与中国古典小说的早期翻译》,《文学遗产》2011年第4期。

〔69〕苏桂宁:《林译小说与林纾的文化选择》,《文学评论》2000年第5期。

〔70〕孙昌武:《关于佛典翻译文学的研究》,《文学评论》2000年第5期。

〔71〕孙尧天:《"科学"与"人情"的纠葛——论鲁迅的科学小说翻译》,《文艺研究》2017年第5期。

〔72〕孙晓娅:《如何为新词命名?——论民国初年的"翻译名义"之

争》,《文艺研究》2015年第9期。

〔73〕汤哲声、朱全定:《清末民初小说的翻译及其文学史价值》,《中国现代文学研究丛刊》2014年第2期。

〔74〕王宏志:《民元前鲁迅的翻译活动——兼论晚清的意译风尚》,《鲁迅研究月刊》1995年第3期。

〔75〕王宏志:《"专欲发表区区政见":梁启超和晚清政治小说的翻译及创作》,《文艺理论研究》1996年第6期。

〔76〕王宏印、刘士聪:《中国传统译论经典的现代诠释——作为建立翻译学的一种努力》,《中国翻译》2002年第2期。

〔77〕王宏印:《典籍翻译:三大阶段、三重境界——兼论汉语典籍、民族典籍与海外汉学的总体关系》,《中国翻译》2017年第5期。

〔78〕王宁:《现代性、翻译文学与中国现代文学经典重构》,《文艺研究》2002年第6期。

〔79〕王克非:《论严复〈天演论〉的翻译》,《中国翻译》1992年第3期。

〔80〕王克非:《近代翻译对汉语的影响》,《外语教学与研究》2002年第6期。

〔81〕王向远:《"翻"、"译"的思想——中国古代"翻译"概念的建构》,《中国社会科学》2016年第1期。

〔82〕王向远:《"译文不在场"的翻译文学史——"译文学"意识的缺失与中国翻译文学史著作的缺憾》,《文学评论》2015年第3期。

〔83〕王军平:《晚清(1894—1911)翻译场域中的译语规范重构》,《外国语文》2018年第4期。

〔84〕夏晓虹:《但开风气不为师——论梁启超的文学史地位》,《文艺研究》1990年第6期。

〔85〕夏晓虹:《晚清"新小说"辨义》,《文学评论》2017年第4期。

〔86〕肖开容:《近代翻译对中国现代观念的塑造》,《西南大学学报(社会科学版)》2010年第2期。

〔87〕熊辉:《保守与现代:清末西书翻译的语言困境》,《贵州师范大学学报(社会科学版)》2017年第2期。

〔88〕熊月之:《1842年至1860年西学在中国的传播》,《历史研究》1994年第4期。

〔89〕熊月之:《晚清西学东渐过程中的价值取向》,《社会科学》2010年第2期。

〔90〕许钧:《翻译精神与五四运动——试论翻译之于五四运动的意义》,《中国翻译》2019年第3期。

〔91〕许崇信:《社会科学翻译在中国近代翻译史上的地位及其现实意义》,《外国语》1992年第5期。

〔92〕许渊冲:《翻译的标准》,《中国翻译》1981年第1期。

〔93〕许渊冲:《关于翻译学的论战》,《外语与外语教学》2001年第6期。

〔94〕许渊冲:《谈谈文学翻译问题》,《外国语》1994年第4期。

〔95〕徐中玉:《略谈近代散文、翻译、通俗文论的发展》,《齐鲁学刊》1994年第4期。

〔96〕姚达兑:《凡尔纳东游记:〈十五小豪杰〉的政治书写》,《文学评论》2020年第1期。

〔97〕杨联芬:《晚清小说"现代性"一解》,《中国现代文学研究丛刊》2001年第10期。

〔98〕杨联芬:《林纾与中国文学现代性的发生》,《中国现代文学研究丛刊》2002年第4期。

〔99〕袁荻涌:《晚清文学翻译家徐念慈》,《中国翻译》1994年第6期。

〔100〕袁荻涌:《清末译界前锋周桂笙》,《中国翻译》1996年第2期。

〔101〕袁荻涌:《林纾的文学翻译思想》,《中国翻译》1994年第3期。

〔102〕袁荻涌:《苏曼殊——翻译外国诗歌的先驱》,《中国翻译》1997年第2期。

〔103〕袁进:《试论清代出洋士大夫对西方文明的认识》,《社会科学》1998年第3期。

〔104〕袁进:《试论中国近代对西方进化论思想的接受》,《中国比较文学》2004年第2期。

〔105〕袁进:《试论晚清翻译小说与林纾的贡献》,《明清小说研究》2011年第1期。

〔106〕赵稀方:《翻译与文化协商——从〈毒蛇圈〉看晚清侦探小说翻译》,《中国比较文学》2012年第1期。

〔107〕赵稀方:《思想改造与翻译转型》,《中国翻译》2015年第1期。

〔108〕赵稀方:《重写翻译史》,《中国比较文学》2021年第2期。

〔109〕张德让:《翻译会通研究:从徐光启到严复》,《外语教学》2011年第6期。

〔110〕张景华:《"西化"还是"化西"?——论晚清西学翻译的术语民族化策略》,《中国翻译》2018年第6期。

〔111〕张美平:《华蘅芳与近代西学翻译》,《中国科技翻译》2021年第1期。

〔112〕张西平:《传教士汉学家的中国经典外译研究》,《中国翻译》2015年第1期。

〔113〕周羽:《中国近现代翻译理念、翻译策略的演进初探》,《上海大学学报(社会科学版)》2001年第1期。

〔114〕邹振环:《傅兰雅与江南制造局的译书》,《历史教学》1986年第5期。

〔115〕邹振环:《接受环境对翻译原本选择的影响——林译哈葛德小

说的一个分析》,《复旦学报(社会科学版)》1991年第2期。
〔116〕邹振环:《20世纪早期中国翻译史研究的发轫和演进》,《东方翻译》2014年第1期。
〔117〕左鹏军:《近代文学研究中的新文学立场及其影响之省思》,《文学遗产》2013年第4期。
〔118〕左鹏军:《没有"五四",何以"晚清"?——"五四"对近代文学价值意义的发现与遮蔽》,《文学评论》2021年第1期。

(二)近现代报刊文献史料

《万国公报》《益闻录》《国闻报》《申报》《大公报》《新民丛报》《清议报》《新青年》《小说月报》《小说林》《月月小说》《申报月刊》《东方杂志》《文学周报》《庸言》《真美善》《春秋》《新潮》《书报评论》《现代评论》《国民公论》《草野》《国民杂志》《语丝》《今日青年》《文艺丛报》《人间世》《立言画刊》《四友月刊》《翻译评论》《民权素》《晨报副刊》《创造周报》《京报副刊》《统一评论》《文萃》《文艺》《文苑》《文摘月报》《西风》《华声》《西洋文学》《现代评论》《宇宙风》《中山公论》《戏剧》《时事新报·学灯》《新月》《中学时代》《游戏世界》《中学生杂志》《文学旬刊》《民铎杂志》等"晚清民国高校学报""近现代各省报纸"数百种。

后 记

文学研究要想出新,主要依凭两个维度:或以新的理论阐述旧文本,或根据新出文献提炼新观念。21世纪以来,随着文学研究向各领域纵深推演拓展,晚清民国文学研究实现创新已相当不易,而对稀见文献的搜罗和解读成为新的学术增长点。近代以来,报刊由西方引入并在国内大量博兴,其刊载的海量文献,为文学研究提供了丰富的史料支撑,并有效推动中国文学研究的现代转型。但晚清民国报刊史料、专书文献繁杂且散见于全国各地,收集十分不易。可喜的是,几年来,随着学界对文献资料的重视和发力推动,晚清民国报刊史料,专书文献得到相对全面、规范的整理,很多数据库也纷纷上线,大大节省了研究者来去奔波搜罗研究资料的时间,遂使晚清民国文学研究成果呈多点开花,丰富多元之势。本书以专题形式,力图以点带面,以小见大,钩玄提要,对晚清民国文学中的一些重要论域进行研究,将一些种类纳入时代巨变的大潮中给予审视,一则为近代文学的研究添砖加瓦,另则也丰富比较文学、文学与交叉学科等研究的视野。

本书主要从以下几个层面展开:一是审视晚清民国辞赋的现代书写及其转型,聚焦于报刊和一些稀见文献中的辞赋主题,重点考辨"伤哀赋""洋题材赋""鸦片赋""拟作赋""除陋赋"等辞赋类型的产生及文学史意义;二是以报刊和一些专书中竹枝词体诗为文献支撑,分析传统竹枝词体诗的新变和题材拓展,重点对晚清民国报刊竹枝词中的海外世界书写进行研究,以此说明竹枝词这一文学体式的新变和转型；三是聚焦于晚清民国时段我国西学翻译与传统文学文化的深层次关系，重点论述晚清民国西学翻译与文人的文化心态、晚清汉译西方小说的儒家伦理文化渗透等问题，尽力拓展翻译研究的理论视域；四是通过对晚清民国时期一些稀见史料的钩沉，以个案研究的方式，审视晚清民国时期我国"外国文学史"学科的构建情况，并下延至中华人民共和国成立以来我国"外国文学史"编纂的历史演进脉络。整体来看，本书的特点在于将晚清民国文学研究中一些长期为学界所忽视或有待深入探讨的文学现象、文学类型加以重审，在广泛搜集文献史料的基础上，从文明交流互鉴的宏观视域出发，尽力推导出一些新的结论，一方面可丰富中国文化史和文学史的研究，建构中国理论话语体系，另一方面也可助力传统文化的创造性转化和创新性发展，实现中国文学文化研究的明体达用、体用贯通。

笔者将自己近年来对晚清民国文学文献的一些研究和思考集腋成裘，几经斟酌遴选后，形成这本小书。冀此开端，以为将来深入研究晚清民国文学做些铺垫。当然，由于本人知识素养和学力十分有限，本书还存在诸多瑕疵和不完善之处，恳请垂阅的方家不吝赐教，批评雅正。

本书的出版还得益于贵州师范大学中国语言文学一级学科博士授权点建设经费的资助，文学院各位同仁承担了本人的大量工作，让我有充足的时间思考和写作；书中部分章节发表于《复旦学报（社会科学版）》《南开学报（哲学社会科学版）》《社会科学战线》《东岳论丛》《社会科学辑刊》《南通大学学报（社会科学版）》《中华文化论坛》等刊物，部分文章还被人大复印报刊资料《外国文学研究》《文化研究》等全文转载，《高等学校文科学术文摘》摘编，各期刊的编辑提出了很多宝贵意见，帮助书稿的修改完善；复旦大学国际文化交流学院的罗剑波院长给予大力支持,鼓励提携,复旦大学出版社的杜怡顺先生精心编校,倾注了大量心血,在此一并致谢。

管新福
2023年10月于贵州师范大学龙文山麓

图书在版编目(CIP)数据

晚清民国文学研究的新视野/管新福著. —上海：复旦大学出版社，2024.4
ISBN 978-7-309-17174-7

Ⅰ.①晚… Ⅱ.①管… Ⅲ.①中国文学-文学研究-清后期-民国 Ⅳ.①I206.5

中国国家版本馆 CIP 数据核字(2023)第 256184 号

晚清民国文学研究的新视野
管新福　著
责任编辑/杜怡顺

复旦大学出版社有限公司出版发行
上海市国权路 579 号　邮编：200433
网址：fupnet@fudanpress.com　http://www.fudanpress.com
门市零售：86-21-65102580　团体订购：86-21-65104505
出版部电话：86-21-65642845
常熟市华顺印刷有限公司

开本 890 毫米×1240 毫米　1/32　印张 10.875　字数 262 千字
2024 年 4 月第 1 版
2024 年 4 月第 1 版第 1 次印刷

ISBN 978-7-309-17174-7/I·1388
定价：58.00 元

如有印装质量问题，请向复旦大学出版社有限公司出版部调换。
版权所有　侵权必究